U0127310

坎坷復興路

中共建政 70 年成就

戚嘉林 主編

吳序

  戚嘉林博士對兩岸歷史及台灣史研究之造詣，早已久聞。十餘年前，余因戚君參加“中國統一聯盟”，有幸與渠結識，旋併肩戰鬥在島內反獨促統的一線迄今。期間統派各項活動，戚君皆勇於參加，實心戮力。此次承戚君之請，為渠主編新書《坎坷復興路》作序，樂於從命。

  戚嘉林博士原籍湖北，畢業於輔仁大學、文化大學經濟研究所、獲南非首都 Pretoria 大學國際關係學博士，目前仍在台北的世新大學兼任授課。戚君雖為島內外省二代，醉心中國近代史，但於台灣四百年信史的研究更是獨到，故余對戚君莫名好感。

  值此中國共產黨建政 70 周年之際，吾人重新回顧 1949 年 10 月 1 日建政的意義，一、中國人民選擇國家要獨立，民族要解放，人民要革命的新民主主義運動在中國歷史實踐的總結，二、在貧困艱苦強敵環伺的國際和社會條件下，中國人民通過自力更生在艱苦奮鬥的實踐過程中，經歷曲折摸索的道路，帶領當年一窮二白的中國，從站起來、富起來、到強起來的中國民族現代化新長征道路。三、從人類社會和國際社會的發展來說，中國標舉社會主義旗幟走出來的光輝成就，為處於西方帝國主義霸凌的第三世界國家人民，提供了學習參考的指標。在經濟發展的物質基礎上，此一堅持社會主義理念高舉中國特色社會主義旗幟的中國實踐，為馬克思主義指引的國際社會主義和共產主義運動的實踐，帶來了現實性。

  歷史與政治是交叉影響，難以切割，在台灣如果不理解中國為何走上新民主主義革命的康莊大道，自然就會被分離主義史觀所誤導，走上反共反中到台獨的錯誤道路。眾所周知，任何的分離主義運動，其反動意識核心就是謬誤歷史記憶所衍生的仇恨。故論者咸認為“台灣史”重要，諸不知使台灣社會“認識近代中國”的重要性絕不亞於前者。年初余和戚君在香港與中評青年對話時，本人就提出“我們現在談歷史，不能只談臺灣和大陸具有歷史紐帶的關係，也要把中國現代化走過的路鮮明地告訴年青世代”。

故余拜讀戚君大作，至感欽佩。因為《坎坷復興路》就是將這 70 年中國大陸艱苦奮鬥完成現代化所走過的路，鮮明地告訴台灣社會，告訴台灣年青世代，與本人想法不謀而合。全書將中共建政 70 年分為改革開放前 30 年與改革開放后 40 年，歷數其間過程變化並包括國防建設的巨大成就。全書是兩岸三地學者的所思文集，計香港 2 篇、內地 12 篇、台灣 25 篇，全書並特別介紹這 70 年的發展過程中，也包括台灣的貢獻，例如台灣經濟學者於改革開放初期對內地經濟轉型的獻言獻策、及台商參與改革開放的全過程，體現在祖國 70 年的坎坷復興路上，有台灣同胞的參與，台灣同胞並未缺席，從而深化兩岸 70 年來歷史記憶的連結。

戚君剛自 "中國統一聯盟" 主席卸任，四年來戚主席勤走基層（共七個分會）。在統盟每年傳統的各項重大活動中，戚主席團結統派與台灣各界更是不遺餘力，辦得有聲有色，並突破以前主流媒體不予報導的政治禁忌，從而提升統盟社會知名度，交出亮麗的成績，有目共睹。

戚主席從事統運多年，實務中粹煉，深知兩岸歷經 70 年的分斷治理，台灣社會對中國大陸太多隔閡。為此，戚君立足於國族高度，籌劃十個月，《坎坷復興路》對中共建政 70 年的論述，蘊育宏偉，擲地有聲，填補島內統派論述不足之處，前沿性的引領島內深入 "認識近代中國"，填補台灣社會對中共建政 70 年間巨大成就及其發展過程的認識空白。故余特別推薦這是本值得一讀的好書，希望與大家分享！

吳榮元 兩岸和平發展論壇召集人
2019 年 8 月 4 日於中國台灣高雄

自序

2019 年是中國共產黨建政 70 周年。70 年間，中國共產黨領導人民進行社會主義建設，歷經刻骨銘心的不懈奮鬥，取得從一窮二白到豐衣足食大國崛起的舉世矚目成就。

余父母係國府 1949 年大撤退時隨遷來台，幼承庭訓，難忘中國。余生於台長於台，自幼與本省同學伴同成長，熟稔台語(閩南語)，歷經昔日白色恐怖、今日綠色恐怖，且從事統一運動多年，洞悉台灣社會，深知島內統獨徵結在於歷史記憶互異/誤解所衍生的仇恨。兩岸分斷 70 年，昔日兩蔣全力宣傳大陸為匪區，仇視原鄉 40 年，為中國史上未有之事，續者李、扁執政 20 年，妖魔化大陸依舊。后雖兩岸交流，資訊開放，台灣社會能較客觀面對大陸，但是對中國共產黨領導下 70 年刻骨銘心奮鬥的時代背景、過程與成就，總是未能深入理解。

1949 年 10 月 1 日中共建政，那是自大清覆亡國家分裂後的全國實質再統一。斯時，歷經列強百年侵凌踐躪，內外戰火摧殘，一窮二白，近代工業付之厥如，人民素質 80% 以上是文盲，絕大部分鄉村是處於"近代前"的落後狀態。1950-52 年經濟恢復期，整個大陸所生產的農用化學肥料平均每年僅 2.7 萬公噸，但面積僅及全國 0.00375% 的台灣省，1936-40 年在日帝鉄騎統治壓榨下，農用化學肥料使用量平均每年高達 48.3 萬公噸，如此落後程度台灣同胞不知道，就算知道也是難以想像的。

70 年間，中國大陸如何從極度貧弱困境，發展到今天東方大國崛起，其所歷經的坎坷途上，主要可分改革開放前 30 年(1949-1979) 和改革開放后 40 年(1980-2019) 兩個歷史時期。兩者關係，誠如習近平總書記所言，"不能用改革開放后的歷史時期否定改革開放前的歷史時期，也不能用改革開放前的歷史時期否定改革開後的歷史時期"。因為，歷史是連續的，后 40 年是在前 30 年累積的基礎上，堅持探索發展起來的，前 30 年則是在飽受內外戰火摧殘極貧落後的慘況下，人民所選擇的道路上發展起來的。

1949 年，中共雖處於積弱積貧極度落後及美帝虎視眈眈的內憂外患情勢下，毛澤東等開國元勛以敢教日月換新天的開國氣勢，收回教育權，終結西方在華百年教育的文化侵略，抗美援朝拒敵於國門之外，為突破美帝組建的西方嚴厲科技封鎖，結好前蘇聯，引進國防科技，發展重工業，建立工業體系，使國防科技能力跨越半個世紀，推動教育、鐵路、公路、水利、發電、電信等基礎建設，完成經濟起飛所需的啟始條件。

　　后 40 年是中共在前 30 年奠定的經濟起飛啟始條件下，累積實踐的正反經驗，果斷堅定不移的實行/推進改革開放，韜光養晦，以發展才是硬道理，以經濟建設為中心，一心一意搞建設，實事求是，與時俱進地埋頭苦幹，歲月如歌，大國崛起。無可諱言，因改革開放的與西方接觸/接軌，國人驚見中西方國力/生活水平的懸殊差距，加諸美國先進軟實力的宣傳，西方民主/自由/正義/富裕的美好正面形象乃漸入人心，併而媚外崇洋。

　　與此同時，中華民族力爭上游的 70 年巨大成就，美國肯定並進而憂心未來將威脅其全球霸主地位，乃自 2018 年夏對華發動高強度的貿易/科技戰，對內則以國安為由對數以千計傑出華裔進行種族政治審查的迫害，使國人認清美國的偽善/猙獰一面，媚外崇洋夢醒。

　　2019 年，也是《祖國》雜誌創刊在台灣上市的 10 周年，作為在台灣的中國知識份子，我們心懷祖國，我們歷經一個世代的苦候，親睹祖國東方崛起，心中動容，筆墨難以形容。因為身在台港，故本社除邀寫作團隊共議謀劃為文，也併將台/港/大陸兩岸三地學者前曾在《祖國》雜誌上所思之文，重新編輯，整合成冊，另再新增精選新老照片，與讀者分享 70 年來內地發展的歷史真相，期盼讀者深刻體認民族復興之路是何等坎坷。值此美帝寧可雙輸也要發動貿易/科技戰甚至出手顛覆香港，以遏阻中華民旗發展進程之際，我們應以嶄新的視野與國族高度，重新理解 70 年的坎坷復興路，並以 70 年民族奮鬥大國崛起為榮，我們不應對美帝心存幻想，我們應心無掛礙旗幟鮮明地支持統一，天下大勢兩岸必合。

戚嘉林 《祖國》雜誌發行人、中國統一聯盟前主席

2019 年 8 月 6 日於中國台北

目錄

Directory

Part IV　挫敗美帝圖謀

Directory

Part I
改革開放前30年
建立工業體系、完成經濟起飛的啟始條件

習近平在中俄建交70周年紀念大會上的講話中,稱:"我們不會忘記,⋯⋯。在新中國建設百廢待興的歲月裡,大批蘇聯專家援華,用智慧和汗水幫助新中國奠定了工業化基礎,也書就了兩國人民友誼的佳話。"

收回教育權-西方在華教育事業的終結

▎邢福增 博士（香港中文大學教授）

我國外交部長顧維鈞

　　教育形塑國族認同，列強總是利用教育影响或改變我們中國人的文化認同或挑起分離認同。早在 1920 年代，中國共產黨即已前瞻性地將西方教會定性為帝國主義的"文化侵略"，但台灣社會七十年來深受西方文化思維的影响（蔣介石、蔣經國、李登輝均是基督徒），及以現今台灣教育狀況想像七十年前或百年前的西方在華教育，乍視之下，是很難接受類此論述。

　　故在此先以曾任"中華民國"外交部長的顧維鈞(1888-1985) 為例，說明西方在華教育事業的影響。顧君於 1901 年在上海進入由美國聖公會於 1879 年創辦的聖約翰書院(Saint John's College，1905 年升格為大學 Saint John's University)，該校強制學生每天要祈禱、讀聖經、參加禮拜儀式，直至 1890 年代所開設的大多數課程，包括中國歷史在內，都是用英語教學，所有正式文件和告示也都用英文書寫，學生只允許用英文在學校辦月刊和年鑑（直至 1902 年方准略有中文）。學生們回憶，他們對美國的地理或聖經的瞭解，遠超過對自己國家的地理和文學的瞭解。顧維鈞記得他在聖約翰只上過美國和英國的歷史課，卻從沒上過中國歷史課。聖約翰的某些學生在畢業時，英文學得比他們的母語更好，顧維鈞的英語說得非常流利，乃至於聽者會忘記他是個中國人，他的日記居然 90% 是用英文而非中文撰寫。聖約翰學生將教會（或帝國主義）貶低中國文化的某些論述內化，顧維鈞日後回憶稱："我原有的很多迷信都被這種教育給從心底裏清除了""顯然，教會學校培養中國學生，不是出於中國作為一個國家的需要，而是出自傳教的目的"。聖約翰對顧維鈞的美國化，超出了語言的範圍，美式教育使顧維鈞內化認為中國文化是落後的，並且使他相信美國會關注中國的利益，美國是不會利用中國的弱勢地位為自己謀取利益的¹。當然，這位我們中國的近代外交部長，晚年是選擇在美國終老（戚嘉林案）。

註1：見楊立譯自 Stephen G. Craft 著 V. K. Wellington Koo and the Emergence of Modern China，傳記文學，100(2)pp.4-22.

13

　　舊中國教育體制的特色之一，表現於外國(特別是基督教及天主教)在中國建立了一套完整及龐大的教育體系。1950 年時，中國大陸(除西南六省及西北三省外)共有私立高等學校(大學) 49 所、其中教會主辦的教會大學 20 所，共有私立中等學校 1,467 所、佔中等學校總數的 48.0%。1951 年底，中國教育部完成了處理接受美國津貼學校的總結報告，斯時

> 全國接受外國津貼的教會大學共20所(學生14,536人)
> 　其中接受美國津貼的教會大學共17所(學生12,984人)
> 全國接受外國津貼的教會中學共514所(學生160,250人)
> 　其中接受美國津貼的教會中學共255所(學生81,347人)
> 全國接受外國津貼的教會小學共1,122所(不完全統計)(學生188,376人)[1]

　　因此，如何處理基督教教育，是新中國不能迴避的課題。斯時，毛澤東表示，隨著中共軍事的勝利，帝國主義者在華的政治、經濟和文化方面的控制權將被徹底打倒。但帝國主義者直接經營的經濟事業和文化事業，可以"讓它們暫時存在，由我們加以監督和管制，以待我們在全國勝利以後再去

上海南洋學院

解決"。故 1949 年人民政治協商會議頒布的〈共同綱領〉，其中＜文化教育政策＞規定：人民政府"應有計劃有步驟地改革舊的教育制度、教育內容和教學法"，亦即如何有計劃及步驟地去改革舊制度，使之成為新民主主義的，為人民服務的教育制度，成為建國後教育工作的首要任務。

新、舊教育的交替

　　1949 年 12 月 23 日，中國大陸召開的第一次全國教育工作會議，確立了中共對於舊教育採取"保護維持，加強領導，逐步改造"的原則。

初期對教會學校的政策是"保護維持" 即要求各地人民政府應本"公私兼顧"原則，積極維持各地城市中現有的私立學校。"加強領導"是加強對私立大中學校在政治和業務上的領導。

上海聖約翰大學俯瞰圖

隨著各地解放，原有地下黨組織均公開活動，並建立新民主主義青年團及少年兒童隊的工作。黨又指導成立學生會，建立進步的教工組織，同時政府方面也通過了管理文化教育工作的規定。"逐步改造"方面，則是指強化政治思想教育。例如廢除"反動"課程，新設新民主主義論、中國革命與中國共產黨、社會發展史等課程。

在新舊過渡之間，"保護維持"只是暫時的策略，主要是出於爭取團結及維持穩定的需要，故"保護維持"同時附帶了"加強領導，逐步改造"的條件。私立學校只是在財政上具有獨立自主的空間，但在領導權上，必須完全接受中央教育部的管轄。新政權亦強化意識形態的控制，政治思想教育成為改造的第一步。

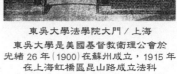

東吳大學法學院大門／上海
東吳大學是美國基督教衛理公會於光緒 26 年（1900）在蘇州成立，1915 年在上海虹橋區昆山路成立法科

國、共教會學校政策大同小異 建國後，中央政府對教會學校的政策，大體上繼承了上述的方針。1950 年 8 月，中共中央發出〈關於天主教、基督教問題的指示〉，重申教會學校為"私營事業"，政府本"公私兼顧"原則，一視同仁。政府只規定：

⑴ 教會學校必須設政治課為必修課。
⑵ 教會辦的高等學校可設宗教選修課。
⑶ 學校內不舉行宣傳宗教或反宗教的展覽會、群眾集會。

滬江大學原名爲上海浸信會大學，創立於 1906 年，首任校長爲
美國傳教士柏高德 Dr. R. T. Bryan，1929 年時英文校名
已經爲 University of Shanghai

(4) 教徒學生與非教徒學生在信仰問題上不應互相攻訐，應當團結一
致，反對帝國主義分子。

回顧 1920 年代中國國民黨收回教權運動時的教會學校政策為：

(1) 教會學校須以私立學校名義向教育部立案
(2) 宗教與教育分離，不能強逼學生參與宗教課程及活動。
(3) 學校校董會改組。
(4) 加強黨化教育（政治訓育）課程。

與前述中國共產黨執政 1950 年代初的教會學校政策原則大同小異。

輔仁大學事件

輔仁大學於 1925 年創校，是由在義大利的羅馬教廷委派美國本篤會 (Saint Benedict's Convent) 辦理。1933 年，教廷將辦學工作轉交美國聖言會 (Society of the Divine Word) 接替。陳垣於 1929 年任校長，校務長則由教會方面委任的外籍神甫擔任。

教會與校方的矛盾　北平解放後，在中共地下黨支部的領導下，輔仁大學於 2 月成立了教員會、職員及職工會。3 月，臨時校政會議成立，廢除了由天

DE ZI-KA-WEI 徐滙公學   Nº 9. Entrée principale.

徐滙中學（初名徐滙公學College Saint Ignace），是道光30年（1850）
由天主教耶穌會選擇明末天主教友徐啓光的故居上海徐家滙興建，
1932年將舊制四年改爲初中高中各三年，並改爲現名

主教外國神甫擔任校務長的慣例。新學期開課後，取消了公教學、公教史、教宗通牒、倫理學等科，增設了新民主主義論、辯證唯物論、社會發展史等課為各系必修課程。6月，陳垣出任新成立的校務委員會主席。

　　1949年6月13日，華北人民政府文教部代表周揚在與輔仁大學校務長芮歌尼（Harold W. Rigney）見面時，強調外國人在華辦學是對中國教育主權的侵犯，但只要教會學校遵守法令，可容許繼續運作：

　(1)教會方面要將真正的管理權交給中國人。

　(2)教會學校必須教授唯物辯證法及歷史唯物論，教育與宗教必須分離，中國共產黨及政府將保障宗教信仰自由，容許傳教工作以自由而非強逼的方式進行。

　(3)校政民主化，容許教職工學生更有權力。

　　自北平解放後，陳垣與聖言會代表（原校務長）芮歌尼間因著輔仁大學的變革，特別是教會今後的角色與關係，產生矛盾。芮歌尼認為輔仁是"私立天主教大學"，故在校內不得有任何反對公教教義的課程或教材。芮氏強烈反對於校內開設馬列主義政治課及科普展覽，阻止信仰天主教的同學學習政治課。此外，芮氏也不滿輔仁大學臨時校政會議完全排斥教會代表的"奪權"行為。

洋人堅持擁有人事最後否決權　1950 年，教會代表與學校領導的矛盾愈益惡化。7 月，陳垣與芮歌尼商討 1950 年度的撥款問題，芮歌尼把教會撥款從原來的 22 萬美元降為 16 萬美元。7 月 14 日，芮歌尼致函陳垣，確定了經費為 14.4 萬美元，但卻附帶四個條件：

(1) 新的董事會將由教會選任。

(2) 教會經過教會代表對人事聘任有否決權。

(3) 附屬中學經費自給自足。

(4) 聖言會所在地仍由教會保留，不准任何人侵擾。

次 (15) 日，芮歌尼再要求解聘五位教授。當時校務委員會同意 (3) 及 (4) 兩項非原則性的問題，而 (1) 方面，也同意經教會及與校長選任，報教育部核准，即可成立新董事會。不過，芮歌尼仍堅持教會必須擁有人事聘任的最後否決權。29 日，芮發表〈告本校同仁同學書〉，表示如果陳垣不答允其要求，自 8 月 1 日起，教會不再負擔為輔仁大學津貼經費的責任，一切開支應由陳垣負責。

輔仁大學校長陳垣晚年留影

洋人要脅停撥經費　這時，中央教育部已關注到事態的發展，政府方面不滿教會利用撥款來干涉校政，同意墊支 8、9 月的經費，並把事件定性為"帝國主義向我們進攻"。7 月 31 日，陳垣召開全校大會，斥責芮歌尼要脅停發經費。教育部高教司司長也在場講話，揭露帝國主義者侵犯中國教育主權的罪行。大會當場宣佈從 8 月 1 日起教育部出經費辦輔仁大學。

9 月 4 日，陳垣致函芮歌尼，質問教會方面是否不再辦理輔大，希望他盡快作出正式答覆。9 月 6 日，芮歌尼覆信，願意"從長計議"。12 日，陳垣再去信芮歌尼，要求他明確就是否撤回不續聘五位教員及願意遵照政府新頒的私立高等學校管理辦法表態。芮歌尼於翌日回信，表示"不論學校經費與教員聘任，當可再無問題"，亦願意按條例革新校務。芮歌尼後來在其回憶錄中，指他業已收回解聘五位教授的要求，因為明白這已違反政府的教育規定。

政府的對策　8月27日及9月19日，芮歌尼兩度致函周恩來，討論關於信教自由，教會學校與政治課、教會與輔仁的關係等問題。周恩來指示教育部跟進。9月初，教育部部長馬叙倫向周恩來呈交〈關於處理北京私立輔仁大學問題的報告〉。9月25日，馬叙倫以書面談話形式致函芮歌尼，明確指出中國政府對教會學校的原則：

(1) 在一個獨立民主的國家，不允許外國人辦學校，除非是他們的僑民自己設立而為教育他們的子女的學校，這是世界通例。

(2) 外國人在舊中國所辦的教會學校，因為它已經辦了多年，所以必須在它真實的遵守中國人民政治協商會議共同綱領及教育方針與法令的條件下，可以暫時允許它繼續辦，但中央人民政府保有根據需要以命令收回自辦的權利，更絕對不允許新設置這類性質的學校。

(3) 宗教與學校教育是兩回事，必須明確分開，不允許任何曲解與含混，在學校課堂內不允許進行做禮拜、查經等宗教活動。

(4) 教會設立的高等學校，可以設宗教的課程，但只准是選修，而且不允許強迫與利誘學生選修宗教課程。

(5) 中央人民政府教育部最近頒佈的〈高等學校暫行規程〉和〈私立高等學校管理暫行辦法〉是全國私立高等學校都要遵守的法令。

教育部部長馬叙倫又回答了芮歌尼在致周恩來函時提及的問題，他重申不信教及批評宗教的自由，這並非反宗教行動，教會學校的政治課乃教育法令要求，也不代表這是反宗教的。至於教會與輔仁的關係，馬叙倫指出，兩者唯一的關係就是補助經費及主持宗教選科，教會絕不能干涉學校的行政及人事權。最後馬叙倫要求芮歌尼在月底前回答是否同意上述方針及辦法。

教宗庇護十二世決定終止補助　9月26日，芮歌尼向聖言會的主教（輔仁大學的原校監Chancellor）卡盆勃（Aloysius Gross-Kappenberg）報告，芮歌尼清楚指出教育部拒絕教會任命校董的要求，他認為聖言會只有兩個選擇：第一，繼續資助已成為無神論及馬列主義中心的輔仁，然後期望政府改變政策，容許教會繼續帶領輔仁，或最少在宗教問題上持中立態度；或第二，中止對輔仁的資助，因為輔仁的本質已充斥著無神論及共產主義。

《闢邪歸正》
是內容與民間信仰
對應問題有關的教理書

Fr. Adelbert
Gresnight OSB,
是1930年被譽爲北平
(北京)三大建築之一的
輔大新校舍設計者

北平 (北京) 輔仁大學教學大樓

　　主教卡盆勃將輔仁的問題上呈教廷"傳信部",再轉交教宗庇護十二世
(Pius XII)決定。最後,教宗決定終止教會與無神及共產的輔仁的關係。於是,
芮歌尼於9月30日把主教卡盆勃的回覆轉函教育部部長馬叙倫:"根據九月
廿六日來電的條件,補助費決定停止,除非條件基本上改變,教會堅持決定,
即使你和全體神甫都要求重新考慮的話。卡盆勃"。

　　中國正式接辦輔仁大學　　由於聖言會決定中止資助,教育部為解決輔仁的
經濟危機,乃提請政務院正式接管輔仁大學。10月6日,政務院第五十三次會
議討論了輔仁事件,周恩來說:

>　　帝國主義對中國的侵略有軍事的、政治的和文化的。軍事和政治
>　　的侵略已經失敗,經濟和文化的特權還存在著,這些特權我們必須有
>　　步驟地收回。對輔仁大學事件,我們已經做到仁至義盡,必須將其教
>　　育權和財政權收回。但對別的教會學校,可以允許繼續自辦,如有類
>　　似輔仁大學情況的,也照此處理。

　　1950年10月12日,教育部明令接辦私立輔仁大學,又任命陳垣為校長,
主持校政。同日,全校3,000多師生及員工舉行慶祝會,陳垣及馬叙倫都把事
件定性為收回國家的教育主權。次(1951)年7月25日,芮歌尼被公安逮捕,
並於1954年9月判十年徒刑,1955年9月11日獲釋離開中國大陸。

接辦的意義 輔仁大學是新中國成立後第一所被政府接收的教會大學,其意義有二;首先,輔仁事件突顯了中共與羅馬教廷間在意識形態上的根本對立與矛盾。1949 年 6 月 30 日,教廷聖職部發佈了反對共產主義法令,強調唯物的共產主義必然反對基督信仰。因此,禁止出版、傳播或閱讀袒護共產學說的書刊、日報及傳單,並在有關刊物上投稿,教友不能參與宣傳共產學說的活動,也不能為反基督的邪說辯護,否則會被視為背棄公教信仰。在這種情況下,聖言會代表對於輔仁這所具宗教背景的大學在新政權下的變化,懷有強烈的反抗情緒。雖然芮氏後來有讓步的傾向,但最後教廷決定中止津貼,充分反映與其維持一所虛有其名的教會大學,倒不如中斷教會與大學關係的思維。

其次,輔仁大學事件進一步說明了新政權對在華基督教教育事業的基本政策,"保護維持"是以"加強領導"及"逐步改造"為附帶條件。中央政府特別關注從意識形態及校政自主的角度來處理教會學校,而這兩方面的變革都朝向宗教與教育分離的方向,也就是宗教活動及其課程必須脫離學校教育。可以說,中央政府願意"維持"的,僅是教會對學校的財政津貼及宗教選科而已。聖言會企圖以財政撥款作籌碼,為教會爭取校政方面更大的參與空間,自然進一步激起黨國的敵視。

西方在華教育事業的終結

1950 年 6 月 25 日,韓戰爆發,三天後美國第七艦隊進駐台灣海峽;10 月,中國人民志願軍跨過鴨綠江,抗美援朝,中美兩國進入實質的戰爭狀態。

中美關係全面惡化,隨著抗美援朝運動的深化,控訴帝國主義利用教會學校進行文化侵略的浪潮席捲各地,激烈的群眾運動也在教會學校開展。中央政府對教會學校的政策也進入新的階段。教育部的機關刊物《人民教育》,於 11 月及 12 月接連發表社論,呼籲要深入地開展學校的抗美援朝政治教育。各級學校的思想政治教育,由是進入以反美帝鬥爭為具體內容的階段。

抗美援朝反帝愛國運動 1950 年 11 月 27 日,聯合國大會討論<控訴美國侵略中國>案,28 日安理會討論<控訴武力侵略台灣>案,在這兩次會議上,美國駐安理會代表奧斯汀(Warren Austin)發言時,以美國基督教新教教會在中國辦學為例,說明美國對中國人民的"恩賜"與"友誼"。中國政府認為奧斯汀的發言是對中國人民的污辱與挑釁,要求全國各地的教會團體及學校舉行反美愛國大會及遊行示威。據統計,奧斯汀發言後一個月間,全國 20 個大城市的教會團體、學校、醫院和留學生等 700 多個單位約 20 萬人,參加了反美帝的文化侵略運動,各教會大學紛紛舉辦展覽會、講演會、控訴會揭露美帝罪行。

美國終止對教會學校的財務津貼 因應奧斯汀發言而激發的反文化侵略運動,矛頭直指教會學校為美帝文化侵略的基地。徹底改變在華教會學校的命運者,莫過於美國津貼的終止。先是 1950 年 12 月 16 日,美國宣佈實施針對中國的經濟禁運,並凍結中國在美國的公私財產。對此,中央人民政府亦於 12 月 28 日發佈命令,管制美國在華財產,並凍結美國在華的公私存款。次(29)日召開的政務院六十五次政務會議,通過了<中央人民政府政務院關於處理接受美國津貼的文化教育救濟機關及宗教團體的方針的決定>、<接受外國津貼及外資經營之文化教育救濟機關及宗教團體登記條例>等文件。

徹底永遠全部地結束西方文化侵略 中國政府更關注的是,其實是如何藉此機會肅清美帝國主義對中國"文化侵略"的遺毒。中央特別指示,要求所有接受外資律貼的文化教育救濟機關及宗教團體,特別是教會學校要展開"群眾的反美帝國運動",並舉行對美帝國主義的控訴和示威。

專負文教事務的副總理郭沫若特別關注美帝國主義在文化層面對中國的侵略,他重申政府必須肅清美帝國主義在中國的影響,"把一百餘年來美帝國主義對中國人民的文化侵略,最後地、徹底地、永遠地、全部地加以結束"。隨著政治形勢的發展,特別是政治思想教育與抗美援朝運動結合,批判教會學校的浪潮進一步高漲。

1951 年 1 月起,各級教會學校完全投入抗美愛國運動的浪潮。據統計,從 1950 年 10 月至 1951 年 4 月,全國各級學校約有 6 千萬人接受抗美援朝的時事教育,其中教會學生投入控訴美帝國主義,而教員則把重點放在自我批判運動。

1951 年 1 月,中央召開"處理接受外國津貼高等學校會議",教育部發出<關於處理接受美國津貼的教會學校及其他教育機關的指示>,命令於 3 月前完成調查全國所有接受外國津貼的各級學校,並加強領導所有接受美國津貼的教會學校的控訴美帝文化侵略罪行運動,具體處理方案則限定於 1951 年內完成處理。

教育部副部長錢俊瑞在會議閉幕時指出,對於長期接受外國津貼的學校,一次的抗美援朝運動或一次的處理工作,根本不可能把美帝的遺毒影響徹底肅清。唯有長期的思想改造,"打掃衛生",始能最終實現目標。教育部副部長曾昭掄也呼籲,要"從思想上斬草除根"。

韓戰−歷史的轉折 總括而言,中共在新民主主義階段的教育改造,基本上仍是溫和漸進的。新中國成立以迄 1950 年 10 月間,基督教在華教育事業可說在和風細雨下,順利在共產中國存在及過渡。不過,韓戰爆發後,政治形勢的發展對基督教教育事業構成致命打擊。中美已進入實質交戰狀態,黨國乃將肅清帝國主義對中國的控制及影響,視為重大的政治鬥爭,故教會學校成為掃除文化侵略的重要戰場。

經過 1951 年的處理後,中國基督教教育事業的存在格局已產生了重大的變化,除去業已"公有化"的學校不談,那些仍維持私立學校地位者,實際上也面臨極大的危機與挑戰:

(1) 外國津貼中止後,教會學校陷入極大的財政危機。按教育部的指示,私立教會學校的經費,悉由校董會(教會)負責。教會方面要維持學校的運作,除舊有津貼餘款外,學費成為主要收入,學生來源多寡直接影響了財政狀況。校方面對財政困局,無法維持下去,也有主動捐獻給政府的情況。

(2) 教會學校揹負"文化侵略"的"原罪",在黨國眼中,永遠"沒有掃除乾淨"。即使已被政府接辦的原基督教大學,也要展開大規模的學習及控訴運動。每當政治運動(思想改造運動、三反五反等)展開時,師生必須投入學習與控訴行列。

收回百年的教育自主權 對苟延殘存的教會學校而言,1952 年無疑是極具關鍵的一年,正式標誌其歷史終結。基督教大學方面,教育部於是年秋開始對高等院校作大規模的院系調整,全部教會大學均告撤銷,與其他院校合併,"教會大學"從此成為歷史。

至於教會中小學方面,政府的私立學校政策,也在 1952 年 9 月出現變化。

教育部發出指示，明確要在 1954 年前接辦全國私立中小學。中國教育體制正式向"公有化"邁進。私立學校的"公有化"標誌著舊中國教育體制的過渡階段正式完結。不過，全國接辦私立學校的工作，畢竟是項鉅大的工程，涉及極為龐大的教育經費。結果，原定於 1954 年結束的接辦計劃，延至 1956 年才基本完成。

形塑中國國族認同 百年來，西方欲寧靜無聲地藉教育改變中國人〔尤其是菁英〕的文化認同，改變中國人的宗教信仰，使中國人忘卻自己的歷史，對中國文化喪失信心，在意識型態上將中國徹底西化，從而弱化中華民族的陰謀，遭到致命的打擊。中國人終於勇敢果斷，尤其是 1950 年代初百廢待興，財政極度拮据困難的情況下，排除萬難，收回影響自己民族信心與認同的教育自主權，形塑中國國族認同。

注釋：
　1. 邢福增，《基督教在中國的失敗？》，香港：道風書社，2008 年，pp.159：195：204-205.

美國對華科技封鎖-從巴統到《瓦森納協定》

-毛澤東：美帝國主義亡我之心不死-

▋黃義行 研究員

　　法國媒體《世界報》就刊文指出，中國軍備面臨的技術封鎖嚴屬程度沒有任何一個國家與地區能夠比擬，世界上 400 多種軍備直接相關的技術中，美歐等實施嚴格技術封鎖的就有 350 多種。更為重要的是美歐等對中國大陸制訂了更為嚴苛的技術封鎖制度協議，比如在航天領域，美國國會議員弗蘭克·沃爾夫(Frank Wolf)起草、推動的「沃爾夫條款」禁止美中兩國之間開展任何與美國航天局有關或由白宮科技政策辦公室協調的聯合科研活動，甚至禁止美國航天局所有設施接待「中國官方訪問者」。自從有了這個條款，中國所有參與國際空間站合作的計劃與要求都被嚴令禁止，成為遭遇歧視最為嚴屬的國家。

法國《世界報》

　　法媒進一步指出，除了技術封鎖限制，以美國為首的世界軍備技術強國還對中國進行別有用心的技術欺騙和技術訛詐，比如西方軍事強國精心組織策劃的利用市場換技術等手段進行的技術阻斷計劃等。西方國家就是想利用市場換技術等手段贏取並占領獨占中國市場，然後進行技術控制，消耗中國技術創新的動力，最終阻斷中國技術突破與發展(戚嘉林案 [1])。

　　None of the funds made available by this Act may be used for the National Aeronautics and Space Administration (NASA) or the Office of Science and Technology Policy (OSTP) to develop, design, plan, promulgate, implement, or execute a bilateral policy, program, order, or contract of any kind to participate, collaborate, or coordinate bilaterally in any way with China.

　　曾幾何時，巴黎統籌委員會(以下簡稱 "巴統")是一個高頻詞彙，在新聞媒體時常出現。不過隨著時代的發展，如今很多年輕人已經並不知曉這個曾經紅極一時的組織了。巴統的歷史，從一個側面反映了冷戰以來國際局勢的發展演進。

美國提議秘密成立 "輸出管制統籌委員會"

巴統的正式名字是 "輸出管制統籌委員會"，於 1949 年 11 月在美國的提議下秘密成立，是第二次世界大戰後西方發達工業國家在國際貿易領域中糾集起來的一個非官方的國際機構，其宗旨是限制成員國向社會主義國家出口戰略物資和高技術。列入禁運清單的有軍事武器裝備、尖端技術產品和稀有物資等三大類上萬種產品，被巴統列為禁運對象的不僅有社會主義國家，還包括一些民族主義國家，總數約 30 個。

連荷蘭、比利時兩西方小國也對華禁運　巴統最初的創始國包括：美國、英國、法國、義大利、比利時和荷蘭。朝鮮戰爭結束前後，加拿大、西德、葡萄牙、日本等國家又先後加入，巴統一共有 17 個正式成員國。巴統雖然不是一個正式的國際組織，但其成員國的特殊身份，又使它遠非一般的非正式國際機構能夠相比。巴統的禁運政策和貨單常受國際形勢變化影響，時常還把禁運限制同被禁運國家的社會制度、經濟體制或人權聯繫在一起。巴統帶有強烈的冷戰色彩和意識形態的目的，使美國在推行冷戰戰略方面有了一個新的工具。1953 年以前，它的存在和活動都是秘密的，甚至連西方各國的記者在電訊中也不能提到。

中國委員會專責管制對華貿易　巴黎統籌委員會下設兩個機構：一為調整委員會，負責 "管制" 參加國家對蘇聯和東歐人民民主國家的貿易，一為中國委員會，在 1952 年秋設立，負責 "管制" 對華貿易。1951 年 8 月生效的美國 "巴特爾法" 規定，任何參加國家，如果不遵守巴黎統籌委員會的 "禁令"，美國就要停止對它的經濟和軍事 "援助"。隨著國際政治經濟形勢的變化和科技水準的提高，西方國家為了自身的經濟利益，不斷突破巴統的禁運限制，巴統不得不縮小其管制範圍。冷戰結束後，世界格局發生重大變化，西方國家認為，世界安全的主要威脅不再來自軍事集團和東方社會主義國家，該委員會的宗旨和目的也與現實國際形勢不相適應，其禁運措施與世界經濟科技領域的激烈競爭形勢也不相適應，一些西方國家又把巴統作為相互進行貿易戰的工具。

為此，在 1990 年巴統大幅度放寬對原蘇聯和東歐國家的高技術產品出口限制，禁運專案由成立初期的 400 個減少到 120 個，1991 年中又減少三分之二，受其禁運的國家也越來越少。巴統會員國的高級官員 1993 年 11 月在荷蘭舉行會議，一致認為巴統 "已經失去繼續存在的理由"。1994 年 4 月 1 日，巴統正式宣告解散。

紅色帝國前蘇聯的掘墓人

巴統成立最初的作用就是進行對蘇封鎖。邱吉爾在富爾頓的 "鐵幕演說" 昭示了西方對蘇戰略上的仇視基調，這一年的 11 月 23 日，巴黎統籌委員會成立了。

高新科技封鎖蘇聯異化蘇聯 巴統建立了 "國際安全清單" 並設置了不同的等級明確禁運廣度和深度，從 60 年代末到蘇聯解體，巴統的主要限制對象都是蘇聯。這一階段，美國的貿易管制由戰略物資禁運轉向高新技術轉讓限制，經濟遏制的目的逐漸異化為影響蘇聯陣營的外交政策和國內政治。1979 年，美國《出口管制法》正式將限制高新技術轉讓作為出口管制的 "特殊重點"，並列出了所謂軍事方面的重要技術清單，其中包括：電腦網路技術 、大型電腦系統技術、軟體技術、軍事儀器技術、電子通信技術等。恐怕很少有人有耐心讀完這長長的清單，但這也從另一個側面說明其限制之廣之深。

長期封鎖禁運下的蘇聯其高新技術發展遇到難以克服的瓶頸，甚至嚴重滯後。巴統開出的長長一張禁運清單，在一定程度上可謂對蘇聯科技高速發展的否決書。西方世界蓬勃而起的第三次科技革命將資訊化推向時代的中央，全球化使 "自由國家" 之間的知識、人才流動無比通暢，設備優化的進程令人驚歎；而蘇聯在高新技術上卻越來越顯出與西方的代差。在失去足夠強的科創能力和相應戰略自信的無奈之下，蘇聯在數控機床的技術瓶頸面前選擇了 "進口＋走私" 的下策。20 世紀 80 年代，蘇聯從日本東芝公司購買了 4 台 9 軸數控機床，這些設備使得紅海軍的艦艇得以進行裝備革新，北約各國海軍發現蘇聯潛艇和軍艦螺旋槳的雜訊明顯下降，追蹤難度大增，但是後來東芝公司也因此受到了巴統的懲罰，這也就是著名的 "東芝事件"。

科技產業落後國力削弱，終致蘇聯解體 "關起門來搞建設" 畢竟是錯誤的，蘇聯更像是 "被關門" 而 "碰了一鼻子灰" 的受害者。社會主義事業需要相對和平穩定的國際政治環境，無論是過去還是今天都是如此，這對於現今的世界極具指導意義。在史達林模式與傳統重工業思想束縛下的蘇聯，科技創新能力匱乏也為明顯。回想上個世紀，80 年代中國人對於蘇聯數理科學的印象只限於奧數、吉米多維奇等幾個名詞。計畫指標和行政命令輻射下的蘇聯積極性受到削弱，這對科技創新是相當致命的，蘇聯沒有很好地把握第三次科技革命的歷史機遇。一個比較有知名度的例子是 50 年代時蘇聯科技人員發明了連續鑄鋼法，鑄出的鋼錠比傳統方法質地均勻，且能將產量提高 10%-20%，因而被 28 個國家買去專利。但直到 1980 年，蘇聯自身只有 11% 的鋼錠採用此項技術生產。日漸僵化的體制和本位主義思想導致創新成果轉化緩慢，進而生產積極性不斷下降。

漫長的封鎖，無盡的黑暗，讓數控機床、電子電腦等領域日漸成為蘇聯的短板，資訊化浪潮下的紅色帝國經濟增長缺乏後勁，國家也因此受到了巨大的影響。

1991 年 12 月 25 日，蘇聯解體。1994 年 3 月 31 日，巴黎統籌委員會解散。總的來看，巴黎統籌委員會在限制蘇聯經濟科技實力這些綜合國力關鍵要素上發揮了關鍵性作用，從某種意義上說巴統是蘇聯覆亡的主力掘墓人。

轉向中國

起初中國並不在巴統的貿易管制範圍以內。美國對中國貿易管制政策的形成，不僅與美蘇冷戰有關，而且與美國對日政策的轉變密切相連。隨著蘇聯斷然封鎖柏林，中國人民解放軍開始戰略反攻，國民黨政府的統治搖搖欲墜，迫使美國政府重新估價整個亞洲的力量對比，先後通過多個法案調整並制定新的戰略方針，更緊密地將其亞洲戰略與美蘇在歐洲的對峙聯繫在一起。

對華禁運管制嚴於蘇聯 可以說，美國對中國的遏制政策從此開始形成。一方面，美國積極與英國協商對華貿易管制問題；另一方面，從 1949 年 10 月起，美國對中國大陸實行新的出口管制制度。美國對日政策、對華政策的調整，標誌著美國在亞洲遏制戰略的形成。美國亞洲政策的根本目標是遏制蘇聯在亞洲的力量和影響，加強亞洲非共產黨國家的經濟自立和政治穩定，斷絕亞洲非共產黨國家與中國的政治經濟聯繫。美國政府更是直接介入了朝鮮戰爭和對中國全面的貿易管制。

由此，巴統對新中國的禁運管制甚於蘇聯。自 1950 年朝鮮戰爭爆發，巴統開始正式將中國列入禁運國家之列。1952 年，巴統組織在亞洲的分支機構"中國委員會"成立，美國、英國、法國、加拿大、日本為其成員國，專門實施針對中國和朝鮮的禁運政策。在這段時間裡，這些禁運要比蘇聯和東歐國家的禁運還要嚴厲得多。禁運清單內的三類物品，甚至連根本不屬於巴統貿易管制範圍內的 207 種物品不分級別一律對中國實行禁運，"中國差別問題"便由此而來。一段時間內，中國甚至無法從西歐國家進口必要的藥品。

1980年代鬆動放寬對華管制　上世紀 70 年代，隨著中蘇關係的變化與尼克森訪華，中美關係開始解凍。美國正式宣佈廢除"中國差別"，將對華貿易管制與對蘇聯同等處理。與此同時，中美逐漸展開了秘密談判，雙方的"蜜月期"隨之開始。1979 年，隨著中美正式建交與蘇軍入侵阿富汗，西方發達國家對中國的禁運開始大幅鬆動。1980 年，美國決定將中國作為美國貿易管制分類中的"P"類(即非敵對國家)處理。1984 年，美國政府又決定將中國列入"V"類(即友好非盟國)。1985 年，巴統在例行會議上確認了中國的特殊地位，並於 9 月對中國放寬了民用和軍民兩用的 27 種技術產品的出口審批程式，但同時要求中國承擔不向第三國轉讓的義務。美國走得最為靠前，在"例外程式"出口中，90% 是對華出口，其中半軍用和軍用物質占了相當比例，就連黑鷹直升機也開始落戶中國。1989 年 3 月，巴統甚至決定對中國實行為期兩年、以後可以順延的總出口許可證制度，即巴統各成員國在巴統已下放審批許可權的項目範圍內，對中國實行自由出口，而不必逐項報批。

中國自歐洲引進大批軍民兩用科技　西歐國家也隨即陸續與中國建交，在 70 年代至 80 年代期間，中國從歐共體國家引進了一大批先進的軍民兩用軍事技術和裝備。進入 80 年代中期後，"巴統"對中國先後放寬總計約 48 種"綠區"技術產品出口審批程式。其後，"巴統"又決定對中國實行自由出口，出口審批權下放給各成員國，不再逐項報批，對華出口管制極為優惠。1989 年歐共體首腦會議決定禁止對華軍售，"巴統"隨即終止對華放寬尖端技術產品出口計畫。

美國再度終止對華寬鬆尖端科技管制政策　1989 年，美國宣佈中止與中國的政府間軍售和商業性軍售，暫停美中軍事技術合作項目的進行，這其中就包括了 80 年代中期中美達成的 5.5 億美元"和平珍珠"合作項目，即由美國幫助中國更新 55 架殲八飛機的電子設備。巴統也不例外，各成員國以中國形勢發展難以預測為由，宣佈終止對華放寬尖端技術產品出口特別計畫的實施，剛剛起步的中歐軍事貿易往來即告終止。同時，歐共體首腦會議也做出決定，禁止對華軍售。

由於蘇聯解體和東歐巨變，巴統和"中國委員會"於 1994 年走到了終點，但是西方國家的出口管制政策並沒有隨之結束。1995 年，美國政府將全世界的國家劃分成八類，中國被劃在第六類，在俄羅斯、烏克蘭等"同志類"之下，在伊拉克、伊朗、北朝鮮、利比亞"不放心類"之上，和印度、新加坡在一起，同為"不受歡迎的人"。

陰魂不散

蘇聯解體後，巴統雖然在 1994 年 4 月 1 日宣佈正式解散，不過又有新花樣出現：《瓦森納協定》出臺。《瓦森納協定》又稱瓦森納安排機制，全稱為《關於常規武器和兩用物品及技術出口控制的瓦森納安排》目前共有包括美國、日本、英國、俄羅斯等 40 個成員國。

美國/西方對華封鎖高新技術　冷戰結束後，包括"巴統"17 國在內的 28 個國家於 1995 年 9 月決定加快建立常規武器和雙用途物資及技術出口控制機制，彌補現行大規模殺傷性武器及其運載工作控制機制的不足。在美國的操縱下，以西方國家為主的 33 個國家簽署了《瓦森納協定》，決定從 1996 年 11 月 1 日起實施新的控制清單和資訊交換規則。與巴統一樣，《瓦森納協定》同樣包含兩份控制清單：一份是軍民兩用商品和技術清單，涵蓋了先進材料、材料處理、電子器件、電腦、電信與資訊安全等 9 大類；另一份是軍品清單，涵蓋了各類武器彈藥、設備及作戰平臺等共 22 類。中國同樣在被禁運國家之列。儘管《瓦森納協定》規定成員國自行決定是否發放敏感產品和技術的出口許可證，並在自願基礎上向協定其他成員國通報有關資訊。但該協定實際上完全受美國控制,具有明顯的集團性質和針對發展中國家的特點。當協定的某一國家擬向中國出口某項高技術時,美國甚至直接出面干涉,如捷克擬向中國出口"無源雷達設備"時,美就曾向捷克施加壓力,迫使捷克停止這項交易。

迫使中國大陸半導體科技落後西方10年　美國對華技術出口管制以及成立《瓦森納協定》,對中國的發展具有深層次的影響。從一個方面看,阻礙了中國加入全球生產體系。美國等西方國家對華出口管制,使得中國半導體設備製造業同國際先進水準還有 2-3 代的差距,落後國際先進水準 10 年左右,而這也延緩了中國在半導體價值鏈生產中的水準升級。半導體產業的問題,只是中國參與全球生產體系時,由以美國為首的西方國家對華出口管制而出現困境的一個縮影。在電腦、航太、晶片研究與製造等諸多產業同樣面臨這樣的問題。從另一個層面看,無論是曾經的巴統,還是現在的《瓦森納協定》,都讓中國逐漸放棄了幻想,更加堅定了走自主獨立發展道路的決心。近些年中國在重大科技領域取得的突破,從某種意義上說還要感謝當年對我們的限制和決絕。其實,不少國家當初屈從美國人的壓力放棄了與中國合作的機會,到頭來吃虧的還是自己,因為時過境遷,現在的中國已經不需要了。

續對"中國製造2025"打壓　實際上,在 21 世紀這樣一個各國經濟和社會發展相互依存的時代,特別在中國經濟迅速發展的情況下,美國對華技術出口管制已經沒有多大實質意義,已經成為改善中美關係的重大障礙。正在發生的中美貿易摩擦,已經從當初限制向中國出口轉向限制中國高新技術研發能力,對"中國製造2025"的打壓更是不遺餘力。也許,愈加強大的社會主義中國在資本主義諸國看來是一個巨大的威脅。資本主義國家之間儘管有矛盾,有分歧,不過它們的總目標是一致的,都試圖遏制社會主義意識形態和經濟實力的發展以捍衛資本主義的戰略高地,畢竟昔日的帝國主義大戰已經不復存在,取而代之的是兩種前途、兩種制度的生死較量。這種較量的棱角雖然在中短期會被多極化趨勢撫平,但在更加遼遠的未來,資本主義與社會主義的對抗將會在新的對手之間上演。

注:1. 法媒,中國軍備爆發的劇本無人能寫,中國軍備創造的奇蹟難以複製,https://kknews CC, 資訊,2017-06-07 由裝備分析
　　發表於資訊

坎坷復興路

國防科技跨越半個世紀

▌戚嘉林 博士（中國統一聯盟前主席）

中華帝國、奧地利帝國〔Austrian Empire〕與鄂圖曼土耳其帝國〔Ottoman Empire〕曾於十九世紀併立於世，惟後二者已遭列強支解，萎縮成今日中歐的奧地利與中亞的土耳其，只有中國仍屹立東方，並於二十一世紀初崛起。

中國於 1949 年完成統一〔除台港澳〕，並於今日成為 "後進入" 近代的崛起大國。回首當時統一之際，除社會經濟極度落後，還須面對列強的圍堵與遏制，為了迎頭趕上，只有以自己的方式摸索奮力前進。在這樣困頓的情勢下，仍能復興崛起，甚至開漢、唐未有的盛世，成為世界近代史上民族復興的典範，絕非僥倖，那是中國人一步一腳印艱苦拼博奮的成就。那段民族拼博的崢嶸歲月，是我們民族引以為傲的壯麗史詩。

振興中國的使命

列強之所以能橫行天下，是因為他們 "先進入" 近代，亦即先行完成內部政爭與政治體制的整合，及有能力以近代科技生產先進軍事裝備[1]。前者使西方列強可藉自由、民主、自決、人權等亮麗口號，在意識型態上顛覆後進國家，後者使列強持憑先進武器干預、訛詐、裂解或侵略後進國家。

十八世紀末法國大革命的政體整合過程，屍橫遍野，白色恐怖下千萬人頭落地，斯時革命家羅蘭夫人〔Madame Roland〕在被送上斷頭枱前，留下對無序自由的痛心名句 "自由、自由，多少罪惡假汝之名而行"。至於美國，其在 1861-1865 年間的內戰中，南北雙方戰死將士共 61.7 萬人[2]，佔當時全美總人口 3,100 萬[3]的 2%〔這還不包括傷者〕。斯時，美國南方人民是沒有自決與分離公投的自由，即使今天也沒有。

1949 年 10 月，以毛澤東為首的中國共產黨人，以雷霆萬鈞之勢，迅速完成統一大業。相較美國，國共內戰完成不完全統一（台港澳除外），較美國南北內戰完成統一，整整晚了 84 年。中國完成統一後，緊接著的首要使命就是建立獨立自主的現代國防體系，使中國免於外敵侵略。然而，在此之前，中國飽受列強侵凌，慘遭蹂躪。與此同時，則面臨美、蘇列強對我廣大領土的虎視眈眈，東南台灣國府又不時反攻突擊。最嚴峻者，是國防科技與西方差距不但宛如隔代，有些可說幾近原始。因此，這一次的全國統一，其處境艱險遠非元明、明清的改朝換代所可比擬，因為它還肩負著振興中國的使命。

落後宛如隔代

抗戰勝利，那是慘勝，歷經百年戰亂，中國已是一窮二白，海軍主力已在 1895 年的中日海戰中，全軍覆沒，僅存的小型艦艇，也在八年抗戰中遭日軍摧毀殆盡。1945 年 8 月 15 日日本投降，10 月國府派 1,500 名海軍官兵自福建馬江渡海抵台灣基隆接收，是分乘二十艘僱用的大帆船，好似時光倒流。戰後國府從同盟國那兒分到 34 艘日本本土殘存的艦艇，及國府以喪失主權為代價獲自英、美所贈 1920、30 年代所造十幾艘千餘噸老艦，這也是解放軍海軍 1949 年所接收的主力兵艦[4]。1949 年 10 月新中國成立之際，中國完全無力自製汽車、坦克、戰機、軍艦與潛艇。斯時，解放軍甚至無力修復日軍所留坦克內已遭毀壞的無線電通訊設備[5]。1950 年初解放軍成立雷達部隊，卻不會使用所繳獲的

1944年9月在我國滿洲奉天飛行場日軍飛行
第70戰隊所屬二式單座戰鬥機二型甲

1917年竣工，"扶桑號"大戰艦、排水量30,600噸

日本雷達[6]；但戰敗的日本，在 1941 年 12 月發動偷襲珍珠港前夕，卻擁有飛機 2,400 架、甲級巡洋艦 18 艘、乙級巡洋艦 20 艘、驅逐艦 112 艘、航空母艦 10 艘、潛水艇 65 艘、戰艦 10 艘[7]，其中“大和號”戰艦排水量是高達 65,000 噸。

中日相較，十年前日本擁有的強大陸海空軍，除體現其先進的國防科技與雄厚的重工業實力外，亦體現其官兵素質，是有駕駛潛水艇、巨型戰艦與航空母艦的能力；但戰功顯赫的“人民解放軍”，幹部戰士卻大部份是文盲。中日兩軍官兵文化水平反差之大，由此可見。自 1950 年起的三年間，全軍曾掀起向文化大進軍的高潮，才將部隊戰士的文化，普遍提升至高小以上程度，有些達到中學或更高的程度[8]。

迫不及待的成立“中國科學院”

面對如此嚴峻落後的情勢，建立自主的國防科技與重工業，是攸關中華民族存亡的大事，刻不容緩。中國共產黨於 1949 年 10 月 1 日在天安門前舉行開國大典後，就迫不及待地於 11 月 1 日成立了“中國科學院”。1950 年，周恩來曾寫過幾百封信，呼籲海外學子回國。是年，共有二百多名海外傑出的科學家返國，例如鄧稼先、金星南、蕭健等。1951-57 年間又有錢學森、陳寬能、郭永懷等一批科學家返回內地。一時間，中國科學領域群星璀璨[9]。最令人動容的是，這些科學家在歐美多已獲理工的博士學位，在專業領域各有傲人成就。但這次國家的再統一，是中國自大清覆亡後的實質一統，雖然百年戰爭，國家處於極度落後的窮困狀態，但血濃於水的民族情，召喚著這群身懷絕技的科學家，放棄海外優渥待遇，甚至突破美國特務重重阻攔，攜家帶眷，返回祖國，為建設明日中國獻身。

“抗美援朝”-國防科技與重工業體系

就在解放軍南下勢如破竹的 1949 年春夏，面對世界已分裂成以蘇聯為首的社會主義和以美國為首的資本主義兩大陣營，毛澤東審時度勢地先後提出了“另起爐灶”“打掃乾淨屋子再請客”和“一邊倒”的外交大方略；前二者即不繼承滿清與國府兩舊政權與列強建立的不平等關係，清除西方在華勢力後，

中國人民志願軍跨過鴨綠江 (抗美援朝)

再與西方建立關係；後者即二選一地加入以蘇聯為首的社會主義陣營。第二年夏 1950 年 6 月 25 日，韓戰爆發 (1953年7月27日停戰)，毛澤東乾綱決斷，在中國百廢待舉之際，於同年 10 月派遣 "中國人民志願軍" 渡過鴨綠江，抗美援朝 [10]，使蘇聯有和平環境從事二戰後的復原建設。韓戰期間，"中國人民志願軍" 11.5 萬人陣亡、22.1 萬人負傷 [11]，戰費支出高達 100 億美元，多是向蘇聯購買武器，所購武器許多還是過時武器。但 "抗美援朝" 對中國的正面歷史意義，除了禦敵於國門之外，是使美國日後無法直接侵擾東北，提供和平建設東北的環境，且因戰爭結盟的友好政治氛圍，虎口拔牙，使蘇聯於 1952 年歸還東北的長春鐵路，1955 年歸還旅順、大連港和解散其在新疆、大連等一批剝削我方的中蘇 "合資公司" [12]。此外，無論毛澤東是否已經預見或未能預見，筆者認為 "抗美援朝" 最重要且影響最深遠者，是為中國換得建立從無到有之初步國防科技與重工業體系的蓋世機遇。

　　就俄人的立場而言，斯大林對中國的興盛衰敗常處於矛盾狀態，史大林不願毛澤東揮師渡江一統中國，但中國的勝利又曾使他振奮。中國實施 "一邊倒" 的外交政策，從而與美、英、日、法等西方陣營抗衡，雖然使史大林感到社會主義陣營的強大，但 "一邊倒" 仍不足以使史大林放心，因為他怕中國會成為南斯拉夫，毛澤東會成為另一個狄托。及至毛澤東派軍入朝，血戰美軍，史大林才相信中國不是南斯拉夫，不是狄托。當然，從民族利益上看，史大林雖然很難承受中國強大到接近蘇聯的程度，但剛成立的新中國又太弱，其工業落後的程度如果不加以改變，中國僅憑其豐富的人力難以抗衡美日構成的東方威脅。所以，蘇聯給予中國一定程度的支援，協助中國改善其工業落後狀態和改進其軍事裝備，是符合蘇聯的利益，這在朝鮮戰爭中尤其必要[13]。

明日長劍：哈爾濱軍事工程學院

韓戰初期的1950-1951年間，武漢、瀋陽、濟南、哈爾濱、杭州、成都等地冒出一批航空學校和空軍基地，大連、煙台、青島、武漢、廣州、上海、南京、九江等地則湧現一批海軍學校和海軍基地[14]。但是上述學校與海空基地，多屬中等專業性質，量多而質有限，或為修理或為裝配[15]。當時在華與中國人併肩對抗美國的蘇聯專家，將中國軍事學校仍處於培訓低階人才的信息，反饋給蘇聯的將軍們，經研議後，將軍們向史大林提出除非中國能再提升現有的軍事裝備水平，否則中國很難擔當社會主義陣營東方砥柱的意見。因為，與美軍相比，解放軍裝備之差，近乎原始。因此，在朝鮮戰爭激戰中的1952年春，史大林建議毛澤東辦一所培養軍事工程人才的軍事技術學校，並表示可派出專家協助辦校[16]。

哈軍工之父陳賡大將

毛澤東與周恩來，精準地抓住此一歷史機遇。韓戰可說是二戰後的局部現代化戰爭，韓戰不但使中國人有機會直接從戰場上獲得當時世界上最先進的輕武器和重武器[17]，也使中國領導人深刻瞭解其與蘇聯、美國武器裝備相較的隔代差距。故周恩來立即於同（1952）年6月3日代表中國政府向蘇聯提出，要求派遣專家協助建立高級軍事工程技術學院。與此同時，中央密電在朝鮮戰場上的副司令員陳賡大將返京，籌辦高等軍事工程學院。總參副總長粟裕並特許辦校經費實報實銷[18]，因為這是百年來我們民族第一所培育國防尖端科技人才的軍事大學。

斯時，史大林的威權在蘇聯達到頂峯，史大林的命令是被認真的執行，故蘇聯航空專家奧列霍夫中將旋即率四名專家先於7月飛抵北京。陳賡大將除立即勘選哈爾濱為校址，懇切延攬與徵調全國一流理工學者任教，秘密開展招生，

哈爾濱軍事工程學院

另並徵調數千名幹部戰士，日以繼夜大興土木建築校舍。9月3日周恩來和陳毅二人並親自主持專門討論建校問題的聯席會議，會上周恩來要求各單位全力支持。次(1953)年9月1日哈爾濱軍事工程學院(簡稱"哈軍工")開學，同年底"哈軍工"已購進教學用設備、模型等9,500件，教具8,600件。1954年底學校已建成五座教學大樓、一座萬餘米的實習工廠、399個實驗室與兵器陳列館、75間教研辦公室[19]。

斯時，陳賡等一批英雄群體，懷著振興民族國防的強國夢，在北國荒原平地拔起一座被列為重大機密的現代軍事科技大學，全校教授盡力為培育中國未來國防科技人才，為鑄造祖國明日的衛國長劍而努力。"哈軍工"的建成，標誌著中國國防現代化向前跨出重要的一步，它為中國培養了上萬名高質量的軍事工程技術幹部，為日後中國發展核武、宇航科技、超高速巨型計算機技術等提供一批科學巨子。"哈軍工"可說是近代國防建設史上的一座豐碑，為中國國防現代化奠下堅實的基礎[20]。

"紙老虎" vs. "這是決定命運的"

關於毛澤東的研究，雖然汗牛充棟，但誠如內地暢銷書《毛澤東傳》作者Ross Terrill所云，由於無法研究中國的軍事檔案，而難洞悉歷史真相。Terrill就誤認毛澤東"不熱心發展擁有大量昂貴常規武器的中等水準的正規軍"[21]；1946 年 8 月，毛澤東在與美國記者安娜‧路易斯‧斯特朗(Anna Louise Strong)對話時，提出"原子彈是紙老虎"的著名論述[22]。關於毛澤東鄙視核武原子彈一事，昔日兩蔣台灣當局即就此事於島內外全面妖魔化毛澤東。影響所及，日前余與台灣某企業家友人話及此事，友人認為核武器可怕是一件常識，但毛澤東卻無知地鄙視核武器，從而認為毛澤東不學無術，並對毛澤東"原子彈是紙老虎"之說，痛心疾首。海外華人亦不乏認為毛澤東在核武問題上無知，知名華裔歷史學者唐德剛，也以此事冷嘲熱諷地抨擊毛澤東[23]。

回首 1954 年秋某日，地質專家將在廣西開採到的鈾礦石送到北京(該礦石是次生礦，開採價值不大，但證明中國的土地上有鈾礦，因有次生礦就很可能找到原生礦)。當時任地質部副部長的劉杰，第二天就奉召帶著一塊次生鈾礦石至中南海滙報，因為毛澤東一定要親自看一看鈾礦石。事畢劉杰離去前，毛澤東在門口握住劉杰的手，告以"這是決定命運的"(劉杰后任地質部長，曾用很大精力抓地質工作，幾乎去過所有搞鈾礦地質勘探的地方)。試想毛澤東身為國家領導人，日理萬機，核閱各地各部會送呈的大量公文，但當他閱及此一有關次生鈾礦石公文，立即批示第二天召見劉杰，由此可見毛澤東是何等重視核武器；是年，赫魯雪夫率團訪問中國參加五周年慶典，10 月 3 日在中南海頤年堂舉行的中蘇兩國最高級會議上，赫魯雪夫問：你們對我們還有什麼要求？毛澤東乘機提出關鍵性的要求，告以：我們對原子能、核武器感興趣…。赫魯雪夫愣住了，思想毫無準備，旋答以：…那麼我們可幫助先建設一個小型原子堆(蘇聯於1958年援建了一座重水反應堆)；次(1955)年 1 月 15 日，毛澤東主持中共中央書記處擴大會議，決定發展核武事業[24]。

1964 年 10 月中國第一顆原子彈試爆成功後，1965 年 1 月 9 日毛澤東在人民大會堂接見美國記者埃德加‧斯諾(Edgar Snow)時，斯諾問"…你現在還認為原子彈是紙老虎嗎？"。毛澤東答以"那是一種說話的方式，一種形象化的說法。…"。顯然，毛澤東對核武的論述，可說是因時制宜。試想，接受斯特朗採訪時，中國面對美國"先進入"核武時代，而解放軍幹部戰士大部份仍是文盲的天大反差下，作為領導人，將心比心，難道要長美國士氣，滅自己威風嗎？更何況 1950 年代，美國不但全面圍堵中國，動輒以核武恫嚇中國。1960 年代除多次進行針對中國的核戰演習[25]，甚至還將核彈運抵台灣[26]；反之，如果對外或對內講話，承認核武重要，那美國又要懷疑中國欲積極發展核武器。

君不見，本世紀初的伊拉克，只因美國懷疑伊拉克欲發展核武，就遭美國先發制人打擊，而遭亡國滅頂之災。故毛澤東等領導人，當時一面隱匿中國重視核武的意圖，一面以極機密方式發展核武的作法，是決定命運的正確。

訪團赴蘇絡繹於途

中共政權成立之初，內戰仍局部持續，毛澤東就率團於 1949 年 12 月 16 日抵莫斯科，尋求經濟技術援助，於 1950 年 2 月 14 日簽訂《中蘇友好同盟互助條約》，僅獲 3 億美元的貸款，但一年前波蘭卻獲得蘇聯 4.5 億美元的貸款[27]。及後，在"一邊倒"加入社會主義陣營建立的共同革命理想，與參加韓戰對抗美國西擴的共同利益下，中蘇建立起緊密關係，使蘇聯願意協助中國建立初級軍事科技。

1952 年底著名核物理專家錢三強率"中國科學院"代表團訪蘇[28]。1954 年 9 月 9 日彭德懷同劉伯承率粟裕、陳賡等組團訪蘇，參觀原子彈實地軍事演習[29]。1955 年 1 月 20 日，

1949年毛澤東訪問蘇聯，在抵達莫斯科車站時，毛澤東受到蘇聯黨政領導人布爾加寧 (右一)、莫洛托夫 (右二) 等人的熱烈歡迎

中蘇簽訂《關於在中華人民共和國進行放射性元素的尋找、鑒定和地質勘察工作的議定書》，依協定中蘇兩國將在中國境內合作普查勘探，由中方開採，鈾礦石除滿足中國自己的需要外，其餘均由蘇聯收購 (此後大批蘇聯地質專家來到中國，協助進行鈾礦的普查勘探)。同年 4 月 27 日，以劉杰、錢三強為首的代表團在莫斯科，與蘇聯簽訂《關於為國民經濟發展需要利用原子能的協定》。1956 年 8 月 17 日，中蘇簽訂《關於蘇聯援助中國建設原子能工業的協定》，依協定蘇聯將援助中國建設一批原子能工業項目和一批進行核科學技術研究用的實驗室。1957 年 5 月，Vorbiev 率領十幾位核物理專家抵華工作[30]。同 (1957) 年 9 月 7 日，以聶榮臻為團長，陳賡、宋任窮為副團長的代表團訪蘇，歷經 35 天的談判，10 月 15 日中蘇簽訂《關於生產新式武器和軍事技術裝備以及在中

國建立綜合性原子能工業的協定》"〔簡稱《國防新技術協定》此後蘇聯先后向東風基地派出三批技術專家、近二千人〕[31]。《國防新技術協定》簽訂 18 天後，11 月 2-21 日，毛澤東率鄧小平、彭懷德等組團訪蘇，參加十月革命四十周年慶祝大會[32]。1958 年 9 月 29 日，中蘇進一步簽訂《關於蘇聯為中國原子能工業方面提供技術援助的補充協定》（簡稱《核協定》）。此協定對前述《國防新技術協定》內有關項目的規模、設計完成期限和設備供應期限有大致的確認，多數項目應在兩年內完成[33]。

1958 年 10 月 22 日，海軍政委蘇振華為團長的代表團訪蘇，經由艱苦談判，1959 年 2 月 4 日，中蘇簽訂《關於蘇聯政府給予中國海軍製造艦艇方面新技術援助的協定》（簡稱《二‧四協定》）。依此協定，蘇聯同意售予中國海軍五型艦艇（常規動力導彈潛艇、中型魚雷潛艇、大型和小型導彈艇及水翼魚雷艇）、兩種導彈（潛對地彈道導彈和艦對艦飛航導彈）以及這些艦艇的動力裝置、雷達、聲納、無線電、導航器材等 51 項設備的設計技術圖紙資料和部分裝備器材，並第二次有償轉讓幾種型號潛艇的建造權及部份器材裝備這些項目的製造特許權，中國海軍領導人為此興奮不已。《二‧四協定》的實施，使中國的海軍建設，邁入了一個新的階段，也使中國成為世界上能夠成套自行設計建造潛艇的少數國家之一[34]。

1957年11月2日，毛澤東率代表團赴蘇參加十月革命40周年慶典抵達莫斯科時，與前往歡迎的赫魯雪夫在機場握手

全力發展國防科技

1955 年 4 月聶榮臻與彭德懷聯名向中央報告，要求籌建第二殲擊機製造廠、噴氣式輕型轟炸機製造廠、發動機廠等。1956 年 8 月，中國仿製米格 -17 飛機成功[35]，同年起中國建立航空材料、空氣動力、風洞、飛行試驗等一系列航空工業的基礎研究所[36]。1958 年時，中國航空工業建成 13 個大型企業，其中包括 2 個飛機製造廠、2 個航空發動機製造廠、以及與飛機製造廠配套的航空附件、儀表、電器等工廠；至於海軍裝備，1957 年成功製造 1,000 噸級的中

型常規魚雷潛艇[37]。1958 年藉由進口配件成功仿造四艘國產的第一代火炮護衛艦[38]。1960 年前後，中國造船工業相繼成立了船舶科學研究所、船舶產品設計院等科研設計機構，建成了艦船、動力、水中兵器、導航儀錶等 13 個大型企業，可自行設計建造反潛護衛艦[39]。

1958 年春，中國自北韓調回精銳的志願軍第 20 兵團，拔赴內蒙額濟納地區建設導彈試驗靶場。當時，近十萬人在大漠安營札寨，日夜趕工，用二年零六個月的時間，完成蘇聯專家預言要用十五年才能建成的數千座建築物的基地（蘇聯專家原先是以此龐大工程的建設遷延費時，以拖延技術援助，因為蘇聯的援助是有時間條件，他們斷定中國短期內不會完成靶場的建設）[40]；此外，在蘇聯專家的協助下，開採礦石的鈾礦場、粉碎礦石的水冶廠、提取二氧化鈾和製作核燃料棒的核燃料廠、製造濃縮鈾的核擴散廠、製造原子彈的核武器研製基地及核實驗場等核工業主要工程項目的基礎工程和附屬工程，均於 1958 年 5 月後陸續開工建設[41]；1957 年 12 月，蘇聯將兩枚

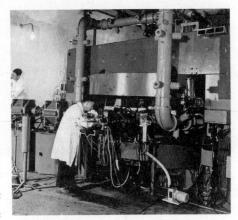

中國大陸第一座回旋加速器

"P-2" 型導彈（射程590公里、當時蘇聯先進的是 "P-12" 導彈）及其器材運交中國。1958 年 6 月蘇聯續運交首批 "P-2" 導彈武器系統的圖紙資料。8 月蘇聯專家多人抵華協助進行仿製。9 月在空軍建制下成立導彈學校。11 月 20 日蘇聯再陸續運來生產圖紙、技術條件、計算資料、標準件、工藝規程、和部份工裝模具、試驗設備及冶金資料等約一萬冊。中國科學家努力翻譯並設法仿製[42]；同（1958）年 9 月，蘇聯援助的 7,000 千瓦實驗性重水反應堆和 1.2 米直徑的廻旋加速器在北京建成，交付中國使用[43]。

優先建立重工業

從百年列強侵凌血的教訓，落後不但就要挨打，甚至還要遭致裂解，故基於國家的長遠利益，自強的首要目標就是建立強大的國防力量。建立強大國防力量的基礎是要有重工業。因此，建立自主的重工業體系，是 1950 年代中華

民族的唯一選擇。

如前所述，"一邊倒"與"抗美援朝"的外交大戰略，尤其是後者，戰爭同盟的友好政治氛圍，使蘇聯願意協助改善中國的工業落後狀態，故蘇聯是在中國加入韓戰後，才決定對中國提出 141 個援助項目。毛澤東等領導人也抓住此一百年歷史機遇，1952 年底蘇聯同意援助中國建設和改造 50 個重點項目，1953 年 5 月 15 日簽訂蘇聯援助中國發展國民經濟的協定，同意再援助和改建 91 個工業企業[44]。1954 年 10 月，蘇聯給予中國 5.2 億盧布貸款，並擴大前述 141 項工程的設備供應範圍，同時再增加 15 項新工業項目，此即 1953-1957 年間第一個五年計劃（簡稱"一五計劃"）蘇聯援助的 156 項工業項目（後經多次商談，最後實際確定為154項，但因156項公佈在先，故以後仍稱156項工程）。蘇聯對這些重點工程的建設，從勘察地質、選擇廠址、蒐集基礎資料、設計指導、供應技術資料、

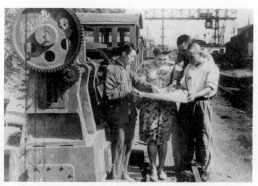

大連鐵路工廠修械分廠班長崔長林（左一）
在工地向前蘇聯技師學習（崔長林后被提升為廠長）

建築安裝、開工運轉到建成投產，均給予全面的援助，且提供必要的資金與設備。此外，東德、捷克、波蘭、匈牙利、羅馬尼亞、保加利亞等國也提供了共 68 項工業項目機器設備的援助[45]。斯時，蘇聯向中國提供機床、起重機、空氣壓縮機、水泵、柴油機、發電機、汽車、農業機械、工具和其他貨物，中國則以硫磺、水銀、燒碱、焙燒蘇打、大米、茶葉、毛製品等償還[46]。

1958 年 5 月，一機部部長汪道涵率團前往莫斯科，商談蘇聯援助中國第二個五年計劃項目。8 月 8 日，中蘇兩國在莫斯科簽訂《關於蘇維埃社會主義共和國聯盟在技術上援助中華人民共和國建設和擴建47 個工業企業的協定》。同年 11 月 10 日開始，對外貿易部部長葉季壯率團在莫斯科，進行請蘇聯供應成套設備項目的談判。1959 年 2 月 7 日，周恩來同赫魯雪夫在莫斯科簽訂《蘇維埃社會主義共和國聯盟在技術上援助中華人民共和國建設和擴建 78 個工業企業的協定》[47]。

工業科技跨越半個世紀

　　1950 年，中國工業生產技術水平十分落後，工業產品的產量，如鋼鐵、原煤、原油等，與西方列強資本主義國家相比，要落後五十到一百年。

　　斯時，蘇聯協助的 156 項重點工程全部是重工業，到 1957 年底有 135 個已經施工建設，有 68 個已經全部建成和部份建成投產。至於東德等國的 68 個工程項目，1957 年底有 64 個已經施工建設，有 27 個已經建成投產。這些建設項目是中國工業現代化的骨幹，其中許多是過去沒有的新工業，包括飛機、汽車、發電設備、重型機器、新式機牀、精密儀錶、電解鋁、無縫鋼管、合金鋼、塑料、無線電和有線電的製造；156 項重點工程項目中，包括機械工業、冶金工業、化學工業、能源工業、輕工業、醫藥工業和軍事工業，其中軍事工業共 44 項〔分別是航空12項、電子10項、兵器16項、航天2項、船舶4項〕。就個案而言，包括鞍山、武漢、包頭三個大型鋼鐵聯合企業的多項重點工程、

毛澤東在112廠視察殲-5戰機的生產

長春第一汽車製造廠、武漢重型機牀床廠、哈爾濱汽輪機廠、蘭州煉油化工設備廠、洛陽第一拖拉機製造廠等機械工業企業。這些新工業的建立，改變了中國工業的原始面貌，為中國實現工業化打下了基礎。以機械工業為例，有飛機、載重汽車、客輪、貨輪、容量 1.2 千瓦的成套火力發電設備、1.5 萬千瓦的成套水力發電設備、容量 1,000 立方米的高爐設備、聯合採煤機、200 多種新型機牀、自動電話交換機、以及全套紡織、造紙、製糖設備 [48]。

　　1956 年周恩來說"由於努力向蘇聯學習的結果，我國工程界現在已經學會了許多現代化的工廠、礦井、橋樑、水利建設的設計和施工，在設計大型機械、機車、輪船方面的能力也有很大提高 [49]。是時，獨立設計製造的工業技術水平大幅提高，1957 年中國已有能力設計建設一些比較大型的複雜技術工程，

例如年產 150 萬噸鋼的鋼鐵聯合企業、年產 250 萬噸原煤的大型煤礦、年產 7.5 萬噸合成氨的化肥廠、總容量 100 萬千瓦的水電站、65 千瓦的火電站等；獨立設計建造 1,000 立方米的高爐與獨立製造大型精密磨牀等[50]；此外，1955 年以前，中國在原子能、噴氣技術、電子學方面還是空白，但 1958 年底時，中國已經有了實驗型原子反應堆和回旋加速器。另也順利進展有關導彈、火箭、電子計算機的研製[51]。短短十年不到，中國工業技術一下子跨越了近半個世紀[52]。

1950年代國產噴氣式戰鬥機

蘇聯撤回專家

中國國防科技與工業技術的進步，一日千里。蘇聯不可能容忍中國的與日強大，因此無論是什麼理由，切斷技術援助的時間，遲早會來到。1959 年 9 月 15-28 日，赫魯雪夫第一次訪問美國，與美國總統舉行了三天會談，會後發表公報；9 月 30 日赫魯雪夫最後一次訪問中國，第二天與毛澤東會面，正式告知蘇聯正考慮撤回專家的問題[53]。1960 年 7 月 6 日 - 8 月 23 日，中國核工業系統的 233 名蘇聯專家，全部撤離中國，並帶走重要圖紙資料[54]。

清季洋務運動vs.1950年代國防科技大引進

清季 1860-1895 年間，滿清中國也曾推動一次國防科技引進的洋務自強運動，斯時最高統治者慈禧太后葉赫那拉氏，昧於當時的世界潮流，但卻洞悉人性，工於心計，熟諳權力場上的帝王之術[55]，於奪權、保權、擴權，無所不用其極，統御群臣"權奇英斷，足以籠絡一世"，揮金如土，喜好虛榮奢華，但於影響民族存亡之洋務自強大事，卻"才地平常"[56]。是時，我國重金禮聘法國海軍軍官德克碑(Neveve D' Aiguebelle)與日意格(Prosper Giguel)協助，於 1876 年成立海軍造船工業"福州造船廠"[57]。但趙孟能貴之，趙孟能賤之，法國因參與"福州造船廠"的建廠，故我國海軍對法毫無國防機密可言。及後法國侵略我國，乃於 1884 年派其遠東艦隊將"福州造船廠"全面摧毀。北洋艦隊則於 1895 年的甲午海戰，遭日本殲滅。三十年洋務自強運動心血，付之流水，影響所及，因喪失民族武裝自衛的能力，遭致日本狼子野心入侵半個世紀，中國人所受苦難，罄竹難書。

這一次的國防科技與工業技術大引進，較 1860 年代洋務運動時的國防科技引進困難千百倍，因為此時中國與世界的科技差距拉大。同樣是從無到有，但 1950 年時的西方科技已能造出現代飛機、軍艦、艇艇、航空母艦、甚至原子彈。因此，這次毛澤東乾綱決斷，以"一邊倒"與"抗美援朝"大外交取得俄人信任。毛澤東與周恩來等國家領導人，抓住此一千載難逢的機遇，派團絡繹於途前往蘇聯，競相爭取援助。如前文所提，毛澤東並親自向赫魯雪夫開口，稱中國對原子能、核武器感興趣，…。對在華的蘇聯專家，生活上關注照顧，從而使蘇聯願意在一定層次內的技術領域提供大規模援助。

這次國防科技引進的重要意義如后：

一、籌辦"哈軍工"，低調機密地為日後國防高科技培育人才。

二、國防科技與重工業技術的全面引進建設，規模之大，前所未有。1950 年代的十年間，約有一萬名蘇聯專家在華工作，約有 2.8 萬名中國技術人員和熟練工人前往蘇聯受訓 [58]。

三、優先發展重工業，在第一個五年計劃期間（1953-1957），重工業基本建設投資佔工業基本建設總投資的 85%，佔工農業基本建設總投資的 72.9% [59]，建立初步的重工業體系，為自製近代武器裝備奠下堅實基礎。

四、毛澤東以降中央各級領導，不尚奢華，崇尚節儉，為強國而全力支持國防科技的引進，科學家們亦無私奉獻，工程人員則努力學習新技術。此一國防科技大引進的國家意識及實現，是清季洋務運動所遠遠無法比擬的。

如果錯過這一次十年機遇？

雖然歷史不能回頭，但可做事後的合理檢驗。例如，當時如果中國外交游走於美、蘇之間，則因無法獲得美、蘇其中任何一方的高度信任，故中國不可能從美、蘇任何一方獲得類似蘇聯於 1950 年代及予中國的大援助；如果是"一邊倒"的靠向美國，以美國資本主義政治體制，一則國會眾口雜舌地審議難以通過。二則任何高科技的工業技術移轉，在資本主義體制下是要付出天價的專利轉讓費。更何況在美國遏阻中國振興的國策下，即使中國願意支付天價的專利費，也是買不到的。例如 1980 年代中美關係熱絡，但在 1989 年以前整整十年的中美政治蜜月期間，中國是連一件主要武器也未買到[60]。故中國當時即使採行"一邊倒"偏向美國的政策，也不可能從美國那兒獲得類似蘇聯 1950 年代的援助。

事實上，不但是"一邊倒"，而且是參加韓戰，十萬將士埋骨異域，戰時與蘇聯建立起的革命情感，方換得史大林信任，願予中國一定程度內的大力援助，但蘇聯最後仍於 1960 年 7 月寒盟背信的撤離援華專家。換言之，即使是以"一邊倒"的政治結盟與"抗美援朝"為蘇聯頂住東方威脅的代價，所換得的蘇聯援助，也只有短短十年不到。雖然蘇聯拒絕援助核武器、核潛艇等尖端國防科技，並不乏在某些關鍵技術有所保密，欲使中國仿製的是蘇聯第三線甚至是停產的裝備，而非第一線或第二線的最新裝備[61]。惟但無論如何，獲取蘇聯的援助，使中國從無到有地建立了初步的重工業體系與國防科技。總的來說，如果錯過這一次的十年機遇，或未努力把握這十年機遇認真學習，則中國的國防科技與重工業，可能將長期處於落後狀態。

強國夢

毛澤東作為中國的領導人，他的重大決策，無論正面或負面，例如前期"一邊倒""打掃乾淨屋子再請客""抗美援朝""發展國防科技""發展核武""建立重工業"、中期的"三面紅旗"與"文化大革命"、晚期的"中美建交"及第三次起用鄧小平等決策，都影響甚至決定中國的命運。

就毛澤東的蓋世成就而言，當時新興的中國共產黨人，外要抗拒美國對新疆與西藏少數民族的顛覆（1950年代美國曾策動達賴出走並援助西藏叛亂），內要防禦蔣介石國軍的沿海突擊與反攻大陸，且人口文盲眾多，經濟又是歷經五十年戰火的摧殘，其所處的大環境當遠較元明、明清改朝換代艱險。在毛澤東等共產黨人的領導下，勤儉建國，壓縮全民奢侈消費，優先發展重工業，極密發展國防科技，從而建立了初步的國防工業，這在十年前的 1950 年，是不可想像的。

　　回顧 1950 年代國防科技與重工業大引進的這段歷史，宜實是求事，以事實結果檢驗歷史。回首往事，當時毛澤東高瞻遠矚的外交政策，可說是那個時代的唯一選擇，它為中華民族爭取到國防科技與重工業百年未遇的建設。在毛澤東主席與周恩來總理等一代領導的爭取引進與規劃，錢學森等一代科學家的無私刻苦奉獻，廣大工程技術人員與建設兵團等的萬眾一心，艱苦學習新技術，爭分奪秒地珍惜這十年，才使中國的國防科技與重工業，一下子跨越了半個世紀，從而為日後中國的國防科技與重工業體系的建立，奠下堅實基礎。那是一代中國人壯烈篇章的強國夢，是我們民族的光榮與驕傲。

註解
1. 毛鑄倫，"論近代中國民族主義運動曲折發展"，海隅微言集，台北：海峽學術出版社，1998 年 7 月，pp.3-6.
2. Hugh Brogan, The Penguin History of the United States of America. England: Longman Group Limited. 1985. p.355.
3. 龍文軍、包跃芳，"美國西部農業開發的歷程和經驗"，http://number.cnki.net/Show-result.aspx？searchword=t%E7%BE%E5%9B%BD%E4%…　2008/Jan/15　p.1.
4. 海軍司令部"近代中國海軍"編輯部編輯，近代中國海軍，北京：海潮出版社，1994，pp.950-992:1003:1012-1043.
5. 中央電視台，開國大典（電視節目），2004 年 10 月。
6. 羅來勇，中國國防科技人才培養紀實，北京：中共中央黨校出版社，2005 年 8 月第二版，p.53.
7. 服部卓四郎著，軍事譯粹社，大東亞戰爭全史 I，台北：軍事譯粹社，1978 年 3 月，pp.148-149.
8. 《聶榮臻傳》編寫組，聶榮臻傳，北京：當代中國出版社，1994 年 12 月，p.486.
9. 彭繼超，中國核武試驗紀實，北京：中共中央黨校出版社，2005 年 6 月第 2 版，p.34.
10. Roderick MacFarquhar and John K. Fairbank 著，楊品泉等譯，劍橋中華人民共和國，北京：中國社會科學出版社，2006 年 10 月第二次印刷，p.54.
11. 鄧禮峰，建國后軍事行動全錄，山西：山西人民出版社，pp.313-314.
12. Roderick MacFarquhar and John K. Fairbank 著，楊品泉等譯，劍橋中華人民共和國，北京：中國社會科學出版社，2006 年 10 月第二次印刷，pp.163-164:255:257-259.
13. 同註 6，pp.20-21.
14. 同註 6，p..21.
15. 滕叙兗，哈軍工傳，湖南：湖南科學技術出版社，2006 年 7 月，pp.27-28.
16. 同註 6，p.9:21.
17. 馬成翼，中國常規兵器試驗紀實，北京：中共中央黨校出版社，2005 年 7 月第 2 版，pp.7-8.
18. 同註 6，pp.11:58-59.
19. 同註 6，pp.20:29:70-71:86:103.
20. a 同註 6，p.13.
　　 b 同註 15，pp.1-3:1355.
21. Ross Terrill 著，胡為雄、鄭玉臣譯，毛澤東傳，台北：博雅書屋公司，2007 年 12 月，p.358.
22. 同註 9，p.16.
23. 唐德剛，毛澤東專政始末(1949-1976)，台北：遠流出版公司，2007 年 2 月，pp.234-235.
24. 同註 6，pp.27-3153:55.
25. 同註 9，pp.16-20:24-25.
26. 高智陽，"美國在台部署核武秘辛"，全球防衛雜誌，267 期，2006 年 11 月，p.88.
27. 同註 10，p.247.
28. 沈志華，"檔案解密：蘇聯與中國核武器"http://www.ywpw.com/forums/mosaic/post/AO/pO/html/46.html　Access:2008/Jan/9. p.1.
29. 同註 9，p.52.
30. 同註 28，pp.2-3.

31. 梁東元，飛天外傳，湖北：湖北人民出版社，2007 年，p.67.

32. 同註 9，p.55.

33. 同註 28，p.5.

34. a. 國防科技論壇，"蘇聯與中國核武器的恩怨歷史"，http://bbs.81tech.com/read.php？tid-60901.html
　　　Access:2007/11/5 p.7.
　　b. 彭子強，中國核潛艇研制紀實，北京：中共中央黨校出版社，2005 年 7 月第 2 版，pp.28-32.

35. 《聶榮臻傳》編寫組，聶榮臻傳，北京：當代中國出版社，1994 年 12 月，p.529.

36. 羅來勇，中國國防科技人才培養紀實，北京：中共中央黨校出版社，2005 年 8 月第二版，p.117.

37. 同註 8，pp.529-530.

38. 曲儉，"國產 054A 護衛艦魚貫式投產"，廣角鏡，423 期，p.31.

39. 同註 8，p.530.

40. 同註 31，pp.28-40.

41. 同註 28，p.6.

42. a. 同註 31，pp.77-78.
　　b. 同註 28，p.6.

43. 同註 8，p.553.

44. 張柏春、張久春，"蘇聯援華工業項目中的技術轉移"，http://bbs.stage1st.com/archiver/tid-173397.html
　　　Access:2007/11/7 p.1.

45. 黃輔礽主編，中華人民共和國經濟史(上卷)，香港：三聯書店(香港)有限公司【經濟科學出版社授權】，2001 年，pp.272-273.

46. 同註 44，p.2.

47. 同註 44，p.1.

48. 同註 45，pp.268:284:287.

49. 同註 44，p.6.

50. 同註 45，pp.287-288.

51. 同註 8，p.530.

52. 同註 45，pp.287-288.

53. 同註 31，pp.60-61.

54. 《聶榮臻傳》編寫組，聶榮臻傳，北京：當代中國出版社，1994 年 12 月，p.586.

55. 隋麗娟，說慈禧，北京：中華書局，2007 年 2 月，p.253.

56. 李恩涵，近代中國外交史事新研，台北：台灣商務印書館，2004 年 8 月，pp.69-71.

57. 林崇墉，沈葆楨與福州船政，台北：聯經出版事業，pp.242-246.

58. 同註 10，pp.161-162.

59. 國家統計局編，中國統計年鑒，北京：中國統計出版社，1990 年 8 月，p.166.

60. 余陽，"中國武器亮相透明程度空前"，廣角鏡，420 期，p.52.

61. 同註 28，p.7.

坎坷復興路

刻骨銘心的強國夢

▍戚嘉林 博士（中國統一聯盟前主席）

　　回顧歷史，1870 年代時清政府已在台灣推動現代化的洋務建設，遠自英國購進開礦機器，創辦台灣第一座西式煤廠、架設府城至安平的台灣第一條電報線。但 1867-77 年間清軍在西北先後平定陝甘回亂與新疆獨立事件，戰事綿延十年。1876-79 年間，華北山西、陝西、河南、河北、山東等省大旱，死亡人數高達一千萬人以上，茫茫浩劫慘酷至極。1894 年日本發動侵華的甲午戰爭，日軍除在旅順屠殺六萬中國人民，並索賠白銀 2.3 億兩白銀（當時清政府每年歲入僅0.89億兩白銀）。1900 年八國聯軍侵華焚燬圓明園，辛丑條約復又索賠 4.5 億兩白銀，分 39 年償清（即直至1940年），以關稅、厘金和鹽稅作擔保[1]，使清政府財政破產，國家基本建設與工業投資停滯。1904 年，英軍入我西藏拉薩，日俄戰爭更以我國東北為戰場。1911 年國民革命雖推翻滿清王朝，卻無力凝聚全國力量從事建設。1915 年袁世凱稱帝失敗，中央解體，祖國漸陷於大規模內戰，戰火蔓延省份從 1913 年的 6 省增至 1926-28 年間的 15 省，動員兵力最終高達 110 萬人。接著，1931 年日本發動九一八事變，次年強佔我國東北。1933 年再奪山海關，佔熱河進灤東。1937 年日本發動七七盧溝橋事件，開始在我國廣大內地進行長達八年（1937-45）大肆屠殺掠奪與破壞的侵華戰爭，祖國分崩離析，陷於空前災難，續經三年國共內戰，1949 年 10 月終告統一。

日本於 1915 年竣工的巡洋艦霧島號（排水量 27,500 噸）

1950年內地完全不俱備現代經濟發展的啟始條件

中國共產黨 1949 年建立共和國，其所面對的是美國全方位的裂解分離顛覆。1950 年代初時，西北有通曉哈薩克語與蒙古語的美國駐我新疆迪化副領事馬克南(Douglas Mackiernan)，煽動主導烏斯滿率 1.5 萬名哈薩克族等的武裝叛亂，西藏亦有美國策動藏獨，東南美國於塞班島訓練特工空投顛覆。國民黨政權殘存在內地勢力的破壞，及其在台以政權機器時時海空武裝突擊東南沿岸，甚至支援"藏獨"。社會則有現代政府政令所不及之偏區宗法豪強私人武裝力量，淪陷區日本及其所扶植的汪偽政權與偽滿政權所遺之仇怨權力關係。

此外，歷經列強百年蹂躪，戰火摧殘，內地是經濟凋敝，"一窮二白"的社會。文明似只至沿海及大城市邊緣為止，廣大鄉村的苦難落後，不乏仍處於"近代前"社會，無警察、無郵政、無學校、無稅吏的狀態[2]。斯時(1930年代)，整個廣大的西北地區，可說仍處於民生凋敝，餓殍載道，饑民成群逃荒，苦力多嗜鴉片，丐童寒夜哀嚎的落後狀態，甚至有地方宗法豪強自擁武裝力量抗官，為國家政令所不及[3]。西南地區亦然，1941 年時雲南馬關縣內，"從縣境東端走到西端，看不到一條公路、一輛腳踏車、一具電話、一個籃球場、一張新聞紙(報紙)和一間診病室"，該縣後面的哀牢山村民，亦是一片赤貧[4]。人民素質普遍低落，誠如毛澤東所言"識字的人只那麼一點點"[5]，以當時戰功赫赫的"人民解放軍"為例，1950 年時大部份的幹部戰士是文盲[6]。但是在台灣，1942-43 年日人初在台灣征召陸海軍特別志願兵時，則是依年齡、體位、學歷等條件，嚴格挑選青少年，將其送往陸、海軍兵"志願者訓練所"訓練六個月，結業後方分發部隊當兵[7]。

日據時期台灣青年被徵召入海軍服役，
是先接受六個月新兵訓練結訓后，再入"海兵團"
接受六個月的海軍專業訓練(1944 年 3 月 27 日)

就相關的統計數據而言，內地當時的落後的是難以想像。例如 1950-52 年的經濟恢復期，整個大陸所生產的農用化肥，平均每年僅 2.7 萬公噸[8]，但面積遠較祖國大陸小的台灣，十年前(1936-40)其化學肥料使用量平均每年已高達 48.3 萬公噸[9]；內地 1949 年時水泥產量僅 66 萬噸，發電量僅 43 億千瓦小時。但 1944 年時台灣水泥產量已達 30 萬噸、實際發電量

日據時期的台灣高雄碼頭與倉庫

計 10.5 億千瓦小時[10]；1950 年時數億人口的內地(不包括台、港、澳)的主要工業年產量，原油 20 萬噸、原煤 0.43 億噸、鋼 61 萬噸、農用化肥 1.5 萬噸[11]。工業上，無力自製手錶，更遑論汽車、船艦、飛機。但 1950 年時台灣已有涵蓋全島的輸電網路、電話、公路、複線鐵路、港口等基礎建設，且均已極具規模，遠非內地可比，當時基隆與高雄兩港口可直接停泊兩萬噸以上的貨輪，遠勝上海或廣州[12]。因此，就 1950 年時內地當時的政治、經濟與社會條件，可說完全不具備現代經濟發展的啟始條件。

悲壯的強國夢：二十年間三次大躍進

從百年列強侵凌的血淚教訓，落後不但就要挨打，甚至還要遭列強瓜分與裂解。基於民族的核心利益，建立保衛民族生存的基本武裝力量，是共和國建國的歷史責任。故共和國開國的首要目標，就是建立國防工業，也就是重工業，那是民族的唯一選擇。再者，亦因執政者"中國共產黨"的主體意識型態及當時的國際形勢，故在經濟發展的策略上，也只有選擇前蘇聯模式，即壓縮農業與輕工業的資源，投入重工業。1950 年代，中國抓住世界一分為二的冷戰千載良機，斷然"一邊倒"地加入前蘇聯社會主義陣營與參加韓戰，取得前蘇聯的友誼與信任，於其願提供現代工業援助的關鍵時刻，成功發展資本密集技術密集的重工業。此外，並於 1958-78 的二十年間，傾舉國之力，發動了三次大躍

進，分別是大躍進(1958-60)、
文化大革命的自力更生躍進
(1966-70)及其後引進外資機械
裝備的洋躍進(1977-78)，企圖
以政治力量加速工業的發展，
雖局部或個別項目有成，但總
整體經濟均以失敗告終。

人民公社煉鋼土爐林立

　　1958年大躍進的結果，可
說是一場"大災難"[13]，文革十
年1976年時大陸經濟再度瀕臨
崩潰邊緣[14]。究其原由，主要
是優先發展重工業的政策，使
"一五時期(1953-57)"重工業投資在整個基本建設投資中的比例高達36.2%，
"二五時期(1958-62)"更升至54.0%，且自此以後重工業投資比率均在50.0%
上下[15]。此一長期壓縮農業與輕工業以支援重工業的政策，雖然建立了保衛民
族生存的基本武裝力量，但也付出了農業與輕工業相對長期停滯的代價。農業
生產的停滯，又造成輕工業原材料短缺及輕工業許多行業的開工不足。此外，
各項大型工程的上馬，都是資本技術密集的大型工廠，其對勞動力的需求極低，
亦即相對於輕工業所提供的就業機會有限。失業的嚴重，甚至迫使文革時將數
以千萬計的中學畢業生遣往農村安家落戶[16]。此外，重集體忽個體的經濟制度，
因其排斥市場機能，無法反映生產成本與市場供需。至於分配上提倡平均主義
的大鍋飯政策，則重挫群眾的生產熱情。

　　就歷史宏觀角度檢視那個時代，百年的極度積弱與慘遭蹂躪，使首次完
成近代中國實質統一的共和國，以振興中國的使命感，強力政治動員與感召，
帶領億萬中國人民以"敢教日月換新天"的豪情、壯志與幹勁，建設新中國。
1950-58年間，中國從"一窮二白"與戰爭破壞的慘狀中，"從無到有"地建
立起初步的現代重工體系，中國共產黨人使中國的國防科技與重工業水平，一
下子躍升了半個世紀。然而，自國共內戰、完成統一、恢復經濟與初期現代重
工業建設等一系列勝利，也使得"毛澤東同志，中央和地方不少領導同志在勝
利面前滋長了驕傲自滿情緒，急于求成"[17]。誠如中共第一代元老前國務院副

總理薄一波所云"把根本改變中國的貧困面貌看得太簡單太容易"[18]，故二十年間進行三次大躍進，這在人類史上可說絕無僅有。

斯時，中國經由政治力量的強行介入，以揠苗助長的方式，追求經濟現代化。雖然每次均以失敗告終，但於歷經退卻、調整與鞏固，當經濟開始復甦後，又再啓動新一輪的躍進，可說是屢敗屢戰，其結果自是經濟再度陷於絕境。尤其是文革動亂的"十年浩劫"[19]，將經濟推近崩潰邊緣，導致人心思變，為日後經濟改革凝聚共識。

生產大躍進下的稻田

中國人民的巨大付出

在政治上，1949 年中國共產黨面對環境之惡劣遠勝歷代的改朝換代。除了前述綜合國力的"一窮二白"外，尤其還要克服因極度衰弱所引發諸多內外的強勢顛覆。1950 年代時，一如本文分析，當時中國面臨世界超強西方美國分離台灣、顛覆西北、鼓動疆獨、策劃藏獨、塞班島訓練特工空投內地組建游擊基地。對內，則面臨同文同種國府撤退前所安設特務組織的潛伏伺機破壞，及後持續二三十年經年累月自台灣派遣特務潛返內地伺機待動。這還不夠，在美國的軍援與支持下，台灣還常年派遣正規軍事部隊，突擊中國大陸東南沿海，自 1949 年秋至 1957 年間，台灣攻擊中國大陸東南沿岸多達 70 餘次，每次百人或至萬人不等。其中 1953 年 7 月 15 日，台灣出動飛機、坦克、軍艦、傘兵等約共一萬餘人，突襲福建東山島。

至於北方，"一面倒"政策雖取得蘇聯友好大力援助，但又衍生國家安全問題，那就是在那個國防科技跨越半個世紀的年代，中國國防科技與重工業技術對蘇聯而言，可說猶如透明體，毫無機密可言。此外，在當時除因對蘇聯先進科技進步所衍生的激進親蘇勢力，蘇聯也不可能不在中國佈建其種籽。君不見，1980 年代美國與中國友好，其在華特務從事親美種籽的佈建工作，1989 年"六四風波"時就有約二百名學運份子經由英美情報單位的"助力"下逃離大陸。就蘇聯而言，付出如此巨大援助，豈可只滿足於培植或佈建親蘇勢力，最後提出長波電台與聯合艦隊的要求。

因此，回首當時中國處於極貧落後下的中國，面對如此舖天蓋地的內外顛覆勢力，尤其是世界美蘇兩大超強的的滲透顛覆裂解，美蘇甚至前後擬定主動突襲摧毀中國核武設施的計劃，並幾乎付諸實施。在如此險惡的環境下，主政的中國共產黨只有加強自身社會政治自清的能力，進行反制。此外，從中國共產黨本身的成長茁壯過程中，除了歷經蔣介石國府集團的五次軍事攻擊與侵華日軍的正規軍事打擊外，尤其也歷經國共第一次合作時蔣介石的血腥清黨、及持續二十年的特務滲透殘酷捕殺與日本侵華諜報機構的滲透捕殺，故在加強自身社會的政治自清，除了以較高標準建立嚴密社會網絡，以防止內外勢力顛覆外，別無選擇。因此在歷次重大運動中，尤重清理特務，故不乏冤案假案，其中包括各族各省及港澳

1950 年代， 應毛主席號召，
愚公移山 "一定要把淮河治理好"

台同胞及海外僑胞，當雖許多事後已與平反，但亦或有心中難以釋懷。故以今日民族的歷史高度回顧那段崢嶸的歲月，在那樣極度貧窮困苦的年代，如果中國不以政治方式建立嚴密的社會保護網，經由時間的沉積，如何能提升一代人民的素質，凝聚各族人民的國家認同，從無到有地建立當代國防科技與重工業體系？或許那就是我們民族從極度衰弱到民族振興所付出的代價。十九世紀前與我大清帝國併列的奧地利帝國與鄂圖曼土耳其帝國已遭裂解萎縮成今日的奧地利與土耳其，同文同種的阿拉伯世界則被白人裂解成數十小國，只有中國能在二十世紀中葉極度衰弱 "一窮二白" 的困境中崛起振興，我們應勿忘上世紀1950-80 年間那一代人的付出。

社會成本-錢偉長的困頓與復出

為能自蘇聯大規模引進國防科技，在 "一邊倒" 塑造同屬社會主義陣營中蘇友好的政治氛圍下，中國也為 "一邊倒" 政策付出了那個時代的社會成本。

例如,在"一邊倒"親蘇政策下的"百花運動",某些學者認為應少一些蘇聯的學術統治,多接觸一些西方的論述,甚至抨擊蘇聯學術和蘇聯專家在中國居於統治地位,從而遭致嚴厲打擊[20]。

例如,留美著名學者錢偉長,在當時有關教育政策的大辯論中,就堅持己見地大肆反對照搬蘇聯的教育制度,其觀點專文曾於 1957 年刊於《人民日報》與《光明日報》[21]。然而,就微觀(Micro)角度而言,錢偉長可能因未涉及外交工作,不知蘇聯駐北京大使館的外交官、武官、國安官員、顧問、及主管教育文化、財經等各級官員,肯定是將當時中

錢偉長及其著作

國政情與社會輿情,向莫斯科其原各對口單位滙報,相關分析報告與電報可說常年有如雪片。莫斯科當局綜合所獲各種情資,彙整研析後據以擬定其對華政策。俄人研判若非認為中國真的是"一邊倒"靠向蘇聯(包括高等教制度偏向俄式),中國是不可能獲得蘇聯大力的各項支援。例如 1957 年 9 月聶榮臻所率代表團於 9 月 7 日抵莫斯科,9 日開始分軍事、原子、導彈、飛機、無線電等五組同時與蘇聯談判,14 日蘇方提交了協定草案(即10月簽署的《國防新技術協定》)。當時,蘇方談判代表團團長 Pervukhin 就對聶榮臻說,這種協定在蘇聯外交史上是第一次,那是因為中國是最可靠、最可信託的朋友[22]。

故就宏觀(Macro)角度而言,當時中國能獲得蘇聯如此大力援助,以從事國防科技與重工業體系的建設,那是中華民族百年的機遇啊!在這個意義上,身為清華大學副校長及國務院科學規劃委員會委員的錢偉長,參與國家機要,似未能著眼大局,反以其社會地位與影響,反對蘇聯的教育制度,從而被劃為大右派。就類此錢偉長的個人而言,可說是中國在那個時代所付出的社會成本。

及後,錢君困頓十餘年,1979 年平反,1983 年鄧小平親自簽署錢偉長出任上海大學校長的派令[23]。

三十年奮鬥建立現代經濟發展的啟始條件

1950-1979 年間三十年的艱苦奮鬥,包括人類史上從所未有的國防科技與重工業水平十年間成功跨躍半個世紀,及二十年間的三次大躍進。後者在追求現代化的道路上,摸索掙扎前進,失敗再起,跌倒再起。昔日西方列強,是以海外殖民掠奪資源或發動戰爭勒索賠款的方式，累積資本[24]。但今日中國，則是三十年間，舉國緊衣縮食，以一代人極低工資的苦行，累積國家資本。

　　歷經三十年的奮鬥，1980年時中國大陸已在工農各領域略有初步基礎。當時大陸已有200多萬台機牀、年產煤炭超過六億噸、石油超過一億噸[25]、電力增至3,006億千瓦小時、農用化肥增至1,232萬噸、鋼產達3,712萬噸[26]。在工業質量方面，茲舉一、二實例，例如1961年開始能自製飛機使用的航空油料[27]，1965年成功研製殲擊機發動機關鍵部件之空心高溫合金渦輪葉片[28]，次年成功自製性能遠遠超過前蘇聯同類設備之大型光學儀器"跟蹤電影經緯儀"[29]，1980年進一步成功研製精度質量與著名英國斯貝發動機葉片相當之高精無餘量空心導向發動機葉片[30]。

　　在人口素質方面，1965年時小學學齡兒童入學率已達84.7%、小學畢業生升初中之升學率亦達82.5%、1970年時初中畢業生升高中之升學率亦有38.6%、1980年時大學在校生已高達114.3萬人[31]。教育的進步，為1980年代經濟發展提供了所需識字的基層勞動人口與高階工程技術人力資源。更重要的是，中國共產黨建置了近代中國強有力的中央、省、自治區、縣市之各級黨政行政體系、較全面完整的重工業體系、鐵公路交通體系、教育體系、郵政體系、衛生體系與戶政地籍資料，中國大陸可說脫胎邁入近代社會。前述種種的啟始條件，為上世紀80年代經濟改革提供了基礎。

　　前三十年的奮鬥犧牲，中國終於從無到有地建立了全面的規模宏大的現代重工業基礎，並建立了基本的核武力量。試想，二十一世紀初伊斯蘭世界的強者伊拉克，僅是被懷疑欲發展核武，即遭西方美國的致命打擊，遭滅頂之災，使伊拉克及所有的伊斯蘭世界，在可預見的未來，不得擁有核武。又東鄰驕橫不可一世的大和民族日本，即使對美俯首稱臣，亦步亦趨，但在美國的制約下，也不得擁有核武。故昔日"一窮二白"的中國，前三十年發展核武事業，是在"絕對機密"的情況下，集舉國能力所及資源，突破科技上的千萬道難關，一代人隱姓埋名奮鬥下完成的偉業。同時，在外交上則合縱連橫，游走於兩大超強之間，避過西方美國與前蘇聯先後的重重意欲致命打擊，終於輕舟已過萬重山，建立民族自衛武裝力量。

　　此外，前三十年歷經拒敵於國門之外的韓戰與越戰，暫時解除了美國的威脅。珍寶島事件，全國動員的臨戰之勢，力抗北方，解除了前蘇聯的威脅。因此，前三十年反帝反蘇鬥爭及核武力量的建立，為中國換得自鴉片戰爭以來百年所無的後四十年(1979-2019)和平發展機遇。"中美建交"的外交戰略佈局，使中國突破西方世界的經濟封鎖，為后四十年經改創造與西方經濟接合的外部機遇。

注解

1. 徐中約，中國近代史(上冊)，香港：中文大學出版社，2002年，pp.348:352:401.
2. 汪彝定，走過關鍵年代，台北：商周文化公司，1991年10月，pp.27-30.
3. 范長江，中國的西北角，1983年台灣戒嚴時代，出版者不詳。
4. 黃仁宇，放寬歷史的視界，台北：允晨文化實業公司，1990年9月11版，p.148.
5. 薄一波，若干重大決策與事件的回顧(下卷)，北京：中共中央黨校出版社，1993年6月，p.717.
6. 《聶榮臻》編寫組，聶榮臻傳，北京：當代中國出版社，1994年12月，p.486.
7. a. 台灣總督府編纂，曾培堂、山本壽賀子譯，台灣統治概要，台北：台灣總督府，1954年，pp.110-111.
   b. 鄭麗玲，"不沈的航空母艦－台灣的軍事動員"，台灣風物，44(3)：63-65.
8. 國家統計局編，"主要工業產品產量"，1991年中國統計年鑑，北京：中國統計出版社，pp.425-426.
9. 李登輝，台灣農工部門間之資本流通，台灣研究叢刊第106種，p.39.原引自 Shigeto Kawano, Rice Economy of Taiwan (Yuhikaku, Tokyo, 1941)，p.76. 表27。
10. 張宗漢，光復前台灣之工業化，台北：聯經出版公司，1980年5月，pp.166-171.
11. 國家統計局編，1991年中國統計年鑑，北京：中國統計出版社，pp.422-426.
12. 高希均、李誠主編，台灣經驗四十年，台北：天下文化，1991，p.207. 見汪一彝定，"貿易政策"。
13. 薄一波，若干重大決策與事件的回顧(下卷)，北京：中共中央校出版社，1993年6月，p.719.
14. 鄭竹園，"中國大陸經濟三十年"，中共經濟的診斷，台北：聯經出版公司，1980年，p.17. 見華國鋒報告，"北京週報"，1978年第10期，p.12.
15. 國家統計局，1992中國統計年鑑，北京：中國統計出版社，1992年，pp.149:158.
16. 鄭竹園，"中共經濟發展策略總檢討"，台灣模式與大陸現代化，台北：聯經出版事業公司，1986年8月，pp.79-116.
17. 薄一波，若干重大決策與事件的回顧(下卷)，北京：中共中央黨校出版社，1993年6月，p.725.
18. 薄一波，若干重大決策與事件的回顧(下卷)，北京：中共中央黨校出版社，1993年6月，p.720.
19. 劉華清，劉華清回憶錄，北京：解放軍出版社，2007年8月，pp.312:360.
20. 同註10，pp.222-236.
21. 錢偉長，"八十自述(1993)"，錢偉長學術論著自選集。北京：首都師範大學出版社，1994年12月，p.602.
22. 同註28，p.5.
23. 同註56，pp.635-636.
24. 黃宇仁，近代中國的出路，台北：聯經出版公司，1995年4月，p.47.
25. 中共中央文獻研究室，鄧小平文選(一卷本)，北京：人民出版社，1996年7月，p.120.
26. 國家統計局編，1991年中國統計年鑑，北京：中國統計出版社，pp.422-426.
27. 余瑋、吳志菲，中國高端訪問，北京：經濟日報出版社，2007年9月，pp.113-116.
28. 余瑋、吳志菲，中國高端訪問，北京：經濟日報出版社，2007年9月，pp.101-103.
29. 余瑋、吳志菲，中國高端訪問，北京：經濟日報出版社，2007年9月，pp.15-16.
30. 余瑋、吳志菲，中國高端訪問，北京：經濟日報出版社，2007年9月，pp.88-90.
31. 國家統計局編，1991年中國統計年鑑，北京：中國統計出版社，1991年8月，pp.692:701.

坎坷復興路

美、台、蘇欲摧毀中國大陸核設施功敗垂成

▌戚嘉林（中國統一聯盟前主席）

近代軍事科技發展始於西方白人強權，在西方列強的眼中，是很難容忍非白人非基督文明擁有核武器。故自二戰迄今六十年，日本人完全臣服於美，不但其本土仍有美軍駐紮，且外交與國防政策均以美國馬首是瞻，但美國仍堅不允日本擁有核武。及至二十一世紀初，美國甚至因無法容忍伊斯蘭文明的伊拉克擁有核武，不惜假造情報，以其可能擁有大規模毀滅武器為由入侵，使伊拉克人家亡國破。伊人軍民死傷數十萬，許多美麗城市頓成斷垣殘壁，且內部陷於不同宗教族群派系的內戰，月月年年死人，美國駐伊拉克巴格達的大使館，宛如國中之國，宛如伊國的太上政府。試問？伊拉克人何罪？罪在只是想要發展核武，就遭此民族橫禍，百年不得翻身。因此，吾人可以想見，在上世紀的冷戰年代，美、蘇豈能坐視中國擁有核武？更何況中國還有因內戰留下的台灣政權，該政權敵視出賣內地，迄今七十年不改其志。故中國建立保衛自己民族核武力量的過程，可說較伊拉克處境還驚險，因為伊拉克沒有一個因內戰遺留同文同種的敵對分離政權。

國府聘請侵華元凶前日軍將校白團

1945 年 8 月 10 日，日本照會中、美、英、蘇四國，接受波茨坦公告。四國於 11 日覆允。14 日，天皇勅令，保證實行波茨坦公規定的條件。15 日，蔣介石向國人廣播，以聖經 "要愛敵人" 為由，對日本要 "不念舊惡" "與人為善"，即所謂的 "以德報怨"。

當時，蔣介石嫡系部隊主力在偏處西南，於接收不利。蔣介石乃以統帥名義，令共軍 "駐防待命"，不准 "擅自行動"，另並於同(15)日致電日本的中

國派遣軍總司令官岡村寧次,要日軍向國府的中國陸軍總司令何應欽受降。岡村寧次積極配合。

岡村寧次狼子野心地獻策建言使中國南北分離　1948 年 7 月,國府軍事法庭開始展開對岡村寧次的審判,出席的司法部、外交部、軍法局等各機關代表,

全部主張將九一八事件元凶及侵華死硬派的岡村寧次處以死刑。案經呈報蔣介石,1949 年 1 月 26 日,軍事法院宣判岡村寧次無罪。三天後,岡村寧次在蔣介石愛將湯伯恩的護送下,與另外的 259 名戰犯,一起搭船返日;2 月 4 日,岡村寧次返抵日本橫濱美國海軍基地碼頭,麥克阿瑟元帥派副參謀長維洛比少將向他傳話"可提出任何願望"。岡村寧次的願望居然是"盼在長江之線,希望美國派遣二個師到華南,阻止共軍南下"。翌日,維洛比少將傳達稱"是希望能聽取你的所有建言,但唯獨此項派遣美軍無法辦到"。

1949 年 7 月,國府曹士澂將軍奉命,攜成立日本軍事顧問團前往台灣助戰的計劃案,赴日本面見岡村寧次。岡村寧次毫不猶豫地表明贊成。曹士澂旋於 7 月 13 日飛往台灣台南,呈報蔣介石。奉蔣之進一步詳細指示,曹士澂於 7 月底再度赴日,將蔣介石親筆信函交予岡村寧次,隨即展開工作,以富田直亮少將為團長,假名"白鴻亮",又因共產黨尚紅,故以白對之,稱為"白團"。

同(1949) 年 11 月 1 日,首批白團三名成員,富田直亮少將、杉田敏三上校(中文名字鄭敏三)及荒武國光上尉(中文名字林光)等三人,偽裝聯軍總部(GHO、即美軍總部)情報員身分,搭機經香港抵台灣,3 日在台北草山(後改名陽明山)由彭孟緝偕同晉見蔣介石。富田以荒武為副官,旋於 17 日赴重慶再會蔣介石,為指揮川南作戰,親赴前線。惟因前線國府軍隊叛變,束手無策,乃於 28 日返台。蔣介石亦於 12 月 10 日棄守大陸飛台;斯時,美國駐日的麥帥司令部亦悉此

日本軍事顧問團白團
台中方面的將官演習旅行統裁范健(本鄉健、前侵華皇軍上校)使用美式隊標兵棋

事，曾經展開調查，但因增強台灣國府軍力，與美國最高方針一致，乃不了了之，視而不見。1951 年 5 月 2 日，美國在台正式成立"軍事顧問團"，首任團長蔡斯(W. C. Chase)聽聞白團事，初曾提出異議，後亦不了了之。

總計在 1949 年底至 1969 初的二十年間，蔣介石先後引進 83 名前侵華日軍將校來台，協助訓練國府軍隊。蔣介石為了內戰及反攻大陸，奪取政權，於千萬中國人血跡未乾的 1949 年，就不惜聘請侵華元凶的前日軍將校為顧問，此一違背民族大義的行徑，天理不容，見

蔣介石與白團前皇軍將校
左起賀公吉(系賀公一陸軍中校)、喬本喬本(大橋策郎陸軍中校)、蔣介石、白鴻亮(富田直亮陸軍少將)、江秀坪(岩坪博秀陸軍中校)、蔣介石後立者為楚立三(立山一男陸軍少校)

不得人，故全案是以"極機密"的方式進行，這些前日軍將校在台全都改用中國姓名，以掩蔽其真實身份。當年，曾參與白團訓練演習作業講評的國府高級將校，包括陳誠、蔣緯國、彭孟緝上將、羅友倫上將、孫立人將軍還曾於 1951 年 3 月設宴款待白團全體團員[1]。

國府出賣民族情報予美國

國共內戰，蔣氏父子退遷台灣。蔣宋美齡、美軍將領陳納德、美國中央情報局(Central Intelligence Agency、簡稱中情局CIA)局長杜勒斯(Allen W. Dulles)等倡議組成"西方企業公司(Western Enterprises Inc.簡稱西方公司)"，該公司直屬 CIA 內的"政策協調處(OPC)"，於 1952 年 2 月在美國匹茲堡市正式註冊成立，台灣方面的負責人是當時擔任"國家安全委員會"副秘書長的蔣經國，美方負責人是美國海軍通信中心主任克萊恩(Ray S. Cline)，渠後來先後升任 CIA 台北站站長及 CIA 副局長[2]。

1953 年 7 月 15 日，台灣國府出動飛機、坦克、軍艦、傘兵等約共一萬餘人突襲內地福建東山島。此役前台主角雖是台灣金門防衛司令胡璉，但實際策劃者是"西方公司"幹員美軍中校漢彌頓，連突襲地點東山島也是漢彌頓選定

的。惟東山島之役失敗後，"西方公司"也於 1955 年初關閉，業務由美國海軍後勤通訊中心(NACC)接管[3]。

"西方公司"除了策劃、訓練、裝備游擊隊對中國大陸沿岸突襲外，也從事蒐集大陸情報[4]。斯時，最高當局(蔣介石)指派蔣經國出面與美國中情局 Mr. Bill Dougan 簽約，以"西方公司"為掩護，成立空軍第三十四中隊與第三十五中隊，專替美國蒐集中國大陸的情報[5]。前者主要是從事低空電子偵察，代號為"黑蝙蝠中隊"，服役期間 1953-1974。後者主要是從事高空攝影偵察，代號為"黑貓中隊"，服役期間 1962-1974[6]，後者是美方訓練國府飛行員駕駛 U2 高空偵察機，偵攝內地製造核武及導彈(洲際飛彈)的情報，提供美方。當時國防部長俞大維就以台灣方面需要的是中共在大陸沿海軍事動態及

蔣經國與克萊恩、麥克雷思合影

其戰略意圖，這些不必靠 U2 偵測，更何況 U2 完全是美國中情局一手策劃，其所獲情報也不會與台北分享為由，強烈反對。CIA 台北站站長克萊恩乃轉向蔣經國洽辦，案呈蔣介石核准[7]。及後 U2 首次返航，當美國特務克萊恩(Cline)見到所攝照片，形容自己是"欣喜若狂"[8]。克萊恩"欣喜若狂"的反面意義，就是蔣氏父子出賣自己民族的悲歌。對"黑貓中隊"執行任務死亡的外省飛行員而言，他們可說是蔣氏父子出賣自己民族下，那個時代犧牲的"冤魂"。

美國以核武介入我國內戰

1950 年 6 月 25 日至 1953 年 7 月 27 日的韓戰期間，美國總統杜魯門(Harry S. Truman)與艾森豪(Dwight D. Eisenhower)，及國務卿杜勒斯(John F. Dulles)，先後多次威脅要對中國使用核武器[9]。

關於我國內戰，美國也是一再以核武介入。美國政府解密的文件顯示，國共內戰"一江山大陳島戰役"前的 1954 年 9-11 月間，美軍參謀首長聯席會議

(Joint Chiefs of Staff)居然六次建議對中國大陸使用原子彈。1955年3月 15日，國務卿杜勒斯表示美國正認真考慮在金門、馬祖使用原子彈，次日艾森豪總統更稱"可以使用原子彈，就好像你會使用子彈"。此話一出，立即遭到北大西洋公約各國的反對。所幸一個月後的4月23日，周恩來總理在萬隆表示願以協商方式解決問題，旋於5月1日停火，從而結束這一次的美國核武訛詐[10]。

1950年代，台灣國府常年對中國大陸沿海炮擊或突擊。1958年中東有事，美軍五千人登陸黎巴嫩，台灣國府金門不斷炮擊福建沿海地區並實施偵察和空投宣傳品。為粉碎台灣國府的軍事挑釁與企圖，中國大陸於1958年8月23日對金門發動"八二三炮戰"[11]。艾森豪總統旋於9月4日批准明確討論對中國大陸使用核武的可能性[12]。斯時，蘇聯表示縱使美國以戰術核武器攻擊中國，蘇聯也無意介入，除非美國對中共實施戰略核打擊，赫魯雪夫還將此一意見，立即透過管道告知艾森豪[13]。惟美國最終仍未對中國大陸使用核武。

美國計劃摧毀中國核武設施

1958年1月，美國在台灣部署"屠牛士(Matador)"巡弋飛彈。1960年1月，更在台灣台南空軍基地貯存核彈[14]。1961年9月，美軍太平洋第七艦隊舉行打擊中國的核戰演習，由台灣美軍基地發射六枚"屠牛士"核導彈，準確射向中國大陸的預定目標。1962年，美國再次針對中國大陸舉行類似核戰演習[15]。

1963年1月22日，甘迺迪總統(John F. Kennedy)在美國國家安全委員會(National Security Council, NSC)會議上，明言美國(與蘇聯談判禁止核試驗條約)之主要目的，就是制止或延宕中國的核能力進展，因為一個擁有核武器的中國，將危及美國在亞洲的地位。三個月後的4月29日，美軍參謀首長聯席會議提出一份打擊中國核計劃的方案，包

1963年9月蔣經國第二次訪美，美國總統甘迺迪親筆簽名贈送"蔣經國與甘氏會面"照片

括由台灣國府滲透破壞或入侵、海上封鎖、由南韓入侵北韓以壓迫中國邊界、常規空中打擊核設施及以戰術核武器選擇性打擊中共目標等手段[16]，以遏阻中國核武發展於嬰兒搖籃(baby in the cradle)的萌芽階段。

　　1963 年 11 月 11 日，甘迺迪遇刺身亡，詹森(Lyndon B. Johnson)就任總統，詹森政府內部繼續展開激烈辯論。1964 年 4 月中旬，國務院官員 Robert Johnson 在其所撰極機密(top secret)的報告中，也曾提出由美國發動非核武的空中攻擊、由國府發動空中攻擊、由潛伏在中國內的部隊發動地面攻擊、或由國府空降突擊隊襲擊中國大陸核武設施等四種方案。惟 Johnson 之分析亦坦承，由於美國情報不足，無法確認所有相關目標，故此舉也許僅能將中國取得核武速度延遲四、五年，但反而更強化北京發展核武的決心，甚至也可能引發中國的報復。後來，因美國國內外的情勢改變，詹森政府避免與中國直接發生軍事衝突，美國摧毀中國核武設施的計劃乃不了了之[17]。

台灣鼓動美國摧毀大陸核武設施

　　蔣宋美齡(蔣介石之妻)於 1958 年訪美接受記者訪問，美國若以原子武器轟炸中國，中國人民將有何反應？蔣宋美齡駭人聽聞地答稱 "將再歡迎美軍動用原子武器"[18]。

　　五年後的 1963 年 9 月，蔣經國訪問美國。蔣經國居然在好幾個場合(on several occasions)都提出攻擊中國大陸核武設施的議題。他在與甘迺迪總統面晤的前一天，曾造訪美國特務機構 CIA 總部，還在該總部參加空襲中國大陸核武設施可能性的討論。隨後，在曾任中情局台北站站長克萊恩與繼任者尼爾遜(William Nelson)的陪同下，拜訪國家安全助理彭岱(McGeorge Bundy)，商討攻擊中國大陸，包括突襲大陸核武設施的可能行動計劃，並建議美國只需對突擊行動提供運輸與技術協助即可。雖然彭岱贊同此舉將削弱中國，但他也忠告此一計劃可能促使北京與莫斯科的重新結盟或引發重大衝突，故此事需更詳盡的研究。9 月 11 日，蔣經國拜會甘迺迪總統，二人曾討論派遣突擊隊打擊大陸核設施乙事，惟甘迺迪疑慮計劃的可行性，並恐重蹈古巴豬羅灣事件(Bay of Pigs operation)的覆轍，盼計劃務必符合實際[19]；1965 年 9 月 20 日，蔣宋美齡於華府在國務卿魯斯克(David D. Rusk)為其舉行的晚宴上，蔣宋美齡提議使用傳統武器摧毀中國大陸的原子武器，以絕後患。魯斯克答以，美國如果那樣做，中國必傾全國之力報復，以美國一億九千萬的人口，是無法對付大陸上六億人口的 [20]。

天佑中國

回首蔣氏父子與蔣宋美齡在民族大義的問題上，是家族及一小撮國府核心的利益遠高於民族的利益，無論是出賣外蒙古、"要愛敵人"的對日以德報怨、大肆釋放日本戰犯、敦聘手沾中國人民鮮血未乾的前日軍將校為顧問、同意 U2 高空偵測內地國土，甚至後來主動策劃藉美國之手，摧毀中國大陸的核武設施，全都是出賣民族的駭人行徑，後者尤其喪心病狂，天理難容。因其違背中國人民百年盼圖強國的民族意志，蔣介石父子也自知見不得人，都是以 "極機密" 的方式進行。上述種種駭人事情，與戒嚴年代蔣介石強令國府軍隊官兵必讀的《總統蔣公嘉言錄》的內容，反差有如雲泥之別。

幸好，天佑中國。試想，以蔣介石父子出賣民族的一貫行徑，如果 1950 年後是由其統治內憂外患一窮二白的全中國，則不知將出賣民族出賣到何種地步。

長波電台與聯合艦隊

冷戰的年代，對蘇聯而言，中國不能太弱，太弱則無以增強社會主義陣營的東方力量，但中國也不能太強，尤其是不能容忍中國日益壯大。1950 年代，中國國防科技與重工業技術的神速進步，以十年不到的時間，一下子跨越半個世紀。就蘇聯而言，是不可能無限容忍中國的與日俱強，因此無論是什麼理由，切斷技術援助的時間，遲早會來到。

毛澤東英雄氣魄斷然拒絕赫魯雪夫建議 1958 年 4 月 18 日，蘇聯國防部長馬利諾夫斯基元帥致函中國國防部長彭德懷元帥稱，迫切希望在 1958-1962 年間，由中國和蘇聯兩國共同建設一座大功率的長波發報無線電中心和一座遠程通訊的特種收報無線電中心(即長波電台)，俾便指揮蘇聯在太平洋地區活動的潛艇。此一建議，事涉該電台所有權是屬中國亦或是屬蘇聯的爭議，故中國無法接受蘇聯所提的協議草案。但一波未平又起一波，蘇聯又續向中國提出建

立 "聯合潛艇艦隊" 的問題。是年 7 月 31 日至 8 月 4 日,蘇聯領導人赫魯雪夫特為此事造訪中國。毛澤東在與赫魯雪夫談及此事,斷然拒絕蘇聯建議[21]。毛澤東以其無比英雄氣魄告稱 "我們一萬年不建設海軍也沒有關係,你們去搞核潛艇艦隊,我們去打游擊戰"[22] "英國人、日本人,還有別的許多外國人已經在我們國土上呆了很久,被我們趕走了。赫魯雪夫同志最後再說一遍,我們再也不讓任何人利用我們的國土來達到他們自己的目的"[23]。

很顯然,無論是 "長波電台" 亦或 "聯合艦隊",都是蘇聯經心設計提出的要求,其要害處就是允許蘇聯海軍不經過交涉就能使用中國的港口[24],意圖在軍事上控制中國的建議。如果中國不拒絕,以我們中國如此弱勢國力,不但是請神容易送神難,且蘇聯以其先進國力,對我內部政治、經濟、軍事及少數民族進行滲透顛覆分化將更細緻嚴密,其力度將遠邁清末列強對中國的控制。此事,毛澤東錚錚鐵骨,堅持拒絕,雖然這意味著蘇聯不可能繼續容忍中國的與日俱強,斷絕援助的寒冬不久即將到來,然而寒冬總是會過去的。

蘇聯毀約撤走專家

1959 年 6 月 20 日,蘇共中央致函中共中央,借口當時蘇聯與美國等西方國家在日內瓦談判關於禁止核武器試驗協議,恐西方獲悉蘇聯正在新技術援助中國,從而可能嚴重破壞社會主義國家為爭取和平所作的努力為由,將中斷若干重要援助項目,尤其是不再提供原子彈教學模型和技術資料[25]。三個月後的 9 月 15-28 日,赫魯雪夫第一次訪問美國,與美國總統愛森豪舉行了三天會談,會後發表公報提出 "戴維營精神";9 月 30 日至 10 月 4 日,赫魯雪夫最後一次訪問中國,第二天與毛澤東會面,正式告知,蘇聯為了維護 "戴維營會談" 的成果,不給西方帝國主義製造任何口實,故蘇聯正在考慮撤回在華的導彈與原子彈專家[26]。1960 年 7 月 16 日,蘇聯突然照會中國,將召回在中國的蘇聯專家和顧問,在緊接著的一個月內,蘇聯撤走在華工作的 1,390 名專家,撕毀相關協定。至 8 月 23 日,蘇聯將其在中國核工業系統工作的 233 名專家全部撤走,並帶走重要圖紙資料[27]。

當時蘇聯專家分佈在中國 200 多個企業和事業單位,他們的突然離去,使中國一些重大的設計項目和科研項目中途停頓。當蘇聯撤走全部技術專家的消息傳到北戴河中央工作會議時，毛澤東稱"要下決心搞尖端技術。赫魯曉夫不給我們尖端技術，極好！如果給了，這個帳是很難還的"[28]。

中國核武橫空出世

對於蘇聯毀約撤回所有專家一事，錢三強稱"我很清楚，這對於中國原子科技事業，以至於中國歷史，將意味著什麼。前面有道道難關，而只要有一道攻克不下，千軍萬馬都會擱淺。真是這樣的話，造成經濟損失且不說，中華民族的自立精神將又一次受到莫大的創傷"[29]。

斯時，中共採取自力更生的奮鬥方式，持續甚至加強原子能工業的建設。斯時一批頂尖的核武科學家如鄧稼先、周光召、王淦昌、彭桓武、王承書等不但自願投入"兩彈"事業，甚至是抱著"以身許國"的宏願投入，告別家庭，隱姓埋名，銷聲匿跡，爭分奪秒，獻身於中國核武事業[30]。

1958-60年間，適逢三年自然災害、大躍進與人民公社，導致經濟災難，中共中央進行經調整。斯時，不乏論者認為研制國防尖端武器困難太大，中國工業基礎薄弱，又逢經濟形勢惡化，從而主張"兩彈"下馬，聶榮臻則力主繼續上馬。案經激烈爭論，最後毛澤東、周恩來等中央領導贊成繼續攻關[31]。此一決策極其重要，災難畢竟遲早總會過去的，但"兩彈"工程一旦下馬，熱情受挫，信心受挫，影響難以估算；在確定"兩彈"攻關後，1963年9月聶榮臻指示，由於中國空軍力量薄弱，空投原子彈難起作用，故中國發展核武器，最後著重的是要搞戰略導彈用的核彈頭[32]；至此，全國大力協作，斯時幾乎所有人都認為國防尖端武器的重要，各相關單位都予支持，周恩來總理並在財力上大力支援"兩彈"事業[33]。

中國大陸第一顆原子彈爆炸成功
（1964 年 10 月 16 日）

1964年10月16日　第一顆原子彈試爆成功
1966年10月27日　發射導彈核武器試驗成功
1967年6月17日　第一顆氫彈爆炸試驗成功

國防科技更上層樓

隨著"兩彈"與導彈的成功,中國的國防工業又更上層樓。1965 年時,過去許多靠進口的新型金屬材料,已經能自己生產,共研製成新型金屬材料 6,800 多個品種。高溫合金,可滿足製造米格 -21 飛機的需要。電子、儀器儀錶中的精密合金 70 多個品種中,已有 55 種可滿足需要。…在重水、高能推進劑、特種合成橡膠、塑料、樹脂、特種感光材料、稀有氣體、超純物質、超純試劑等方面,已可滿足導彈、原子彈、航空及無線電工業等方面近期發展需的 90%。新型無機非金屬材料方面,已研製成玻璃鋼、玻璃纖維、特種水泥及膠凝材料、人工合成晶體、特種陶瓷、耐高溫塗層、石墨、石棉等材料,共 2,000 餘項。這些材料具有耐高溫、耐腐蝕、耐磨損、耐輻射以及各種優異的光學、電學、磁學性能,初步滿足了研製國防尖端技術的需要。雖然上述 12,000 多種新材料中,有些性能還不夠穩定,有些還不能工業化生產。但這些成就是值得自豪,使中國軍事和民用工業的發展,上了一個新台階[34]。

然而就在形勢一片大好之際,1966 年爆發了"文化大革命"。1986 年聶榮臻回憶起"文化大革命",曾沉重地說道,十年動亂,廣大知識份子,尤其是那些科研骨幹和領導幹部遭受迫害,科研秩序被打亂,設備遭到破壞,科研計劃被迫中斷(或延緩),使中國同世界先進科學技術水平已經縮小的差距又擴大了,實在令人痛心[35]。

蘇聯計劃摧毀中國核武

1969 年 3 月,中蘇在珍寶島發生三次武裝衝突。及后,蘇聯軍方強硬派準備動用其在遠東區的中程彈道導彈,對中國的軍事政治重要目標,實施"外科手術式核打擊";同年 8 月 20 日,蘇聯大使多勃雷寧奉命在華盛頓緊急約見美國總統國家安全事務助理季辛吉(Henry Kissinger)博士,向他通報蘇聯準備對中國實施核打擊的意圖,並征求美方意見。次日一早,季辛吉至白宮面報尼克森總統。尼克森與其高級幕僚緊急磋商後,認為:

一、西方國家最大威脅來自蘇聯，一個強大中國的存在，符合西方的戰略利益。

二、蘇聯對中國的核打擊，必然會招致中國的全面報復，到時核污染會直接威脅駐亞洲25萬美軍的安危。

三、最可怕的是，一旦讓蘇聯打開潘多拉的盒子，整個世界就會跪倒在北極熊的面前。到那時，美國也會舉起白旗。因為"我們能夠毀滅世界，可是他們却敢於毀滅世界"

因此，應設法將蘇聯意圖立即通知中國。但中美兩國外交上已中斷多年，故技巧地於8月28日《華盛頓明星報》醒目位置刊登了一則消息，標題為"蘇聯欲對中國做外科手術式核打擊"。此消息立即在世界引起強烈反響，勃列日涅夫氣得發瘋。毛澤東獲悉後，乃發動"深挖洞、廣積糧、不稱霸"的方針，全國進入臨戰態勢，大批工廠向內地三線轉移[36]。

毛澤東霸氣止戰

"文化大革命"樹立了毛澤東的絕對權威，而毛澤東的絕對權威，使中國免於蘇聯的外科手術式核打擊。1969年中國面臨蘇聯的核武攻擊，毛澤東下令各地總動員，開始工程浩大的"深挖洞"，以臨戰的決心遏阻蘇聯的進攻。一時間，風聲鶴唳，依中共老帥的研判，蘇聯可能利用10月1日國慶時攻擊。故周恩來等大夥意見傾向於取消往年形成群眾集會的慣例。惟毛澤東認為"國

中國大陸816絕密地下核基地工程(1966-1984)　　　816地下核工程中巨大的核反應堆控制室

816工程總長20餘公里，完全隱藏在重慶市涪陵區小鎮白濤的山體內部，深入烏江江底30餘公尺，2010年4月816地下核工程的部份區域，以旅遊項目正式對外開放

(安東，〈善守者，藏於九地之下〉、劉杰，〈驚天絕密核工程816揭密〉，兵工科技，2019年5月，pp. 38:43.)

慶節不搞集會，豈不讓人笑我們有點怕嘛，我還是
要上天安門""他們讓我們緊張，我們可不可以也
放他兩顆，嚇唬嚇唬他們嘛""不要早，也不要晚，
過節前幾天我看就挺合適"[37]。

1969 年 10 月 1 日
毛澤東在天安門城樓

　　9 月 23 日和 29 日，中國先後進行了 2 至 2.5
萬噸當量的地下原子彈裂變爆炸和轟炸機空投的約
300 萬噸當量的氫彈熱核爆炸[38]。但中共一反常態，
全無報導，悄無聲息。10 月 1 日，天安門廣場上，
仍旗幟如林，人潮如湧，毛澤東、林彪、周恩來等
人仍登上城樓。全世界對此無不感到驚訝與疑惑
[39]。蘇聯也不例外，且蘇聯分析中國最近進行的兩
次核試驗，不是為了獲取某項成果，而是臨戰前的
一種檢測手段。此外，蘇聯當局也瞭解中國的導彈
基地已經進入臨戰狀態，幾乎全國總動員的在挖洞備戰，及中國堅決的反擊決
心，何況不可能在戰爭一開始就剝奪中國的反擊能力。於是 10 月 20 日，中蘇
邊界談判在北京舉行，由珍寶島事件引發的緊張對峙局勢開始緩和。二十世紀
中國的最後一次核危機隨之結束[40]。

統一大業天命

　　中國國防尖端的核武事業，歷經美、蘇"外科手術突襲"的威脅與台灣的
出賣，前後整整十年，最後是以全國進入臨戰狀態，堅決反擊的民族意志，方
渡過驚濤駭浪，接著 1970 年發射首顆人造衛星，擁有從 1840 年鴉片戰爭以來
的基本自衛能力，這在近代中國史上是一個偉大的里程碑。

　　對中小型國家而言，無核武尚可。一則因中小型國家的綜合國力，無力
自製大規模現代武器與核武，其國力在世界政治的份額，只能對世界政治"隨
波逐流"，無力影響世界。再者，尤其是中小型國家的綜合國力，不會對世界
超強有所威脅；然而，中國則不然，中國是一人口 13 億、領土 960 萬平方公
里的大型文明古國。對世界超強的美、蘇而言，中國存在的本身，就是一種威
脅，一種潛在的威脅，其遼闊領土是美、蘇垂涎顛覆裂解的對象。後者乘我抗

戰八年危極之際，迫蔣介石同意外蒙公投獨立。前者於韓戰甫一爆發，即以航母戰鬥群介入內戰，使台灣迄今仍與中土分離。因此，若中國無與時俱進的常規武力與核武威懾，進無以完成統一大業，退不足以保障現有領土不遭顛覆裂解。故追蹤當代前沿武備，尤其是大力加速建立與美國"相互保證毀滅(Mutual Assured Destruction，MAD)"的核武、海空軍與太空力量，是保證不再遭美國以武力介入內戰，是保證中國完成統一大業護國佑民天命的必要條件。

註解
1. 中村祐悅著，楊鴻儒譯，白團 - 台灣軍をつくった日本軍將校たち(白團)，凱侖出版社，1996 年 .
2. 周軍，"西方公司與『海空突擊隊』"，傳記文學，48(6)：98-99.
3. 同註 2，pp.98-106.
4. 同註 2，pp.106.
5. 陳嘉寧等，"黑蝙蝠 14 位英靈　昨自大陸迎回"，聯合報，2001 年 12 月 5 日，第 8 版。
6. 李明賢，"黑貓黑蝙蝠比一比"，聯合報，2007 年 12 月 23 日，第 A5 版。
7. 林博文，"俞大維追懷往事故友"，中國時報，1990 年 4 月 1 日，第 27 版。
8. 克萊恩著、聯合報國際新聞中心譯，我所知道的蔣經國，台北：聯經出版公司，1990 年 2 月，p.137.
9. 彭繼超，中國核武試驗紀實，北京：中共中央黨校出版社，2005 年 6 月第 2 版，pp.24-25.
10. 劉屏，"冷戰期間美兩度考慮在台海動用原子彈"，中國時報，2002 年 4 月 15 日，第 2 版。
11. 鄧禮峰，建國后軍事行動全錄，山西：山西人民出版社，1992 年 9 月，pp.226-227.
12. 同註 9，p.25.
13. 俞雨霖，"美中對抗蘇聯不介入　兩岸危機美順勢休兵"，中國時報，2002 年 4 月 15 日，第 2 版。
14. 中央社 / 華盛頓訊，"解密文件證實美曾在台部署核武"，中央日報，1999 年 10 月 21 日，中央日報，第 9 版。
15. 梁東元，中國飛天大傳，湖北：湖北長江出版集團與湖北人民出版社，2007 年 1 月，pp.62-63.
16. William Burr and Jeffrey T. Richelson,"Wether to "Strangle the Baby in the Cradle" ", International Security, 25(3):67-68.
17. 同註 16，pp.54-57;80-81;88;96-97.
18. 唐德剛，毛澤東專政始末，台北：遠流出版社，2007 年 2 月版，p.235.
19. 同註 16，pp.72-73.
20. 傅建中，"美國務院外交關係文件揭露 -『火炬五號』反攻大陸計劃"，中國時報，1998 年 8 月 23 日，第 14 版
21. 同註 9，pp.80-82.
22. 大陸新聞中心台北報導，"赫魯雪夫曾建議中共在台成立遠東共和國　毛澤東拒絕"，中國時報，1999 年 5 月 29 日，第 14 版
23. 同註 9，p.83.
24. 《聶榮臻傳》編寫組，聶榮臻傳，北京：當代中國出版社，1994 年 12 月，p.486.pp.580-581.
25. 同註 24，p.581.
26. 同註 15，pp.60-61.
27. 同註 9，pp.84-85.
28. 同註 24，p.583.
29. 同註 9，p.98.
30. 同註 9，pp.101-121.
31. 同註 24，pp.590-592.
32. 同註 24，p.597.
33. 同註 24，pp.601-602.
34. 同註 24，p.601.
35. 同註 15，p.160.
36. "蘇聯對中國核打擊箭在弦上　尼克松拯救了中國(1)(2)"，http://news.china.com/zh-cn/history/all/11025807/20050124/12080626.html Access:2006/4/17
37. 同註 15，p.160.
38. "蘇聯對中國核打擊箭在弦上　尼克森拯救了中國(2)"　http://news.china.com/zh-cn/history/all/11025807/20050124/12080626-1.html　Access:2006/4/17
39. 同註 15，p.145.
40. 同註 38。

坎坷復興路

Part II
改革開放后 40 年
歲月如歌、大國崛起

改革開放 歲月如歌

-台灣菁英獻策-

▎戚嘉林 博士（中國統一聯盟前主席）

　　1970 年代，影響國運的大事之一，就是 1973 年 4 月毛澤東拍板鄧小平復出任副總理。中國共產黨的開國，一如前清盛世，不但猛將如雲，且無私謀國之國家領導人輩出，鄧小平即是。

　　1976 年 1 月 8 日周恩來世逝，4 月 5 日天安門前廣大群眾悼念周恩來，7 日鄧小平遭撤銷黨內外一切職務。9 月 9 日毛澤東世逝，華國鋒旋與元老葉劍英等聯手，於 10 月 6 日一舉逮捕江青、王洪文、張春橋與姚文元"四人幫"，結束了四人幫亂政，從危難中挽救了國家。

　　1977 年 7 月 21 日，中共"十屆三中全會"在京閉幕，兩個星期後的 8 月 6 日，鄧小平就在"科學和教育工作座談會"上，果斷決定該年恢復高

1978 年 12 月，陳雲和鄧小平在中共三中全會上啓動改革開放（《鄧小平》，北京：中央文獻出版社，1988 年，頁 104）

考[1]，為民族復甦啟動生機。接著，8 月 12-18 日在北京舉行中國共產黨第十一次全國代表大會，隨後召開十一屆一中全會，選舉華國鋒為中央委員會主席，葉劍英、鄧小平、李先念、汪東興為副主席；1978 年 12 月 18-22 日，"十一屆三中全會"在北京舉行，與會者有中共中央委員、候補中央委員和有關部門同志共 290 人，該會調整了黨的組織，形成以鄧小平為核心的中央領導，開啟了"改革開放"的新時代。

台灣經驗與內地經改

在大陸經濟困頓的 1970 年代，台灣經濟欣欣向榮，取得相當成就，人民生活水平約較大陸領先二十年[2]。斯時內地，在文革的政治氛圍下，對西方與台灣的經濟快速發展，幾乎視而未見。直至鄧小平復出，方正視西方與台灣的經濟成就。

承認台灣經濟迅速發展　1974 年春，鄧小平接替周恩來成為中方與美國的主要對話人。是時，美國與中方打交道的國務卿季辛吉（Henry Kissinger），就印象深刻地回憶稱，鄧小平不諱言中國落後，需要美國的技術與經濟合作，以改善中國人民的生活[3]；1979 年八九月，中共"政治局委員"前國務院副總理余秋里首次承認大陸與台灣在經濟這場和平競賽中已居下風，承認"台灣經濟迅速發展，一般人民生活都比各省人民生活高幾倍"[4]。

探討台灣經濟發展策略　自此以後，中共內部漸漸理性開展探討台灣的經濟成就。例如在福建廈門設立"台灣經濟研究所"，在北京"中國社會科學研究院"內設立"台灣研究所"，介紹台灣行之有效管理方式的《台灣企業管理文集》可公開印行。《經濟管理》、《經濟日報》、上海《世界經濟導報》等經濟刊物，則常摘要轉載台灣報刊有關企業管理文章，甚至有刊物提出仿傚台灣的呼聲。1980 年 8 月，中國大陸於深圳、珠海、汕頭和廈門等地成立四個經濟特區；1985 年 3 月，《中國經濟問題》月刊再進一步地以"新竹科學園區"為例，建議中共仿照台灣作法，將"經濟特區"建成現代化的"視窗"[5]。同年 8 月 12 日中

加工出口區－台灣第一個經濟特區
（攝於 1960 年代末）高雄港務局提供

共內部刊物《學習參考資料》，刊登以西德、台灣、瑞典、新加坡四個實例，說明社會主義面臨嚴重挑戰，稱"1952 年的時候，我們大陸每人平均收入的美元，比台灣平均只少四元，相差不多，可是 1980 年，台灣人民收入達到2,278 美元，我們大陸每人平均256 美元，差不多相差九倍。同樣是搞了三十多年，這也是資本主義向我們提出的挑戰"[6]。1986 年12 月，頗具權威的雜誌《經濟研

台灣當局早年前瞻性規劃的"新竹科學園區"

究》，刊載討論經濟發展策略課題之文，就有文章讚揚台灣採取出口替代策略，"改變出口結構，擴大出口規模是實現經濟起步成功祕訣"[7]。

台灣經濟發展成就的美麗誤解鼓舞經改信心　1980 年代的經濟大改革，是一無任何經驗可循的改革，問題千題萬緒，鄧小平及其有志之士，依大陸當時的經濟社會落後情勢，摸索前進。此時，同文同種的台灣地方經濟發展成就，在信心與經驗上，自當有某種的燈塔指標作用。趙紫陽與朱鎔基兩總理先後邀訪台灣學者官員獻策之舉，即為證明。

鄒至莊博士就認為，台灣經濟發展成功的經驗，對大陸經改影響很大，增加推動經濟改革的信心，因為既然同文同種的台灣能經濟發展成功，大陸當然也能做到[8]。筆者認為，這是兩岸分離斷絕所想像的美麗誤解信心。

1950 年時台灣經濟就領先內地四十年　咸有論者，總認為六十多年前的中港台經濟基礎雷同，都可說是白手起家，甚至認為五十年前台灣大城市中無一能與當時的北平、南京和上海論高下，這種蓄意彰顯 1980 年代台灣經濟成就想當然耳的說法，可說是另類為自我鼓勵的歷史情境想像。

就以化學肥料使用量為例，1938 年台灣化肥施用量是 38.9 萬公噸，但十四年後 1950-52 年的經濟恢復期，整個大陸所生產的化肥，平均每年僅 2.7

萬公噸。至於更具指標性意義的教育數據，日本殖民政府在台灣是實施極端歧視本島人（台灣人）的二元化教育體制，但為加速日據晚期的同化速度，乃於1943年在台灣正式實施六年制的小學義務教育。是（1943）年台灣本島人子弟的小學學齡兒童就學率已高達65.8%（早在1940年時台北市男性學齡兒童就學率已高達87.1%），當時中國大陸民眾約80%是文盲；至於日本殖民政府在台灣留下完整的近代政府各級行政組織，例如金融體系、司法體系、郵政體系、農會體系及詳盡的戶政兵役地籍等資料檔案，更是內地遠遠所不能及。

1946年冬，曾經來台採訪旬日的蕭乾（燕京大學畢業）就感慨寫道"比起台灣，大陸中國是個文盲國；比起台灣，大陸中國是個原始農業國""大陸中國在現代化上離台灣至少落後了半個世紀"。換言之，兩岸經濟差距至少四十年（前述1952年時大陸每人平均收入與台灣相差不多的數據是完全不正確的）。

1880年代台灣與華北的天大差距　回顧歷史，台灣經濟發展是百年機緣持續發展的結果。例如早在1870年代，台灣因洋務運動之故，大清在台灣已著手推動近代化建設，1877年10月，台灣府城（台南市）至旗後（高雄旗津）、府城至安平等已經架設電報（全長95公里）並對外營業（1888年3月更完成台北至台南、台北淡水至福州川石的海底電線）。1878年台灣基隆已經自英國引進西式機器開採煤礦（且已舖設約2,100公尺的輕便鐵路，俾煤車可從該鐵軌滑行到海邊），1879年產煤30,000餘噸；但同時期的1876-79年間，內地華北的陝西、山西、河南、河北和山東等五省發生大旱災，死亡一千萬人以上，大地生死茫茫。斯時，華北五省和台灣的經濟發展差距早已大幅拉開。

但1980年代當時內地學者不瞭解1950年時甚至1880年時兩岸的巨大經濟差距，台灣經濟學者則因不熟悉台灣歷史，同樣地不瞭解。惟內地學者專家對台灣經濟發展成就的美麗局部誤解所產生的憧憬，卻鼓舞著內地推動經改者的信心與決心。

台灣／電報（晚清時台灣已使用電報）
光緒17年11月18日（1889年12月8日）
－林光輝提供

台灣學者傾囊獻策　1985年7月，趙紫陽總理邀宴經濟學家鄒至莊博士（廣東），盼鄒君能邀幾名經濟學者為大陸經改提供建議；1986-89年間，鄒至莊、蔣碩傑（湖北）、顧應昌（江蘇）、費景漢（北京）、劉遵義（廣東潮州）、于宗先（山東）等台灣頂尖經濟學者（前四人曾於1970年代出任台灣"國際經濟合作委員會"的經濟顧問，參與策劃斯時台灣的經濟政策）應國務院"體制改革委員會／簡稱體改委"之邀，先後多次在香港、北京與"體改委"官員會談，就經濟制度改革、價格問題、通貨膨脹、物價控制、銀行改革、國營企業改革、房屋私有化、外滙改革、利率政策與金融改革等許多

擔任體改委顧問的台灣頂尖經濟學者
右起顧應昌、鄒至莊、蔣碩傑、于宗先、費景漢
（1989年3月攝於香港）

新生事物的經濟問題提出建議[9]，尤其是適時多次為大陸提供解決通貨膨脹的寶貴建議，為祖國經改渡過重重驚濤駭浪的通貨膨脹，貢獻良多（惟仍未能躲過1989年的物價高漲風波）[10]。

李國鼎獻策 魂歸祖國　1993年6月，朱鎔基副總理邀請曾參與並成功操作臺灣早年經濟規劃的臺灣前經濟部長與財政部長李國鼎訪問內地。期間，李國鼎在北京與江澤民主席相處整日，暢談台灣經濟發展經驗[11]。李國鼎另也與朱鎔基單獨會談關於中國經濟改革事，多所建議。據報導，事後證實朱鎔基全盤接受李國鼎的建議[12]；是時，李國鼎對中共高層更提出了改變其觀念的極重要建言，就是改革公務員原有的低工資制[13]，即大幅調增公務員工資，這在當時可說是劃時代的革新觀念。

斯時，大陸知識菁英不乏終日痛批貪汙腐敗，但卻未曾想到整個民族為累積國家資本，經三十年（1950-80）的苦行縮食，全國工資偏低。例如1980年和1952年相比，全國人均消費水準僅增長一倍，但工業固定資產則增長26倍。此時又經歷十餘年（1980-93）的改革開放，市場經濟迅猛發展，執行公務文武官員和從事教育教員等的工資是相對極度偏低。國家領導即時採納李國鼎此一

改革官員/教員低工資的建議，從而維持日後官員的身份和尊嚴，激勵其榮譽感與使命感，助益經改深遠。

此外，李國鼎更為內地地方財政"大包乾"問題，向江澤民提供（台灣地區）中央與地方財政收支劃分法的寶貴建言。1994、95兩年，朱鎔基總理以軟硬兼施的雷霆之勢，逐省協調，打破嚴峻的"諸侯經濟"割據態勢，成功推行中央與地方的分稅制，大幅改善中央財政收支[14]，為持續的經濟改革，奠下堅實基礎；2001年5月31日李國鼎病逝臺北，同年10月28日李國鼎夫婦葬於我國南京，魂歸祖國[15]。

（台灣地區）財政部長李國鼎（前排中）出席在美國華盛頓舉行的世界銀行與國際貨幣基金聯合年會

美國軟性顛覆

1890年代末，"經改"已推動十年，成效顯著，這次經改不但是無任何中外前例可循，而且是一巨大複雜的社會變革。在此曠古未有的巨變中，固然有許多人是"經改"的受益者，惟無可諱言，亦不乏"經改"的非受益者。例如在市場經濟追求效率與績效的壓力下，有人固然因有機會適應新環境並努力工作而增加工資或發家致富，惟亦有人倍感工作壓力而適應不易，何況還有國營企業關閉所導致的數百萬失業工人；隨著經改的不斷深化，所碰到的經濟現象也愈加複雜，在市場經濟機制下，新生問題層出不窮。

從未發生過的通貨膨脹　就技術層面而言，例如控制通貨膨脹與金融改革等課題就至關重要，尤其是通貨膨脹，因為它牽動著每個群眾的切身利益，其形成因素又事涉複雜的經濟專業，廣大群眾難以理解。一旦發生急遽通貨膨脹，勢必引發強烈民怨，甚至造成重大社會事件。

1989年夏社會動盪的主要原因之一，就是物價高漲的通貨膨脹[16]。1985年初，大陸首次出現通貨膨脹[17]，1987年物價上漲7%，1988年初物價仍持續上漲，該年物價上漲高達 18.5%。這是自中共執政 35 年來從未發生過的物價高漲事情，當時大陸完全沒有處理市場經濟通貨膨脹下的群眾"心理預期"經驗。反而因物價改革宣傳不當，造成群眾到銀行擠兌和市場搶購，出現高通貨膨脹的假像。此一急遽通貨膨脹假像，來勢洶洶，一時間人心惶惶，損及群眾每個人的切身利益，形成普遍的強烈民怨；換言之，在經改的漫長過程中，在受益者或受益氛圍尚未壓倒性的超過非受益者部份，或者受益與非受益二者尚未達到平衡之前，任何政治事件都可能引發社會風暴。

美國用心狰獰　然而更可怕的是，誠如台灣學者毛鑄倫分析，"自 1979 年元旦華盛頓與北京關係全面正常化開始之後，(美國)就展開對中國大陸的'和平演變'工作，其切入點主要就是青年一代知識菁英" "美國長達十年的耕耘經營，階段性的抓住了若干中國青年菁英分子的人心，也深入掌握住了少數中國知識份子，這些人因為跟美國的這樣那樣關係，而有了對中共政權或中共領導人物的抗爭勇氣與道德優越意識" "在方法上，把西方(美國)描繪成理想與美好的世界，來反襯中國的不堪與惡劣，本來就是一種騙術。它再傳授年輕人運用所謂'民主抗爭'，在首都廣場集結表達訴求，為跟政府談判的籌碼，這樣形成的一種對立與對抗情勢，一定激發社會的失序動盪與人心的浮動亢奮，都是在為更嚴重的混亂與災禍佈置場地"。故毛鑄倫認為 1989 年夏的悲劇"其實是美國對中國軟殺(soft-kill)業務的一次檢查"。

斯時，就虎視眈眈伺機顛覆中國的西方而言，這正是弱化欣欣向榮中國的千載良機。美、英特務平時在中國的佈建，養兵千日用在一時，適時串連活動，自是不在話下。但最大的災難，是美國以其巨大優勢的全球傳播媒體，惟恐中國不亂的煽風點火，CNN 等美國電視節目更是乘機鼓動挑撥造謠，無所不用其極，二十四小時全天候滾動式播報天安門及其它城市學運，前後持續長達兩個月之久。當時，中國社會知識界相對於今日，遠處於貧窮封閉的狀態，青年學生與一小撮傑出親美教授，或是少不更事，或是別有居心，對美國 CNN 等電視台與"美國之音"(The Voice of America, VOA)電台的居心叵測造謠，在盲目崇美的心態下，無力分辨美國用心。

當時，學生嚮往抽象的自由民主口號，無視"經改"已取得的巨大成就及其艱難性，無視中國最需要的是"穩定"與"紀律"，社會動盪失序解體，只

1978 年 3 月 18 日全國科學大會開幕

會為民族帶來災難。尤其是激進的學生，不知是真的無知，還是在西方媒體操控下，利慾薰心，不願見好就收，直至悲劇發生。

小平南巡

1990 年代初，在西方壓力強大的嚴峻形勢下，鄧小平指出"這場風波遲早要來。這是國際的大氣候和中國自己的小氣候所決定了的，是一定要來的，是不以人們的意志為轉移的"[18]，並及時提出穩定壓倒一切的論述，穩住大局。

小平南巡 1992 年初，87 歲高齡的鄧小平登上專列，自北京奔向祖國南方大地 - 深圳與珠海，沿途發表不少諸如"中國要警惕右，但主要是防止'左'"、"改革開放膽子要大一些，敢於試驗，不能像小腳女人一樣"和"特區姓'社'不姓'資'"等著名講話。3 月上旬，中共中央政治局連續二天召開全體會議，認真學習了鄧小平的"南巡談話"，一致通過決議，支持鄧小平的言論和思想。鄧小平的"南巡談話"成為中國持續推動經濟改革的"偉大行動指南"[19]。

華僑以巨額資金支持鄧小平 對許多海外華僑及港澳臺同胞而言，鄧小平在 1992 年的南巡及這突如其來地推動中國新生，讓不少散居四海的華裔大亨深受激勵，甚至目眩神移。這些大亨多已年愈六十，走過五湖四海，商場叱吒風雲，建立歐美高層政商關係，子女不乏獲西方名校博碩士學位，父子兩代見識何其豐富，深知歐美政治。例如美國絕不容忍境內"黑人獨立""印地安人獨立"的分離運動萌芽，至於內部黑人的大規模反政府遊行，美國聯邦政府動輒以違法為由調動軍警大肆鎮壓(美國前總統布希George H.W. Bush更簽署命令，允許對非美國公民的恐怖份子嫌疑人，執行不需審判的無限期拘留，並禁止這些被拘留者在美國、其他國家或國際法庭上尋求救濟)。

　　這些華裔大亨們瞭解政治治理上微觀(Micro)與宏觀(Macro)的區別，歐美是藉微觀的個別人權角度，透過其強勢媒體舖天蓋地的修理中國，鄧小平則是自宏觀的角度結束動亂，恢復社會秩序；接著前蘇聯受西方影响，實施震盪療法的激進政經改革手段，導致超級通貨膨脹經濟崩潰，及各共和國分離主義猖獗，統一意識崩盤，致使國家於 1990 年代初解體成了今日的俄羅斯，經濟陷於崩潰，一下倒退二十年，這是活生生的反面教材；故二十年後(2012 年)，美國哈佛大學榮譽教授傅高義(Ezra F. Vogel)回顧，"現在看來，鄧小平當初下的判斷也許是對的"[20]。

1979 年 7 月，在登黃山途中，鄧小平為聞訊趕來的大學生簽名留念(新華社稿)

　　就海外華僑而言，經過幾個世代的苦候，這些海外遊子，原本以為再也等不到母國的強大。鄧小平登高一呼，兒時曾經住過中國，如今年華老大散居各地的許多華裔大亨，情緒沸騰，立即以大筆資金回轉中國，投資中國，似乎只有大手筆投資方能彌補流逝的光陰[21]，他們對母國的巨額投資實際行動，具體驗證了鄧小平的睿智及其政策的正確性。

小平經改策略

　　1950 年代，在美國專家的原創規劃下，國府實施符合當時台灣海島型經濟的"進口替代"策略，發展"進口替代品產業(Import substitution industries)"，例如紡織、肥料、水泥、化學品等進口替代品。

內地注入的台灣紡織產業　　　　　　　自上海遷台的遠東紡織廠

　　上海10家大型先進紡織工廠遷台，使台灣"紡織產業"平地拔起，為台灣經濟奠定基礎　1949 年，國府遷台大撤退，曾將上海等地全國紡織業菁華撤至台灣，使台灣輕工業的紡織產業一夕崛起。1945 年 9 月光復初時，台灣棉紡織工廠能實際運轉的棉紡錠僅 0.83 萬錠，1949 年國府大撤退時將上海的中紡、遠東、⋯等十家大型紡織工廠遷往台灣，1953 年時全台灣棉紡錠遽增至 16.9 萬錠。1960 年代，台灣實行以出口帶動經濟快速成長的"出口擴張"策略，乃形成 1960 年代以紡織工業為主的"進口替代"工業發展，使台灣的對外貿易持續大幅成長，外貿總額 1960 年時僅 4.6 億美元，1973 年時增至 82.8 億美元[22]。1970 年代則從事規模龐大的十項建設，建設台灣。1980 年代更前瞻性的規劃並推動電子資訊高科技產業的發展，為台灣的經濟奠下堅實基礎。

　　重視紡織產業與優先發展輕工業　三十年後 1979 年開始的內地經濟改革，實行了符合當時社會情勢的經濟發展策略，鄧小平以"實踐是檢驗真理的唯一標準"實事求是地推動經濟改革，例如放寬農業政策，在農村實行"包產到戶"，容許個體經濟，提出"辦好集體經濟，儘量發展個體經濟"的方針。改革價格制度，部份商品容許買賣雙方自由議價。

　　此外，鄧小平改變經濟發展的優先次序，緊縮重工業，優先發展輕工業，並鼓勵興辦服務性行業[23]。除辦好 1979 年設立的經濟特區[24]外，並於 1984 年開放天津、上海、大連、秦皇島、煙台、青島、連雲港、南通、寧波、溫州、福州、廣州、湛江和北海等沿海十四個城市[25]。就整個大方向而言，大陸的經濟改革與台灣早年經濟發展有下列四個共同之處：

(1) 經濟改革都是從農業部門出發。

(2) 對外開放鼓勵出口。

(3) 政府對於經濟干預和管理逐漸減少。

(4) 重視控制通貨膨脹[26]。

1995 年 5 月，上海紡織控股〔集團〕公司成立

在工業發展策略上，無獨有偶，內地經改之初與台灣經濟發展初始亦同，即重視紡織業與輕工業，1979-81 年間調整計劃的焦點就是集中在紡織業與輕工業[27]，亦即在投資優先及原料電力供應上，由重工業轉至輕工業，故 1986 年時輕重工業總產值已大致相等[28]。

在上海，1992 年起上海紡織業開始歷經 12 年"傷筋動骨"的產業結構改革調整，使上海紡織改變了以棉紡織初級加工為主的產業格局，棉紡錠壓縮 69%，紡織企業壓縮 66%，40 多萬職工安全大轉業，同時新的企業例如上海針織九廠改制的上海三槍集團有限公司異軍突起，1997 年時該集團資產營運規模擴大 10 倍、銷售收入增加 12 倍，但經濟效益提高 100 倍。至於上海織控股〔集團〕公司的巨大成就，也是有目共睹[29]。

此外，大陸也參考台灣重視外貿的作法，從原來長期強調"自立更生"，轉為"擴張輸出"[30]，並參考台灣高雄及楠梓加工出口區，在廣東的深圳、珠海、汕頭和福建的廈門，設立四個"經貿特區"，作為吸引外資及技術的視窗[31]。

先"增量改革"再"存量調整"

中國的計劃經濟體系，歷經前三十年的建構，其意識型態與運作已非常嚴密與僵化。據李志強〔美國普渡大學經濟學博士〕的研究，鄧小平推動"經改"之初，並非針對舊體制內開展，而是透過各經濟部門新增部分，實施新政策和制度，這種方式稱為"增量

21 世紀初上海紡織業向"科技與時尚"轉型

改革"。換言之,就是在原有的計畫經濟體制下,逐步壯大市場經濟,例如允許農村實行包產到戶、逐漸減少直至最後取消副產品的統購派購,實現市場調節。另則開放工商業的個體經營,甚至允許中外合資企業、外資獨資企業。由於此一溫和方式較少觸及舊有體制,不致遭受既得利益和保守派的激烈反對,使改革得以順利推動,同時維持了經濟運作的穩定。新制度不但激發群眾的工作誘因,並激發競爭強度而提高效率,故其新增部分成長較快且具競爭力,亦即市場經濟迅速擴大,其增長速度遠遠超過原有的國有經濟,使得舊體制所佔比重日漸減少。

當改革進行一段時期後,舊體制已不再具重大影響時,然後再對舊體制改革,稱之"存量調整"。1990 年代中期,資源的限制使"增量改革"發揮的效果漸漸減弱,舊體制開始束縛經濟的進一步發展,改革逐漸進入了"存量調整"階段,即深化對舊體制的轉型。以"國有企業"(簡稱國企)為例,擴大企業自主權、擴大

廣州白鵝賓館
1983 年 2 月,霍英東與廣州市旅遊局合作建立
內地第一家現代化五星級飯店

企業自行銷售其產品的品種與數量,允許一定比例產品自銷,逐步壓縮直接計畫、擴大間接計畫的比重。

此外,雖然自 1979 年"國企"改革就開始進行,但一直未能大力處理冗員和破產退出市場的問題。當時"國企"佔有大部分產值,如果對"國企"大力改革,數量龐大的下崗工人和破產企業,必定造成社會動亂和經濟混亂。"經改"的辦法是開放非國有企業,按照比較利益法則進入競爭性的輕工業消費品市場,使非國有經濟迅速發展起來。從 1978 年至 2002 年,"國有企業"占工業總產值比重由 77.6% 大幅降至 30% 以下,"國企"的重要性被非國企取代後,"經改"才積極整頓"國企"冗員和破產問題。"九五計畫"期間,"國有企業"家數由 87,905 家大幅下降至 53,489 家 [32]。

先"試點"再"推廣"　　李志強博士也指出，中國大陸是社會主義陣營中，最先進行大規模經濟改革者，歷史上無前例可循，故改革的方向和路徑都是逐步自行探索出來。先"增量改革"再"存量調整"，本身就屬於漸進式的改革方法。中國大陸許多改革措施都是先在較小的範圍實施，即所謂的先行"試點"，如果發覺有問題或不完善的地方，即行修正；在取得成果後再逐步推廣到較大的範圍，最後才在全國推行。這種改革方式的優點是風險較小，讓經濟體有充分時間適應新的制度，成功機率較高。缺點是往往未能及時推出配套措施，新制度會與原來的舊制度發生衝突，但隨著改革的進一步深化，衝突的情況逐漸會改善。例如在推動價格改革期間，雙軌制的改革方式讓有權力者以官方低價取得產品後，再在市場上高價拋售取得暴利，引發貪汙腐敗和"尋租現象"，不過隨著 1990 年代以後各種雙軌制陸續併軌，"尋租現象"已漸緩解[33]，甚至解除。此外，就廣義的"試點"而言，可說也包括台灣地方的經濟發展經驗，尤其是有關通貨膨脹控制與中央地方分稅制的經驗，後者更是有助於建構全國經濟制度一體化與稅制合理化。

引領民族奮進

眾所周知，政治與經濟相互交錯影響，不同時空背景有其不同的影響。證諸近代中國，"中國共產黨"在極其艱困的情況下，歷經人類史上前所未有的英勇"長征"，立足延安，力抗日本侵略，並於戰後"國共內戰"中迅速一統中國，其統一之速，遠邁歷朝歷代。

惟在那樣偉大勝利的時空背景下，自然也會形成那個時代的經濟發展指導思維，誠如大陸學者鍾祥財分析，毛澤東在聽取人民公社滙報時說："過去搞軍隊，沒有薪水，沒有星期天，沒有八小時工作制，上下一致，官兵一致，軍民打成一片，成千上萬的人調動起來，這種共產主義精神很好"[34]；但那是在內處黃土高原極度赤貧，外處日本入侵殘酷屠殺及接續的"國共內戰"年代，完全不俱備物質激勵條件下的社會經濟，以此衍生的經濟發展指導思維，導致經濟上的"左"傾冒進。鄧小平在回顧新中國成立後的經濟發展時就說"一九五七年開始，我們犯了'左'的錯誤，政治上的'左'，導致了一九五八年經濟上搞'大躍進'，使生產遭到很大破壞，人民生活很困難"[35]。

　　實踐是檢驗真理的唯一標準　1976 年"十年動亂"結束，新的時代來臨，在新的時空背景下，政治與經濟再次相互交錯影響。1978 年，面對"文革"後的政經嚴峻局勢，及繼續肯定"文革"的"兩個凡是"[36]與"實踐是檢驗真理唯一標準"論戰的關鍵時刻，鄧小平挺身旗幟鮮明地批評了"兩個凡是"，並堅決支持"實踐是檢驗真理唯一標準"的論戰[37]。

　　1978 年 12 月 18-22 日，中共"十一屆三中全會"在北京順利召開。鄧小平在該會召開前 12 月 13 日的"中共中央工作會議"閉幕會上，提出"解放思想""實是求是"，稱"一個黨，一個國家，一個民族，如果一切從本本出發，思想僵化，迷信盛行，那它就不能前進，它的生機就停止了，就要亡黨亡國"。鄧小平並睿智地指出"不講多勞多得，不重視物質利益，

1978 年 5 月 1 日《光明日報》發表特約
評論員文章〈實踐是檢驗真理的唯一標準〉

對少數先進分子可以，對廣大群眾不行，一段時間可以，長期不行。革命精神是非常寶貴的，沒有革命精神就沒有革命行動。但是，革命是在物質利益的基礎上產生的，如果只講犧牲精神，不講物質利益，那就是唯心論"。另並要求集中力量制定各種必要的法律，"國家和企業、企業和企業、企業和個人等等之間的關係，也要用法律的形式來確定；它們之間的矛盾，也有不少要通過法律來解決"[38]。

　　鄧小平上述在"中共中央工作會議"的論述指引，使得"十一屆三中全會"實現了思想、政治與組織等路線上的撥亂反正，從根本上衝破了長期"左"傾錯誤的嚴重束縛[39]，使中國走上以經濟建設為中心的道路。

　　科學技術是第一生產力　鄧小平除了在"十一屆三中全會"前後反復申述"貧窮不是社會主義"，另也提出"允許一部分人先富起來"；在接著的幾年，鄧小平除提出"科學技術是第一生產力""離開了生產力的發展、國家的富強、人民生活的改善，革命就是空的""社會主義的首要任務是發展生產力""社會主義是共產主義的初級階段""社會主義階段的最根本任務就是要發展生產力"，及"建設有中國特色的社會主義"[40]等與時俱進的政治論述，另並諄諄

告誡，稱“十年的文化大革命，更使我們吃了很大的苦頭，造成很大的災難。現在要橫下心來，除了爆發大規模戰爭外，就要始終如一地，貫徹始終地搞這件事(實現四個現代化)，一切圍繞著這件事，不受任何干擾。就是爆發大規模戰爭，打仗以後也要繼續幹，或著重幹。”“就是爆發大規模戰爭，打仗以後也要繼續幹，或著重新幹”[41]“現在說我們窮還不夠，是太窮，同自己的地位完全不相稱。所以，從去年(1979)起，我們就把工作著重點轉到了建設上。我們要把這條路線一直貫徹下去，決不動搖”[42]，將抓經濟視為和平年代國家最核心的大事，要求“一心一意搞建設”[43]。

1978 年 3 月，全國科學大會提出“科學技術是生產力”迎來“科學的春天”，圖爲當年的宣傳海報

　　鄧小平以其無比的政治聲望，前面其所提的任何論述，均可說影響經改至巨。例如鄧小平提出“允許一部分人先富起來”的說法，誠如大陸學者劉社建的分析，在長年的計劃經濟體制下，特別是“大鍋飯”分配方式以及“越窮越革命”的理念，長期禁錮著人們的思維，鄧小平此一“允許一部分人先富起來”的論述，“沖擊了長達 30 年不敢言富、把貧窮等同社會主義的錯誤觀念”，故此一號召“無疑起到了突破僵局與振聾發聵的作用。這一具有革命性的綱領式號召，其產生的巨大經濟社會效應如何估計也不過分”[44]。

　　小平論述磊落雄偉，其改革成就遠邁商鞅、王安石、及戊戌變法　國家領導人是希望化身，必須擬定願景(vision)，提出明確的國家目標，指引未來的國家方向，凝聚群眾為共同願景努力奮鬥的信心[45]。然而，願景的體現依賴政治論述。因此，政治論述可說是一個政治領袖的靈魂。

　　鄧小平復出實施經改，以其大無畏的氣魄，提出一系列為振興中華之磊落雄偉的政治論述，表達了斯時群眾期盼改變貧窮落後的民族心聲，為經濟大改革提供信心指引方向。但空有論述不足，要知我國古代的商鞅變法、王安石變法和戊戌變法的改革，均以悲劇告終。此次“經改”的規模廣度與深度，均遠邁古代，何況還有弱化中國顛覆中國不遺餘力的美國勢力，故其難度從所未有。

小平維新功在當代 因此，這次"經改"除了需要有劍及履及的毅力，尤其需要講就推動大規模經濟改革的方法。鄧小平以其一生三起三落波瀾壯濶的政治聲望與睿智，撫平調和各派政治勢力，堅定不移地推動改革開放，推動具有中國特色的社會主義路線，以"增量改革"再"存量調整"的方式，推行"經改"。簡單的說，就是先將經濟的餅做大，對原有經濟的餅暫予保存，改革增大的部份，待增大的部份漸大於或遠大於原有經濟的餅，此時受益者眾，則全面的經改，水到渠成。此外，鄧小平也沿襲中共的優良傳統，以先行"試點"再"推廣"和"摸著石頭過河"的方式，將改革風險降至最低，終於成功推動人類史上此一規模空前宏偉的劃時代經濟改革。

四十年經改，中國大陸經濟總量快速增長，國家綜合實力急遽提升，從1978年到2018年，國內生產總值（Gross Domestic Product, GDP）從 3,645.2億元增長到 900,309.0 億元（增加 246 倍）、人均 GDP 從 155 美元增長到 9,800美元（增加 63 倍）、對外貿易進出口總額從 206.4 億美元增長到 46,200.0 億美元（增加 238 倍），"改革開放"功在現代中國（戚嘉林 2019 年 8 月 10 日再修訂）。

注釋：
1. 余瑋、吳東菲，*中國高端訪問*，北京：經濟日報出版社，2007年9月，pp.166-170.
2. 鄭竹園，"以台灣經驗作為重建大陸藍圖"，*台灣經驗與中國重建*，台北：聯經出版社，1989年5月，p.450.
3. 傅建中"談判桌折衝樽俎 毛‧周W‧鄧各領風騷"，*中國時報*，1999年3月18日，第14版。
4. 同註2，p.457.見余秋里"關於政治與經濟關係"講話，原文刊載於中共"國務院辦公廳秘書處"，1979年9月4日編印之學習資料中。
5. 鄭竹園，"以台灣經驗作為重建大陸藍圖"，*台灣經驗與中國重建*，台北：聯經出版社，1989年5月，pp.457-458. 該月刊係廈門大學"經濟研究所"出版。
6. 鄭竹園，"以台灣經驗作為重建大陸藍圖"，*台灣經驗與中國重建*，台北：聯經出版社，1989年5月，pp.466-467.原見高放，"社會主義的挑戰"，原文刊載紐約探索月刊，1978年3月，pp.58-62.
7. 鄭竹園，"以台灣經驗作為重建大陸藍圖"，*台灣經驗與中國重建*，台北：聯經出版社，1989年5月，p.467.見黃方毅，"再論中國對外經濟策略的選擇"，經濟研究月刊，北京，1986年12月，pp.26-27.
8. 訪問者劉素芬、樊沁萍，*中國現代經濟學的播種者鄒至莊先生訪問紀錄*，台北：八方文化企業公司，1997年10月，p.30.
9. 訪問者劉素芬、樊沁萍，*中國現代經濟學的播種者鄒至莊先生訪問紀錄*，台北：八方文化企業公司，1997年10月，pp.63-79.
10. 訪問者劉素芬、樊沁萍，*中國現代經濟學的播種者鄒至莊先生訪問紀錄*，台北：八方文化企業公司，1997年10月，pp.30:69-75.
11. 林文集、欽國于，"推動台灣經濟、科技奇蹟的舵手--李國鼎"，*工商時報*，2001年6月1日，第4版。
12. 林志成，"兩岸經改 都有他的影子"，*中國時報*，2001年6月1日，第3版.1998年7月，中國科技部長朱麗蘭訪問台灣時還特別表示，朱鎔基交待一定要代為向李國鼎先生致謝。
13. 例如1966年文革時，在"勤儉辦外交"的低工資政策下，中國大陸駐外使領人員，自大使至秘書與工勤人員的工資一律按120元的標準發放當地幣，約合30、-40美元，見馬繼森，外交部文革紀實，香港，中文大學出版社，2003年，p.73.有關人員訪談，原見杜易，《大雪壓青松-"文革"中的陳毅》(北京：世界知識出版社，1997)，p.96.

14. 楊中美，*朱鎔基傳*，台北:時報文化出版社，1998年3月，pp.175-183.

15. 方寒星，"少小離家老大回，李國鼎大陸行"，*聯合報*，2002年6月26日，第39版。

16. 訪問者劉素芬、樊沁瀼，*中國現代經濟學的播種者鄒至莊先生訪問紀錄*，台北：八方文化企業公司，1997年10月，p.71.

17. 訪問者劉素芬、樊沁瀼，*中國現代經濟學的播種者鄒至莊先生訪問紀錄*，台北：八方文化企業公司，1997年10月，p.71.

18. 鄧小平，"在接見首都戒嚴部隊軍以上幹部時講話/1989年6月9日"，*鄧小平文選/*一卷本，香港：人民出版社與三聯書店(香港)有限公司，1996年7月，p.427.

19. Robert Lawrence Kuhn著，談崢、于江海譯，*他改變了中國－江澤民傳*，上海；世紀譯文出版社，2005年2月第4次，pp.178-182.

20. 羅印沖，＜傅高義: 經濟依賴大陸誰當政都難避免＞，*聯合報*，2012年6月15日，第A14版。

21. Joe Studwell著、齊思賢譯，*中國熱/The China Dream*，台北：時報文化公司，2002年，pp.90-98.

22. Council for Economic Planning and Development, *Taiwan Statistical Data Book 2001*, Taipei: Council for Economic Planning and Development, ROC, June, 2001, p.212.

23. 鄭竹園，*台灣海峽兩岸的經濟發展*，台北：聯經出版事業公司，1983年7月，pp.143-154.

24. 中共中央文獻研究室，*鄧小平文選*(一卷本)，北京：人民出版社，1996年7月，pp.255：519.

25. 中共中央文獻研究室，*鄧小平文選*(一卷本)，北京：人民出版社，1996年7月，pp.266：520.

26. 訪問者劉素芬、樊沁瀼，*中國現代經濟學的播種者鄒至莊先生訪問紀錄*，台北：八方文化企業公司，1997年10月，pp.30-31.

27. 鄭竹園，"中共經濟發展策略總檢討"，*台灣模式與大陸現代化*，台北：聯經出版社，1986年8月，p.109.

28. 鄭竹園，"以台灣經驗作為重建大陸藍圖"，*台灣經驗與中國重建*，台北：聯經出版社，1989年5月，p.459.原見龔佼，"十年來我國工業發展概況"，*經濟管理月刊*，北京，1986年12月，p.3.

29. 中共上海市委黨史研究室編，*上海改革開放史話*，上海：上海人民出版社，2018年12月，pp.90-91.

30. 鄭竹園，"以台灣經驗作為重建大陸藍圖"，*台灣經驗與中國重建*，台北：聯經出版社，1989年5月，p.459.原見李揚，"淺談外向型經濟"，經濟管理月刊，北京，1986年12月，pp.22-23.

31. 鄭竹園，"以台灣經驗作為重建大陸藍圖"，*台灣經驗與中國重建*，台北：聯經出版社，1989年5月，p.458.原見鄭竹園，"中共開放政策的經濟效果"，見台灣模式與大陸現代化，pp.247-268.

32. 李志強，"中國大陸的經濟體制與制度發展"，張五岳主編，*中國大陸研究*，台北：新文京開發出版公司，pp.338-339.

33. 李志強，"中國大陸的經濟體制與制度發展"，張五岳主編，*中國大陸研究*，台北：新文京開發出版公司，p.339.

34. 袁恩楨等著，*經濟發展與經濟學*，上海，上海人民出版社出版，2009年9月第一版，p.42. 見鍾祥財所撰第二章，原引自羅平漢，天堂實驗：人民公社化運動始末，中共中央黨校出版社2006年版，pp.62-63.

35. 袁恩楨等著，經濟發展與經濟學，上海，上海人民出版社出版，2009年9月第一版，p.46. 見鍾祥財所撰第二章，見鄧小平文選第3卷，人民出版社，1993年版，p.227.

36. "兩個凡是"："凡是毛主席的決策，我們都堅決維護，凡是毛主席的指示，我們都始終不渝地遵循"。

37. 瞭望文章：真理標準大討論來龍去脈，見http://news.hexun.com/2008-09-01/108490137.html Access:2008/9/6 pp.2-3.

38. 中共中央文獻研究室，"解放思想，實事求是，團結一致向前看－1978年12月13日"，鄧小平文選(一卷本)，北京：人民出版社，1996年7月，pp.75-82.

39. "中共十一屆三中全會(1978年)"，http://big5.xinhuanet.com/gate/big5/news.xinhuanet.com/ziliao/2003-01/20/content-697…Access:2008/9/5.

40. 中共中央文獻研究室，"建設有中國特色的社會主義－1984年6月30日"，鄧小平文選(一卷本)，北京：人民出版社，1996年7月，pp.263-264.

41. 中共中央文獻研究室，"實現四個現代化必須具備四個前提－1980年1月16日"，鄧小平文選(一卷本)，北京：人民出版社，1996年7月，p.134.

42. 中共中央文獻研究室，"社會主義首先要發展生產力－1980年4-5月"，鄧小平文選(一卷本)，北京：人民出版社，1996年7月，p.176.

43. 中共中央文獻研究室，"一心一意搞建設－1982年9月18日"，*鄧小平文選*(一卷本)，北京：人民出版社，1996年7月，pp.243-245.

44. 袁恩楨等著，*經濟發展與經濟學*，上海，上海人民出版社出版，2009年9月第一版，p.152. 見劉社建所撰第九章.

45. 胡忠信，*新台灣新文化*，台北：我識出版社，2005年11月，pp.212-218.

坎坷復興路

鄧小平與改革開放

┃ 仲 華

　　大陸改革開放始於 1978 年 12 月 18-22 日的中共十一屆三中全會。1976 年 10 月粉碎"四人幫"後,大陸百廢待興,百業待舉,面臨著國內的嚴峻困境和國際的巨大壓力。國民經濟處於崩潰邊緣,綜合國力與國際先進水準的差距明顯拉大。用鄧小平當時的話說,若不奮起直追,迎頭趕上,就有可能被開除"球籍"。

解放思想 實事求是

　　1977 年 7 月,經中共黨內強烈呼籲,"文革"後期被打倒的鄧小平在十屆三中全會上恢復了中共中央副主席、中共中央軍委副主席、國務院副總理、中國人民解放軍總參謀長等職務,至此,他的政治生涯中已歷經三落三起。復出後的鄧小平清楚表明一往直前的立場說:"坦率地講,出來工作,可以有兩種態度,一個是做官,一個是做點工作。我想誰叫你當共產黨人呢,既然當了,就不能夠做官,不能夠有私心雜念,不能夠有別的選擇"。

1978 年 10 月 24 日鄧小平訪問日本期間參觀日產汽車公司工廠

　　解放思想,實事求是　　鄧小平復出後所做的第一件大事就是頂住壓力,破除個人崇拜,打破精神枷鎖,恢復中國共產黨"實事求是"的優良作風。他大力支持關於真理標準問題的討論,使這場討論迅速發展成全黨全國廣泛參與的思想解放運動，樹立了實現歷史轉折、實行改革開放的思想先導。1978 年 12 月 13 日的中央工作會議閉幕會上，鄧小平發表《解放思想，實事求是，團結一致向前看》的著名講話，字字句句如黃鐘大呂般振聾發聵："一個黨，一個國家，一個民族，如果一切從本本出發，思想僵化，迷信盛行，那它就不能前進，它的生機就停止了，就要亡黨亡國"，"毛澤東同志不是沒有缺點、錯誤的，要求一個革命領袖沒有缺點、錯誤，那不是馬克思主義"，"如果現在再不實行改革，我們的現代化事業和社會主義事業就會被葬送"。這篇講話，是中國共產黨人開闢新時期新道路的宣言書，實際上也成為嗣後召開的中共十一屆三中全會的主題報告。

1978 年，葉劍英（左）和習仲勛（右）等在人民大會堂

實踐是檢驗真理的唯一標準　1978 年 12 月 18-22 日，中共十一屆三中全會在北京舉行，出席會議的有中共中央委員、候補中央委員和有關部門負責同志共 290 人。會議雖然時間不長，但準備充分，指導明確，取得了意義深遠的成果。具體而言主要包括：高度評價真理標準問題的討論，肯定"實踐是檢驗真理的唯一標準"，及徹底否定"兩個凡是"方針，重新確立了實事求是的思想路線；決定停止使用"以階級鬥爭為綱"這個不適用於社會主義社會的口號，否定了"無產階級專政下繼續革命"的錯誤理論，作出把全黨工作重點轉移到社會主義現代化建設上來的戰略決策；在組織上進行重大調整，形成了以鄧小平為核心的中央領導集體；決定實行改革開放，並提出允許一部分地區、一部分人先富起來，最終達到全體人民共同富裕的"大政策"。

十一屆三中全會，是中共歷史上的一次重大轉折。二十年後，中共中央曾予以總結："黨在思想、政治、組織等領域的全面撥亂反正，是從這次全會開始的。偉大的社會主義改革開放，是由這次全會揭開序幕的。建設中國特色社會主義的新道路，是以這次全會為起點開闢的。當代中國的馬克思主義——鄧小平理論，是在這次全會前後開始逐步形成和發展起來的"。以十一屆三中全會為標誌，當代中國歷史掀開了嶄新一頁，奏響了改革開放、強國富民、民族復興的時代強音。

摸著石頭過河

中國是一個農業大國，農村人口占全國總人口的絕大多數，解決億萬農民的溫飽問題乃國家頭等大事。正因如此，中國的改革，是從農村起步的，而在農村改革的進程中，實行家庭聯產承包責任制和創辦鄉鎮企業，被稱為"中國農民的兩項偉大創造"。它們相互關聯，前後銜接，深刻改變了中國農村的落後面貌。

家庭聯產承包責任制 實行家庭聯產承包責任制，安徽省鳳陽縣小崗村的 18 戶農民做了"第一個吃螃蟹的人"。1978 年底，他們秘密商定，突破生產資料集體所有的農村舊體制，進行包乾到戶，立下了一份驚天動地的"生死契約"。小崗村農民冒天下之大不韙的舉動，得到了鄧小平的明確肯定。1982-1986 年間，中共中央連續發出五個有關農村政策的一號檔，推行和完善家庭聯產承包責任制。家庭聯產承包責任制從當時農村的實際出發，把勞動付出和經濟所得直接掛起鉤來，充分調動了農民的生產積極性，迅速解放了長期被壓抑的農村生產力。

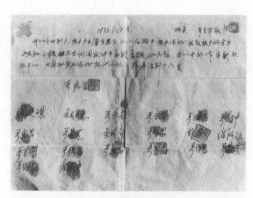

1978 年冬，安徽省鳳陽縣小崗村的 18 位農民在一紙分田到戶的"秘密契約"上按下鮮紅的手印，實行了農業"大包干"。這是小崗村 18 位農民按下紅手印的"包產到戶契約"(汪強 攝)

鄉鎮企業 隨著農村經濟的蓬勃發展，農民在從事農、林、牧、副、漁等生產的同時，開始為農村剩餘勞動力和農村資金找出路，各式各樣經營商業、加工業、運輸業、服務業的鄉鎮企業，如雨後春筍般創辦起來。鄉鎮企業從"千方百計找門路、千言萬語求原料、千山萬水跑供銷、千辛萬苦創基業"艱難初

安徽省壽具糧站職工在農民家中收糧

創，篳路藍縷終至蔚為大觀。它的異軍突起，起到了以工補農、以工促農、容納農村剩餘勞動力乃至推進全國工業化的重要作用，千千萬萬個鄉村由此走上了富裕之路。例如，江蘇省江陰市華西村，即通過這種方式在短時間內脫貧致富，聲名鵲起，躍居全國首富村，成為"蘇南模式"的典範和農村變革的縮影。

1984 年以後，改革重點從農村轉入城市。經濟體制改革一馬當先，國有企業改革向著"產權清晰、權責明確、政企分開、管理科學"的方向層層深入，個體經濟、私營經濟等非公有制經濟在政府的鼓勵、支持與適時引導下快速發展，僵化的計劃經濟體制和單一的公有制結構被徹底打破，市場在資源配置中的基本作用正持續增強。與經濟體制改革相適應，政治體制和教育、科技體制改革也相繼展開，廢除領導幹部職務終身制，發展社會主義民主政治，精簡政府機構，轉變政府職能，制定全國科技發展規劃，加大高等教育投入與人才培養力度，大刀闊斧的舉措一環緊扣一環，令人目不暇接……

成立經濟特區　1979 年 1 月，一份關於香港商人要求回廣州開辦工廠的來信引起了鄧小平的高度重視，他敏銳地意識到，這是一個利用外資的良機，當即批示："這件事，我看廣東可以放手幹"。同年 4 月的中央工作會議期間，當廣東省委領導提出：希望中央多給一點自主權，允許在毗鄰港澳的深圳、珠海以及僑鄉汕頭開辦出口加工區；鄧小平立

鄉鎮企業：江蘇無錫的一個晶體管廠生產車間
1987 年時全國鄉鎮企業從業人數已近九千萬人，
產值占農村社會總產值的一半以上

刻表示贊同，他擲地有聲地說，在你們廣東劃一塊地出來，辦一個特區，過去陝甘寧就是特區嘛。中央沒有錢，可以給些政策，你們自己去搞，殺出一條血路來！

對外開放的部署則是由南往北，由東往西，由經濟特區的"點"到沿海開放城市的"線"再到沿海經濟開放區的"片"，從沿海向內陸縱深挺進，逐步形成全方位、多層次、寬領域的格局。在自力更生的基礎上積極發展同世界各國平等互利的經濟合作，努力採用世界先進技術和先進設備，是鄧小平的一貫思想。

1980 年 8 月，深圳、珠海、汕頭和廈門 4 個經濟特區正式設立。1984 年，東部沿海地區的大連、秦皇島、天津、煙臺、青島、連雲港、南通、上海、寧波、溫州、福州、廣州、湛江、北海等14 個港口城市進一步開放。1985年，長江三角洲、珠江三角洲、閩南漳（州）、泉（州）、廈（門）三角地區以及遼東半島和膠東半島先後被闢為沿海經濟開放區。

兆龍飯店開業儀式
1985 年 10 月 25 日，鄧小平同志出席香港知名人士
包玉剛（左四）捐建的北京第一家五星級飯店

1988 年，海南建省，開放為經濟特區。1991 年，鄧小平又宣導，打出上海這張"王牌"，開發開放浦東新區，實行比經濟特區更加優惠的政策。1992 年，繼而做出加速環渤海灣地區開放開發的決策。

經濟特區的創辦和對外開放的擴大，不僅吸引了大量外資，而且引進了先進理念；不僅創造了驚人的區域經濟發展速度，而且對整個社會經濟發展起到了強有力的示範、輻射和帶動作用。一個個特區，是一個個"視窗"。它們讓中國看清了世界，也讓世界感受了中國。

發展才是硬道理

早在 1979 年，鄧小平就曾經談到，中國的戰略目標必須切合中國的實際情況，我們要實現的是"中國式的四個現代化"。

中國特色的社會主義　1982 年 9 月，他在中共十二大開幕詞中，第一次明確提出了"建設有中國特色的社會主義"的概念，鞭辟入裡地分析："我們的現代化建設，必須從中國的實際出發。無論是革命還是建設，都要注意學習和借鑒外國的經驗。但是，照抄照搬別國經驗、別國模式，從來不能得到成功。這方面我們有過不少教訓。把馬克思主義的普遍真理同我國的具體實際結合起來，走自己的路，建設有中國特色的社會主義，這就是我們總結長期歷史經驗得出的基本結論"。根據鄧小平的構想，中共十二大制定了"兩步走"的奮鬥目標和戰

1986 年 11 月 14 日，鄧小平同志把一張上海飛樂音響股票作為禮物贈送給美國紐約交易所董事長約翰·凡爾霖，向世界宣告中國改革開放決心

略部署。第一步，實現國民生產總值比 1980 年翻一番，解決人民的溫飽問題；第二步，到二十世紀末使國民生產總值再翻一番，人民生活達到小康水準。

社會主義初級階段論　1987 年，中共十三大進一步提出了"中國目前正處在社會主義初級階段"的論斷，其中包括兩層含義：第一，中國已經是社會主義社會，必須堅持而不能背離社會主義；第二，中國的社會主義還處在初級階段，必須立足這個實際而不能超越這個實際。據此，中共十三大確立了"以經濟建設為中心，堅持四項基本原則，堅持改革開放"的基本路線，並把"兩步走"擴大為"三步走"，即在完成前兩步後，再邁開第三步：到二十一世紀中葉，人均國民生產總值達到中等發達國家的水準，人民生活比較富裕，基本實現現代化。

蘇聯崩潰啟示　上世紀 90 年代初，前蘇聯即因經濟改革失敗，分解成 12 個國家，前蘇聯本土則解體成今日的俄羅斯，較前蘇聯國土面積減少 22.7%，人口減少 47.2%，致國際局勢波詭雲譎，中國大陸也受到了強烈的衝擊。

　　一時間，對於"一個中心、兩個基本點"的基本路線，社會上兩種思潮凸顯。一種聲音反對改革開放，把改革開放看成是引進和發展資本主義，認為中

國必須確保姓"社"，要堅決的"收"；另一種聲音則是懷疑與否定四項基本原則，主張全盤西化，認為中國應當姓"資"，要徹底的"放"。重大歷史關頭，中國的強國之路該何去何從？

南方談話 1992年1月，88歲高齡的鄧小平頂著春寒，登上了南下專列視察，行經武昌、深圳、珠海、上海等地，一路上發表了蘊含豐富的南方談話，從理論上深刻回答了姓"社"姓"資"等長期困擾和束縛人們思想的重要認識問題。鄧小平指出，要堅持黨的基本路線一百年不動搖，堅定不移地走中國特色社會主義道路；要解放思想，勇於探索，以"是否有利於發展社會主義社會的生產力、是否有利於增強社會主義國家的綜合國力、是否有利於提高人民的生活水準"為評判標準，大膽地進行試驗，"不能像小腳女人一樣"；要認清"社會主義的本質，是解放生產力，發展生產力，消滅剝削，消除兩極分化，最終達到共同富裕"，計畫多一點還是市場多一點，不是社會主義與資本主義的本質區別，計畫和

1992年初，鄧小平南方視察

市場都是經濟手段；要抓住機會發展自己，發展經濟，發展才是硬道理；要堅持社會主義物質文明和精神文明兩手抓，兩手都要硬；要靠正確的組織路線來保證正確的政治路線，中國的事情能不能辦好，關鍵是共產黨內部能不能搞好；要看到社會主義經歷一個較長的發展過程後必然代替資本主義，這是社會歷史發展不可逆轉的總趨勢。歸結到一點，那就是，在當代中國，"不堅持社會主義，不改革開放，不發展經濟，不改善人民生活，只能是死路一條"。

鄧小平關於中國特色社會主義的開創性論斷，是馬克思主義根植於中國社會主義建設土壤後產生的理論飛躍，它第一次比較系統地回答了中國這樣的經濟文化比較落後的國家如何建設社會主義、如何鞏固和發展社會主義的一系列基本問題，極大地解放了人們的思想，將中國的改革開放和社會主義現代化建設事業導入加速發展的快車道。

改革開放二十年　此後 20 年，中國的輝煌成就有目共睹。其國內生產總值以年均 9% 以上的比率增長，2010 年已超越日本，躍升全球第二位。截至 2011 年底，其進出口貿易總額增長為 3.64 萬億美元，亦居全球第二位；吸引外商直接投資累計約 1.16 萬億美元，當年吸收外資 1,160 億美元，連續 19 年居發展中國家首位；城鎮化率提升為 51.3%，高校在校學生規模超過 2,300 萬人，發明專利授權量上升到世界第三位元，全國技術交易市場規模達到 4,760 億元，勞動、知識、資本、技術和管理各方面的活力競相迸發，構成了工業化跨越式發展的強大動力。目前，全球 500 多種主要工業產品中，中國有 220 餘種產量位居前列。今日之中國，已確立起對世界政治、經濟發展具有重要影響力的大國形象。

撫今追昔，人們怎能不深深感念鄧小平，對這位 "中國社會主義改革開放和現代化建設的總設計師，習近平總書記給予高度評價稱， "1992 年，鄧小平同志在南方談話中說： '不堅持社會主義，不發展經濟，不改善人民生活，只能是死路一條'。回過頭來看，我們對鄧小平同志這番話就有更深的理解了。所以，我們講，只有社會主義才能救中國，只有改革開放才能發展中國，發展社會主義，發展馬克主義"[1]。

注釋：
1. 習近平，〈關於《中共中央關於全面深化改革若干重大問題的決定》的說明〉，《習近平談治國理念》，2015 年 10 月第 1 版第 11 次印刷，北京：外文出版社有限公司，p.71.

改革開放中的台商角色

▌花俊雄（旅美台籍僑領）

2018 年 4 月 10 日，習近平在會見臺灣兩岸共同市場基金會名譽董事長蕭萬長時表示，改革開放初期，很多臺胞來到大陸。30、40 年過去了，大陸這麼大的發展變化，祖國大陸的發展功勞簿上要記上臺胞、台企一筆。12 月 18 日，習近平在慶祝改革開放 40 周年大會上還代表黨中央向臺灣同胞致以誠摯的問候。

1978 年 12 月 18 日，中國共產黨召開了第十一屆三中全會，確定了解放思想、開動腦筋、實事求是、團結一致向前看的指導方針，作出了把全黨和國家的工作中心轉移到經濟建設上來，實行改革開放的歷史性決策。鄧小平說"我們要尋求一個和平的環境來實現四個現代化。那就有必要對我們的外交政策作出適當調整，我們的對台方針也要作一些變動。實現社會主義現代化建設需要和平解決臺灣問題。"鄧小平親自佈置了在 1979 年元旦，以全國人大常委會的名義發佈《告臺灣同胞書》，呼籲海峽兩岸進行"三通四流"、開展經貿往來與實現和平統一。可以說，改革開放與對台政策的戰略從"武力解放"調整為"和平統一"幾乎同時啟動，同時進行。

在此背景下，敢於冒險、敢於拼搏的台商衝破臺灣當局重重政治與法律政策障礙到大陸投資。但由於蔣經國奉行不接觸、不談判、不妥協的"三不政策"，嚴禁赴大陸投資，這一時期台商主要經由香港等第三地對大陸進行間接、零星的投資，金額與件數均不多，投資區域主要集中在福建、廣東沿海，以勞力密集型的中小型企業為主。據商務部統計，至 1987 年底，台商赴大陸投資項目約 80 件，協定金額約 1 億美元。

鄧小平南巡講話 1987 年 11 月，臺灣當局開放赴大陸探親，打破了兩岸隔絕的狀態，不少台商藉由探親、旅遊紛紛赴大陸考察、投資。針對這一形勢，1988 年 7 月國務院發佈《關於鼓勵臺灣同胞投資的規定》，各地方、相關部委紛紛出臺有關臺胞投資的規定。1992 年，鄧小平"南巡講話"以及"社會主義市場經濟體制"確立，大陸改革開放的方向進一步確定，對島內台商發出明確信號。同時，因臺灣島內經濟轉型、產業升級壓力增大，臺灣當局首次以"正面表列"准許島內部分傳統製造業產品專案赴大陸投資。與此同時，兩岸兩會在 1992 年達成"九二共識"、1993 年實現了"汪辜會談"，兩岸政治氣氛緩和。在此情況下，台商掀起了以傳統製造業為主向大陸轉移的第一波熱潮。1988年台商當年簽署的投資合同金額就達到 5 億美元，是前五年總和的 5 倍；1990 年台資成為僅次於港澳的第二大外資來源地，占比 13.5%；1993

1992 年初，鄧小平南巡在廣州

年台商對大陸投資金額達 31.4 億美元、投資專案 10,948 個。投資區域除廣東、福建沿海外，開始向江蘇、浙江等沿海擴散，珠三角成為台商投資最密集的區域。投資仍以技術層次較低、附加值有限的傳統勞力密集型製造業為主，但部分資本和技術密集型製造業也開始出現。

李登輝的南向政策與戒急用忍　1993 年底李登輝推出"南向政策"，企圖分流台商對大陸投資；1995 年 6 月，赴美製造"兩個中國"分裂活動，兩會商談被迫中止；1996 年 9 月，提出"戒急用忍"政策，對台商投資大陸做出嚴苛規定和諸多限制；1999 年 7 月，甚至公然拋出"兩國論"分裂主張，導致兩會聯繫中斷。儘管臺灣當局不斷破壞兩岸政經關係，但大陸仍不斷出臺推動有利於台商投資相關政策。1994 年 3 月全國人大通過《中華人民共和國臺灣同胞投資保護法》；1998 年外經貿部發佈《關於放開對台貿易進口經營權的通知》；1999 年 12 月國務院出臺《中華人民共和國臺灣同胞投資保護法實施細則》等。

　　1990 年代中期後，由於李登輝從中作梗以及 1997 年亞洲金融風暴，台商投資大陸的項目和金額總體均持續衰退。1994-1999 年，投資項目從 6,247 件持續下降到 2,499 件，合同金額從 53.9 億美元下滑到 33.7 億美元，實際投資金額也從 33.9 億美元降至 26 億美元。投資專案與投資金額雖然下降，但投資規模卻逐漸增大，從 1994 年的 88 萬美元增長到 1999 年突破百萬美元，過去對大陸投資持謹慎態度的臺灣大中型企業逐步成為主力軍。投資主要區域由珠三角逐漸擴展到長三角。同時，台商上、中、下游相關產業"抱團投資"的現象日益明顯，並逐步在珠三角和長三角形成具相對完整產業鏈的產業集群。投資產業類別上，技術密集型製造業（電子電器、精密儀器等）成為主要類別，傳統勞力密集型製造業退居第二，服務業投資比例升高，基礎設施和能源開發等領域也開始有所涉足。

新世紀之初，兩岸先後加入世貿組織。2000 年 12 月，外經貿部頒佈《對臺灣地區貿易管理辦法》，對台經貿政策進入規範化階段，同時實行積極靈活的對台經貿措施，加上大陸經濟持續快速發展的態勢對台商產生了日益增強的磁吸效應。因此，儘管兩岸政治關係因陳水扁瘋狂推行"台獨"活動而緊張僵持，民進黨當局也不斷對台商大陸投資採取種種嚴格限制措施，但仍未能阻擋台商再度大規模對大陸進行投資。

2000 年在廣東省東莞成立的台商子弟學校

珠三角和長三角 2005 年之後，大陸宏觀政策調控，《勞動合同法》實施等，不利於以中小企業為主的勞動密集型加工貿易企業。但更具競爭力的島內大型企業、上市公司，如台塑、富士康、華碩及宏基等紛紛在大陸投資或增資設立子公司，因此，台商專案單項投資金額大、資金到位率高。傳統製造業台商在成本壓力下逐步退出中心大城市，轉而向上海、深圳周邊地區如東莞、蘇州、昆山、寧波等地發展。同時，環渤海地區和中部地區台商逐步增多。投資產業主要集中在技術密集型和資本密集型的製造業，電子資訊類產品投資層次迅速提升，產業集聚趨勢及其效應進一步強化。以掌握先進技術的大中型台資企業（主要是 IT 產業）為集聚中心，帶動其他台資企業，形成彼此分工合作、上下游聯動、配套完善的產業聚集，逐步在珠三角和長三角形成以台資企業為主的、世界級的 IT 產業聚集帶。

2008 年 5 月以來，兩岸關係實現歷史性轉折，兩岸兩會恢復制度性協商和溝通機制，兩岸經濟關係逐步正常化、制度化和自由化。台商加速北上和內遷擴散，西部成渝西、中部豫鄂湘、廣西北部灣等成為新的投資熱點，福建海西區和京津冀、環渤海地區再度吸引不少台商投資。投資目的及策略上，由以往的"降低成本、出口海外"為主，逐步轉為開拓大陸市場、內外銷結合，投資內地的台商也由前一階段的"試探型佈局"向"長期經營型"轉變。

總體上，台商在大陸的投資規模從小到大，投資區域由點到面、從南向北、自東向中西部全面擴散，投資領域逐步覆蓋三大產業，並呈現出多元化、在地化的經營發展趨勢。這樣的發展趨勢與大陸改革開放的步伐若合符節。

台商 "永和豆漿"（總計 500 家分店）

改革開放初期，大陸經濟主要依靠國營經濟或公營經濟支撐，民營資本與民營企業剛剛萌芽弱小落後，經濟缺乏活力與競爭力。充滿活力與競爭力的台商的到來，作為一種新型資本與經營方式，為大陸經濟帶來了一股活水，更帶來了一股衝擊，激發了大陸民營經濟的發展，台商、港商、外商和民商共同構成大陸新的經濟成分，對大陸部分產業和行業發展起到重要促進作用，推進了大陸改革開放進程，促進了大陸改革開放政策的探索與創新。

由於國際冷戰與以美國為首的西方對大陸的長期封鎖，大陸經濟與外部世界尤其是西方經濟絕少來往，外銷管道有限，外貿出口規模小，嚴重制約了大陸經濟發展。而對外開放較早及已與國際經濟接軌的臺灣優勢明顯，台商在大陸沿海地區投資設廠加工生產，然後依既有外銷管道，出口世界尤其是歐美，形成了台商從臺灣進口零組件 - 大陸加工生產 - 出口海外的三角經貿網路，逐步讓大陸成為世界最大的"生產基地"或"世界工廠"，促進了大陸外貿與經

台灣高雄港

濟發展,推動了大陸與世界經濟接軌,使大陸逐步融入世界經濟體系。如今大陸已成為全球最大貨物貿易經濟體,其中台商扮演了非常重要的角色。

40年來台企達10萬家 改革開放40年來,台商在大陸的企業已達10萬家,總投資金額計六七百億美元,為大陸解決就業人數多達1,100萬左右。台商是大陸改革開放的見證者、建設者、貢獻者,同時,也是受益者。台商最早帶到大陸的資金、人才、技術和經營管理理念,讓一些產業發生了根本性的變化。與此同時,大陸的廣闊市場、高速發展,則給台商提供了無窮的機遇,這是一種"互相成就的關係"。台商依託祖國大陸市場作全球佈局,是經濟發展的必然趨勢,有利於臺灣拓展經濟空間,是提升其競爭力的最基本策略。臺灣在半導體、電子產品、精密機械等產業具有領先經驗,以大陸龐大的市場為支撐,並藉"一帶 一路"建設延伸到全球,可以實現兩岸優勢互補、共創雙贏的願景。兩岸經濟交流模式,正在從"臺灣的資本、技術、通路＋大陸的要素資源、市場"的傳統互補型合作模式,向"臺灣的技術、資本、通路＋大陸的資本、市場、技術、機遇"的融合型合作模式轉變。

台商在大陸改革開放進程中還創造了不少地方成功發展的典範。深圳特區是大陸改革開放的視窗與象徵。深圳是台商最早進入投資發展的重要地區之一,台商也成為深圳特區發展的參與者與見證者。當今全球最大的電子代工生產企業知名台資企業鴻海集團在深圳投資建立的富士康集團,成為鴻海集團的

廣東珠三角地區（台商主要聚集地之一）

核心企業與賺錢的"金母雞"，成為深圳台商成功發展的代表。可以說，深圳特區造就了富士康，富士康見證了深圳改革開放與發展歷程。

東莞崛起　深圳近鄰的東莞市崛起，是改革開放的產物，更與台商聚集投資有密切關係，在某種程度上可以說是台商造就了東莞。東莞原本是不為外界所知的破舊落後的小城市，因臨近深圳與香港，20 世紀 90 年代初前後，台商大舉進入投資，形成了以電子、制鞋、塑膠、傢俱等為主的加工生產基地，逐步形成一個全球性的生產銷售網路，同時吸引大批外來人口進入，台資企業帶動的外來人口成為城市人口主體，使東莞成為一個現代新型城市。可以說，台商在東莞投資發展、成就事業，東莞市因台商發展、崛起。全盛時期東莞市約有 6,000 家台商，其產值一度占東莞市 GDP 的 50% 左右。如果沒有台商大量聚集，可能就不會有今天東莞市的成功發展與成就。

江蘇昆山　江蘇昆山市複製東莞模式並加以改善，促成 2000 年前後，台商大規模向昆山轉移，尤其是以筆記型電腦、高端電子產品等為主的臺灣電子資訊產業聚集昆山，又形成另一個以台商密集投資而聞名的新興城市，而且使昆山市成為大陸百強縣市之翹楚。依昆山市政府統計，到 2017 年底，昆山市

台灣密集的昆山經濟技術開發區
中國大陸第一個地方自費建設的開發區 – 江蘇省昆山經濟技術開發區

台資企業達 4,855 家，協定投資總金額達 582 億美元。據臺灣媒體報導，昆山台資企業對當地財政貢獻率約 50%，占 GDP 的 60%、占工業產值的 70% 與外貿進出口額的 80%。富港電子 2000 年由臺灣正崴集團設立，當年產值僅為 300 萬元人民幣，2017 年產值達到 46 億元人民幣，16 年翻了 1,533 倍。難怪有人說，在大陸這趟高速列車上，台商體驗到 "飛一般" 的發展速度。

台商選擇大陸，大陸不負台商　　40 年來，大陸不斷為台商和臺灣同胞推出優惠政策。今年 2 月 28 日，國台辦發佈了《關於促進兩岸經濟文化交流合作的若干措施》(簡稱惠台 31 條)，其中 12 條措施涉及加快給予大陸的台資企業與大陸企業同等待遇。隨後福建等 11 個省市也陸續出臺了相應措施。有人認為，這是落實《告臺灣同胞書》中寄希望於臺灣人民的具體措施，就是要把大陸經濟發展成果與臺胞分享，給臺胞在大陸發展帶來了更大機遇。40 年來台商伴著改革開放跌宕起伏，本著 "愛拼才會贏" 的大無畏精神，與時俱進，對大陸改革開放做出了卓越貢獻，同時自身也獲得了豐厚的回報。

如今，大陸改革開放進入新時代，新時代帶來了新機遇，同時，也迎來了新挑戰。《惠台 31 條》將有助於台商在大陸的投資、經營進入一個新的轉型發展期。《惠台 31 條》發佈後，僅江蘇、浙江、福建三省已有 1,000 餘家台資企業獲得享受高新技術企業等各類稅收減免近 40 億人民幣，近 100 家台企獲得了工業轉型升級、綠色製造等國家各類專項資金支持。在改革開放已經進入深水區之際，我們相信台商將一如既往，勇立潮頭。

坎坷復興路

十八大以來中國大陸經濟調整與建設成就
-"互聯網+"和"中國製造2025"-

▎思懿 博士

　　"中國經濟已由高速增長階段轉向高品質發展階段"，這是十九大報告對於中國經濟發展做出的一個基本判斷，這一判斷表明中國對待經濟發展更加趨於理智，已經不再像過去那樣過於看重GDP的增長速度，同時也反映出中國經濟結構和增長模式正在經歷重大變化。十八大以來的數年，中國在保持經濟增長的同時更加注重品質和效益，優化經濟結構、創新驅動發展、調整產業佈局、協調不同區域、改善民生狀況，通過一系列調整改革措施，為中國經濟打開了更廣闊的發展空間。

嚴峻挑戰下的答卷

　　中國共產黨十八大召開之際，中國經濟發展來到了關鍵的十字路口，經濟發展的內外環境發生深刻變化，給即將主政的新一屆領導集體提出了嚴峻挑戰。

　　嚴峻挑戰　　放眼國際，金融危機和債務危機餘波尚存，經濟復蘇乏力，世界經濟處於一個危機之後的深度調整期，地緣政治、恐怖主義、自然災害等非經濟因素對經濟的影響力不斷加大。從國內看，改革開放三十多年來，中國經濟持續高速增長，躍居世界第二大經濟體，並成功跨入中等收入國家行列。但隨著人口紅利衰減、"中等收入陷阱"風險累積、國際經濟格局深刻調整等一系列內因與外因的作用，加之以往支撐經濟高速增長的要素條件和市場環境發生明顯變化，經濟潛在增長率趨於下行，與此同時，趨勢性、階段性、週期性矛盾相互交織，"三期疊加"、產能過剩等一系列矛盾問題日益突出，經濟下行壓力不斷加大，外界對於中國經濟普遍持悲觀態度，"失速"、"硬著陸"等唱衰式的預測層出不窮。

亮麗成就 面對這樣的挑戰，中國經濟交出了這樣一份答卷：十八大以來的五年，中國經濟持續保持中高速增長，GDP 年均增長 7.2%，高於同期世界 2.5% 和發展中經濟體 4% 的平均增長速度，GDP 從 54 萬億元增加到 82 萬億元；2018 年中國 GDP 總量首次突破了 90 萬億元，GDP 占世界總量的比重也從比 2012 年的 12% 左右到目前 15% 左右，穩居世界第二位；就業和物價形勢保持穩定，城鎮新增就業連續 4 年保持在 1,300 萬人以上，31 個大城市城鎮調查失業率基本穩定在 5% 左右，居民消費價格年均漲幅始終控制在 2% 左右；民生問題到進一步改善，全國居民人均可支配收入年均增長 7.4% 左右，精準扶貧成效顯著，貧困人口減少 5,000 萬人以上，社會保障覆蓋面持續擴大，覆蓋城鄉居民的社會保障體系基本建成，城鄉居民基本醫療保險制度整合取得實質性進展，基本醫保總體實現全覆蓋。對於國際經濟的影響力顯著提升，中國對世界經濟增長的平均貢獻率達到 30% 以上，超過美國、歐元區和日本貢獻率的總和，居世界第一位。

從源頭解決問題 "一個國家發展從根本上要靠供給側推動"！推進供給側結構性改革成為中國破解經濟難題的切入點和重要武器。一時間，"供給側改革"成為中國經濟領域最為熱門的詞彙，"供給側"一詞還入選 2016 年度網路 10 大流行語。

從字面意義上看，"供給側結構性改革"包含了供給側、結構性和改革這三層含義。供給側是相對於需求側而言，需求側要素主要有投資、消費、出口這"三駕馬車"，而供給側要素包括了勞動力、土地、資本、制度、創新等多個方面。"供給側結構性改革"強調從供給側，也就是生產一端入手，大量生產出來的東西賣不出去，不是我們的需求減少了，恰恰相反是我們的需求提高了、增多了，從吃得飽到吃得好再到吃得健康，人們的需求隨著時代的發展在不斷變化；一方面是煤炭、鋼鐵、水泥、玻璃等傳統高耗能產業舉步維艱，另一方面像天貓、京東、美團外賣、今日頭條這樣以"互聯網+"為依託的新興產業生機勃勃。毫無疑問，"供給側結構性改革"是破解這樣難局的一劑良方。

遼寧本溪鋼鐵（集團）有限責任公司鑄造用生鐵以低磷、低硫所鑄出的產品機械性能高

去產能、去庫存、去槓杆、降成本、補短板 推動"供給側結構性改革"，首先要促進過剩產能的有效轉化，促進產業優化重組，降低企業成本，發展新興產業，有效增加公共產品和服務供給等，簡而言之，就是"三去一降一補"，去產能、去庫存、去槓杆、降成本、補短板。為此，從中央到地方都採取措施加大推進力度。2017 年《政府工作報告》表明，2017 年預期目標為壓減鋼鐵產能 5,000 萬噸左右，實際完成 5,000 萬噸以上；計畫退出煤炭產能 1.5 億噸以上，實際累計化解 2.5 億噸；計畫淘汰、停建、緩建煤電產能 5,000 萬千瓦以上，實際完成 6,500 萬千瓦。與此同時，2017 年的工業產能利用率為 77%，比上年提高 3.7 個百分點。煤炭、鋼鐵等原材料價格回升，行業整體進入復蘇，產業集中度不斷提高，龍頭企業效應進一步發揮，在行業組織結構的提升、技術生產水準的提高以及生態環境治理的改善等多個方面也有顯現。

"供給側結構性改革"是一個綜合體，單純依靠去、限、降等硬手段是遠遠不夠的，在此基礎上更要採取扶、推、改等軟手段：

優化分配結構 實現公平分配，逐步使消費成為生產力；優化流通結構，節省交易成本，提高有效經濟總量；

優化消費結構 實現消費品不斷升級，不斷提高人民生活水準等等。為此，這幾年中國政府進一步減政放權，各省市政府紛紛出臺"權力清單"，給企業和公民以更大的選擇權和自主權；

大力推進城鎮化　城鎮化率年均提高 1.2 個百分點，8,000 多萬農業轉移人口成為城鎮居民；

大力扶持數字經濟等新興產業　高鐵、公路、橋樑、港口、機場等基礎設施建設快速推進，區域發展協調性增強，京津冀協同發展、長江經濟帶、粵港澳大灣區等戰略成效明顯。

"供給側結構性改革"明顯改善了市場供求關係，促進市場價格回升和企業利潤增加。資料顯示，2017 年工業生產出廠價格比上一年上漲 6.3%，全年規模以上工業企業實現利潤比上年增長 21%，全年規模以上服務業企業實現營業利潤比上年增長 24.5%。

展望未來，"供給側結構性改革"將進入"升級版"，在"三去一降一補"的基礎上涵蓋振興實體經濟、發展現代服務業、強化產權保護等重要內容，系列配套政策也有望陸續出臺。2018 年 3 月 5 日，

墨子
中國大陸自主研製的世界首顆空間量子科學實驗衛星，於 2016 年 8 月發射升空，主要應用目標是通過衛星和地面站之間的量子密鑰分發，實現星地量子保密通信，並通過衛星中轉，實現可覆蓋全球量子保密通訊

李克強總理在《政府工作報告》中將"發展壯大新動能"和"加快製造強國建設"列為"供給側改革"任務的前兩位。

創新驅動發展

創新是引領發展的第一動力，是國際競爭的大趨勢。從美國的"再工業化戰略"，到德國的"工業 4.0 戰略"，世界主要大國都在提升創新能力、強化創新部署。中國政府同樣把創新擺在國家發展全域的核心位置，提出創新是引領發展的第一動力，並將其列為五大發展理念之首。通過不斷深化科技體制改革，奮力推進"大眾創業、萬眾創新"，大力實施"互聯網 +"和"中國製造2025"等重大戰略，創新對經濟社會發展的支撐和引領作用日益凸顯。

研發投入不斷加大　20多年來，中國研發投入占GDP的比重從0.5%一路上升至超過2%，接近世界平均水準，與發達國家的差距越來越小。中國科技進步對GDP的貢獻率從2012年的52.2%上升到2017年至57.5%，2018年增加到58.5%，國家創新能力全球排名從第20位升至第17位。從創新指數來看，最近十多年來中國總體創新指數增長了71.5%，其中創新產出指數增長最快，翻了一番，中國的創新能力不斷增強。根據科技創新"三步走"戰略，2020年中國將步入創新型國家行列。

重大科技成果豐碩　以天宮、蛟龍、天眼、悟空、墨子、北斗、大飛機為代表的重大科技成果相繼問世。今天的中國，在航太、醫藥、生物、資訊等重點領域已居於世界前列。近年來，新能源汽車、工業機器人、光電子器件等高新技術產品高速增長，高技術產品對世界進出口逐年增加，高鐵、移動支付、現代物流等新業態新產品，都是中國為世界經濟增長作貢獻的突出代表。

創新戰略逐步實施　2015年在政府工作報告中提出了"互聯網+"行動計畫，把互聯網的創新成果與社會經濟各領域深度融合，推動技術進步、效率提高和組織變革，提升經濟創新力和生產力。同年，國務院又正式公佈了《中國製造2025》戰略規劃，這也是中國實施製造強國3個十年戰略的第一個十年行動綱領。這一規劃的

東莞勁勝精密組件股份有限公司的自動化生產線

核心就是以促進製造業創新發展為主題，以提質增效為中心，以加快新一代信息技術與製造業深度融合為主線，以推進智慧製造為主攻方向，力爭用10年的時間，使中國邁入製造強國的行列。舉世矚目的成就背後，無一不體現著中國集中力量辦大事的獨有優勢。機制、人才、金融，如同細密如織的神經網路和血管，不斷滋養著經濟的高速發展，正彙聚起最持久、最深層的創新力量。

大眾創新方興未艾　伴隨著創新理念的不斷深入，在國家相關政府的扶持下，民間的創新和創業熱情持續高漲。國務院專門下發了《關於加快構建大眾

創業萬眾創新支撐平臺的指導意見》，通過創業創新服務平臺聚集全社會各類創新資源，大幅降低創業創新成本，形成人眾創造、釋放眾智的新局面；同時，借助互聯網等手段，將原來由特定企業和機構完成的任務，向自願參與的所有企業和個人敞開，並幫助他們拓展融資管道，構建創業創新發展的良好局面。如今，北京已成為亞洲規模的"創客空間"，深圳的華強北也被視為"創客聖地"，大眾創業、萬眾創新的局面蓬勃發展。

消費升級動力無限　伴隨著產業結構不斷優化與 13 億人消費大市場的逐漸形成，中國正在成為全球最大、成長最快的新興市場。2017 年中國消費品市場規模位居世界第二，最終消費支出占世界消費總量的比重超過 8%。按照目前的增長趨勢，到 2020 年中國消費總規模將達到 50 萬億元左右。考慮到消費引發的投資需求，中國內需規模在 2020 年至少達到 100 萬億元。消費市場釋放出的巨大潛力，不僅為經濟增長提供內生動力，也將為全球經濟復蘇注入強大的推動力。

實踐十號返回式科學實驗衛星
中國大陸首顆微重力返回式科學實驗衛星，於 2016 年
4 月發射升空，在軌完成 191 項科學實驗，涉及微重力
流體物理、微重力燃燒空間材料科學、空間幅射效應、
重力生物效應、空間生物技術共六大領域

服務業比重提升/領域拓展　十八大以來，中國加大力度優化整體經濟結構，經濟發展正加快向服務業為主導的形態轉變。從產業結構看，服務業比重持續提升，2013 年中國服務業增加值比重首次超過第二產業，成為國民經濟第一大產業，2016 年這一比重超過了 50%，達到 51.6%，比 2012 年提高 6.3 個百分點。與此同時，服務業的領域不斷拓展，逐漸成為推動中國經濟增長的主要動力。金融業與房地產業成為拉動第三產業發展的主要力量；傳統服務業占第三產業比例下降，保險、電腦服務、物流配送等現代服務業發展迅猛，社會化養老、休閒旅遊、社區服務等新型服務業備受關注。"雙十一"成為中國消費者最為重要的購物節之一，2014 年 11 月 11 日阿裡巴巴當天的交易額為 571 億元，

而到了 2018 年達到了驚人的 2,135 億元。不過,我們也要清楚的看到,歐美等發達國家服務業比重已超過 70%,而中國剛剛超過 50%,這說明我們的服務業在經濟總量中的份額仍然偏低。

貿易便利化顯著提高　在對外貿易方面,世貿組織報告顯示,中國連續 8 年保持全球第一大貨物貿易出口國和第二大進口國地位。2018 年,中國外貿進出口總額達到 30.51 萬億元,同比增長 9.7%,規模創下歷史新高,其中出口 16.42 萬億元,進口 14.09 億元。在出口產品方面,原材料以及服裝、玩具等勞動密集型產品比例逐漸減少,機電產品占了近 60%,手機和汽車等產品份額增速較快。中國外貿效益品質的不斷提高,得益於中國政府對經營環境的不斷改善。特別是最近幾年,中國先後出臺了一系列的減稅和優化口岸環境的改革措施,貿易便利化程度顯著提高。2018 年 10 月世界銀行發佈的《2019 年營商環境報告》表明,中國營商環境總體提高了 32 位。特別是剛剛過去的 2018 年,中國兩次提高了部分產品的出口退稅率,還主動降低了藥品、汽車等進口關稅,有效促進了進出口貿易的增長。

服務貿易快速發展　從全球來看,服務貿易較快發展是一個大趨勢。2012 年—2016 年,中國服務貿易總額由 4,706 億美元增加至 8,052,服務貿易額占世界比重約為 7%,排名第二。服務貿易高速發展成為中國對外貿易的一個突出亮點,服務貿易逐漸成為中國參與經濟全球化的一張重要名片。按照目前的增長速度,到 2020 年中國服務貿易總額將達到 1.2 萬億美元左右,占全球服務貿易總額的比重將超過 10% 左右,可以說發展前景相當廣闊。未來,隨著中國經濟轉型逐步升級與對外開放力度的不斷擴大,服務貿易需求將更加強勁,由此將會推動全球自由貿易進程和全球治理體系變革。

自由貿易 vs. 川普貿易保護主義　金融危機以來,全球經濟復蘇乏力,但美國的貿易保護主義重新抬頭,川普總統更是以"美國優先"為由,極力推動貿易保護主動。但是。中國作為一個負責任的大國,仍堅持自由貿易理念,宣導開放、包容、共用的自由貿易戰略,著力形成雙邊、多邊、區域性、全球性自由貿易的制度安排,對推動經濟全球化朝著更加開放、包容、普惠、平衡、

資料來源：引自《亞洲週刊》，2017 年 5 月 28 日，p.23.

共贏的方向發展，促進全球經濟再平衡有著重要影響。

一帶一路

　　習近平主席于 2013 年提出"一帶一路"倡議，這是在經濟全球化發展緩慢的背景下，中國提出的區域合作方案。"一帶一路"倡議通過設施聯通、貿易暢通、資金融通、政策溝通、民心相通等"五通"推動全球經濟發展，彰顯了中國海納百川、合作互惠的包容心態與開放意識，致力積極推進更高層次的對外開放。"一帶一路"沿線國家大多是新興經濟體和發展中國家，正處於經濟發展的上升期，這些國家國情和經濟水準各異，互補性很強，合作潛力巨大。建設"一帶一路"有利於發掘潛在的合作機會，釋放沿線各國的發展潛力，也有利於拓展國際市場，推動"中國製造"走出去。在全球經濟格局深刻複雜變化的背景下，"一帶一路"是反對貿易保護主義，構建開放包容、共用均衡的經濟全球化的新主角。在中國的積極推動下，"一帶一路"倡議取得了豐碩的成果。

　　2015 年，中國與"一帶一路"沿線國家雙邊貿易總額 6.2 萬億元，占同期中國進出口總額的比重超過 1/4；到了 2018 年這一數字上升到 8.36 億元，較之上一年增長 13.3%。增速高於整體增速 3.6 個百分點，其中對俄羅斯、沙烏地阿拉伯(沙特)和希臘等國進出口貿易總額的增長均超過了 20%。2018 年，中國對"一帶一路"沿線國家非金融類直接投資約 156 億美元，比 2017 年增長近 9%。中國企業對"一帶一路"相關的 49 個國家進行了直接投資，累計投資超過 180 億美元，為沿線國家創造了超過 10 億美元的稅收和超過 16 萬個就業崗位。"一帶一路"已成為世界分享中國經濟發展紅利的主要載體，對促進沿線國家和地區商貿和就業、消除貧困、改善當地基礎設施水準等方面發揮了重要作用。中國企業對"一帶一路"相關國家的投資中，主要投向了交通運輸、電力、通訊等優勢產業；同時來自"一帶一路"沿線國家的近 3,000 家企業在華投資建廠。

中國大陸中歐列車增長率與變化速度

除了廣泛的經貿合作，"一帶一路"合作注重構建不同層面的交流機制。一是政府層面的政策溝通，"一帶一路"倡議提出完善現有多邊/雙邊合作對話機制，統一合作雙方基礎設施規則和技術標準，推動監管互認、執法互助、資訊共用，中國與各國相繼簽署"一帶一路"合作諒解備忘錄、合作檔等，這都是密切政策溝通的舉措。另一方面是社會民間層面的民心相通，"一帶一路"沿線國家蘊藏豐富的文明，"一帶一路"倡議旨在加強人文交流、強化基本公共服務合作，推進各國旅遊業的發展。

"一帶一路"是由經濟、政治、文化等諸多部分組成的體系。"一帶一路"倡議致力於建成三大共同體-責任共同體、利益共同體、命運共同體，涵蓋政治互信、經濟融合、文化包容等多個方面。在"一帶一路"倡議外，中國設立了"亞洲基礎設施投資銀行"，也設立了"金磚銀行"，與"一帶一路"倡議中設立的"絲路基金"，共同構成"一帶一路"沿線國家合作共贏的堅實基礎。在"一帶一路"倡議不斷發展的情況下，除了現有的經濟、政治、文化領域的合作，還將拓展到社會管理、生態文明等方方面面，"一帶一路"將成為一個全面共贏的合作體系。

坎坷復興路

"一帶一路"的大國崛起

▎李月 王玉爽(南開大學臺灣經濟研究所)

2013 年 9 月和 10 月,習近平總書記訪問中亞四國和印尼時,先後提出了建設"絲綢之路經濟帶"和"21 世紀海上絲綢之路"(簡稱為"一帶一路"倡議)。2014 年 11 月召開的中央財經領導小組第八次會議,習近平總書記提出要以政策溝通、設施聯通、貿易暢通、資金融通以及民心相通為主要內容。2015年 3 月,中國大陸的國家發改委、外交部和商務部聯合發佈了《推動共建絲綢之路經濟帶和 21 世紀海上絲綢之路的願景與行動》,闡明了該倡議的共建原則、框架思路等重要內容,這意味著"一帶一路"倡議已進入實施階段。2017年 5 月 14 日,第一屆"一帶一路"國際高峰論壇在北京成功舉行。2019 年 4月 25 日,第二屆"一帶一路"國際合作高峰論壇在北京舉行。

"一帶一路"五年:取得亮麗成績

2018 年是共建"一帶一路"倡議提出 5 周年。5 年來,全球的輿論態度經歷了由"觀望—質疑—支持—合作"的轉變,積極情緒占比由 2013 年的16.50% 提高到 2017 年年底的 23.67%。同時,這五年來,該倡議在互聯互通方面也取得了豐碩的成果。

貿易合作水準逐年攀升 2013 年到 2018 年,中國大陸與沿線國家和地區貨物貿易進出口總額超過 6 萬億美元,與相關國家貿易增速高於中國大陸對外整體增速,占中國大陸貨物貿易總額的比重達到 27.4%。2018 年,中國大陸與沿線國家貨物貿易進出口總額達到 1.3 萬億美元,同比增長 16.4%,成為為推動我國外貿加速回暖的重要力量。從商品結構看,進出口商品相對集中,機電類(電機電氣設備)是主要貿易產品、礦物燃料出口增速明顯。從各區域看,亞洲大洋洲地區與中國大陸的貿易額比重占五成以上，2017 年中國大陸與該地區的進出口總額達 8178.6 億美元，其次為西亞地區，進出口總額為 2332.4 億美元，占比為 16.2%。韓國、越南、馬來西亞、印度和俄羅斯是中國大陸主要交易夥伴。從貿易主體看，民營企業是主導力量，占比 42.12%。

投資平穩增長、推進產業合作　這五年中國大陸對沿線國家和地區的直接投資平穩增長。2013 年到 2018 年，中國大陸企業對沿線國家直接投資超過 900 億美元。2018 年，中國大陸企業對沿線國家實現非金融類直接投資 156 億美元，同比增長 8.9%，占同期總額的 13.0%。世界銀行研究表明，預計沿線國家的外商直接投資總額將增加 4.97%，其中，來自沿線國家內部的外商直接投資增加 4.36%，來自經濟合作與發展組織國家的外商直接投資增加 4.63%，來自非沿線國家的外商直接投資增加 5.75%。國際產能合作和協

中國大陸外貿增長率、中國大陸與「一帶一路」國家貿易增長率

力廠商市場合作穩步推進，中國大陸積極與相關國家推進市場化、全方位的產能合作，促進產業結構升級、提升產業發展層次。

基礎設施互通網路不斷優化　"一帶一路"基礎設施互通過程需不斷探索物流樞紐網路化佈局的發展方向，並解決跨區域、樞紐城市、產業園區等領域的物流和資源整合問題，從而形成國內外的物流網路。這五年來，中國大陸和沿線國家在港口、鐵路、公路、電力、航空、通信等領域開設了大量合作，中國大陸已經和世界 200 多個國家，600 多個主要港口建立航線聯繫，海運互聯互通指數保持全球第一。在鐵運方面，2011 年，中歐班列全年開行僅 17 列、年運送貨物總值不足 6 億美元，2018 年，累計開行突破 10,000 列、年運送貨物總值達 160 億美元。從 2016 到 2018 年，俄羅斯、哈薩克、越南、緬甸、蒙古國一直是與中國大陸設施互聯互通表現最佳的國家。

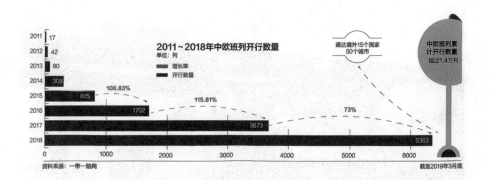

資料來源：一帶一路網　　　　　　　　　　　　　　　　　　截至2019年3月底

資金融通獲得多方支持　　中國大陸在 2013 年 10 月提出設立 "亞洲基礎設施投資銀行"，2014 年 11 月提出設立 "絲綢之路建設基金" 並出資 400 億美元。截止至 2018 年 7 月底，亞投行成員已超過 87 個，來自 "一帶一路" 的國家超過 6 成。新型國際投融資模式開始發揮作用、金融機構合作水準不斷提升。截至 2018 年底，中國大陸出口信用保險公司累計支持對沿線國家的出口和投資超過 6,000 億美元、金融市場體系建設日趨完善。

政策溝通順暢　　自 2015 年正式實施該倡議以來，中國大陸出臺了系列重要檔。根據 "一帶一路網" 顯示，中國大陸目前已經與 126 個國家和 29 個國際組織簽署了 176 份共建 "一帶一路" 合作檔。

機遇與挑戰並存

"一帶一路" 邁向高品質發展階段　　第二屆 "一帶一路" 國際合作高峰論壇於 2019 年 4 月 25 日至 27 日舉行。與首屆論壇相比，本屆論壇規模更大、內容更豐富、參與國家更多，論壇第一天舉辦了 12 場分論壇與首屆企業家大會。通過習近平總書記的演講，我們可以看出 "一帶一路" 倡議將會更注重高品質發展、增加多邊合作、實現更高的對外水準開放以及深入五個發展領域。我們有理由看好 "一帶一路" 倡議會繼續拉動中國大陸與沿線國家的經濟發展、推動進出口貿易和投資。比如貿易方式的創新，跨境電子商務等新業態成為推動貿易暢通的新生力量，"絲路電商" 合作蓬勃興起。2018 年，通過中國大陸海關跨境電子商務管理平臺零售進出口商品總額達 203 億美元，同比增長 50%，其

2019 年 4 月 4 日，首趟盧森堡至成都中歐班列
在盧森堡迪德朗日鐵路場站準備出發

〔見《新民周刊》2019 年第 17 期 p. 65.〕

中出口 84.8 億美元，同比增長 67.0%，進口 118.7 億美元，同比增長 39.8%。

區域間融合創新產生機會　　區域融合不只包括和沿線國家、地區的產業戰略選擇、金融合作創新等，也包括中國大陸各地區為融入"一帶一路"建設發揮自身比較優勢進行的融合創新，比如圍繞海絲核心區建設，福建開行"絲路海運"是大陸首個以航運為主題的"一帶一路"國際綜合物流服務品牌。香港正形成"一帶一路"投融資中心，推動香港與內地和"一帶一路"相關國家及地區夥伴的協作。

國際環境錯綜複雜　　當今國際環境雖然總體和平，但是局部衝突依然存在，部分地區地緣競爭加劇。近年來中國大陸的快速發展和國際影響力的提升，引起了大國之間的戰略博弈。比如美國提出的"新絲綢之路計畫"，旨在通過重建各類基礎設施，並打造一個經濟圈連接中亞和南亞地區，該計畫想通過能源開發與基礎設施建設形成中亞地區的經貿網路，這與"絲綢之路經濟帶"倡議存在很多重合之處。同時，在 2018 年 7 月 6 日，美國正式宣佈與中國大陸開展貿易戰，這些既影響經濟發展，也影響世界各國對中國大陸的認知與信任度。

沿線國家存在經濟發展水準和文化差異　截至 2018 年 9 月，"一帶一路"倡議已經涵蓋了 85 個國家，合計約占全球 GDP 的 35%，這樣一個區域如此廣泛的倡議，必然存在經濟、語言溝通以及文化上的差異。諸多沿線國家和地區都是新興經濟體、發展中經濟體以及小型經濟體，財政資金有限、金融市場不成熟、內部基礎設施建設不完善，我們不確定由於這些因素限制，中國大陸及沿線國家和地區能否取得預期收益，獲得額外收入。同時，沿線國家和地區的文化複雜，存在的矛盾和衝突使"一帶一路"的實施存在著不安全性和不確定性，如何加強對中國大陸的認可也是需要面臨的挑戰。

機遇分享與深化兩岸經濟合作

兩岸經濟雖然面臨著政策變化、兩岸產業分工、文化認同不同及金融方面等問題，但是 40 年來兩岸雙邊貿易與投資的發展，已經為兩岸合作參與"一帶一路"打下了夯實的基礎，兩岸合作所帶來的機遇大於所面臨的挑戰。根據大陸商務部資料顯示：從 1979-2018 年兩岸貿易總額累積達 26273.1 億美元，年均增長率高達 32.02%，臺灣獲取貿易順差累積達 15499.7 億美元。根據臺灣"財政部"的資料顯示：臺灣出口大陸的商品主要是機械及電機設備、化學品類、光學及精密儀器等，這與"一帶一路"沿線貿易出口產品出現了很大程度交叉，兩岸可以利用交通航線便利共同合作開拓"一帶一路"沿線國家市場，同時進一步促進產業升級，將製造業分工合作延展至沿線國家。在投資方面，統計資料顯示：從 199 年到 2018 年 12 月，臺灣對大陸投資 1,823.4 億美元，2018 年投資的前十大城市包括江蘇、廣東、上海、福建、浙江、山東、北京、四川、河南、天津。截止至 2018 年 12 月，在"一帶一路"沿線 18 個省份的外貿依存度中，排名前三的省依次是廣東省、浙江省、福建省，這三個省份一直是臺灣地區重要的交易夥伴。兩岸直接投資將有助於於兩岸共同投資"一帶一路"沿線國家，借此機會深入經濟融合，適應新的全球規則與價值鏈重構的進程。

坎坷復興路

中國大陸經濟戰略：經濟奇蹟vs.嚴峻挑戰

▎羅慶生 博士（淡江大學整合戰略與科技中心研究員）

2018 年 10 月，創造"修昔底德陷阱"一詞的哈佛大學甘迺迪學院教授艾利森(Graham Allison)以＜中美之間必然發生戰爭嗎？＞為題，在 TED 發表了 18 分鐘的演講。TED 是個藉由舉辦演講，邀請各界傑出人士分享他們理念的組織，並透過網路傳播。TED 是 Technology （科技）、Entertainment（娛樂）、Design（設計）三個字的縮寫。

新強權中國崛起-撞擊美國人的"美國世界"記憶　在這個簡短又精采的演講中，艾利森依據歷史經驗，認為新崛起強權挑戰既有強權，最後大多以戰爭告終，因而提出問題：中國的崛起，會不會像歷史多數一樣，與美國間的戰爭不可避免？

他首先指出，過去一百年的"美國世紀"，已經讓美國人習慣於各項權力頂端的地位，因而另一個國家可能和美國一樣大、一樣強壯或更大的想法，讓美國人覺得身分上受到侮辱。這身分，指的是"美國第一"的認同。在這暗示 2018 年美國對大陸發動貿易戰、科技戰的內在原因後，他再提到幾個面向的觀察，描述中國大陸的崛起。

艾利森指出，1978 年中國開始進軍市場時，10 個人中有 9 個人一天賺不到 2 美元；40 年後的 2018 年，是 100 人中不到 1 人，而習近平主席還保證在三年內，讓那最後的一千萬人收入提升到這水平之上。他認為這是一個奇蹟。

另一個奇蹟，他指出，從他甘迺迪學院辦公室可以看到的查爾斯河大橋，重建花了4年之久，而北京重建查爾斯大橋兩倍寬的三元橋，卻只用了驚人的43小時。

這位重量級的美國國際政治學教授，雖然沒有在他演講結論中回答自己提出的問

上海汽車集團股份有限巨聯網 SUV 榮威 RX5 生產線

題，只呼籲觀眾創造性的發想；但卻是帶著敬畏語氣給了中國大陸經濟發展的最高評價：奇蹟！當然，中國可能更強大的想法也刺痛美國人的神經，這意味著大陸未來將面臨嚴峻挑戰。

中國大陸為何能創造經濟奇蹟？未來可能面臨的挑戰又是什麼？是本文要處理的議題。大陸經濟發展可區分為兩階段，一個是中共建政後30年堅持意識形態的共產主義試驗，另一個則是改革開放後40年大膽革新的市場經濟努力。前一階看似失敗，但卻是"一窮二白"苦難中國以國家機器，建立基本工業體系，基本教育體系、基本公路/鐵路/電力等公共設施體系等的經濟起始條件的必經路，至於後一個階段，則世人咸認為非常成功，是舉世公認。本文將先回顧這兩階段中共的經濟戰略，再前瞻中美經濟對抗下的新挑戰。

堅持意識形態的共產主義試驗

或許因為太常在政治領域上聽到，多數讀者可能忘了"共產主義"原本是經濟學的理論。馬克思提出"剩餘價值說"，認為資本家剝削勞工的剩餘價值而造成社會不公，因而繪製出沒有私人財產，人們各盡所能、各取所需的理想世界藍圖。以"共產主義"為名的中共建政後，理所當然的要實現此一理想，因而進行了一連串的共產試驗，包括土地國有、人民公社以及計畫經濟。

在產業政策上，則在既有的農業與輕工業基礎上發展重工業，於是在"一面倒"政策下向蘇聯取經。蘇聯當時的科技與工業水準並不低於美國；1957年即率先發射第一顆人造衛星史潑尼克號，1975年 GDP 達 6,900 億美金，排名世

界第二，雖然只有美國 1.689 兆美金的 40.6%，但共產體制的服務業產值是計算到政府部門，因而扣除美國強項的服務業後，蘇聯工業產值尤其在鋼鐵、石油和造船噸位上比美國還高。

30 年堅持意識形態的共產試驗最後以文化大革命畫下句點。傳統共產主義缺乏觀照人性弱點的理論缺失在試驗過程中完全暴露。"吃大鍋飯"心態使生產力急遽降低。重工業政策也因缺乏科技基礎，在推動"全民大煉鋼"時顯得過於冒進。改革前夕的 1977 年，大陸 GDP 只有 1,749 億美元，美國則是 2.086 兆美元，大陸不到美國的 9%。艾利森指出 10 個人中有 9 個人一天賺不到 2 美元，確實是當時窘況。

改革開放後的大膽革新

1978 年，中共十一屆三中全會作出了"對內改革、對外開放"的歷史性決定，啟動了以經濟發展為核心的改革工程。我們從生產力面向，探討這 40 年中共的經濟發展戰略。生產三要素：勞動、土地、資本，中共陸續解放與開發這三要素的生產力，達到一躍千里的經濟發展之路。被推崇為"改革開放總設計師"的鄧小平扮演關鍵角色。

鄧小平先提出"建設有中國特色社會主義"的戰略目標，在改革之初缺乏理論指導時強調"摸著石頭過河"，以"能抓老鼠就是好貓"的實用主義作為檢驗標準，鼓勵創富，使各方勇於大膽創新。勞動生產力遂從"大鍋飯"心態下解放而大幅上升。1990 年大陸 GDP 增長為 3,609 億美元，較 1977 年增加一倍有餘。

1990 年代鄧小平進一步確立"社會主義市場經濟體制"，推出房屋使用權與土地所有權分離的土地政策，讓私人可以從市場購買、擁有國有土地上所建造的房屋與廠房。大量國有土地開發利用，土地生產力

1988 年 3 月，上海市舉行土地使用權有償出讓發標會。梁振英參與編寫上海以及內地第一份土地拍賣標書，並參與了上海住房制度改革

得以躍升。雖然缺乏資本的問題仍未解決，但1997年鄧小平去逝那年，大陸GDP已達到9,616億美元，較1990年增加1.66倍。

2001年對大陸經濟發展有里程碑的意義：中國加入世界貿易組織（WTO），成為全球貿易體系下一員。在全球化推動下，大陸相對低廉的勞動與土地生產力相當吸引人，中共各級政府也重視招商，對引進外資不遺餘力，包括各級產業在內的大量資本與技術於是湧入，大陸逐漸成為世界工廠與製造大國。2007年GDP達3.55兆美元，較1997增加2.7倍，超越德國，排名世界第三。2010年GDP達6.10兆美元，超越日本，排名第二。

到了2012年習近平上任時，大陸GDP已達到8.56兆美金，是鄧小平過世1997年的8.9倍，美國16.16兆的53%，但勞動與土地已充分利用，生產力優勢不再，然而卻累積了大量資本。大陸經濟戰略於是調整，以因應新的經濟形勢。

中國大陸的崛起

習近平上任後推動的經濟轉型，即是利用資本充沛優勢，從"製造大國"往"製造強國"邁進，並將"世界工廠"轉變為"世界市場"，以往由投資與淨出口帶動的經濟動能，改為以消費作為經濟增長的主引擎。相對於改革開放之初的缺乏理論指導，此時推動經濟轉型，中國大陸已經有了自己的理論：新結構經濟學。

五軸銑立式加工中心是大陸自主化率最高的五軸聯動加工機床，配套的關鍵部件全部實現國產化，主要用於中小規格複雜零件的加工，已在航空航天重點企業實現了批量應用

新結構經濟學是來自台灣、曾經擔任過世界銀行副行長的林毅夫所提出。他發現西方主流的新自由主義，這個主張私有化、市場化、自由化，強調避免政府干預、尊重市場機制的經濟理論，在發展中國家實踐的效果並不理想，例如拉美諸國即經常發生金融危機或經濟停滯；而發展良好的例如亞洲四小龍，政府卻都扮演重要角色。因而主張市場機制固然重要，政府也必須引導市場，要尋找出具比較優勢的產業，鼓勵企業投入，給予進入該產業的先行企業租稅

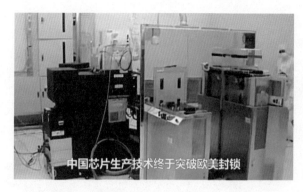

中国芯片生产技术终于突破欧美封锁

減免與補貼，以抵銷其風險。

　　中國大陸因而規劃了“中國製造 2025”的產業發展指南，引導製造業往高科技產業發展，如人工智慧、大數據、電動車、物聯網、機器人、信息技術、航天技術…等，以取代低產值、高汙染的勞力密集產業。

　　高科技發展必須有科學研究的基礎，大陸因而對科研投入不遺餘力。2017 年，大陸科研經費已達到 1.75 兆人民幣，僅次於美國。科研論文數連續 10 年排名世界第二；被引用次數在 2017 年 10 月超越英、德，同樣僅次於美國。GDP 則達到 12.24 兆美元，是美國 19.39 兆的 63%。如果以購買力平價（PPP）計算，這是艾利森教授到美國國會聽證會報告時所引用的資料，則中國大陸在 2016 年即與美國相當，未來超越只是時間問題。

中國大陸面臨嚴峻挑戰

　　正如艾利森教授所指出，另一個國家可能和美國一樣大、一樣強壯或更大的想法，讓美國人覺得身分上受到侮辱；1980 年代的日本即是顯例。當時日本在出口帶動下經濟快速增長，“日本第一”的論述刺激了美國人神經，打壓日本因而成為當時美國朝野共識；這和 2018 年美國發動貿易戰、科技戰，遏制中國崛起的情境似乎並無二致。

　　1985 年，日本簽署《廣場協議》，日圓被迫大幅升值限制了出口增長，同時產生經濟泡沫。最後泡沫破裂而重創日本經濟。

神威“太湖之光”超級計算機安裝在國家超級計算無錫中心

英國《經濟學人》雜誌2018年8月的一篇文章即指出，1995到2015這20年間，日本國民生產毛額(GNP)幾乎沒什麼增加，美國卻在同一時間增長134%。這就是日本"失落的20年"。

經濟發展是國力競賽，初賽可以像百米賽跑，只要在自己跑道上拼命往前衝即可。進入決賽圈後就像賽車；除了自己加速，領先者還可以用各種技術性干擾，阻擋對方超車。中國大陸已進入冠亞軍決賽，領先的美國將以各種手段阻擋中國，正如遏制1980年代的日本。如此，除非中國大陸成功超越，或被踢出決賽圈，否則摩擦與打壓不會停止。

這使大陸經濟發展遭遇和以往迥然不同的挑戰：來自外部的摩擦、干擾與打壓。而外部因素可能結合內部成為限制因素；例如資金外流可能引爆系統性金融風險，以及延遲大陸科技發展而拖累經濟增長。

當前大陸經濟戰略是以發展高科技產業帶動經濟轉型，在應用上相當成功但核心技術仍依賴美國。這成為大陸經濟發展的"阿奇里斯後腳跟"。為阻擋大陸"彎道超車"，美國強烈要求不能補貼企業且科技封鎖愈來愈嚴密；不僅阻止技術轉移，甚至已限制留學生學習。麻省理工學院發布2019學年的提前錄取名單，即不再有陸生；史丹佛大學招生亞洲面試地區，有台灣、香港，卻沒有大陸。大陸經濟發展所面的經濟形勢嚴峻。

就如同艾利森教授的簡短演講，結論部分難以完整回答而鼓勵觀眾創造性發想，以思考"中美之間必然發生戰爭嗎？"這問題的答案。當經濟發展已成為中美國力競賽主題，在未發生戰爭的前提下，大陸將成功超車，亦或被拋出賽局？同樣也是大哉問。然而大陸有強烈企圖心與縝密規劃，賽局結果若不同於1990年代的日本，或許也不令人意外。

政治體制頂層新設計：國家監察制度變革

❙ 柳金財 博士（佛光大學公共事務學系助理教授）

自中國大陸第五代領導人黨總書記暨國家主席習近平領政以來，中國政府積極推進反腐敗立法的實質性舉措，運用法治思維和方式推動國家監察制度變革，其目的在於懲治腐敗。

黨國為有效治理系統性、制度性腐敗，避免陷入"亡黨亡國"命運，強調反腐敗為治國理政之"重中之重"。藉由國家監察機制與制度建立，有效強化國家治理腐敗體系的現代化與能力。從倡議"以德治國"、"依法治國"、"依憲治國"及"依憲執政"以來，中國政治體制逐漸邁向制度化、法治化。

第三次政治改革 2018 年 3 月全國人大通過《中華人民共和國憲法》修憲案，賦予"國家監察委員會"具有憲法上法定組織之地位，從"一府二院"變成"一府一委二院"，監察委員獨立行使職權，不受行政機關干涉。從通過的修憲內容來看，"國家監察委員會"與國務院、最高人民檢察院、最高人民法院屬於同級機關，國務院是行政機關、最高人民檢察院是檢察機關、最高人民法院是審判機關，"國家監察委員會"則是監察機關。這樣的國家監察體制變革及"國家監察委員會"的設立，實屬重大的法治與政制體制改革工程，故被視為非常關鍵有意義的"第三次政治改革"。

國家監察體制改革內容與特色

中共十九大後為深化國家監察體制改革，在全國推展試點工作。2017 年 10 月底印發《關於在全國各地推開國家監察體制改革試點方案》，完成省、市、縣三級監察委員會組建工作，實現對所有行使公權力的公職人員監察全覆蓋。

同年 11 月 4 日，全國人大常委會第三十次會議通過關於在全國各地推開國家監察體制改革試點工作的決定。11 月 7 日，首次公佈《國家監察法》草案，包括明確國家監察委員會是最高國家監察機關，由全國人大產生並對其負責，並對六大類公職人員進行監察，明確國家監察委員會可採取留置等十二項措施。2017 年底 2018 年初的地方人大換屆，各地的省市縣三級監察委員會陸續成立。

　　《國家監察法》　　2018 年 3 月 11 日全國人大通過《中華人民共和國憲法修正案》，通過《國家監察法》並成立"國家監察委員會"。此次憲法修改共 21 條，其中 11 條與國家監察體制改革相關，在第三章"國家機構"中新增"監察委員會"一節，確立國家監察委員會作為國家機構的憲法地位。藉由先通過憲法修正案，然後再審議《國家監察法》草案，使國家監察體制改革於憲有據、監察法於憲有源。

　　《國家監察法》明確監察工作的指導思想和領導體制，"堅持中國共產黨對國家監察工作的領導"；載明監察工作的原則和方針，"國家監察工作嚴格遵照憲法和法律，以事實為根據，以法律為準繩"；明確監察機關的性質、產

中華人民共和國國家監察委員會 2018 年 3 月 23 日揭牌，舉行新任國家監察委員會副主任、委員憲法宣誓儀式〔新華社北京 3 月 23 日電／記者朱基釵〕

生和職責，"各級監察委員會是行使國家監察職能的專責機關""國家監察委員會由全國人民代表大會產生""地方各級監察委員會由本級人民代表大會產生""監察委員會依照本法和有關法律規定履行監督、調查、處置職責"。尤其依法賦予監察委員會職責許可權和調查手段，用留置取代"兩規"措施。《國家監察法》為反腐敗工作基本法，實現從監督"狹義政府"到"廣義政府"的轉變，綜觀國家監察體制變革內容及特色如下所述。

提高監察體制至國家頂層制度設計位階　中共第十八屆六中全會公報首次將"監察機關"與權力機關(全國人大)、行政機關(國務院)、司法機關(最高人民法院、最高人民檢察院)並列，將其由人民政府的組成部門提升為與之平行的國家機構。因此，設立國家監察委員會強化監察職能的獨立性，落實全國人大的監督權，真正成為最高國家權力機關。這樣的政治改革路徑將使國家監察權，從黨的紀檢機關轉移至全國人大，符合全國人大是國家最高權力機關的憲法規範。

這樣的頂層設計納入國家監察權，將原本監督對象僅侷限於黨員，擴及所有黨政及國家機構公務人員。因此，在頂層制度設計與組織部門重整方面，整併原隸屬國務院的監察部，其位階將升格至政治頂層的全國人大；原先隸屬於國務院下的監察部職權僅限於行政監督，設立國家監察委員會後提升其組織在頂層制度中的位階與功能，直接對國務院、最高人民法院及人民檢察院等國家權力機關，進行全方位的監督。也就是將國家監察權從垂直管轄下的國務院部門職權，轉移至水平分管下的國家監察委員會。

整合相關部門集中強化監察機制的功能　2016 年 12 月 25 日通過改革試點決定，在北京市、山西省及浙江省三省(市)及所轄縣、市、市轄區設立監察委員會。同時整合試點地區政府的監察廳(局)、預防腐敗局及人民檢察院，查處貪污賄賂、失職瀆職及預防職務犯罪等部門職能至監察委員會。2016 年 11 月 7 日公佈改革試點方案指明，黨的紀律檢查委員會、監察委員會合署辦公；監察委員會由省(市)人民代表大會產生。由國家監察委員會統整，包括國家一級、省一級、市一級、縣一級監察委員會，建立制度化、系統化監察機制與體制，其目的為加強黨與國家對反腐敗的集中統一領導，整合監察部、國家預防腐敗局及檢察機關的反貪污賄賂，包括瀆職、預防職務犯罪的職能。這是反腐運動的制度化與常態化，形成具有中國特色的監察制度。

同時，明訂監督職責加大反腐力度。強化地區監察委員會按照管理權限，對本地區所有行使公權力的公職人員依法實施監察；履行監督、調查、處置職責，監督檢查公職人員依法履職、秉公用權、廉潔從政以及道德操守情況，調查涉嫌貪污賄賂、濫用職權、玩忽職守、權力尋租、利益輸送、徇私舞弊以及浪費國家資財等職務違法和職務犯罪行為，並作出處置決定，對涉嫌職務犯罪的,移送檢察機關依法提起公訴。

設置留置措施加強對被調查人合法權益保障　為保證有效履行監察職能,賦予監察機關在調查職務違法和職務犯罪時可以採取談話、訊問、詢問、查詢、凍結、搜查、調取、查封、扣押、勘驗檢查、鑒定、留置等措施,特別是對採取留置措施的情形、程式、被調查人的合法權益保障等作出明確規定。隨著《國家監察法》頒佈實施,多省市區留置"第一案"案情相繼公佈,各地區留置案件已全部覆蓋六類監察項目領域。

例如河北省留置第一案,為承德市委副秘書長、興隆縣委原書記王瑞林屬於"中國共產黨機關公務員"。廣東省廣州市白雲區留置第一案對象楊貴藍,曾是太和鎮城管輔助執法隊原隊員,屬於"法律、法規授權或者受國家機關依法委託管理公共事務的組織中從事公務的人員"。山西省留置第一案對象,山西煤炭進出口集團有限公司原黨委書記、董事長郭海,屬於"國有企業管理人員"。黑龍江省留置"第一案"中,哈爾濱青山中心衛生院原院長馬文彬是"公辦醫療衛生單位中從事管理的人員"。湖南省洪江市監察委員會掛牌後首個調查對象安江鎮高陽村村委會主任賀華雲,是"基層群眾性自治組織中從事管理的人員"。天津市寶坻區留置第一案對象是市管處級單位工作人員,屬於"其他依法履行公職的人員"。

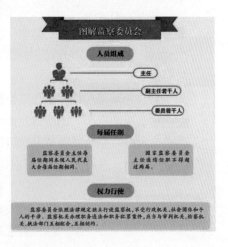

從黨內監督轉化為黨內與國家並舉之雙監督　2016 年 1 月 12 日至 14 日召開第十八屆中央紀律檢查委員會第六次全體會議,提出"探索黨長期執政條件下強化黨內監督的有效途徑,修訂黨內監督條例,研究修改行政監察法,使黨內監督和國家監察相互配套、相互促進。"藉由修訂黨內監督條例,實現黨內監督全覆蓋;然監察對象主要是行政機關及其工作人員,監察範圍過窄。設立國家監察委員會實現整合對所有公職人員的監察全面覆蓋,包括六大類人員:

一、公務員法規定國家公職人員,包括共產黨、人大、行政、審判、檢察、
　　民主黨派、工商聯機關的公務員,及參照公務員管理的人員。

二、受政府委託行使公共事務職權的公務人員。

三、國有企業的管理人員。

四、公辦的教育、科研、文化、醫療、體育事業單位的管理人員。

五、群眾及自治組織中的管理人員。

六、其他依法行使公共職務的人員。

　　具漸進主義式的改革策略特徵　　按照黨與國改革路徑及時程規劃,試點地區應於 2017 年 3 月底完成省級監察委員會組建,6 月底完成市、縣兩級監察委員會組建。1 月 18 日山西省監察委員會已正式成立,1 月 21 日北京市監察委員會成立暨區級監察體制改革試點工作動員部署會召開,1 月 22 日浙江省監察委員會轉隸組建會議召開,逐步推動制定《國家監察法》及組建國家監委,循序漸進完成國家、省、市、縣級監察機制及組織設置。至 2018 年 3 月全國人大通過憲法修正案及《國家監察法》,並成立國家監察委員會,可以說,國家監察委員會設置及國家監察法立法完成,促進國家監察體制的健全化及完善化。

國家監察體制變革與反腐敗成效

　　習近平的反腐敗運動,從"老虎蒼蠅一起打""強化不敢腐的震懾,紮牢不能腐的籠子,增強不想腐的自覺",到堅持"無禁區、全覆蓋、零容忍""重遏制、強高壓、長震懾"。

　　從嚴肅查中央主政官員　　從嚴肅查處中央政法委書記周永康、重慶市委書記薄熙來、兩位中央軍委會副主席郭伯雄、徐才厚、全國政協副主席令計畫等嚴重違紀違法案件,到"屆末之年"查處重慶市委書記孫政才,顯示反腐敗打擊力度之大。總體而論,2014 年後,被查處"大老虎"有所增加,但 2015 年和 2016 年上半年達到 16 名的峰值後逐年遞減。自 2018 年後"打虎"十分不易,顯示國家監察體制改革後,"增量腐敗"得到有效控制,反腐敗呈現越來越好的發展態勢。

　　打破"刑不上省委書記"規律　中共十八大以來，"刑不上省委書記""屆末之年反腐將要收官"、"退休意味平安著陸"等"規律"已被打破。十八大到十九大期間，440 名省軍級以上黨員幹部及其他中管幹部被審查，平均每年 88 人。十九大以來，腐敗懲治力度不變，但腐敗數量已大幅減少；已有 26 名中管幹部被通報，其中 2018 年通報的中管幹部為 23 名。被通報的 26 名中管幹部中，接受紀律審查和監察調查約 15 人，接受國家監委監察調查 1 人、組織審查 7 人、黨紀政務處分 3 人。

　　2018 年被執紀審查的首個中管幹部是陝西省原副省長馮新柱，涉嫌嚴重違紀，接受組織審查；貴州省委原常委、貴州省原副省長王曉光，則是國家監察委員會組建後首個接受審查調查的中管幹部。

　　最高人民檢察院一連發佈兩則逮捕決定，對象分別是河北省政協前副主席艾文禮及內蒙古自治區人民政府前副主席白向群。前者以涉嫌受賄罪被逮捕決定，後者涉嫌受賄、貪汙案，兩人皆受國家監察委員會調查終結，移送檢察機關審查起訴。其中艾文禮因涉嫌嚴重違紀違法而投案自首，成為《國家監察法》實施後，第一個投案自首的副部級以上幹部。艾文禮的投案自首顯示反腐敗高壓態勢對違紀違法者形成強大震懾，紀檢監察機關實施反腐敗，已取得良好的政治效果、紀法效果和社會效果。

國家監察體制變革爭論之釐清

　　習近平所建構的國家監察體制及採取反腐敗制度性措施，引發涉及權力鬥爭與國家發展路線競逐之爭論。事實上，習核心反貪腐著重將權力關進制度籠子，反貪腐並沒有規避熟人及昔日部署關係。例如前雲南省委書記白恩培，因受賄被判終身監禁；國台辦副主任龔清概，因違紀被處分。這顯示反腐敗是多層次、跨領域、超越派系，並非簡單化為權力競逐。

反腐敗並非權力鬥爭簡單化問題　習近平曾指出腐敗將造成中共"亡黨亡國"命運，因此必須"從嚴治黨""從嚴治軍""依法治國"，避免系統性、制度性腐敗刨去黨執政的合法性基礎。強化政府治理與政績績效，對黨長期執政的正當性尤為重要。

中國共產黨作為長期執政黨，必須概括承受黨與國家治理國政所造成的一切弊端。習近平採取"從嚴治黨"、"依法治軍"，既可建構黨與國家執政權威，強化行政效率與效能；也可提升公眾對黨與國家長期執政合法性認可，運用反腐敗措施從黨內監督拓展至國家監督，藉此打造具有執政能力的國家治理體系及創造廉潔政府。故變革國家監察體制及建立國家監察委員會制度，以實現"廉與能"政府之目標，應是習核心治理變革及反腐敗之核心重點。

國家監察委員會之監督問題　習近平設置國家監察委員會作為國家反腐敗機構，其職責、功能及運作、角色發揮攸關反腐敗的治理成效。國家監察委員會將實現對所有行使公權力的公職人員監察全覆蓋，形成有效的反腐敗體制及機制，從"黨內監督"向"國家監督"發展。這種提高監察體制至國家頂層制度設計的規劃，設立國家監察委員會強化監察職能的獨立性，促使全國人大的監督權更加落實，真正成為最高國家權力機關。　因此，國家監察委員會在人事任命、權責賦予分工仍受全國人大所規範，尚不致於成為權力毫無受限的超級機構。

2018年8月24日，中央紀委國家監委印發《國家監察委員會特約監察員工作辦法》，決定建立特約監察員制度。規範特約監察員工作應當堅持以習近平新時代中國特色社會主義思想為指導，著重發揮對監察機關及其工作人員的監督作用，著力發揮參謀諮詢、橋樑紐帶、輿論引導作用；堅持中國共產黨的領導和擁護黨的路線、方針、政策，在各自領域有一定的代表性和影響力，全面從嚴治黨、黨風廉政建設和反腐敗工作。為推動監察工作依法接受民主監督、社會監督、輿論監督，提供重要制度保障。

　　同時，《國家監察法》規範監察委的法定職責，且監察委受到司法機關制約，反腐調查要形成案件，須完備司法程序的要求，否則檢察機關可以阻斷或退回監察委的案件，要求補充調查。從外，目前國家監察委員會與中央紀律檢查委員會合署辦公，目前國家監察委員會主任委員為中紀委副書記所擔任，並受中紀委所管轄及監督，故對國家監察委員會具多層次的制度監督，並沒有出現"監督空白"現象。

　　台灣實踐的反面教材經驗應引以為戒　　整體而論，中共黨與國家積極推動監察體制改革，設立國家監察委員會、推動國家監察法立法，裨助建立集中統一、權威高效的監察體系，有效發揮監督效能。這不僅跳脫傳統"黨內監督"侷限，更拉高到國家制度建設的頂層設計邁向"國家監督"。其監督範圍廣泛，幾乎涵蓋各領域行使公共職務職權人員，落實"依憲治國""依法治國""依法行政"法治理念。國家監察委員會之設置，改變原來針對公務員貪汙瀆職等問題的"監察權"是屬於國務院的"監察部"，現已在頂層制度設計調整為與國務院平行的機構。

　　這證明中國政府對反腐運動的重視，更映襯革命先行者孫中山創立的"五權憲法"，其設置"監察權"可謂是先見前瞻構思。孫中山所精心創設的監察權，終於在中國政治制度上嵌入頂層設計。惟孫中山先生所創之監察院，在台灣具體實踐結果不彰。

　　在台灣，監察院雖然是與行政院平行，但監察委員淪為政客的酬庸工具及不同政黨利用監察權打擊異己政黨的工具，此一在台灣實踐的反面教材經驗，大陸應引以為戒。

　　但無論如何，監察權仍不僅可以透過制度化、法治化途徑有效治理腐敗，提升國家治理能力及建立廉政政府；同時這也勢將成為啟動中國政治體制改革的重要先聲，及產生變革的支柱力量。

Part III
70年建設巨大成就
國防、法制、西藏、上海

70年核力量成就橫空出世

▎胡慶偉（北京獨立研究學者）

　　核力量是一個國家戰略威懾的核心力量，是大國地位的重要標誌和支撐，也是維護國家安全的重要基石。新中國成立70年以來，在歷代領導集體的關心之下，在數代科研和軍工人員的不懈努力之下，中國大陸鑄就起了具有中國特色、堅強而穩固的核盾牌，時刻捍衛著國家的主權與安危，維護著中國的大國地位。

打破核壟斷

　　第二次世界大戰末期，美國使用原子彈轟炸日本廣島、長崎，不僅加速了戰爭的進程，也宣告了一種新型武器與戰爭樣式的來臨。抗美援朝戰爭期間，面對膠著的戰局和不利的態勢，麥克亞瑟（MacArthur）多次叫囂要對中國進行核打擊。雖然這一提議並未得到杜魯門政府的批准，但是儘快製造出原子彈，打破美國人的核訛詐成為了新中國領導層的共識。"勒緊褲腰帶也要搞出兩彈一星"，在這樣堅定的意志之下，中國開啟了核武器的研發之路。

　　原子彈和氫彈橫空出世　　1964年10月16日，中國成功爆炸了第一顆原子彈；1967年6月17日又成功爆炸了第一顆氫彈。在聯合國五大常任理事國中，中國是最後一個擁有核武器的國家，但是從原子彈到氫彈只用了不到三年的時間，卻是用時最短的一個。核武器的研製成功，成功地驅散了籠罩在新中國上空許久的核威脅陰雲，為新中國的主權、安全和發展建設提供了重要保障。當年珍寶島衝突期間，惱羞成怒的勃列日涅夫企圖對中國進行核打擊，然而毛澤東適時的一次核爆炸試驗就令其放棄了這個冒險而愚蠢的念頭。中國能夠恢復聯合國常任理事國的席位，兩彈一星絕對發揮了不可估量的作用。

成立第二炮兵-保密下的導彈部隊 僅僅研製出原子彈和氫彈是遠遠不夠的，還必須要擁有運載工具(也就是彈道導彈)和管理使用這些武器裝備的部隊。在研發核武器的同時，被譽為"中國火箭之父"的著名科學家錢學森就曾提議要組建相關專業部隊。

對於新中國來說，1956 年是個特殊的年份，這一年既是新中國第一個科學技術發展規劃的開局之年，又是中共中央向全國人民發出"向科學進軍"號召的一年。這一年的 1 月，中共中央召開會議，毛澤東在會上號召全黨要努力學習科學知識，為迅速趕上世界科學技術先進水準而奮鬥。在這樣的背景下，錢學森給軍隊高級將領講課，他提出要組建導彈部隊，一支不同于現有的陸、海、空三軍的新型作戰

1956 年 2 月 1 日，毛澤東設宴招待全國政協委員，特別安排錢學森同座交談

力量，是一支能夠遠距離、高準確度命中目標的部隊，是現代化戰爭重要的組成部分。根據這一提議，出於安全保密方面的考慮，周恩來總理親自為這支部隊命名為第二炮兵。經毛澤東主席批准，中國人民解放軍第二炮兵於 1966 年

毛澤東一生曾多次接見錢學森(戚嘉林製表)

1956年2月1日	毛澤東宴請全國政協委員，特邀錢學森於首桌緊鄰右側同座
1958年8月28日	毛澤東在中南海豐澤園接見錢學森與錢三強
10月27日	毛澤東參觀中國科學院科學成果展覽會，併第三次接見錢學森
1964年2月6日	毛澤東在中南海寓所接見錢學森、李四光和竺可楨
12月26日	毛澤東71歲生日，邀錢學森與邢燕子、董加耕、陳永貴等到中南海晚宴
1966年10月24日	毛澤東接見聶榮臻和錢學森
1970年5月1日	國際勞動節晚上，毛澤東、周恩來在天安門城樓上，接見了錢學森、任新民、孫家棟等參加第一顆衛星研製的代表
1975年1月	四屆人大召開前夕，毛澤東病中向前來請示的周恩來，要周查四屆人大代表名單是否有錢學森和侯寶林，如果沒有就請補上(錢已在名單中)[1]

毛澤東對錢學森的高度器重並以國士之禮相待，體現一代中國共產黨人的求才若渴，至盼民族振興，再也不遭外敵入侵的強烈願望與使命感。

1.葉永烈，<錢學森年表>，解密錢學森，香港：時代國際出版公司，2010年3月，pp.487-502.

7月1日正式成立。雖然是"兵"種，實際上履行的是軍種的職責，始終由中央軍委直接掌控，是中國實施戰略威懾的核心力量，主要擔負遏制他國對中國使用核武器、遂行核反擊和常規導彈精確打擊任務。

第一顆氫彈試爆成功

成立火箭軍-第二砲兵完成歷史任務 十八大以來中國軍事改革持續深入推進，為加速構建具有中國特色的武裝力量體系，並與國際軍事規則接軌，中國人民解放軍火箭軍於2015年12月31日成立，中共中央總書記、國家主席、中央軍委主席習近平親自為火箭軍部隊授予軍旗並致訓詞。2016年7月1日，火箭軍換發新軍服，襯衣為國際經典色。

火箭軍的成立，是中國軍隊現代化建設的一個重要里程碑，由此也宣告了第二炮兵已經完成了歷史使命而載入史冊。第二炮兵更名為火箭軍主要是出於以下幾點考慮。首先第二炮兵是特定歷史條件下的產物，更名為火箭軍可以算是回到本真、實至名歸。更名為火箭軍，顯示出中國軍隊更加開放、透明和自信。中國始終奉行不首先使用核武器的原則，堅持自衛防禦的核戰略，核力量

第一代中程導彈東風2號改導彈

始終維持在維護國家安全需要的最低水準，中國的核政策和核戰略始終是相互聯繫、一以貫之的。中國將不斷增強可信可靠的核威懾和核反擊能力，加強中遠端精確打擊力量建設，增強戰略制衡能力，按照核常兼備、全域懾戰的目標要求，努力打造一支強大的現代化火箭軍。

核武庫的王牌-東風家族

核武器第一次在國人面前公開亮相，是1984年舉行的建國35周年閱兵，當時只有一個裝備方隊、12枚導彈。到了1999年建國50周年國慶閱兵的時候，已經變成4個裝備方隊、36枚導彈，2009年建國60周年國慶閱兵5個裝備方隊、108枚導彈，2015年抗

戰勝利 70 周年閱兵 6 個裝備方隊、112 枚導彈,從中不難發現,經過數十年的發展,中國的導彈裝備建設取得了矚目的成就。

作為中國彈道導彈的主體,東風系列導彈涵蓋了近程、中遠端和洲際彈道導彈等各個類型。由於冷戰期間,美蘇簽署《中導條約》銷毀雙方的中程彈道導彈,因此東風系列也是目前世界上唯一覆蓋各種類型彈道導彈的陸基彈道導彈系列。

第一代導彈　東風系列導彈的發展大致上經歷了三代。第一代導彈主要包括:東風 -1、東風 -2、東風 -3、東風 -4、東風 -5 和巨浪 -1(潛射導彈)等型號,目前已基本退出現役,尚有部分改進型還在服役。最初的東風 -1 是根據蘇聯 P-2 導彈仿製而成的近程對地導彈,雖然沒有實戰部署過,但卻是東風系列導彈的開山之作,同時還培養出一批導彈專家,為後續的研製發展奠定了重要基礎。1964 年 6 月 29 日發射的東風 -2,是中國自行研製的第一代中程導彈;東風 -5 的最大射程為 12,000 公里,是中國自行研製的第一款真正意義上的洲際彈道導彈。

第二代導彈　第二代導彈主要包括:東風 -21、東風 -25、東風 -31、東風 -41 和巨浪 -2 等型號,是目前中國在役彈道導彈的主體。東風 -21 是在巨浪 -1 潛射彈道導彈基礎上發展出來的中程導彈。其改進型東風 21C,也就是東風 -25 是剛剛裝備不久的最先進的中程導彈,其有效射程為 3,200 公里,在中國本土發射可覆蓋亞洲大部分地區。它是世界上第一款能夠攜帶多枚彈頭的中程導彈,具備接近於巡航導彈的打擊精度,被認為是中程導彈的革命性突破。

東風 -21D 反航母彈道導彈是世界上第一種具有攻擊移動目標能力的陸基導

第一代導彈東風 5 號

彈,被稱為"航母殺手"。曾經在建國 50 周年閱兵式上亮相的東風 -31 是繼東風 -5 之後又一款洲際導彈,美國《中國軍力報告》曾認為其射程不足,無法打擊美國大部分目標。但是 2009 年閱兵式上展示的改進型東風 -31A,射程超過了 11,000 公里,有效地解決了這一問題。在 2017 年建軍 90 周年閱兵式上出現的最新改進型東風 -31AG,其射程和戰技性能又有了進一步提升。

第三代導彈　目前在研的第三代導彈,主要是核彈頭方面的改進,無論是機動性能還是突防能力都將會進一步提升。總體看來,中國各類導彈配套齊全:從常規導彈到陸基巡航導彈,從近程、中程導彈到覆蓋全球的洲際導彈,已形成核常兼備、型號配套、射程銜接、打擊效能多樣的力量體系,具備精確、機動、全天候的戰略反擊能力,成為一支具有雙重威懾和雙重打擊能力的戰略力量。

第三代導彈東風 31A 戰略洲際導彈

航母殺手-東風26　在紀念抗戰勝利 70 周年的閱兵式上,核常兼備導彈方隊的排頭兵引起了世人關注,這就是網路和媒體已經談論多時的又一航母殺手 - 東風 -26,這也是該導彈首次公開亮相。2018 年 4 月 26 日,國防部發言人證實:東風 -26 已正式進入解放軍戰鬥序列。東風 -26 是繼東風 -21D 之後,世界現役第二種大型中遠端反艦彈道導彈,也是中國第一款射程可覆蓋關島及關島美軍基地的常規彈道導彈,而關島正是五角大樓指揮控制亞太地區美軍的一個主要樞紐,因此東風 -26 被網友冠以"關島速遞"的美名。作為銜接東風 -21 與東風 -31 的主力中遠端彈道導彈,東風 -26 長約 14 米、直徑 1.4 米、發射重量 20 噸、採用兩級固體燃料火箭發動機;可攜帶重量為 1.2 噸至 1.8 噸的核彈頭或常規彈頭,可攜帶並投送 3 個分導式多彈頭;在射程方面,由於使用了高能推進劑,最大射程估計在 5,000 公里以上。

此外,媒體還報導過東風 -26B 和東風 -26C 這兩種改進型。新浪某微博的視頻曾顯示，在中國西北某地的火箭發射殘骸上，赫然印有 E/ADF-26B 字樣。輿論普遍認為這很可能就是東風 -26 的改進型 - 東風 -26B。至於導彈外殼上的 EA 究竟代表什麼意思，有人認為是 electronic attack（電子攻擊）兩個單詞的首字母縮寫，也有人認為 A 代表的是 anti-radiation（反幅射導彈），不論是哪一種解釋，其指向性已經十分明確。誠如有軍事專家分析，除了一般彈頭外，

第三代導彈東風 -26 中程導彈

東風 -26B 可能攜帶有攻擊敵方雷達的分彈頭。由於美國不僅在韓部署"薩德"系統和攔截導彈，還打算在日本部署，已逼近中國的"家門口"，中國此時發射東風 -26B 的意圖不言而喻。因此不難理解為什麼中國軍方允許視頻的存在，這是一種表態和警告：解放軍想要對付美韓部署的薩德反導系統其實很容易。

國外有媒體還證實中國發展了一種被稱為東風 -26C 的新型中程導彈，並刊登過相關照片。據外媒估計，東風 -26C 擁有公路機動能力，使用固體燃料，便於隱藏在地下設施，並可在短時間內發射。其射程至少可達到 2,200 英里（約合3,500多公里）。

美國中國軍事問題專家理查·費希爾表示：中國發展這些力量就是希望迫使美軍退出第一島鏈以及擁有突破包括關島在內的第二島鏈的能力。美國《國家利益》雜誌刊文稱，美國應該升級反導系統來對抗東風 -26 導彈的威脅，這從側面也表明了美國對於東風 -26 的能力感到畏懼。的確，現有的反導系統很難防住東風 -26 導彈，何況還有更為先進的改進型。

史上最強-東風41　2017 年 11 月在央視的一期節目中，罕見地出現了東風 -41 導彈的鏡頭和研製細節，這也是迄今為止中國對外公佈的最為先進的戰略核導彈。由於外媒的多次報導，再加上美國《中國軍力報告》反復渲染，東風 -41 因而被稱為中國史上最強的洲際彈道導彈。東風 -41 可以看成是東風 -31 的改進版，兩者的主要差異是第三級運載火箭的不同，東風 -41 的推力更大，

東風 -41 洲際彈道導彈

在 1995 年東風 -31 導彈進行試射前，東風 -41 導彈就進行過高彈道試射。據媒體報導，東風 -41 的射程達 14,000 公里(也有專家稱 14,000 公里是平均射程，最大射程可望達到 15,000 公里)，基本上可以覆蓋全球每個角落；其載車能在公路進行機動，既可地面發射，也可以車載機動發射，具有較強的生存能力。東風 -41 裝備了電腦控制的慣性制導系統，使其命中精度大幅提高；採用多彈頭獨立重返大氣層載具技術(MIRV)，實現了運載火箭及分彈頭自動適應變軌。這一技術不是簡單地在一枚導彈上裝載多枚分彈頭，而是讓每個分彈頭都有自己的飛行彈道，可調整軌跡攻擊不同目標。由於每枚反導系統的攔截導彈最多只能摧毀一個分彈頭，因此東風 -41 突破反導系統的能力大大增強。

東風 -41 另一個引人關注的地方就是它的飛行速度，外媒普遍認為這一點得益於近些年來中國在高超音速武器研製方面取得的重大突破。有資料表明，東風 -41 的飛行速度達到了 30,000 公里每小時，也是中國目前最快的洲際導彈，按此速度計算，到達倫敦只需 16 分鐘，到達紐約也不過 21 分鐘。由其改進的潛射型導彈巨浪 -3，很有可能裝備到中國最先進的 096 核潛艇上，徹底改變中國潛射彈道導彈射程短、無法有效覆蓋美國本土的尷尬局面。

除了上述提到的型號外，外媒還曾多次報導中國正在研製各種新型的彈道導彈，由於尚未正式對外公告，具體情況不得而知。按照中國軍方的慣例，正式對外公佈的裝備，一般都是技術已經成熟，經過多次試驗，即將裝備部隊的裝備。所以可以肯定的是，上述導彈絕非中國最先進的裝備，更加令人驚喜的還在後面。

坎坷復興路

70年空軍倚天鑄劍雲漫天

▌于維佳（北京獨立研究學者）

1949 年 11 月 11 日，在新中國成立 40 天后，中國空軍宣告再生。像中國空軍這樣，從再生伊始就奔赴血與火的戰場，與世界上最強大的空軍對抗，這在世界軍事史上堪稱絕無僅有。70 年輝煌航程，中國空軍在戰火中浴血再生，在戰鬥中成長，建立卓越功勳，保衛祖國的天空。

70年鍛鐵翼神箭，70年築藍天長城　中國空軍進入新世紀新階段，站在新起點上，從無到有，從弱到強，不斷發展壯大，70 年發展成一支由航空兵、地面防空兵、空降兵、通信兵、雷達兵、電子對抗兵等多兵種合成的現代化戰略性軍種，具有資訊化條件下攻防兼備作戰能力的現代空中力量，成為捍衛中國領空的 "藍天鋼鐵長城"。

"血與火" 中誕生

具有長遠戰略眼光的中國共產黨人，從 20 世紀初世界軍事航空發展趨勢的分析中就預見到了空軍的重要作用，從那時就開始利用各種機會培養自己的航空人才，為將來創建自己的空軍做準備。在國共第一次合作期間，利用國民黨創辦的航空教育機構，以及蘇聯提供的學習機會，先後派出數十名黨員學習航空。

紅軍第一架飛機的得來全憑 "僥倖"　1930 年 2 月 16 日國民黨空軍的一架雙翼 "可塞" 式飛機返航途中遇大霧迷航，迫降於鄂豫皖根據地，紅軍將飛機修復一新，成為共產黨擁有的第一架飛機 - "列寧" 號。

抗戰勝利後，中國共產黨決定在東北建立一所航空學校，延安航空研究小組的同志和
原第十八集團軍工程學校的部分學員，迅速趕往東北收集航空器材，籌建航空學校，
圖為成員正以獸力車拖運飛機、油料及航空器材至較安全地區

中國人民解放軍第一所航空學校　1946 年 3 月，中國人民解放軍第一所
航空學校 - 東北民主聯軍航空學校在吉林通化成立。早期培養的一批航空骨幹、
選調的陸軍官兵以及日軍起義人員，在這裡開始了中國空軍艱難的創業。他們
收集了 100 多架破舊飛機，又拆東補西修復了 40 多架。缺少汽油，就用酒精
代替；沒有保險帶，就用麻繩代替；缺少機輪、螺旋槳，幾架飛機合著用；沒
用充氣設備，就用自行車氣筒給飛機輪胎充氣。士兵們甚至用馬拉著飛機走向
跑道。

就這樣，航校在 3 年多的時間裡培育出了 560 名航空人才，為中國空軍的
建立準備了骨幹。

空軍司令部成立　1949 年 11 月 11 日，中央軍委下令，在第四野戰軍十四
兵團機關的基礎上，合併軍委航空局，正式成立中國人民解放軍空軍司令部，
劉亞樓任司令員。

至此，空軍正式成為中國人民解放軍的一個軍種。空軍成立時所有主戰裝
備均為繳獲和起義歸來的美、英、日制飛機。隨著朝鮮戰爭的爆發，加上敗退
臺灣的國民黨不時派出空軍對內地進行轟炸，全國性防空形勢日趨嚴峻，空軍
急需大量的航空兵部隊和裝備。1950 年 6 月 19 日人民軍隊的第一支航空兵部
隊—空軍第 4 混成旅在南京成立。

血戰世界第一強權美國空軍 1950年6月，朝鮮戰爭爆發，戰火很快燃燒到鴨綠江邊，不足一歲的再生中國空軍被逼上了這場歷史性的空戰舞臺。朝鮮戰爭期間，美國及其盟國共出動各種作戰飛機 1,200 多架，飛行員大多參加過第二次世界大戰，飛行時間最多達三千小時。而中國空軍只有剛剛組建的二個師和二個團，作戰飛機 114 架，大多數飛行員僅飛行了五、六十個小時。力量對

劉亞樓向毛澤東匯報工作

比的懸殊，使得當時的美國遠東軍總司令麥克亞瑟宣稱：中國根本沒有空軍。

　　然而就是這支被美國人譏諷為"菜鳥"的中國空軍，不僅敢與號稱世界一流的美國空軍較量，而且使其遭到沉重打擊，創下了令人矚目的戰績：中國空軍共擊落敵機 330 架，擊傷 95 架，並在世界空戰史上創造了用活塞式飛機擊落噴氣式飛機的範例。1952 年 2 月 10 日，飛行時間才 100 多小時的空 4 師 12 團 3 大隊大隊長張積慧，一舉擊落飛行時間 3,000 多小時、在第二次世界大戰中參戰 266 次的美國王牌飛行員中校中隊長大衛斯。消息傳開，美國朝野震動，美遠東空軍司令威蘭中將不得不承認："這是一個悲慘的失敗，是對遠東空軍的一個沉重打擊。"時任美國空軍參謀長的范登堡將軍在飛往遠東視察後回到華盛頓時，曾作了一個悲觀的報告，他對報界談話時驚歎："共產黨中國幾乎在一夜之間就變成了世界上主要空軍強國之一。"

張積慧
中國志願軍空軍一級戰鬥英雄

不懼三強的黑馬

　　二戰剛剛結束的時候，各國空軍裝備都保持著第二次世界大戰時期的雄姿，基本為三強鼎立！美國空軍憑藉 1.7 萬架空軍戰鬥機和 1.4 萬架海軍戰鬥機，高達 10 萬人的飛行員數量雄踞世界第一，還裝備有全世界最為恐怖的 B29

戰略轟炸機部隊。衛國戰爭中成長起來的蘇聯空軍也擁有 3 萬架作戰飛機，暫居世界第二。第三是英國，在二戰結束的時候擁有 16,000 架作戰飛機，這其中有 1,000 架作戰飛機是蘭開斯特轟炸機。

中國大陸當時可說沒有空軍（僅有的殘弱空軍因內戰之故遷移台灣）和美英蘇這些大國相比，當時的中國空軍幾乎可以忽略！70 年前，中國沒有任何的航空工業，依靠繳獲自日本人的教練機訓練著自己的飛行員。但誰都不會想到，這些飛行員成為了後來中國空軍走向強大的種子選手！或許是上天給了中國空軍快速成長的機會！

韓戰三年的戰火中成長　經過了依靠蘇聯，"在陸軍基礎上建立空軍"的階段，在抗美援朝戰火中歷練成長，變成一匹黑馬。利用朝鮮戰爭三年的時間，從 1949 年時候的 100 架飛機變成了 1953 年 7 月朝鮮停戰時候的 28 個航空兵師、70 個團，7 個飛行院校、裝備了包括殲擊機、強擊機、轟炸機、偵察機、運輸機等各型飛機 3,000 多架，打出了一支規模世界第三的空中鐵拳，這樣的建設速度在世界空軍建設史上是少有的。而此時的英國，經過戰後的大裁軍，整體空軍的飛機數量已減少到 1,000 架。

國產第一架殲 -5 戰機（1956 年）
中國大陸第一架自製噴氣式殲擊機（戰鬥機）出廠，
使中國航空工業跨過螺旋槳戰機時代，一躍進入噴氣時代

1950 年代后　20 世紀 50 年代中期，中國空軍航空兵裝備了國產殲 -5 亞音速噴氣式殲擊機和殲 -6 超音速噴氣式殲擊機。60 年代，先後裝備了國產殲 -7 殲擊機、強 -5 強擊機、轟 -5 和轟 -6 轟炸機。此後，中國空軍開展以台海區域為主，反轟炸和反偵察任務並行的國土防空作戰。

1980 年代后　80 年代，空軍航空兵先後裝備了國產殲 -8 和殲 -8 Ⅱ 高空高速殲擊機。海灣戰爭後，以蘇 -27 系列重型戰鬥機的引進為標誌，中國空軍進入高速發展和變革階段，逐步從純粹的防禦型理論，發展為建設 "攻防兼備型" 空中力量。

現代空軍　中國空軍先後裝備了從俄羅斯引進的具有世界先進水準的

蘇-27殲擊機和蘇-30殲擊轟炸機，又大力發展以殲20為代表的第四代戰機，中國空軍未來三代機數量將達到1,000架左右，四代機也有250架的水準！其次，中國轟炸機的品質也能得到極大的提升。現役的轟6系列轟炸機已被中國"魔改"到了盡頭，未來的轟20戰機將成為主力，十年後的中國具備戰略打擊能力的轟炸機將有170架。最後，如運輸機、加油機、預警機、電子戰飛機也將有質的飛躍。如大型運輸機運20、預警機、基於運20平臺的加油機都將大量裝備部隊，中國空軍短板相繼被補上！使中國空軍可以超遠端、高速度、全空域、大縱深、超視距範圍作戰，標誌著中國空軍由國土防空型向攻防兼備型的戰略性轉變。

70年的飛躍　七十年過去了，中國空軍的戰鬥力發生了質的變化。空軍戰機從仿製到國產，再到創新，規模已經達到了超過俄羅斯的世界第二水準！隨著國力的增強和國家航空工業的飛速發展，空軍陸續裝備了一大批中國自行設計製造的作戰飛機，實現了從螺旋槳到噴氣式、從亞音速到超音速的飛躍，戰機性能不斷提高，與其相配套的空對空導彈、空對地導彈、機載雷達、火控系統、通訊導航設備、飛行控制系統等機載設備和武器，都有了較大改進。

目前，中國空軍已形成了由各型殲擊機、強擊機、轟炸機、運輸機、偵察機、空中加油機和多型特種飛機構成的強大陣容。空軍的作戰飛機數量在3,000架以上。俄羅斯儘管整體的飛機數量比中國多，但是三代半戰機的數量已經不如中國的數量了，預警機的規模也不如中國。這就是中國的進步！

70年前，中國空軍在各國的眼中似乎沒有什麼概念！70年後，中國空軍無論從數量規模、訓練還是飛機品質，牢牢的佔據著世界第二的位子！在這進步的背後，是中國航空工業人一代代的艱苦付出，是中國空軍官兵一代代的刻苦訓練，枕戈待旦！

中國空軍未來-空天一體

2015年以來，"空天一體"首次成為為中國空軍的戰略要求。建設一支空天一體、攻防兼備的強大空軍，是時代賦予空軍光榮而艱巨的神聖使命，也是空軍將士的共同夢想。

錘煉空天戰略能力 2015 年 3 月 30 日中國空軍經巴士海峽首次赴西太平洋開展遠海訓練！這個 "首次" 折射出中國空軍正從傳統意義的國土防空向 "空天一體，攻防兼備" 的轉變。2016 年 9 月 25 日，空軍轟 -6K、蘇 -30、加油機等多型戰機成體系飛越宮古海

空警 500 預警管制機

峽。這一年空軍四次飛赴太平洋進行例行性遠海訓練，不斷錘煉空天戰略能力。空軍開展遠海訓練兩年多來，應對和處置了各種阻撓，實施了偵察預警、海上巡航、海上突擊、空中加油等訓練課題，提升了空軍遠海作戰能力。與此同時，空軍嚴密組織東海警巡、南海戰巡，提升了應對各種安全威脅的實戰能力，有效捍衛了國家主權、安全和海洋權益。

殲 -20vs. 運 -20 為此，近幾年來，中國空軍列裝殲 -20 和運 -20，加快成體系發展高新武器裝備，空軍戰略投送能力邁出關鍵性一步，空軍綜合作戰能力不斷提高，彰顯空軍在改革強軍中加快推進 "戰略性軍種" 建設。殲 -20 作為中國首款四代機，融合了全球多種已經在使用的優秀戰鬥機的特點，具備很強的隱形

運 -20 大型運輸機

性能、機動性能，能夠保證制空權，是展開空軍戰術部署的重要前提。運 -20 具有快速運送大量兵力、武器裝備和其他軍用物資到遠距離目的地區域的能力，能夠確保部隊戰略機動、戰術投送的規模化、快捷性和突然性，是衡量一國 "戰略空軍" 能力的重要標誌。

同時，未來空軍還在向著電子化、資訊化加快發展。實戰效果表明，這些高技術武器裝備的性能獲得顯著地提高，其作用範圍、速度、精度、殺傷力、機動能力和防護水準等關鍵指標都產生了質的飛躍。空警 200、空警 2,000 以及各型無人機等資訊化武器裝備陸續服役；機載有源相陣控火控雷達等關鍵電子系統獲得技術突破；空軍新裝備使用先進材料的比例也在大幅提高。

現代化高強度密集訓練　空軍是技術軍種，不僅是裝備技術，還包括飛行技術。歸根到底，武器好還要由人操控。近些年來中國空軍狠抓基礎訓練和高難課目普訓，深化體系對抗訓練，建成了現代化的綜合訓練基地，成立了藍軍分隊，實現了以技術訓練為主向戰術訓練為主的轉變，實現空軍戰鬥力水準的新躍升。飛行員訓練強度不輸美軍，裝備新型戰機的重點部隊飛行員們在訓練中常常將載荷數拉到罕見的8G-9G，許多飛行科目突破了各國空軍同類飛機飛行訓練標準。在對抗空戰、突防突擊競賽性考核、"金頭盔""金飛鏢""紅劍""藍盾"等"四大訓練品牌"的考核檢驗中持續發力。"

近年來，"四大品牌"牽引著空軍對抗空戰競賽性考核的"自由度"不斷提高，從單機對抗到二對二對抗，從同型

2018 年珠海航展，殲 10B 推力矢量技術驗證機的過失速機動表演技驚四座（陳肅／攝）

機對抗到異型機對抗，規則制訂更加強調團隊制勝、體系對抗，"金頭盔"含金量不斷增加。突防突擊考核的"戰場"由荒漠、戈壁拓展到峽谷、海上，不斷融入的資訊攻防、體系對抗、電磁環境等元素，難度越來越大、層次越來越高，"金飛鏢"的銳度更加鋒利。"紅劍"演習從難從嚴設置對抗條件，引入協力廠商模擬強敵介入，參訓部隊協同作戰、融入作戰體系能力越練越強，指揮班子作戰籌畫水準得到歷練提升，"中軍帳"更加智慧高效。"藍盾"演習不僅強調"進駐就打"，讓"考生"經受了實戰檢驗，而且攔截突防"全體系一杆槍"，讓"全營一桿槍"的傳統觀念全面升級，讓"盾牌"固若金湯。"四大訓練品牌"，既為空軍部隊檢驗錘煉戰鬥力搭建了平臺，也為趟出一條超越訓戰之差、探尋訓戰一體的路徑做出了標注。

寶劍鋒從磨礪出　新一代中國空軍用輝煌的成績告訴世界：今天的空軍已經不是昨天的空軍，中國空軍的素質已經今非昔比，支撐裝備建設的國防工業

殲 -20 橫空出世

也不是昨天的國防工業，未來的中國空軍將更加強大，中國的戰機將讓世人知道，誰才是亞洲天空真正的主人！在未來戰爭中，中國空軍必將是一支攻防兼備、無堅不摧的"長空利劍"。"未來的中國空軍將以更新的面貌展現在國人和世人面前，為維護國家主權、安全和發展利益，提供強大的空天力量支撐。

70年海軍搏風擊浪衛祖國

┃陳子浩

　　1894 年日本對我國發動的甲午戰爭，其本質是古老中華帝國與新興近代國家日本的一場戰爭，是役日本軍艦一艘未沉，我國北洋艦隊灰飛煙滅。甲午之役時任北洋水師副將的薩鎮冰，民國時任海軍總長時曾致力建設我國海軍，中共建政後出任中央軍委委員。1952 年薩鎮冰在福州病逝，逝前仍詩贈毛澤東，寄語"尚望舟師能再振"，至死不忘重建中國海軍。

　　1953 年 2 月 20 日，毛澤東視察"洛陽"艦時，當得知"洛陽"排水量只有 1,000 噸時，沉思良久后，意味深長地對官兵們說"將來我們的海軍要有大艦"。當時，毛澤東乘坐海軍軍艦自武漢順江而下，在四天三夜的航程中，毛澤東為"洛陽"等五艘軍艦題詞，寫下"為了反對帝國主義的侵略，我們一定要建立強大的海軍"的民族壯志(戚嘉林案)。

　　海軍是一個有著豐富歷史積澱的軍種，每個大國海軍都有它的發展階段。每一個階段都有各自的時代主題。中國海軍和中國歷史一樣經歷了飛速狂奔和突飛猛進的發展歷程，然而其獨特之處，卻舉世罕有。70 年前，中國海軍在江蘇泰縣白馬廟鄉誕生，它脫胎於殘弱的國民黨海軍，從最初起義投誠的幾條老艦，到如今"一年裝備一個艦隊，

　　　　　　　　下水一個艦隊，

　　　　　　　　開工一個艦隊"，

經過 70 年艱苦卓絕的曲折發展，中國海軍從戰略思想到武器裝備發展都有了新的變化，成長為擁有三個艦隊，涵蓋水面艦艇、潛艇、海軍航空兵、岸防部隊和陸戰隊等諸兵種的合成軍種，中國海軍已然進入大國海軍行列。

　　誕生於陸軍的新中國海軍　　中國人民解放軍海軍是是在解放戰爭的炮火中，在陸軍的基礎上組建起來的，從一開始她就經歷了血與火的考驗。1949 年

3月24日,毛澤東和朱德熱烈慶祝"重慶"號巡洋艦官兵起義,指出中國人民必須建設自己強大的國防,除了陸軍,還必須建立自己的空軍和海軍。

1949年4月23日,中央軍委急電:三野立即組建海軍,定名為中國人民解放軍華東軍區海軍。當天,中國人民解放軍第一支海軍 - 華東軍區海軍在江蘇泰州白馬廟宣告成立,百餘年來屢遭外國侵略者從海上入侵的中國,建立了自己的海軍,這是中國歷史偉大轉折關頭的一個重大事件。1989年3月,中央軍委批准確定1949年4月23日為人民海軍成立日。

組建東海艦隊、南海艦隊和北海艦隊　1950年4月14日,海軍領導機關在北京成立,這是中央軍事委員會領導和指揮的海軍部隊最高領導機關,後相繼組建了東海艦隊、南海艦隊和北海艦隊。解放初期,中國海軍的全部家底就是從原國民黨海軍中起義的部分小型艦艇,全部加起來不過幾千噸的樣子,還不如美國海軍的一艘驅逐艦,但就是這些小的不能再小的艦艇在保衛海疆的戰鬥中屢勝強敵,捍衛了新生的共和國。毛澤東在視察海軍艦艇部隊時寫下了"為了反對帝國主義的侵略,我們一定要建立強大的海軍!"的題詞。自此,建設"一個強大的海軍",成為人民軍隊建設的重要目標。

中國大陸海軍從引進前蘇聯裝備,到仿製,再到自我研發,經過70年的建設,特別是最近十幾年的快速發展,在武器裝備建設方面有了很大提高。以新型驅逐艦、新型潛艇、新型戰鬥機為代表的新一代主戰裝備,像下餃子一樣,

排著隊的入列,已擁有導彈驅逐艦、導彈護衛艦、導彈護衛艇、導彈快艇、獵潛艇、常規潛艇和核潛艇等主戰艦艇,品質不斷提高。特別是對前蘇聯航母瓦良格的改造,使中國大陸的航母從無到有,初步掌握了航母的設計,建造及使用,也帶動了內地整個造船行業的發展。

中國大陸自前蘇聯引進的「四大金鋼」之一的鞍山艦

歷盡艱辛三次造艦高潮

中國海軍在建軍初期各兵種武器裝備沒有正規來源，制式繁雜，基本是"萬國牌"。1953年6月4日，中國政府與蘇聯政府簽署了第一個關於海軍裝備的正式檔"六四協定"，中國向蘇聯定購了一批武器裝備，構成了海軍力量的中堅，其中最為重要的就是4艘07型驅逐艦，被稱為"四大金剛"，成為當時中國海軍的標誌性艦艇和大型水面艦艇的發展起點。

第一次造艦高潮 海軍裝備體系也向仿製轉變，並在蘇聯的援助下，建立了軍用造船工業基礎，仿製了多種型號的魚雷快艇、高速巡邏炮艇、輕型護衛艦、潛艇、反艦導彈等海戰裝備，形成第一次造艦高潮，並提出了發展"潛、飛、快"的方針，將潛水艇、陸基海軍航空兵以及快艇部隊作為發展的重點，深深地烙上了近岸防禦的痕跡。當時把海戰理解為陸上戰爭的延伸，海軍一直被當做海上陸軍或陸軍海戰隊來使用，談不上作為一個單獨的軍種來進行系統的建設。長期以來海軍所能獲得的裝備研製及發展軍費，都遠遠落後于陸、空及後來出現的二炮部隊。由於海軍力量的薄弱，只能用快艇在距海岸僅幾十海浬處打一些小仗，屬於中國的幾百萬平方公里的海洋國土基本上處於棄守的狀態。

中國大陸海軍自製第一代驅逐艦首艦濟南號（舷號105）
1968年12月在大連造船廠開工 1971年12月交付部隊使用。
濟南號可說匯集當時中國大陸工業的菁華，是當時
中國海軍自製最大最複雜的水面戰艦。

第二次造艦高潮 中蘇關係破裂後，海軍裝備從仿製到自行研製。隨著乒乓外交展開，中國與西方雙方一拍即合地開展了較為積極的合作，從歐洲引進了一系列相關的先進裝備及其技術，為應對超級大國的軍事壓力和全面實現"四個現代化"而掀起了第二次造艦高潮，進入了"小步快跑"時期。

051Z 型合肥號

1970 年，船舶七院正式下達任務配套 673-Ⅱ型艦載情報中心，前后歷時 13 年的艱苦研製。1983 年 12 月，安裝 673-Ⅱ型艦載情報中心的 051Z 型導彈驅逐艦合肥號（舷號 132）進行 20 天的海上試驗；是時，合肥 673-11（ZKJ-1）是中國第一種完全依靠自身技術力量研製的艦載作戰指揮系統，首次將原本艦上各分散的裝備整合成一個體系，使中國海軍艦艇自動化程度和作戰效率都上了新的台階，並且為中國艦載作戰系統的接口標準化、系列化奠定基礎。合肥號曾參與 1980 年東風 5 型洲際彈道導彈試射觀測任務，曾任東海艦隊旗艦，於 1983 年加裝了中國第一代艦載戰鬥系統與海鷹 381 甲 3D 雷達。

　　隨著國民經濟的恢復與發展，中國國防科技及船舶軍事工業又相應得以發展，同時受益于國家向南太平洋海域發射洲際導彈的需要，海軍獲得了一批具有一定遠洋戰鬥力的新型主戰與保障艦艇："051"型導彈驅逐艦、"053"型導彈護衛艦、905 大型油水乾貨補給船，並研製成功第一艘核潛艇，這些國產裝備的入役大大提高了中國海軍的戰鬥力。

　　1980 年前後，中國海軍先後組團積極遠赴西歐各海軍先進國家考察，隨後曾大力引進西歐裝備。當時，海軍不僅在德國的 MTU 柴油，義大利的火控雷達、聲納、輕型反潛魚雷，法國 "海響尾蛇" 近程艦空導彈系統，T100C 緊湊型 100 毫米全自動艦炮，TAVITAC（織女星 3C）作戰指控中心等西方艦載武器電子系統的引進和利用上有了長足的進步，還務實地抓住一些稍縱即失的機會，研製出一些看似技術水準不高但堪用的新裝備，用以填補差距，其中長波台的建設佔有突出的地位，它的建成與投入使用，為核潛艇的戰鬥力形成起到了關鍵性的作用。同時，一大批能夠對海洋環境物理資料和敵對勢力艦艇物理特徵進行探測的測繪/調查船開始深入遠洋，率先為海軍水面艦艇和潛艇實質性前出遠洋奠定了重要的基礎。

051GI 型湛江號(165)(G 代表改良、即第一代驅逐艦改良型)
湛江號於 1986 年 8 月在大連紅旗廠開工建造，1989 年 12 月加入南海艦隊。
湛江號在整體電子技術水平相當於西方 1970 年代末期標準。
但對中國大陸而言，其技術跨度頗大

(＜旅大級驅逐艦（上）＞．Internet//http://www.mdc.idv.tw/mdc/navy/china/051-2htm，p. 16. Access：9 May 2017)

　　這期間對中國海軍影響最深刻的恐怕就是西沙保衛戰了。在這次戰役中，中國海軍憑藉著廣大指戰員捨生忘死的精神，以海上拼刺刀的方式擊敗了在噸位上數倍於自己的強敵，打贏了共和國歷史上第一次對外軍的海上保衛戰，也在世界海軍史上創造了一個以弱勝強的經典戰例。

　　第三次造艦高潮　　冷戰結束後，來自海上對我國的挑戰、威脅與日俱增。馬島海戰、伊拉克戰爭等世紀之交的幾場高技術局部戰爭表明，現代海、空、陸、天、電全維戰爭中，海、空軍和戰略導彈部隊的地位作用直線上升。中國海軍漸漸地由“近岸防禦”向“近海防禦”的方向發展，海上控制能力大大提高。
　　隨著中國國力和海洋意識的增強，中國安全環境的變化和世界新軍事變革的發展，中國認識到了海軍對打贏現代高科技局部戰爭的重要作用，為維護國家安全和領土主權的完整，而推出了第三次造艦高潮，海軍發展進入了快車道，開始從傳統武器向高技術武器轉變。國家和軍隊集中人力、財力和科技力量，重點對海軍的一些高新技術項目和關鍵技術環節進行了攻關，使一批高新技術成果用於急需的海戰裝備建設，一批新型武器裝備提前完成研製並交付海軍各兵種的部隊使用。

"沈阳"舰　摄影/李 昊

第三代 051C 型驅逐艦瀋陽號（舷號 115）
2006 年 10 月服役，配屬北海艦隊，滿載排水量 7,100，
最大航速 30 節，配置當時先進的「海鷹」雷達

　　中國海軍的戰略核潛艇服役並成功地進行了潛地導彈的發射實驗，使中國成為世界上第五個擁有海基戰略核反擊能力的國家。數位網路技術和各型艦載自動化指揮系統進入成熟應用階段；導彈技術取得重要突破；新型導彈護衛艦、導彈驅逐艦、隱身導彈艇、新型常規潛艇、高性能岸基作戰飛機、艦載直升機等不斷問世，遠海補給船裝備整體水準有較大提高等等。

　　這些海軍裝備的技術進步較大地提高了當代中國海軍遠海綜合作戰能力的現代化水準。其中對遼寧號的改造，第一艘國產航母的下水，殲 15 艦載機的列裝，中國海軍首支艦載航空兵部隊的正式組建，第一艘萬噸先進的 055 型驅逐艦（滿載排水量 12,000 噸）和第二代改進型的 094A"長征 10 號"戰略導彈核潛艇的服役等，都標誌著中國海軍已航母為核心的戰鬥力建設進入了新的發展階段。

　　走向深藍的現代海軍　　進入新世紀後，中國海軍從戰略思想到作戰裝備發展都經歷了很大變化，體現了新時期以求真務實為基本原則的又好又快的軍隊發展思路。中國海軍艦隊迅速壯大，並在遠航能力方面有了質的飛躍，中國海軍將由近海，走向遠海，深海，從黃水走向藍水，成為當今保障中華民族和平發展的重要力量。這主要是由於中國海軍所面臨局勢更加的複雜與尖銳：在南中國海特別是南沙群島我主權範圍內，南海周邊國家不斷地挑釁我海洋主權，掠奪該海域豐富的石油、漁業資源。在東海方向，日本和韓國也在釣魚島、春

最新型萬噸級 055 驅逐艦（南昌艦）

曉油田等海域侵佔我國海洋領土，並且加緊海軍力量的建設，以達到武力對抗的目的。當然在面臨各種對手背後，還有美國海軍對中國各種形式的戰略打壓，同時，也恰好在這一時期中國經濟實力經過近三十年高速增長，西方世界的貿易壁壘堅冰隨著全球經濟一體化的浪潮逐漸消熔，“世界工廠”慢慢形成在珠三角、長三角。由於製造業的興起，無論是需要進口的大量能源及原材料，還是大規模的商品出口，其最方便最廉價的運輸方式就是海運。

近年來中國大陸的國民生產與對外進貿易對海洋運輸依賴日益加大，必須擁有一隻強大的能夠在遠洋遂行任務的海上武裝力量來保障其暢通。只有這樣一支艦隊才能負擔海軍原有的保衛國家海洋領土安全任務，才能真正擔負起保障戰略導彈核潛艇順利執行戰略核反擊任務，才能更有效地支持海監、海巡、漁政、海警等海洋執法力量維護我國海洋能源和經濟利益的任務。上述多元化任務，正強烈地呼喚著海軍建立強大的以航母為核心的進攻型遠洋艦隊。

走向遠洋、撤僑護僑、遠海護航　陸、海、空、戰略火箭軍中，只有海軍是一個國際性的軍種。當今的現代化海軍，是一個國家海上力量的綜合體現和最恰當的代表者。依據這一時代的發展要求，中國海軍正與時俱進，加快由單

165

中國大陸海軍編隊

一作戰功能向國家海上力量轉型的發展步伐。中國軍隊逐步走出國門，向世界
展示威武文明之師的形象。迄今為止，已先後組織各類艦艇編隊出訪數十次、
中國海軍參加國際軍演，執行索馬里護航、從交戰區撤離中外僑民等任務、遼
寧號航母戰鬥群進入西太平洋遠海訓練，航跡遍佈五大洲、四大洋上的幾十個
國家，無不彰顯現代海軍風範與大國擔當。近年來，中國人民海軍堅持主建為
戰，以有效遂行海外重大任務為牽引，拓展和深化海軍的戰略運用，常態化遠
航，多元化用兵，聯合軍演、國際救援、撤僑護僑等任務，積極履行國際義務。
只有走向深藍，我們才能擔負起保護國家海上利益和維護世界和平的重任，才
是真正的現代海軍。

　　《中國的軍事戰略》白皮書提出，要逐步實現近海防禦型向近海防禦與遠
海護衛型結合轉變，構建合成、多能、高效的海上作戰力量體系，提高戰略威
懾與反擊、海上機動作戰、海上聯合作戰、綜合防禦作戰和綜合保障能力。海
軍是戰略性軍種，在國家安全和發展全域中具有十分重要的地位，要瞄準世界
一流，銳意開拓進取，加快轉型建設，努力建設一支強大的現代化海軍，為實
現中國夢強軍夢提供堅強力量支撐。

遼寧號航母

　　目前，中國海軍的北海艦隊、東海艦隊、南海艦隊這三大艦隊經過十幾年艱苦的海上作戰演練，已基本形成了海上立體機動作戰的力量體系和比較配套的支援保障系統，艦隊遠海全天候快速反應作戰行動能力得到提高，為遂行諸軍兵種聯合作戰任務奠定了堅實基礎。同時，三大艦隊還開展了海上反恐、多國海上聯合軍演等一系列非傳統軍事領域內的海上行動演練，加大了艦隊與其他國家海軍展開海上國際合作的訓練力度，努力地實現由單一海上作戰任務向國家海上力量綜合體現的轉型，實現了人民海軍邁向深藍、走向遠海的大跨越。

　　新世紀的海洋並不太平，中國海軍面臨的希望與挑戰並存。隨著陸地資源的日漸枯竭，世界各國對海洋日益重視，海上衝突也必將愈演愈烈；與此同時，各海軍強國紛紛加大海軍投入，力圖搶佔新世紀海軍技術的制高點。中國二十年的改革開放為中國海軍新世紀的發展提供了堅實的經濟基礎，為海軍的發展注入了奔騰的活力。我們相信新世紀的中國海軍一定會成為三百萬平方公里海洋國土上的一條鋼鐵長城。所謂百年海軍，這一過程的完全實現還需要一代代人眾志成誠的努力付出，積極尋找下一階段的目標，整裝待發，重新上路，建設一支強大的海軍，我們依然在路上。

坎坷復興路

70年后中國大陸海軍武備體系技術飛躍發展

┃ 高雄柏（航太博士）

　　中國大陸方面連續兩年舉行海上閱兵：2018 年 4 月 12 日下午在海南三亞市以南的海區閱兵；2019 年 4 月 23 日下午在山東省青島市附近水域舉行紀念解放軍海軍成軍 70 周年海上閱兵。2018 年海上閱兵有解放軍海軍 48 艘艦船和 76 架飛機參與。2019 年的海上閱兵有解放軍海軍 32 艘艦船以及來自 13 個外國的 18 艘艦船，還有解放軍的 39 架飛機參與。2018 年海上閱兵是中國大陸的內部事務，側重檢閱軍改以來的海軍戰鬥力建設，所以規模必須大到足以展現方方面面的戰力，而且習近平軍委主席穿著迷彩軍服進行檢閱。然而 2019 年的海上閱兵側重紀念禮儀、涉外事務、海軍外交等方面，習近平以國家主席的身份穿著黑色大衣。儘管青島海上閱兵亮相了一些新的型號，但規模就不需要很大。習近平在講話時論述了"構建海洋命運共同體"的願景，中國不走國強必霸的道路。看起來中國大陸的全面軍事戰略仍是積極防禦，海軍戰略則是從"近海防禦"向"近海防禦結合遠海護衛"轉變。

　　儘管美國推行"印太戰略"，但印度仍派遣軍艦參加。南韓也援例 10 年前的解放軍海軍 60 周年閱兵繼續參加。而且，10 年前沒有參加閱兵的日本此次派遣最新秋月級驅逐艦的"涼月"號參加。美國還以南海局勢為藉口表態希望各國抵制青島海上閱兵，但南海周圍的越南、菲律賓、泰國、汶萊、馬來西亞都派遣軍艦參加此次海上閱兵。"印太戰略"並沒有讓那些國家逢中必反，但是臺灣有些人卻仍在逢中必反。

2019年海上閱兵展現大陸海軍質的飛躍

　　籠統地看，參與 2018 年海上閱兵的解放軍艦船數量比 2019 年的海上閱兵多了很多，但是兩次閱兵的潛艦和包括巡防艦（frigate、護衛艦）以上的水面

2019 年 4 月 23 日，中共中央總書記、中國國家主席、中央軍委主席習近平出席在青島
舉行的慶祝人民海軍成立 70 周年海上閱兵活動，檢閱海軍儀仗
（攝影李剛／新華社）

作戰艦的數量其實很接近。2018 年海上閱兵除了檢閱艦 "長沙" 號 052D 型驅
逐艦與護航艦 "昆明" 號 052D 型驅逐艦之外的 48 艘艦船包括：1 艘航空母艦；
2 艘改良彈道飛彈核潛艦，2 艘老式攻擊型核潛艦，2 艘改良攻擊型核潛艦；6
艘常規潛艦；9 艘驅逐艦；5 艘巡防艦；8 艘輕型巡防艦；2 艘坦克登陸艦；2
艘船塢登陸艦；1 艘快速綜合補給艦；8 艘后勤舰船。

　　2019 年海上閱兵除了檢閱艦 "西寧" 號 (117) 052D 型驅逐艦之外，解放
軍海軍接受檢閱的 32 艘艦船包括：1 艘航空母艦；2 艘改良彈道導彈核潛艦，
2 艘改良攻擊核潛艦，4 艘常規動力潛艦；1 艘萬噸級驅逐艦，7 艘其他型号驅
逐艦；4 艘巡防艦，4 艘輕型巡防艦；2 艘坦克登陸艦；2 艘船塢登陸艦；1 艘
901 型快速綜合補給艦 2 艘后勤舰船。

　　對比可以看出，在潛艦方面，2019 年比 2018 年海上閱兵少 2 艘沒改良的
攻击型核潛艦，少 2 艘常規潛艦。2019 年海上閱兵驅逐艦總數比 2018 年少 1 艘，
巡防艦少 1 艘。較大幅度拉開兩次閱兵艦船數量差距的是 2018 年比 2019 年多
4 艘近海防禦的輕型巡防艦，還有 6 艘後勤艦船。但是 2019 年的海上閱兵有世

界一流的大型驅逐艦、性能提升的航母,以及性能提升的核潛艦,提升情況容後細表。簡言之,就戰略威懾力和遠海作戰能力而言,2019年海上閱兵的戰力要超過2018年。

大陸彈道導彈核潛艦戰略威懾提高

最先接受檢閱的是2艘094A系列的彈道導彈型核潛艦,其特徵是舯部的龜背比早期094更高,可能是為了容納體型更長的"巨浪-2A"飛彈,乍看似乎和南海閱兵的094A相同。新華社說其中一艘的名稱是"長征10號",而且舷號是412。這一艘潛艦顯然是一款改良的094A型,其帆罩(sail、圍殼)

中國海軍核潛艇組織緊急下潛訓練

前沿底部有填角而且頂部有倒角,帆罩沒有舷窗。2018年海上閱兵的094A型的舯部有三列柵式流水孔,然而"長征10號"的舯部改為一列柵式流水孔和一條流水縫,而且艦體前部的流水縫沒了。這些改變可以減少流體阻力和噪音。"長征10號"應該就是媒體所說的首次亮相的"新型"核潛艦。另一艘094A型則是沒有這些改良。兩者至少都能各自攜帶12枚"巨浪-2A"洲際飛彈,改良型094A的隱匿性更好,所以戰略威懾力是提高了。何況,這還預示其他094A修改之後的隱匿性也會更好。

跟在094A之後的是2艘改良的093系列攻擊型核潛艦,其中一艘"長征16號"應該就是2018年出現在電視新聞畫面的 419舷號攻擊型核潛艦。亮相的2艘093系列都是帆罩之後的背部具有不明顯隆起的改良型。同款改良的2艘093系列潛艦在2018

中國海軍第二代改進型 094A 戰略核潛艇

年的南海閱兵已經亮過相了。本文作者在 2019 年 2 月號的《祖國》雜誌介紹過 093 這一款改良型（該文將之暫稱為 093D，現在很多媒體將其稱為 093B），推測其隆起部的下方可能是與收放拖曳聲納電纜有關的裝置。在核潛艦後面的 4 艘常規潛艦據說其中也有新型號，但是有些大陸媒體指稱的"某新型常規潛艇"的視頻截圖看起來好像是早期"039G（改）"型的一種，至於內部的變化暫時不能從外表判斷。

"遼寧"號航母性能提升

"遼寧"號航母剛服役時的定位是訓練艦，現在即將完成從訓練艦到作戰艦的轉型。2018 年南海閱兵後，"遼寧"號航母的艦載機部隊從 5 月份開始進行海上航行中飛機夜間起降訓練與飛行員資格認證。以今天的世界而言，航母必須具備夜間作戰能力才算是真正有戰力的航母。夜間起降和認證完成後，"遼寧"號回到大連造船廠，依照幾年來的使用經驗進行加裝與改裝工程。飛行甲板上的防滑塗層重新鋪設，而且使用新配方塗料，以保證更能夠承受起降飛機的衝擊和摩擦，在海上高鹽度環境堅持更久，還要抵擋燃料和其他油脂的侵蝕。飛行甲板的邊緣有修型和填補，

遼寧號（張凱攝）

以擴大甲板面積，規劃出停機區、試車、加油和掛彈等作業區更加合理高效。

"遼寧"號也更換了性能更好的攔阻索。"遼寧"號艦島側面增加塗裝了舷號 16，以便飛行員更容易識別不久後就會服役的另一艘滑躍甲板航母。艦島上的飛行控制室面積獲得擴大而且換裝了面積更大的窗戶，以便飛行指揮控制人員能夠更好地觀察掌握甲板和空中的情況。"遼寧"號的雷達和電子系統也有升級，主要是有過更好的電腦軟體來提升性能。最後，該艦的動力系統也有改良，可能包括提供更多電力。

055型驅逐艦大幅度提高航母戰鬥群防空能力

　　解放軍海軍建軍 70 周年海上閱兵最受注目的主角就是中國大陸第四代驅逐艦 055 型的首艦 "南昌" 號（舷號101）。101 曾經是中國大陸 1950 年代外匯非常短缺的時候動用重金從蘇聯購買了四艘第二次世界大戰時期建造的火炮驅逐艦之中首艦 "鞍山" 號的舷號。前述四艘老式驅逐艦雖然只有大約 2,500 噸級，但曾經被稱為大陸海軍的 "四大金剛"，可見 101 的意義非比尋常。大陸的驅逐艦發展曾經落後西方國家很多，1990 年代到 21 世紀初期很多型號僅建造 1 艘或 2 艘，顯然是小步積累技術進步。最初 2 艘 052C 雖然配備了有源相控陣雷達，但停頓了幾年才續建，最後沒有批量建造。非常優秀的 052D 應該是高度符合大陸海軍的期待，於是批量建造。但 052D 的體型畢竟偏小，不能完全容納中國大陸已取得的海軍武器體系技術進步。055 型的有些技術已經在其他型號上試驗成功，所以即使首艦還沒正式服役，但是已經批量生產，目前至少還有 7 艘在舾裝和建造的不同階段。若每艘航母配置 2 艘 055 還有 3 艘或更多的 052D 護航，則大陸第一階段的航母建軍數量大概是 4 艘。

首艘萬噸驅逐艦參加海上閱兵（胡善敬攝）

　　055 型全長約 180 公尺，全寬約 23 公尺，滿載排水量 13,000 噸級，最大航速約 30 節。055 型搭載的垂直發射系統有 112（前64、後48）個通用發射單元。這些單元相容冷發射和熱發射，還可以容納不同大小的飛彈，所以每艘 055 型可以搭載超過 112 枚飛彈。不同型號的飛彈分別用於防空、反艦（或者對陸地目標）、反潛、反飛彈作戰，但還沒有官方確認具體的型號。055 型還有機庫上方的紅旗 -10 導彈和艦橋前面的 1 門 11 管 30mm 口徑機炮負責近距離攔截空中目標。網路圖片顯示 055 型的聲納球鼻艏頗為龐大，再加上 2 架直升機和拖曳聲納，其反潛能力是很強大的。055 型的 H/PJ-38 型 130mm 口徑 70 倍徑艦炮的戰鬥力，大於 052D 的 H/PJ-45A 型輕量化 130mm 口徑 70 倍徑艦炮。

"南昌"號最具有前衛外觀的部分就是它的綜合射頻主桅。冷戰時代蘇系艦船設計風格是，上層建築比較雜亂，其主要原因是電子技術落後。大陸早期的艦船設計或多或少受到蘇系風格影響，而且也受限於電子技術。但是 055 型驅逐艦則是飛躍發展，跑到世界第一梯隊，而且有些地方是站在最前面。055 型的各種搜索雷達、追蹤雷達、目標照射雷達、通信、電子對抗、敵我識別等發出電磁輻射的天線全部整合在綜合射頻系統之內。從外表上看，簡潔的塔型主桅很少凸出物，只有一些大大小小的"蓋子"狀的物件"貼"在主桅表面還有艦橋外部表面。美國十多年前就在叫嚷要研製雙波段雷達給最新型的驅逐艦使用，後來沒消息了。055 型 2017 年 6 月下水的時候，美國方面赫然發覺 055型很可能配備了雙波段雷達，於是美國又急忙撥款給第三批次的伯克級驅逐艦提升雷達性能。

估計 055 型驅逐艦造價是 052D 的 1.5 倍，綜合戰力是 052D 的 2 倍以上，而且偵察和通信能力也更強大許多，所以 055 型在目前和可見的未來最適合指揮同一個航母編隊裏的驅逐艦和巡防艦協作保護航母。有 2 艘 055 型在內的航母編隊可以減少派遣運用於防空的殲 -15 艦載機，增加打擊機群的殲 -15 數量。

潛艦梯隊剛接受檢閱之後，海上的霧氣轉濃，沒人能在地面或者海面看清天上的飛機梯隊。兩天後，央視第七頻道在 4 月 25 日播出節目介紹中國大陸第一款固定翼反潛巡邏機 - 以運 -8 三類機（運-8的3種特殊改型，後來以它們為基礎研製運-9）為基礎的"高新 -6 號"反潛巡邏機服役情況。"高新 -6 號"最明顯的特徵是尾部伸出很長的磁異探測器能夠察覺因為潛艦的存在而造成的磁場異常。"高新 -6 號"的機組 10 人，續航時間約 8 小時，最大航程約 5,000公里，攜帶 100 枚聲納浮標。這樣的性能在東海和南海應該夠用了。

面對來自海上的強權侵略，李鴻章曾經歎息"三千年未有之變局"。現在我們正在看到，從水下到水面到空中，中華民族的海權實力都在飛躍進步。

70年的國際戰略繼承與發展

▎張明睿 博士（中華鄭和學會秘書長）

　　2018年12月11日的"國際形勢與中國外交研討會"，王毅以"擴大開放、合作共贏、穩中有進、引領潮流、勇於擔當、堅守國家利益。"等六個語詞，闡釋了中國大陸在"新時代"對外關係的具體思維，作為2019年後開創中國特色大國外交的新里程。

新時代的宣示

　　王毅所指出的中國特色大國外交，具有兩個深層意義，"如何讓一體化的國際社會活動具有中國特色的存在，及中國如何處理或面對世界議題。"在國際戰略學理上，前面一個意義是指"將世界視為一個整體進行國際社會活動全局的指導方略。"第二層意義是指"一個國家對外活動全局的指導方略"。

　　這兩層意義，在王毅的演講很清晰表達，其中的"勇於擔當"乃是扮演國際衝突事務調處的角色與自身原則建立的推廣；"引領潮流"，是指"構建人類命運共同體"，"構建新型國際關係"，是面對未來"國際構建"與"國際衝突"處理態度的宣示。王毅演說的背後有一個巨大假設，"中國大陸的綜合國力，足以支持中國特色大國外交的踐行。"

　　的確，當前中國大陸已經是全球第二大經濟體，對於國際戰略的行動是有足夠資源（能力）推動。美國大戰略學者加迪斯（John Lewis Gaddis）認為"目標與能力的平衡便是戰略"，目標是一種追求方向，能力是實踐目標過程的動能。

　　中國力量的投入形成守成大國的壓力，依據美國國際系統論學者莫頓卡普蘭（Morton A.Kaplan）的研究，"（一國發展）若與其他國家行為體內的變化不

175

成比例，就會促發一個使均勢系統不穩定的動態過程。"2018年美國視中國為
"修正主義大國"與"戰略競爭對手"，便是對權力失衡的焦慮所致。

生存與鬥爭

但對中國大陸而言，諸如"和平共處五原則"指導觀念，在1953年周恩
來所提出，並非新生事務，那為何到了現在，仍在強調主張呢？原來中國大陸
有所謂長期戰略觀念，也就是"綜合考慮國際與國內兩方面，綜核考慮政治、
經濟、文化、軍事因素，綜合考慮時間(短中長)因素，與空間(地緣)因素的對
外工作的戰略、策略及預測"，指導有了縱觀性，本文將依此視為"主導概念"，
去理解七十年來的國際戰略的生發過程。

一邊倒的戰略選擇　1949年中共
取得建政的地位，于衡時代乃處於美、
蘇二戰後權力競爭初期，毛澤東提出
"一邊倒向蘇聯"的戰略選擇，簽訂
了"中蘇友好同盟協定"，也獲得蘇
聯156個經援項目。但中共也面臨美
國在西太洋上的行動，包括了1950年
的韓戰、1954年中美共同防禦條約、
1955年的越南戰爭。

毛澤東與史達林(毛澤東訪問前蘇聯)

1958年中共與蘇聯關係受到挑戰，包括了蘇聯要求中共合建長波電台設
置的主權歸屬、共組聯合軍隊建議、及國際共黨在意識形態上正統之爭等問題，
造成中蘇交惡。

兩個中間地帶-突破雙反壓力　1964年毛澤東提出了兩條統一戰線，也就
是針對赫魯雪夫與美國的"反(美)帝、反(蘇)修"戰略。但在權重上，反美帝
仍重於反赫魯雪夫的修正主義。為了能突破雙反壓力，提出"兩個中間地帶"
戰線，這個中間地帶，是指第三世界與歐洲逐漸復甦的國家。

1969年中蘇在珍寶島、新疆鐵列克提發生衝突，蘇聯邊境陳兵百萬，中國

喊出"準備打戰",且要大打、還要騰出空間來打的戰爭決心。中國面臨著東、南、北三方的戰爭壓力。

1972年美國總統尼克森訪華

聯美制蘇 1971年兵乓球外交,促成中美接觸,1972年中美簽定"上海公報",毛澤東隨後提出"一線戰略",指的是將美國圍堵線,在中國大陸部分,由島鏈向中蘇邊界推進,"聯美制蘇"戰略形成。

從1949年至1973年,歷經了一邊倒向蘇聯、反美帝反蘇修、到聯美制蘇。毛澤東確實是運用了美蘇矛盾,與第三方力量的統合作為,度過美國戰爭壓力,與意識形態路線衝突的蘇聯強權。

變革與塑造

1978年在"聯美制蘇"戰略建構與中美即將建交的和緩年代,鄧小平取得主政地位,該年十一屆三中全會,提出以"經濟建設為中心"的發展戰略,取代了"階級鬥爭為綱"的政治路線,"改革開放"成為國家的指導途徑。國家對外戰略的觀點上,也逐步的做出了重大調整。

面對國弱民窮現實 鄧小平主張,中國要面對"國弱民窮"需要發展的現實,同時,一個有利於中國大陸發展的和平環境,相當重要。他大膽做出前瞻,認為"大戰可以延遲",甚而指出沒有國家有意願發動戰爭,相對和平的年代到來,世界政治將朝向多極化演變,中國可以算得上一極,但在"國家發展"的水平上,中國大陸仍屬於第三世界國家身分是明確的。

鄧小平對外思想,有濃烈的現實主義色彩,他在與尼克森交談時,指出"國與國之間的關係…著眼於自身長遠的戰略利益,同時也尊重對方的利益,…不去計較社會制度和意識形態的差別,…我們都是以自己的國家利益為最高準則…。"國家利益準則取代了意識形態,以往在國際間以意識形態劃線的兄弟關係，轉為國家間利益與朋友關係的考慮。

針對國際政經秩序的發展，鄧期望能改善"霸權主義與強權政治"已存在的安排，他對"新國際政治秩序與經濟秩序"原則性主張有六，分別是

一、和平共處五原則；

二、各國事務由各國人民自己來管；

三、國無論大小貧富一律平等；

四、平等互利互通有無的貿易原則；

五、經援不負政治、軍事與暴利條件；

六、技術轉讓符合實用、有效、廉價、方便。

這些主張，除了符合傳統主權觀念外，亦包括了國家安全意識在內。

韜光養晦　1989年後，受到"蘇東坡"效應與國際封鎖策略影響，他提出"冷靜觀察、穩住陣腳、沉著應付、埋頭苦幹、絕不當頭。"告誡性主張，後人將其稱之"韜光養晦"指導，以作為面對和平演變與嚴竣不利的國際情勢的基本對策。

鄧小平執政的過程，提出了"和平發展、國家主權、國家利益、尊重他國利益、國家平等、多極化世界、第三世界身份、和平共處五原則、中國不稱霸、韜光養晦"等原則的構建。

1979 年鄧小平訪美與卡特總統

這些原則中，主權、第三世界身份、和平共處五原則，仍是沿襲前人的戰略觀點，但他提出了更多創新概念，和平發展取代戰爭與革命、國家利益取代意識形態、多極化取代兩級化世界、不稱霸取代輸出革命，構建成整體的對外戰略，這樣的轉變，成為新時期對外戰略的特點。

延續與接軌

1991 年蘇聯正式解體，兩極世界的國際格局，瞬間成了"單極霸權"的世界，西方國開始塑造"主權有限論"，對外強調"干預主義"，並掀起"中

國威脅論"的輿論。事實上，這有也是"聯中制蘇"戰略過時與中國國力逐漸上升因素所致。

1992年鄧小平南巡時，提出三個"有利於"觀點，以有利於"…生產力，…綜合國力…生活水平"。作為社會主義市場經濟的判斷標準，強調改革開放路線不變與持續。和平發展的判斷及韜光養晦政策，仍是主要的路線。

韜光養晦具體操作內涵　這個時期，歷經了鄧小平後期、江澤民、胡錦濤執政的階段。雖然在對外戰略行動，仍延續著鄧小平的擘畫，但對於連接國際政治與國際經濟的軌道上，有了具體操作內含。

新安全觀話語的塑造　1996年江澤民提出"新安全觀"論述，提倡共同安全、合作安全、集體安全、綜合安全，並建立以互信、互利、平等、合作為核心的安全觀，強調合作共贏的精神。由於在江時期歷經了1996年台海導彈危機、1999年南斯拉夫大使館被炸、2001年南海撞機事件，中國大陸將原有國防建設讓位於經濟發展中心的主張，調整為併行發展，加速解放軍現代化發展進程。

國際關係話語置入中國傳統文化　面對國際間對中國所提出的"中國威脅論""中國崩潰論""中國責任論""戰爭崛起論"的論調，胡錦濤在2003年提出了"堅持走和平崛起的發展道路"，2005年提出"和諧世界觀"，將中國傳統的"和合"文化精神，融入國際政治經濟新秩序的話語之中，並在國際間推廣孔子學院建設，傳播中國文化，建構中國的軟實力。

參與區域組織與建構　如2001上海合作組織、海南成立"博鰲亞洲論壇"、2010年金磚五國組織；除此之外，中國大陸以聯合國為中心，積極參與國際組織活動，如中非論壇、WTO國際貿易組織，東協組織等。

睦鄰談判確立邊界　自1991年以來，陸續與邊界國家探勘地界，如今只剩下"中印""中不"陸上邊界的處理，強化了以鄰為伴，以鄰為善的睦鄰政策。

和平發展及韜光養晦政策，仍是這個階段的主要路線，卻又針對國際社會提出的疑慮作出回應，且將中國傳統文化思維注入到國際領域，如新安全觀、和諧世界觀的解釋與倡議，保守中帶有發展。

新作為與新現象

中國國際戰略的推進，在 2012 年十八大之前，已經呈現出幾個重要的特徵 "強調主權利益取代意識形態價值"、"和平方式處理國際事務"、"傳統文化基因滲入國際話語"、"國際組織接軌與建構"、"韜光養晦絕不當頭" 等明顯的原則。

美國實施 "戰略再平衡"　　對中國而言，2010 年有兩件大事的發生，便不難理解習近平的作法，一是 2010 年中國超越日本成為第二大經濟體，與美國 GDP 的比重為 41%，日本 1986 年的殷鑑不遠，不得不思考，美中經濟衝突的問題。

其次，2010 年起歐巴馬 "重返亞洲"，實施 "戰略再平衡" 的戰略競爭，期望在 2030 年集中美國 60% 兵力在亞洲，中國大陸在江時代的教訓，認知 "落後便是挨打"，解放軍必須有所準備。

從 "韜光養晦" 到 "有所作為"　　十八大之後，習近平對外戰略，有兩項明確的提出，一是 2013 年起倡議的 "一帶一路" 經濟發展戰略。"一帶一路" 可擴大市場，延伸國內經濟活動，促進經濟成長，同時可淡化中國對美貿易上的權重。除了實質經濟活動外，並將 "合作共贏"、"多邊主義"，作為新政治經濟秩序的內核，延伸出中國方案、中國智慧模式的選擇，稱之為經濟型外交。二是 2015 年起推動解放軍的軍事現代化改革，其建構的軍事威懾能力與軍事外交活動，形成地緣戰略的優勢狀態。

習近平在十九大 (2017 年) 報告指出，"中國…進入了新時代，…新的歷史方位。…為世界其他國家與民族提供 "全新選擇"，…為解決人類問題，貢獻了中國智慧和中國方案。" 習進平的報告，映入王毅演說，是政策的宣示，也是中國 面向世界新政治經濟秩序的一種演繹。

中國對外事務的積極行動，被美國視為中國崛起的象徵，修昔的底德曾描述斯巴達與雅典戰爭，是緣於斯巴對雅典權力升高的恐懼，歷史不會重演，卻有相似場景的出現，2018 年初美國確立了中國為美國的戰略競爭對手。

2019 年 6 月習近平訪問俄羅斯

美國發動貿易戰，遏阻中國崛起的進程　2018 年 3 月，美中揭開了 "貿易戰" 序幕，在此同時，美國內部也針對各界精英發動了 "政策和輿論" 的交流，以塑造對中國戰略競爭對手的共同意識，最為代表的論述，是在 2018 年 11 月份美國哈佛機構(Hoover Institution)發佈了賴瑞戴蒙(Larry Diamond)所編輯的《中國影響與美國利益：促進建設性的警惕》研究報告，開宗明義便指出 "2012 年黨總書記習近平上臺以來，…不僅試圖重新定義中國作為全球參與者在世界上的地位，而且還提出了中國(對秩序)選擇的概念。"

　　賴瑞戴蒙對於中國的批評，指出兩個對美國重要的指控，一是中國並不滿足現狀，在全球秩序建構中，不但積極作一位參予者，還企圖扮演一位機制建構的利益攸關方角色，影響了美國權威地位；二是中國針對國際秩序建構過程，還提出了中國方案、北京模式與現存的華盛頓模式進行競爭，威脅了美國國家利益的收益，讓美國難以適應。

　　這份 32 人合集的報告，撰稿人是對中國相對溫和的學者、專家，報告中不但為以往主張將 "中國融入國際社會" 政策作了辯護，也說明了習近平一改 "韜光養晦"，轉為 "有所作為" 行動對美國社會的影響。賴瑞戴蒙等溫和派人士的憂心，一方面是受到中國崛起的憂慮與和平演變預期的失落，同時也是受到戰略學派追求 "美國優先與國際主導地位" 的堅持。

　　戰略學派的主張，無法包容 "中國與俄羅斯" 在國際上扮演 "分權" 的角色，為維繫美國霸權地位，強調政治(外交)、軍事、經濟、文化(宗教)力量使用的攻勢主義。在美國發動對中國一年來的貿易戰，便發現了諸多權力要素的進行，關稅、貿易平衡、科技限制、情報統合、價值鏈脫鉤、經濟政策控制、自由航行、聯盟再造、承諾再保證、台灣因素、香港問題、一個中國政策、文明衝突、宗教自由等，多帶有濃烈政治衝突政策的推出，其目的便是反制"中國崛起進程中的速度"。

中國大陸在這場競爭過程，明顯的是扮演防禦的角色，面對美國的現實攻勢主義，提出"不願打，但也不怕打，必要時不得不打。…談，大門敞開；打，奉陪到底。"說明了中國的態度是被動式應戰，並取得國際評論上的道德地位。

塑造共贏的國際新秩序 美中貿易戰一年多來，習近平的應對戰略，已經逐漸的浮現出來，簡約的說有以下三部份：

一、透過國際視野加大國內的改革開放步調，調整國內的政、經、軍滯後的結構與條件，加大政府政策的彈性作為，培養自身的體質足以應對美國各種層面的阻卻作為，如"國家市場角色的退出""科技競爭與封鎖的應對""傳統安全的軍事戰略壓力"；

二、強調共建、共贏的國際經濟秩序，透過"一帶一路"的全球性推廣，除了應用原有的多邊機制與參與現有國際體制強化話語權外，還建構自身所需的機制與規則，如"基礎建設基金""金磚五國""博鰲論壇""貿易博覽會"強調國際經濟建設的"共建、共贏"精神；

三、強調和平主義的國際秩序，以人類命運共同體為目標，和平共處五原則為路徑，主張國家不論大小、強弱、貧富，在國際社會的地位應為平等成員，彼此尊重和照顧合理的安全關切。

以上三大部分綜合言之，是國內政經體制的發展，及國際經濟與政治新秩序的塑造，這也是中國大陸自鄧小平以來，一直追求的國家戰略目標。中、美在國際間的活動，已經很清晰展現出來，美國是追求一超多強的格局，中國大陸明顯的是營造多極化格局，中美戰略競爭或將演化成長期的現象。

70年由貧而富到由富而強

┃ 姜新立 博士（中山大學中山學術研究所前所長／台灣）

　　"我先後訪問中國達五十多次，如同幾百年來前往中國的眾多訪客一樣，我日益欽佩中國人民，欽佩他們地堅韌不拔、含蓄縝密、家庭意識和他們展現出的中華文化。""自從我首次訪華之後，中國已經成為一個經濟超級大國和塑造全球政治秩序的重要力量。""我並非總是認同中國人的觀點，但我們有必要了解這些觀點，因為中國將在二十一世紀的世界中發揮重大作用。"　　－季辛吉《論中國》序言－

　　上面是美國最了解中國問題的超級外交家／著名學者季辛吉(Henry Kissinger)2011 在其大作《論中國》(On China)序言中的一段話，這段話說明季辛吉對中國及中國人的理解，對中國由經濟超級大國將變為建構全球新秩序的政治推手，並將在二十一世紀對世界將發生重大作用的政治強國所做的知識觀察。八年後的今天我重讀季氏《論中國》一書，覺得季辛吉所言完全與中國的發展現實和它在世界新秩序中所扮演的角色以及所產生的決定性作用完全相符。為此，我由季辛吉論中國出發，對中共建立中華人民共和國七十周年做一知識性的評述，論題重心擺在中共建立了新中國後如何"由貧而富"到"由富而強"的發展邏輯之剖析。

觀察中國

　　經過國共內戰，1949 國民黨蔣介石政府退走台灣，毛澤東的中國共產黨於該年十月一日在中國大陸建立"中華人民共和國"，屈指算來今年 2019 這個人民共和國已經成立七十個年頭了。七十年對人而言有的就是他／她們的一生，對一個國家來說，套一句黑格爾的歷史哲學，七十周年這個時間點正是國家／

民族精神上升期的起始點，看看中國漢、唐、清三個朝代，大都是在開國半個世紀、一甲子、乃至七十年之際出現"大漢風""大唐盛世"或"康乾盛世"，用歷史邏輯來觀察當代中國，可以看到"中國崛起"絕非言說，而是發展上的"實在"。

從"舊中國"走向"新中國"　從時間維度上，對中國而言，1949 是從"舊中國""貧窮的中國""獨裁的中國"，向"新中國""發展的中國""人民的中國"作大轉變。不論黑格爾或是馬克思，都不認為歷史發展是線性式的發展，亦即歷史非直線，它是曲折式、辯證式(正、反、合)地、類型式地發展，因此新中國 1949 至今在"發展"上有暢順平坦，也有逆挫曲折；有喜劇，也有悲劇；有昇平期，也有混亂期；有共產國際主義的原理原則，也有中國革命/中國特色之發展實際。

社會主義新中國　1949 年以前在中國從來沒有以"社會主義"為名義/基礎來建立一個新國家，除了世界上第一個社會主義國家-蘇聯的發展經驗，尤其是"史達林模式"，可供借鏡外，中國在社會主義國家發展和社會主義建設上，實際上是"摸著石頭過河"，在"試行錯誤"中朝著社會主義的方向邁進，這可由中共十一屆三中全會《關於建國以來黨的若干重大問題的決議》中所說"由於對社會主義建設經驗不足"一語得證。

新中國五個結構因素　雖然中共對社會主義建設經驗不足，發展道路相當曲折，但七十年來的國家發展絕對有脈絡可循，那就是新中國在五個結構因素/因果邏輯交錯相互作用中向前發展，它們是：

(一) 革命因素；
(二) 現代化因素；
(三) 民族主義因素；
(四) 國際因素；
(五) 傳統因素。

舉例來說，毛澤東主政時期有革命及民族主義因素，否則難以理解"中國人民站起來了""社會主義革命""繼續革命論""文化大革命""反對霸權""民族解放""獨立自主"中蘇分歧及"珍寶島事件"；如果沒有國際因素，便沒有"抗美援朝"戰爭。同理，鄧小平時期，現代化因素與"改革開放""社會主義現代化"不可分，沒有國際因素，鄧的"韜光養晦"也難以解讀，沒有民族主義，無香港、澳門"回歸"祖國，也不可能針對"台灣問題"在兩岸及國家統一上提出"一國兩制"方針。習近平主政，更是以上述五個因素緊緊扣住國家發展邏輯與中華民族偉大復興之路。

"新民主主義"下的新中國

1949年10月1日毛澤東的中共以北京為首都建立起來的中華人民共和國嚴格而言是"新民主主義"下的新中國，還不能稱作"社會主義中國"或"共產主義中國"。因為新中國成立之初，國共內戰剛剛結束，中國內地邊區地帶還有的尚未"解放"，作為最高政治權力機關的是"中國人民政治協商會議"（政協），而不是"全國人民代表大會"（人大），而且"人大"也尚未成立，最高行政機關是政務院（國務院前身）。當時"政協"的《共同綱領》開宗明義就說："中國人民政治協商會議一致同意以新民主主義，即人民民主主義為中華人民共和國建國的政治基礎。"

毛澤東在《論聯合政府》中以"新民主主義"為基礎提出新中國的構想。他說"中國在整個新民主主義期，不應該是一個階級專政和一黨獨佔政府機構的制度。在一個長時期中，將產生一個完全必要和完全合理，同時又區別於俄國制度的特殊形態。"可見新中國初期是"人民民主專政"下的"人民共和國"。

"新民主主義"下的新中國在國家發展上做了如下諸事：

（一）在中國國內外取消帝國主義的特權，沒收官僚資本歸國家所有。

（二）在經濟上採用以社會主義為名的國營經濟和半社會主義的合作經濟、農業以及資本主義的個體經濟三者混合型態，用公私兼顧、勞資兩利，城市和農村互助發展生產為基礎去建設國家。"國營經濟"集中了國民經濟中絕大部分近代化的大工業，控制了社會生產力中最新進最強大的部分，它為社會主義改造提供先決條件，也為國民經濟、金融管理打下物質基礎。

（三）外交上，在國家獨立自主及互相尊重領土主權的基礎上，擁護世界和平和友好協助，反對帝國主義的侵略及戰爭。

新中國的社會主義過渡

　　新中國由"新民主主義"過渡到"社會主義"時間頗長，由 1950 經 1952、1953 到 1958 都是時間上的幾個節點，整個國家發展沿著"過渡時期總路線"做社會主義的轉化。根據《共同綱領》和中共七屆三中全會的部署，從 1950 年冬季到 1953 年春季，新中國展開了"土改""鎮反""三反""五反"運動。"土改"徹底消滅了延續幾千年的封建制度，使廣大的農民翻身解放，提高了農民的生產積極性，促進全大陸農業生產的恢復與發展；"鎮反"指殺、關、管各類"反革命份子"，為剛出生的新中國社會秩序提供了安定秩序，同時鞏固了"人民民主專政"；"三反"是中共做為執政黨的角色下對自己的黨員及幹部清除其中的腐敗份子，以保持中共黨人及國家幹部的廉潔；"五反"旨在孤立並打擊不法資本家的嚴重違法行為。總之，由"土改"到"五反"，旨在打退農村封建地主、城市資產階級的反撲與進攻，進行了移風易俗的社會改革，同時樹立了"為人民服務"並為黨員/幹部的廉能與純潔進行了政治倫理建構。

　　過渡時期總路線　　新中國建國三年，在中共領導下，經過全中國人民的艱苦努力，國民經濟得到全面恢復，公農業產值比建國前最高水平的 1936 年增長 20%，而且三年中 GDP 增長率為 21.1%，整個中國社會經濟結構發生了深刻變化，國營經濟、私人資本主義經濟、國家資本主義經濟、個體經濟和合作經濟都得到發展，為從"新民主主義社會"逐步過渡到"社會主義社會"奠定了政治、經濟、社會基礎。1953 年春季以後，全面展開了對農業、手工業和私營工商業的社會主義"三大改造"。1957 年社會主義改造基本完成，中共宣布"新民主主義時期"結束，新中國正式進入"社會主義發展時期"。

　　沒有工業，便沒有鞏固的國防　　中共提出"過渡時期總路線"，原因是中國大陸已經有了相對強大和迅速發展的社會主義國營經濟，並積累了利用和限制私營工商業的許多經驗，在農村也完成了各種生產互助合作組織，這些基本上而言，可以說是對資本主義經濟的社會主義改造的途徑完成。經過三年的經濟恢復，“過渡時期總路線”的首要任務是發展社會經濟，讓中國由落後的農業國逐步轉變成為強大的工業國。為此，中共的國家發展階段是以“五年計劃”為一個階段，一個接一個地發展下去，以求工業化的實踐。

“一五(1953-57)”計劃制定並實施　毛澤東當時指出“沒有工業，便沒有鞏固的國防，便沒有人民的福利，便沒有國家的富強”。因此，“一五”的基本任務是集中力量發展重工業，尤其是國防工業。在發展策略上堅持獨立自主、自力更生為主，輔以爭取外援。1957年底，“一五”計劃的各項指標均超額完成，新中國社會主義工業化的基礎基本完成，中國經濟社會文化落後的面貌基本改變。

社會主義改造　由“過渡時期總路線”到“社會主義改造”，是通過一系列從低級到高級的過渡形式逐步進行的，“過渡時期”的“土改”“鎮反”等運動有非和平的一面，“社會主義改造”則是採取和平方法進行，一切的說服、教育、批評，都視為“人民內部矛盾”。值得肯定的是，“社會主義改造”是把經濟制度的改造和人的改造結合起來，讓兩種改造同時進行，相互促進，有利社會主義中國的建設與發展。

探索中國國情社會主義道路

1956年2月蘇共召開二十大，除了對國際共產主義運動提出新的看法外，特別對個人崇拜問題提出尖銳地批判。接著東歐共產國家又發生“波(蘭)、匈(牙利)事件”。

論十大關係　這些對中國實踐社會主義發生一定的影響，甚至中共內部有些人對俄式共產主義產生了懷疑，於是中共中央政治局為此召開會議並發表《關於無產階級專政的歷史經驗》，毛澤東藉此調整社會主義發展道路，提出《論十大關係》的報告，其中結尾指出：“這十種關係，都是矛盾，我們的任務是正確處理這些矛盾。我們一定要努力把黨內黨外、國內國外的一切積極因素調動起來，把中國建設成為一個強大的社會主義國家。”整個《論十大關係》

所闡述的問題是總結新中國經濟發展的客觀規律，為找到一條適合中國國情的社會主義建設道路進行了探索。

大力發展生產力　1956 年秋天中共召開黨的八大，黨的政治路線是"大力發展生產力"，總結了"一五"的經驗與教訓，提出了適合中國情況的既反對保守、又反對冒進，在綜合平穩中前進的第二個五年計劃，並在經濟體制上實施"三個為主體、三個為補充"〔國營、集體為主體，個體為補充；計劃為主體，自由生產為補充；國家市場為主體，自由市場為補充〕的構想，同時提出了進一步擴大社會主義民主與加強社會主義法制。

八大的政治路線、思想路線、組織路線和經濟建設方針為適合中國國情的社會主義道路開啟了方向。然而中共八大受蘇共二十大"非史達林化"及"反對個人崇拜"的影響，決議採取"集體領導"，毛任黨主席，劉〔少奇〕、周〔恩來〕、朱〔德〕、陳〔雲〕為副主席，鄧小平任總書記。毛澤東藉實踐"適合中國國情的社會主義"之名，在八屆二中全會上通過"鼓足幹勁、力爭上游、多快好省地建設社會主義的總路線"。

社會主義總路線-優先發展重工業　"社會主義總路線"的方針是"優先發展重工業"，並實行"五個並舉"，接著毛掀起"生產大躍進"，在農業、工業生產上要求快速增加社會積累，為社會主義創造物質基礎，毛並仿"巴黎公社"提出"人民公社"，對傳統社會進行解體工程，以便早日進入共產主義社會。這段探索中國特色社會主義道路的經驗過程又稱"三面紅旗"發展階段。

"三面紅旗"是毛澤東針對中國社會主義建設與發展所提出的"加速前進"大戰略，準備藉此由"社會主義社會"進入"共產主義社會"，但是由於毛澤東的政治浪漫主義與烏托邦思想，實際的政治路線是左傾冒進，不僅未能提高中國大陸的整體物質生產，而且帶來嚴重的逆退發展，這讓"中國特色社會主義道路"之探索向"左"斜偏。中共面對如此的客觀現實及困頓危機，於1958 年 12 月召開八屆六中全會，毛的左傾冒進路線在會上受到批判，毛被迫退居第二線，不再擔任國家主席，改由劉少奇繼任。接著八屆八中全會上彭德懷甚至發表萬言意見書，公開批判"三面紅旗"。一場追尋中國國情社會主義道路的政治實驗在公開批評"三面紅旗"的政治難局下就此結束。

"文革"的意義與評價

1966 年發生的"文化大革命",給國家與人民帶來極為嚴重的損失。它的發生決不是社會主義自身發展的歷史必然,而是社會主義探索發展道路中的重大失誤,同時也是 60 年代以來毛澤東和中共黨內"左"傾錯誤積累滋長並急劇發展的結果。

毛、劉政治權力鬥爭只是"文革"發生的因由之一,更重要的歷史原因如下:

(一)毛澤東對如何建設社會主義脫離實際,進入了"階級鬥爭為綱"的政治誤區。

(二)受西方對共產世界"和平演變"及共產國際"反修防修"的影響,毛在國內也掀起"反對修正主義"。

(三)毛認為中共黨內出現以劉少奇、鄧小平為首的"走資本主義道路的當權派"正在施行"修正主義"的政治路線和組織路線。

(四)百年來中國一直處於受人欺辱的落後地位,新中國的建立在政治上雖然使人民站立了起來,然而在經濟上還沒有擺脫貧窮落後的狀態,因此黨和人民迫切希望迅速改變舊的面貌,藉改變"生產關係"以便促進"生產力",這種政治心理對"文革"的出現產生推波助瀾作用。

"文革"是中共有史以來最大的政治運動與黨內權力鬥爭,這一場文化大革命直到 1976 才告結束,除了"破四舊""反潮流""紅衛兵運動""林彪事件""四人幫事件",幾乎所有的中共黨內老幹部都遭受鬥爭/整肅,整個中國大陸失序動亂長達十年,對於國家發展、社會建設影響至鉅。

"偉大的歷史轉變"

1977 年 8 月中共召開十一大,檢討"文革",宣布"撥亂反正",開始進入新的"歷史的轉變",朝著"中國特色社會主義現代化"道路前進。

鄧小平時代 1978 年底召開十一屆三中全會,中共正式進入"鄧小平時代",進行"改革開放",實行"社會主義市場經濟"。中共十一屆三中全會是中國大陸國家發展的歷史性的轉折點,從此中國這條大船由"左"向"右"

作一百八十度大轉彎，堅持"改革開放"，走"有中國特色社會主義"的道路，將全部心力放在發展生產力/經濟上，力圖由貧而富，在二十一世紀來臨之前把中國建設成"小康"社會。

關於建國以來黨的若干歷史問題的決議　1981 年 6 月十一屆六中全會通過《關於建國以來黨的若干歷史問題的決議》，對"文革"評價如下："實踐證明文化大革命不是也不可能是任何意義上的革命或社會進步"。對發動"文革"的毛澤東也作了評價："他雖然在文化大革命中犯了嚴重錯誤，但就他一生來看，他對中國革命的功績遠遠大於他的過失，他的功績是第一位

毛澤東與總書記鄧小平談話（1960年）

的，錯誤是第二位的"。清算了"文革"，評價了毛澤東，《決議》強調今後"黨和國家工作的重點必須轉移到以經濟建設為中心的社會主義現代化建設中來"。

中共在 1982 年 9 月黨的十二大上公開宣布："黨的十一屆三中全會以來，我們已經在指導思想上完成撥亂反正的艱鉅任務，實現了歷史性的偉大轉變"。這說明中共這個黨勇於批評與自我反省，即使國家發展道路一時傾斜，黨會把它調整扶正過來，回歸正道，向前發展。

歷史性的偉大轉變　是指"改革開放"；指由"階級鬥爭為綱"轉變為"發展生產力"；指社會主義公有制向多種經濟成分並存的所有制做合理地轉型；指全力發展經濟，實現社會主義現代化；指實行計畫經濟與市場調節相結合的"社會主義市場經濟"；指利用外資和引進先進技術，通過建立"經濟特區"/"經濟開放區"，不斷擴大對外開放；指實行以"按勞分配"為主體，其他分配方式為補充的分配制度；指全面脫貧並允許和支持一部分人、一部分地區通過誠實勞動和合法經營先富起來；指力求二十一世紀初葉中國準備進入"小

康"社會。一句話,中共十一屆三中全會以後的"偉大的歷史轉變"旨在使新中國由貧而富。

1979－1984 中國國家/社會發展的重心,在農村是廢除人民公社後開始推行家庭聯產承包責任制(即"包產到戶"),同時開始進行"脫貧"。1984 以後改革重心轉向城市,開始推動城市經濟改革,商品經濟迅速在城市崛起。1992 中共十四大江澤民在《政治報告》中指出,中國大陸在社會發展上已經進入"社會主義市場經濟"階段。

改革開放 從 1992 到 1997 中國大陸經濟發展速率幾乎以兩位數增長,此使經濟實力大為增強,朝經濟大國邁進。2000 年中國已是世界第七大經濟體,2007 躍昇為世界第三,2010 超越日本,成為世界第二大經濟體,預估 2025 將超越美國成為世界最大經濟體。這種經濟發展速度與成效,靠鄧小平的"改革開放",靠"中國特色社會主義"道路的指引。四十年來因"改革開放"而出現的經濟發展快速成長不但大幅改善中國人民生活,而且也影響了世界經濟秩序,可以這麼說,中國經濟迅速增長成為世界經濟增長的重要驅動力之一。

由"脫貧致富"走向"共同富裕" "改革開放"旨在促進經濟發展,經濟發展為了走向共同富裕,要想共同富裕,首先要進行脫貧,尤其廣大的貧窮的中國大陸農村,"脫貧"絕對是農村經濟改革中的要務。自 1978 年改革開放以來,中共與國家機關便有計劃、有組織、大規模地開始扶貧,2010 年已讓二億五千萬農村人口脫離貧窮,過去五年累積農村脫貧人口也高達六千萬,相當於一個中等國家人口,2018 習近平在新年賀詞中強調要把"改革"進行到底,要讓全中國農村人口在 2020 全數脫貧。這種"脫貧"計劃與成效,全世界找不到第二個國家有如此的決心與魄力。總之,中共經過了努力地探索,最終找到一條通過"社會主義市場經濟"道路來發展生產力,並在農村進行包產到戶,由脫貧而致富,改變了中國大陸貧窮落後的基本面貌,這是中共建國七十周年應該給以肯定與強調的地方。中國大陸由"脫貧致富"走向"共同富裕"是習近平"新時代"的政治任務與目標,我們相信一定辦得到。

191

社會主義現代化

不論是孫中山的國民革命或是毛澤東的共產革命，都是面向"現代化"，追尋"現代中國"。

"社會主義"本來就是"現代化"理論中政治/社會思潮的一個面向，新中國建立後中共一直在探索中實現"社會主義現代化"，整個建國七十年間，社會主義現代化的探索與實現是在**一條道路**(中國國情/中國特色社會主義道路)、**兩大階段**(過渡時期總路線/改革開放總方針)與**兩大模式**(毛澤東急進模式/鄧小平務實模式)的辯證發展過程之中進行。

中共認為社會主義與現代化是一體之兩面，"中國特色社會主義"只是提供社會主義現代化的制度上的保證，"改革開放"則是求取社會主義現代化的成功之道。因此，"社會主義"-"現代化"-"改革開放"三位一體不可分離。

社會主義第一階段　新中國成立初期，社會主義現代化便走上第一階段，它是國家工業化與農村社會化的有機結合；是物質技術基礎與社會關係形式雙重改造的有機結合；是社會經濟現代化與科學技術現代化的有機結合；也是制度改造與人的改造的有機結合，大體而言成效不錯。

社會主義第二階段　由 1957 到 1978 這二十年間，是屬社會主義現代化第二階段發展時期。這又分為兩個時期，前十年有調整與鞏固、也有充實和提高，例如 1955 年以前中國在原子能、國防尖端科技還是一片空白，1958 便擁有原子反應爐及迴旋加速器，1964 年中國第一顆原子彈試爆便成功；後十年偏離、模糊、動搖了社會主義現代化目標，非常可惜。這二十年的社會主義現代化給中共帶來了如下歷史教訓：

　(一)究竟以現代化經濟建設為綱，抑或以階級鬥爭為綱？

　(二)以"大躍進"多、快、省地苦戰三、五年，讓鋼鐵翻幾番以便超英趕美，最後造成社會生產力的大逆退、大破壞值得嗎？

　(三)把現代化的歷史任務簡單化，未能顧到社會主義現代化在經濟、政治、文化的全面性和深刻性。總的看來，新中國成立之日起到 1978 年的近三十年間，既有全面建設，也有曲折發展。

社會主義第三階段　1978年至今屬第三階段，既是"改革開放"階段，又是發展高潮，前二十年是中國大陸現代化建設發展最快、最好，並能持續保持高速成長，也是社會主義現代化目標不斷走向明確化、科學化、系統化的二十年。這一時期，經過反覆實踐，反覆比較終於從理論與實踐中根本解決了中國社會主義現代化目標的三個焦點問題，並且累積了大量新生的歷史經驗：

第一個新生經驗　是摒棄"以階級鬥爭為綱"的"左"傾教條主義思想，把國家發展重心移轉至現代化的經濟建設，把發展生產力、加強綜合國力、改善人民生活，做為高於一切的首要目標，即使是面對"蘇東劇變"，也處變不驚，豪不動搖。

第二個新生經驗　是克服"單打一"的現代化目標模式，逐步接近現代化目標模式的全面性、整體性、深層性。尤其是"改革開放"四十年來，集中呈現中國近代一百五十年以來對現代化目標地認識深化進程，至少觸及了如下五個層面的社會主義現代化：

　　　　㈠單項實物指標的現代化；

　　　　㈡物質技術基礎層次的現代化；

　　　　㈢社會制度運作機制層次的現代化；

　　　　㈣文化觀念層次的現代化；

　　　　㈤社會主義層次的現代化。

第三個新生經驗　是揚棄社會主義現代化下的"大躍進"和"速勝論"，紮根於中國國情，樹立分階段、有步驟、進盡式的"持久戰"方略，確立一套分三步走的現代化戰略目標，亦即誠如習近平所言，在二十世紀末期，中國大陸發展的初級目標是"脫貧致富"，到了二十一世紀頭三十年，中國大陸的中級目標是達到中等發達國家的發展水平，"全面建成小康社會"，到了二十一世紀中葉，中共建國一百周年，中國大陸的發展目標是"逐步實現全體人民共同富裕""全面建設社會主義現代化強國"，亦即由富而強，依此不但要實現中華民族偉大復興，也要使中國躍入世界發達/先進國家之列，並"日益走進世界舞台中央"，一方面完成"中國夢"，一方面"為人類做出更大貢獻"。

中國大陸現代化目標可看作一條紅線、一種內在規律，它貫穿於社會主義與國家發展之間，成為一種內在深層的驅動力量。質言之，中國大陸無論是社會主義建設，還是實施改革開放，都在緊緊抓住"現代化"這個目標不放，並

且以經濟現代化為重心。如果中國大陸失去了"由貧而富"到"由富而強"的
"中國現代化"邏輯理路，"社會主義"在中國就會扭曲變形為一種僵化模式，
"改革開放"在中國也就成了單純向國際資本開放市場。

中國崛起

七十年來中國大陸的國家發展，歷史中雖然出現"兩頭高、中間低"的發
展軌跡，但中共緊抓"社會主義現代化"這個價值目標，堅持"中國特色社會
主義"道路，經驗證明它使中國大陸已由貧而富，且正由富轉強，"中國崛起"
便是明證。這個黨，誠如習近平在十九大所指出的，現在"不忘初心"地朝向
"中華民族偉大復興"的方向正在努力邁進。

中國特色社會主義已經進入"新時代"，意味著久經磨難的中華民族迎來
了"從站起來、富起來到強起來"的飛躍。值此中共建國七十周年之際，中國
大陸在中共主政下將"價值目標"－"制度保證"－"根本途徑"有機地綜合在
一起，以一個社會主義現代化國家，一個經濟大國，一個軍事大國，並以"和
平發展"且"不稱霸"的方式在世界體系中打破"一超多極"格局，已經說明
它已經進入世界強國之列，"民富國強"就是"中國夢"，作為炎黃子孫的海
內外中國人，除了歡欣，更感驕傲。

70年法治建設成果回顧

▌韋琳 博士

　　法者，治之端也。早在 2,000 多年的春秋戰國時期，著名的思想家荀子就指出了法治對於國家治理的重要意義。更有意思的是作為儒家學派的代表人物，荀子卻培養出了兩位法家學派的弟子－韓非與李斯。從商鞅城門立木到劉邦約法三章，法治思想貫穿了中華民族發展的各個歷史時期，成為不同朝代治理國家和管理社會的重要武器。新中國成立後，在社會主義制度條件下法治建設有了長足發展，取得了一系列豐碩成果，成為國家長治久安、日益繁榮富強的重要保障。

　　依法治國成為基本方略　新中國的法制建設可以追溯到新民主主義革命時期，中國共產黨領導人民進行了一系列法治創建活動，為新中國法制建設和發展積累了豐富的經驗。從《中華蘇維埃共和國憲法大綱》、《陝甘寧邊區抗戰時期施政綱領》、《陝甘寧邊區憲法原則》到後來的《中國土地法大綱》等，這些法律對新中國成立後的法律制度產生了重要的影響。

　　1950 年 4 月 13 日，新中國通過了《中華人民共和國婚姻法》並於 5 月 1 日起正式實行，這也是新中國頒佈的第一部法規。1954 年制定了《中華人民共和國憲法》以及隨後制定的有關法律，規定了國家政治制度、經濟制度和公民的權利與自由，確立了國家法制的基本原則，初步奠定了中國法治建設的基礎。1978 年 12 月，十一屆三中全會召開，開創了新中國法治建設的嶄新歷史時期。隨著改革開放以及後來全面推進社會主義市場經濟建設，對法治建設提出了新的更高要求。1997 年，十五大報告正式提出 "依法治國，是党領導人民治理國家" 的基本方略。1999 年，九屆全國人大二次會議明確將 "依法治國，建設社會主義法治國家" 寫入憲法。十八大以來，中國提出並形成了 "四個全面" 的戰略佈局，全面依法治國被列為"四個全面"戰略佈局的重要舉措。十九大報告將"堅持全面依法治國"作為新時代堅持和發展中國特色社會主義的十四條基本方略之一。

法律體系逐步完善　在中國的法律體系中，憲法為基本法，包括憲法及憲法相關法、民法商法、行政法、經濟法、社會法、刑法、訴訟和非訴訟程式法7大體系，包括法律、行政法規、地方性法規三個層次。據不完全統計，中國現有法律法規1,100多部，現行有效的約240多部，此外還有5,000多部行政法規，90,000多部部門規章，此外還有不少司法解釋、團體規定、行業規定等。

憲法居於核心地位 - 在首部憲法的基礎上，1988年、1993年、1999年、2004年和2018年5次修改憲法修正案，涉及國家政治經濟和社會生活中的基本方面和重大問題。為增強全社會憲法意識，突出憲法在中國法制建設中的重要作用，2014年11月1日通過決定，每年的12月4日為國家憲法日，同時建立了憲法宣誓制度。

加強人權保障 - 高度重視通過憲法和法律保障公民的基本權利和自由。依法保證全體社會成員平等參與、平等發展的權利、2004年憲法修正案將憲法第33條增加一款，即："國家尊重和保障人權。"這標誌著保障人權成為我國的憲法原則。隨著法律規定、司法體制、維護權益機制的不斷完善，人權在立法、執法、司法等各個環節得到了更加充分的保障，人權事業全面發展，公民的政治、經濟、社會、文化權利得到切實尊重和全面保障。

立法之法 - 國家若善治，必須有良法，立法是法治的關鍵環節，只有堅持以立法為源頭，才能發揮好法律的引領和規範作用。憲法以及其他相關法律儘管對立法許可權的劃分、立法程式、法律解釋等問題作了原則規定，有些劃分不夠具體、不夠明確，導致有些法規、規章與法律相抵觸或者法規、規章之間相互矛盾、衝突，在一定程度上影響了國家法制的統一和尊嚴，也影響到執法的正確性。為了提高立法品質、維護國家法制統一，2000年3月15日，第九屆全國人民代表大會通過了《中華人民共和國立法法》，對法律、行政法規、地方性法規、規章的制定做出統一的規定。《立法法》的頒佈，對於規範立法活動，健全國家立法制度，提高立法品質，發揮立法的引領和推動作用發揮了重要作用，同時也從體制機制和工作程式上有效防止部門利益和地方保護主義。

法治建設亮點紛呈

減政放權 2014年6月，浙江省政府率先在其政務服務網站上亮出了42個省級部門的4236項行政權力清單，在全國各省中開創了先河。目前，國務院各部門已經向社會公開全部行政審批事項清單，所有省市縣三級政府部門權責清單均已公佈，明確各級政府機構的職能、許可權、程式，厘清權力邊界。特別是十八大以來，隨著全面依法治國和行政體制改革的加速推進，通過簡政放權激發了市場和社會的活力。據統計，十八大以來的5年來，國務院已分9批審議通過取消和下放行政審批事項618項，國務院部門設置的職業資格削減達到70%以上，中央層面核准的投資項目數量累計減少90%。同時政務公開全面推進，強化了對行政權力的制約和監督。

涉足深水區 隨著法治建設逐漸深入，中國政府解決了不少以往長期想解決卻又很難解決的一些重難點問題，如設立最高人民法院巡迴法庭、跨行政區劃的法院檢察院、智慧財產權法院、互聯網法院，推動省以下地方法院檢察院人財物統一管理，推進以審判為中心的訴訟制度改革，推進司法責任制改革，健全冤假錯案件發現受理、審查辦理、監督糾正機制等。

重大決策終身責任追究制度 2014年，十八屆四中全會通過了《中共中央關於全面依法治國若干重大問題的決定》，提出了建立重大決策終身責任追究制度。決策是一項重要的行政權力，事關政府和各級的建設發展方向，決策失誤造成的影響往往難以估量。有些領導幹部在決策中的主觀性、隨意性、盲目性比較大，根源在於職責與權力的不一致，權力過大而職責偏小。另外，一些重大決策往往要數年甚至是多年以後才能顯現出來，而決策者這時已經調離或是退休。重大決策終身責任追究制度的建立，把權力和責任統一起來，決策者要為自己的失誤終身買單，這樣就會促使他在決策時更加謹慎周全、更加科學合理，從而減少隨意和盲目決策，有效杜絕政績工程和形象工程。

庭審全程錄音錄影 2010 年 8 月，最高人民法院頒佈實施了《關於庭審活動錄音錄影的若干規定》。在此基礎上，2017 年 3 月又對其進行了修改完善。按照該規定要求，人民法院開庭審判案件，應當對庭審活動進行全程錄音錄影，也就是庭審錄音錄影應當自宣佈開庭時開始，至閉庭時結束。除休庭、公開庭審中的不公開舉證質證活動、不宜錄製的調解活動外，庭審錄音錄影不得人為中斷。人民法院應當採取疊加同步錄製時間或者其他措施保證庭審錄音錄影的真實和完整，應當使用專門設備線上或離線存儲、備份庭審錄音錄影。錄製並保留全程庭審資料是推進審判公開、檢務公開的重要舉措，也有利於構建開放、動態、透明、便民的司法機制，杜絕暗箱操作。2013 年 11 月《最高人民法院關於推進司法公開三大平臺建設的若干意見》公佈實施以來，人民法院不斷加強科技法庭建設，對庭審活動全程進行同步錄音錄影，做到"每庭必錄"。2016 年 9 月 27 日，最高人民法院"中國庭審公開網"上線運行，這標誌著司法公開的第四大平臺建成，司法公開的深度和廣度不斷強化。人民法院逐步完善成熟的司法公開平臺建設為當事人、其他訴訟參與人等通過查看庭審錄音錄影監督庭審、保障權利、旁聽庭審活動、接受法治教育提供了更多的可能。隨著人民群眾對於快捷、便利的訴訟要求越來越強烈，人民法院可以通過對庭審錄音錄影的綜合開發利用來提供更好的服務。

依法治國與以德治國相互結合 孟子云：徒善不足以為政、徒法不能以自行。沒有法律是萬萬不能的，但是法律也不是包治百病的良方，治國單純依靠法治是遠遠不夠的。法律是成文的道德，而道德是不成文的法律。道德是培育法治精神的源頭活水，法律意識需要依賴道德而被認同和遵守。一個人的道德水準提高了，必然會自覺遵紀守法。作為首批全國文明城市的縣級市，江蘇的張家港是全國犯罪率最低的城市之一，這也充分說明了兩者之間的必然聯繫。對此，在加強依法治國的同時，中國政府還善於運用道德準則來調節和規範人們的行為。在 20 字公民基本道德規範中，第一個詞就是愛國守法；24 字社會主義核心價值觀中包含有"法治"一詞；"八榮八恥"社會主義榮辱觀中，也包括"以遵守法基為榮，以違法犯罪為恥"這一條。不少城市在街道上設置了

"道德文化建設牆"，通過宣揚中華優秀傳統文化來提高人們的道德水準和法治意識。有關部門共同簽訂了《"構建誠信、懲戒失信"合作備忘錄》，針對失信被執行人員執行懲戒措施，如禁止乘坐飛機、高鐵，辦理銀行貸款等，有效打擊了那些"老賴"的生存空間，也有力弘揚了誠實守信的道德風尚。

2015 年 4 月，第 13 屆聯合國預防犯罪和刑事司法大會上在卡達首都杜哈舉行，大會每五年舉行一屆，是聯合國在該領域最高級別的國際論壇。在此次大會上，中國在法治建設、特別是法律援助方面取得的成就，受到聯合國官員和與會各方人士的關注與讚賞。聯合國毒品與犯罪問題辦公室行動司司法處處長樂博強調，法律援助制度是建設法治社會的重要因素，感謝中國司法部為促進聯合國法律援助工作發展所作出的積極努力，希望進一步加強與中國司法部在法律援助領域的交流與合作。

個案分析-聶樹斌案　2016 年 12 月，最高人民法院對聶樹斌故意殺人、強姦婦女一案做出再審判決，宣告撤銷原審判決，改判聶樹斌無罪，持續了 20 多年的聶樹斌案件終於宣告結束。雖然，最終的判決結果無法挽回聶樹斌年僅 21 歲的生命，但是這一案件對於各級審判機關慎重取證量刑，減少和避免冤假錯案所產生的警示效果確是無法估量的，為聶樹斌案平反成為司法糾錯的一起標杆性事件。《中國法院的司法改革(2013—2016)》白皮書顯示：2013 至 2016 四年間共平反重大刑事冤假錯案 34 起、宣告 3718 名被告人無罪。

為進一步避免冤假錯案的發生，最高人民法院和最高人民檢察院在 2016 年的全國兩會工作報告中進行了深刻反思，並出臺一系列相關檔。十八大以來，有關部門相繼出臺《關於切實防止冤假錯案的指導意見》《關於建立健全防範刑事冤假錯案工作機制的意見》等一系列規定，明確冤假錯案糾錯程式，力求從制度上消滅冤假錯案產生的溫床。2018 年 2 月，最高法院頒佈了《關於全面推進以審判為中心的刑事訴訟制度改革的實施意見》，這一意見指出，對於依法認定的疑罪案件，要嚴格落實疑罪從無的原則。此外，針對是重大刑事申訴案件在本地監督糾正中往往面臨多方阻力等問題，最高檢察院推出了《人民檢察院刑事申訴案件異地審查規定》，提出對重大冤案申訴的"異地處理"原則，以消除阻力和干擾。

　　個案分析二–範冰冰案　　範冰冰案是中國稅務部門近年來查處的個人偷逃稅款金額最大的案件，稅務部門對範冰冰及其名下公司的 4 類逃避納稅行為分別處以 0.5 倍至 4 倍的罰款，其中針對範冰冰拆分合同的行為開出的 4 倍罰款達到 2.4 億元，範冰冰所需補繳的稅款、滯納金以及罰款總共超過 8 億元。不過社會對此案仍有議論，主要集中在兩點：開出巨額罰單的處罰依據是什麼？為什麼對範冰冰只是處以行政處罰而沒有追究刑事責任？

　　總體上看，此次處罰兼顧了法律、社會和政策效果，體現了寬嚴相濟、實事求是、區分情形、綜合考量的原則。"陰陽合同"是一段時間以來社會各界反映較為強烈的問題，因此稅務部門對於範冰冰拆分合同的處罰較為嚴厲，其主要依據是《稅收徵收管理法》第 63 條的規定，對納稅人偷稅的，由稅務機關追繳其不繳或者少繳的稅款、滯納金，並處不繳或者少繳的稅款百分之五十以上五倍以下的罰款。同時，這一處罰也體現了過罰相當的基本原則，對今後類似涉稅違法行為具有強烈的教育警示作用。

　　至於對範冰冰處以行政處罰而沒有追究刑事責任，主要是源於刑法有關規定：經稅務機關依法下達追繳通知後，補繳應納稅款，繳納滯納金，已受行政處罰的，不予追究刑事責任（但是，五年內因逃避繳納稅款受過刑事處罰或者被稅務機關給予二次以上行政處罰的除外）。此次範冰冰偷逃稅雖有故意的成分，但其屬於首次接受處罰，之前並沒有前科，因此，這樣的處罰決定並不算是法外開恩，只是依法辦事。據有關專家介紹，刑法這樣規定，就是要以刑罰為後盾，保障國家稅收安全，目的在於及時追繳稅款，督促納稅人依法納稅。範冰冰案對那些藐視稅法、心存僥倖的人來說是一個強烈警示，對廣大公民也是一次很好的普法教育。

西藏-70年來新舊兩重天

▌清風劍

　　西藏從 1951 年和平解放以來，以 1959 年、1965 年、1984 年發生的三件歷史性事件為分水嶺，經歷了四個發展時期：1959 年的西藏民主改革，百萬農奴大解放的同時，被封建農奴制束縛的生產力也得到了大解放，社會發展很快；1965 年西藏自治區人民政府正式成立，中央不斷加強經濟扶持政策，保證了西藏經濟的穩定發展；1984 年西藏在內地實行改革開放五年後，也開始實行改革開放，西藏建設進入快車道，與內地的差距持續縮小，尤其是中共十八大後，西藏迎來跨越式發展新時期。

　　西藏工作座談會　中央在 1980 年召開第一次西藏工作座談會後，於 1984 年、1994 年、2001 年、2010 年、2015 年相繼又召開五次西藏工作座談會，對如何建設西藏、發展西藏進行全面部署，制定了一系列特殊優惠政策，中央政府和全國各省市支援西藏建設力度不斷加強。尤其是第六次西藏工作座談會，以習近平總書記為核心的黨中央提出"依法治藏、富民興藏、長期建藏、凝聚人心、夯實基礎"的西藏工作重要原則和六大治藏方略，將西藏納入"一帶一路"戰略總體佈局，為推動西藏發展穩定，決勝全面建成小康社會提供了

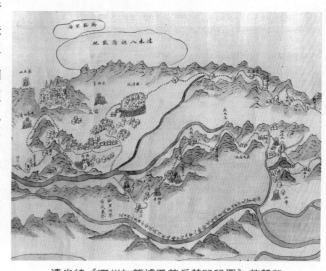

清光緒《西川打箭爐至前后藏路程圖》前藏段

強大動力。隨著青藏鐵路等一批重點工程相繼竣工，基礎設施大幅度改善，經濟持續快速增長，生態環境保護與建設全面加強，教育、科學、文化、衛生等社會事業協調發展，一個美麗、富饒、安樂、祥和的新西藏正呈現在世人面前。

毛澤東主席給達賴喇嘛的發電
（1951 年 10 月 26 日）

跨越式發展

1984 年西藏實行改革開放，開放的發展戰略和市場的基礎作用為西藏的經濟提供了強大支持，與此同時，通過中央巨大的政策和財力支持、內地較發達省市的對口支援以及西藏各族人民的努力，西藏經濟進入了歷史上增長最快的時期。

經濟跨越式發展 經濟總量從 1984 年的 13.68 億元快速增長到 2018 年的 1,477.63 億元，年均 GDP 國內生產總值連續 26 年實現兩位數增長，近五年增速穩居全國前三，高於全國平均水準近 4 個百分點。截止 2018 年底，西藏人均 GDP 歷史性地突破了 4 萬元，達到 43,997 元，按年平均美元匯率計算，達到 6,558 美元。

當前，西藏經濟不僅總量突飛猛進，固有的產業結構也在發生深刻改變。2018 年，西藏第一產業增加值達 130.25 億元，占 GDP 的 8.8%；第二產業增加值達 628.37 億元，占 GDP 的 42.5%；第三產業增加值達 719.01 億元，占 GDP 的 48.7%，第三產業已成為西藏第一大產業。三次產業在結構與比例上的變化說明西藏的傳統產業結構已經出現積極的變化，不僅保持了量的增長，而且呈現出質的提升。

農奴群眾在民主改革中焚燒租契和債券等

人均壽命大幅延長　經濟發展的一個重要目標是促進人的發展。伴隨著地方經濟的高增長，西藏居民，尤其是西藏藏族居民的人口增長、人均預期壽命、人均受教育程度等重要人類發展指數也發生了革命性的變化。2018 年，西藏總人口由 1959 年的 122.8 萬人增加到 343.82 萬人，其中城鎮人口 107.07 萬人，占總人口的 31.14%；鄉村人口 236.75 萬人，占總人口的 68.86%。人口出生率為 15.22%，死亡率為 4.58%，自然增長率為 10.64%。西藏人均預期壽命已由和平解放初期的 35.5 歲提高至目前的 70.6 歲。百歲老人已有 116 人，成為我國百歲老人最多的省區之一。

修築工程中的石崖作業（1954 年發）
新華社稿 林田 攝

教育突飛猛進　西藏在 1951 年和平解放前教育由寺院壟斷，全區僅有 2,000 余名僧侶和貴族子弟在舊式官辦學校和私塾學習，沒有一所現代意義的學校，廣大農牧民群眾基本沒有受教育的機會和權利。適齡兒童入學率不到 2%，文盲率高達 95%。經過近 70 年的建設發展，現在的西藏，由學前教育、義務教育、中等教育、高等教育、職業教育、繼續教育、特殊教育等構成的現代教育體系已基本形成。

1954 年，12 月 25 日，川藏公路全線貫通，西藏軍民喜迎通車（新華社記者 劉詩輪，任用昭 攝）

2010 年，西藏所有的縣全部實現普及九年義務教育，青壯年文盲率下降到 1.2%。到 2017 年底，西藏擁有各級各類學校 2200 所，其中普通高等學校 7 所、中等職業學校 11 所、中學 132 所、小學 806 所、特殊學校 5 所、幼稚園 1239 所；各級各類在校學生 66.24 萬餘人，其中高校在校生 3.74 萬人、中職生 1.93 萬人、高中生 5.87 萬人、初中生 12.45 萬人、小學生 31.51 萬人、特校生 877 人、在園幼兒 10.63 萬人。此外，在內地就讀的各級各類西藏籍在校生有 7.1 萬人，其中高校在校生 5.12 萬人。

經過民主改革 60 年，特別是改革開放 40 年來的不懈努力，西藏走過了一條跨越式發展之路，即將全面建成小康社會。目前，西藏的社會局勢穩定，人民安居樂業，社會秩序良好，上學的上學，做工的做工，朝佛的朝佛，老百姓盼發展、思穩定，倍加珍惜來之不易的幸福生活。

祖國的花朵（澤仁多吉 攝）
解放軍藏族軍官澤仁多吉在裝有這張照片
和底片的信封上寫著 "祖國的花朵"

政府與市場

中央在西藏宣導建設有中國特色、西藏特點的社會主義市場經濟。今天的西藏，一方面市場體系初步建立，市場在資源配置中的基礎作用逐步加強；另一方面，投資成為西藏經濟發展的重要支撐，中央政府在財政轉移支付和重點建設專案的巨額投入是西藏跨越式發展重要引擎。

從 1984 年實行改革開放以來，西藏已初步建立起市場體系，市場對於經濟生活的調控作用十分明顯。消費品價格、農產品價格乃至其他絕大多數商品的價格已經放開，實現了人、物和資金的自由流動。建立起了多元化的市場。除各地紛紛興建的商品市場外，在拉薩市等大中城鎮還出現了專業化的生產資料市場、人力資源市場和證券市場。許多城鎮，已自發形成了農牧民的勞務市場。企業已開始成為具有自主經營權的市場主體。2018 年，全年農作物種植面積 268.53 公頃，實現糧食總產量 104.40 萬噸，年末牲畜存欄總數 1726.46 萬頭；工業實現增加值

西藏翻身農奴喜分牲畜（1959 年、陳宗烈攝）

1965 年，拉薩貢嘎機場正式通航

114.51 億元，其中國有控股企業增長 21.7%，股份制企業增長 13.1%；全年社會消費品零售總額 597.58 億元，其中城鎮消費品零售額 501.33 億元，增長 14.5%，鄉村消費品零售額 96.25 億元，增長 12.8%；全年進出口總額 47.52 億元，與尼泊爾、法國、美國、香港等世界 80 多個國家和地區開展了雙邊貿易。

中央西藏工作座談會議　但現代經濟發展的實踐證明，市場本身具有近強疏弱的 "勢利" 效應，通常會將稀缺資源配置到效益更高的地區和人群中。在西藏這樣經濟基礎薄弱的地區發展市場經濟，容易出現發展水準滯後、投資效益相對低下的農牧區在市場競爭中被無情排斥，競爭力相對低下的農牧民群眾被市場邊緣化的危險。為此，政府在尊重市場規律的同時，也在積極採取各種調控手段，彌補市場的缺陷。

為加快西藏的發展，中央經過六次 "中央西藏工作座談會"，加大了對西藏的財政轉移支付力度和重點發展的投資力度，並形成了 "全國援藏" 的幫扶格局。據國務院新聞辦 2015 年 4 月 15 日發表的《西藏發展道路的歷史選擇》白皮書說，60 多年來，中央財政不斷加大對西藏的財政轉移支付力度。1952-2013 年，中央政府對西藏的各項財政補助達 5,446 億元，占西藏地方公共財政支出的 95%。也就是說，西藏每花 100 元人民幣，有 90 多元來自中央的支持。除了中央政府對西藏的財政支持外，國家還擔負起對西藏大多數重大專案的投資。

全國支援西藏及省市對口援助西藏　第三次西藏工作座談會確定了 62 項國家投資的建設項目和 716 個全國援建的專案，總投入 80 多億元；第四次西藏工作座談會確定了國家投資的 117 個專案，總投入約 312 億元，全國對口支援的 70 個專案和援藏資金達 30 多億元；第五次西藏工作座談會，又提出要繼續加大專項轉移支付力度，擴大專項投資規模，把對口支援西藏政策延長到 2020 年；

第六次西藏工作座談會，強調要進一步加大中央對西藏發展的支持力度，充實和完善特殊優惠扶持政策，繼續執行“收入全留、補助遞增、專項扶持”的財稅優惠政策，增加中央投資，強化金融支持，加強對口支援。可以說，政府的投入對於西藏經濟的發展起著舉足輕重的作用，甚至可以講，政府的投入在很大程度上牽引著投資這駕馬車，極大影響西藏的經濟增長和發展。通過對西藏自治區固定資產投入和地方財政收支情況進行分析可以發現，中央 1980 年確定給西藏財政補貼 9,000 萬元，並以此為基數，每年遞增 10%。從 1984 年以來，西藏固定資產的投入占當年 GDP 的比例長期高居 40% 以上。1995 年這一比例上升至 66%，1996-1998 年的 2 年裡，這一比例回落至 45%-47% 之間。此後，西藏對固定資產的投入再度加快，從 2003 年到 2008 年的 6 年裡，西藏固定資產投入占 GDP 的比重始終保持在 75% 以上，比全國平均水準高出 20 多個百分點。

據統計，2017 年全年完成社會固定資產投資總額 2051.04 億元，超過當年 GDP 總量 1310.63 億元約 740 億元。中國藏學研究中心對西藏農村進行長期調查的一個成果顯示，在現階段，一半以上農戶三份收入中，來自政府的轉移

青藏鐵路

性收入和來自市場的各占一份；收入處於頂端的 10% 的農戶，三份收入中來自市場的就有兩份；收入處於底層的 10% 農戶，近一半的收入來自政府的轉移性收入。由此可見，政府行為對於促進本地區的減貧、扶弱以及協調發展均產生了重要作用。西藏自治區人大常委會副主任尼瑪次仁感動地說："世界上沒有一個執政黨像中國共產黨這樣，連續十幾年舉全國之力支援一個民族地區的發展。"

青藏公路

生態規劃與環境保護

西藏的建設與發展一直吸引世界媒體關注的目光，其中有好奇的探尋、善意的提醒，也有無妄的猜測、刻意的歪曲。其中許多負面的報導多集中於西藏的生態和宗教、文化保護上。達賴集團和西方反華勢力經常造謠攻擊，稱"西藏的生態環境被破壞了"、"西藏的傳統文化被毀滅了"。然而，事實勝於雄辯，只要你走進西藏，親身去感受她的變與不變，任何不帶有色眼鏡的人都會得出一個結論 - 西藏的跨越式發展和卓有成效的生態、宗教、文化多樣性保護是相輔相成，相得益彰的。

　　生態保護舉世之最　　由於西藏高原是亞洲諸多大江、大河的發源地和上游，是下游幾十億人民賴以生存的"固體水庫"，是北半球氣候變化的驅動器和調節器。為此，中央和西藏自治區政府從立足于中華民族的未來發展及千秋萬代的根本利益、立足于整個南亞和東南亞人民的未來和發展的戰略高度，重視、規劃西藏的生態建設、環境保護和可持續發展。中央政府批准的《西藏生態安全屏障保護與建設規劃(2008-2030年)》，計畫用20多年的時間，傾國家之力，將西藏打造成維繫區域生態安全的一道屏障。西藏自治區也形成了《西藏自治區環境保護管理條例》等一系列比較系統的地方性環境保護法規體系。今天的西藏，不僅實現了跨越式發展，生態環境保護也取得了舉世矚目的成就。

雅魯藏布江

　　自治區成立以來，西藏從未發生過環境污染事故，也沒有酸雨現象，基本保持了較為自然的原生狀態，仍是世界上環境品質最好的地區之一。在大氣保護方面，以拉薩市為例，每年的空氣優良率都在95%以上。

　　退牧還草、人工造林、防沙治沙、天然草地改良等工程進展順利，造林面積從1990年的868公頃增長到2016年的55,860公頃，增長了64倍多。截止到2014年，全區可利用天然草地面積7700萬公頃；現有森林1,684.8萬公頃，森林覆蓋率14.01%，森林面積居全國第5位，森林蓄積居全國第1位；濕地652.9萬公頃，並擁有世界獨一無二的高原濕地。

　　生物多樣性得到有效保護。西藏有野生植物9,600多種，高等植物6400多種，有212種珍稀瀕危野生植物列入《瀕危野生動植物種國際貿易公約》附錄。野生脊椎動物798種，已有125種列為國家重點保護野生動物，占全國重點保護野生動物的三分之一以上，有196種為西藏特有。在青海、新疆、西藏三省區交界處組織開展了以保護藏羚羊為主的"可哥西裡一號行動"等專項行動，有效地打擊了破壞野生動物資源的違法犯罪活動和盜獵行為。已經絕種的西藏馬鹿，20世紀90年代被重新發現，並且種群不斷擴大。一些過去沒有的物種，已從內地引進並在西藏生長。

在保護區建設方面，截至2014年底，全區共有各類自然保護區47個，其中，國家級自然保護區9個，自治區級自然保護區14個，地市縣級24個，達41.22萬平方公里，占全區國土面積的34.35%，形成了一個類型比較齊全、分佈比較合理的自然保護區網路。

美國前總統吉米·卡特給予過這樣的評價："試想，在過去的20年裡，世界上還有哪個地方可以將40%的面積劃出用於自然保護？要扭轉一個瀕危物種不斷減少的數量又談何容易？而勤勞的西藏人民做到了。他們幾乎保全了所有的物種 - 從雪豹、野犛牛、藏羚羊到麝鹿，還有很多，其中有一些是地球上最神秘和罕見的動物。"

保護寺廟、藏語和藏醫，在傳統文化保護上，西藏取得的成就同樣有目共睹。珍貴文物保護。國家巨額撥款，成功維修了布達拉宮以及大昭寺、桑耶寺、白居寺、哲蚌寺、甘丹寺、薩迦寺、托林寺、古格王國遺址等一批著名寺廟和

拉薩布達拉宮
布達拉宮(藏語拼音：bo da la，威利：po ta la)坐落在中國西藏自治區首府拉薩市區
西北的瑪布日山(紅山)上，是一座規模宏大的宮堡式建築群

古建築。藏戲、《格薩爾王》被列入聯合國組織人類非物質文化遺產名錄,列入國家級"非遺"保護名錄就有 89 個項目,國家級代表性傳承人 68 名,列入自治區級"非遺"保護名錄多達 323 個專案,自治區級代表性傳承人 350 名。

藏語文的保護和發展　西藏實行藏漢文並重,以藏文為主的原則。所有的法規、決議、正式檔以及報刊、廣播、電視都是用藏漢兩種語言文字,在各級各類學校中藏語文被定為主課。藏語文同時還是全國人民代表大會和政協全國委員會在重要活動中經常使用的一種少數民族語文。

藏民族文化的搶救和整理　全國以藏族學者為主體的藏學研究機構有 50多個,出版了諸如藏族英雄史詩《格薩爾王》、藏文《中華大藏經》(《甘珠爾》和《丹珠爾》)、《中國民間故事集成·西藏卷》、《中國民間諺語集成·西藏卷》、《中國歌謠集成·西藏卷》、《中國戲曲集成·西藏卷》等一批重要著作。

藏醫藥的繼承和發展　具有 2300 多年悠久歷史的藏醫藥,運用現代的科學理論和方法研究,取得了前所未有的研究成果。截止 2017 年,全區藏醫藥從業人員 1 萬人左右,擁有藏醫藥領域專家學術經驗繼承人已達 72 人。縣以上都建立了藏醫院或藏醫科,創辦獨立藏醫研究機構 10 家,藏醫藥企業 50 餘家。藏醫院"門孜康"已被列入國務院第七批重點文物保護單位。

此外,許多西藏藝術團到歐洲、美洲、非洲、東南亞等世界各地表演或展出,向世界展現了原汁原味西藏藝術的獨特魅力;藏族民眾的風俗習慣得到充分尊重,每年歡度藏曆新年、雪頓節、酥油燈節、沐浴節、望果節、達瑪節等傳統節日時,藏族群眾都穿著美麗的藏族服飾,載歌載舞,喜氣洋洋。

經濟社會實現跨越式發展,生態環境得到有效保護,傳統文化得以繼承和弘揚,這就是更加團結、民主、富裕、文明、和諧的社會主義新西藏。按照第六次中央西藏工作座談會的"新定位",西藏是重要的國家安全屏障、重要的生態安全屏障、重要的戰略資源儲備基地、重要的高原特色農產品基地、重要的中華民族特色文化保護地、重要的世界旅遊目的地、重要的"西電東送"接續基地、面向南亞開放的重要通道。目前,西藏人民正滿懷豪情地和全國人民一道,為全面建成小康社會奮鬥目標,譜寫中華民族偉大復興中國夢的西藏篇章而努力奮鬥。

上海-七十年巨變當驚世界

周天柱（上海東亞研究所研究員、上海作家協會會員）

魔都，是當今全球網紅的上海雅號，而其發明權應屬曾旅居上海的日本作家村松梢風。他寫的暢銷小說《魔都》，第一個在文字上將上海定義為魔都。而今這個雅號的廣泛流傳，在於這座東方浪漫與魔幻的都市具有不同於其他城市的極強相容性，"海納百川、追求卓越、開明睿智、大氣謙和"是上海時代精神的真實寫照。

蔣軍上海大撤退

論及上海的滄桑巨變，上世紀 40 年代末是涇渭分明的分水嶺。觸及這個重要的時間節點，展現在人們面前的是極為難忘而又沉重的一頁。

國府搜括上海黃金 1948 年 8 月 19 日，國府發行 "金元券"，次日公佈＜財政經濟緊急處分命令＞，規定 "以法幣三百萬元折合金圓券一元，民間不許藏有外幣、黃金、銀元或金條，必須在 9 月 30 日前兌換成金圓券"。換言之，國府禁止民間私藏金銀外幣，從而搜括大量外幣與黃金，僅上海一地就搜括黃金 110 萬兩，佔全國搜得約 147 萬兩黃金的 75% 左右。

上海外灘戒嚴，三百萬兩黃金密運台灣 上海戰役結束至今已近 70 年。可半個多世紀以來，人們一直關注一個焦點問題：蔣軍在上海大潰敗大撤退時，究竟有多少國庫黃金被偷運到臺灣？

斯時，局勢已對國府極為不利，蔣介石乃密令 "中央銀行" 將庫存金圓券準備金項下的黃金運往台灣台北。1948 年 12 月 1 日午夜，整個上海外灘戒嚴，暗然無光，一片死寂，碼頭鄰近街上無一行人。在警備司令部的監控下，中央銀行總裁俞鴻鈞密將已妥為裝箱備運的 200 萬兩黃金(2,004,459 純金市兩、重

62 公噸）及銀幣 400 萬元（1,000 箱），由挑夫模樣者挑箱裝上停泊在"中國銀行"專用碼頭上的海關緝私艦"海星號"（滿載僅 700 噸、航速僅 12 節），由海軍總部派軍艦護送，凌晨啓錠，出海直駛台灣，一天一夜後平安運抵基隆 2 號碼頭。當時，幾部大卡車早已靜候多時，一個小時左右，卸運完畢，大卡車便在中央銀行人員的押送下朝台北駛去。

1949 年 1 月 1 日，"海星號"再將黃金 57 萬兩（572,899 純金市兩、重 18 公噸）運往廈門；同月 10 日，蔣介石派其子蔣經國趕抵上海，訪中央銀行總裁俞鴻鈞，要他將中央銀行現金移存台灣。俞鴻鈞籌劃部署，期間並與台灣省主席陳誠函電往返密商。1 月 20 日夜，海軍總司令桂永清密令軍艦一艘，停泊在上海黃浦灘央行附近碼頭邊，央行附近街道

中外帆船與外國輪船（1945 年 12 月）
（H. Allen Larsen 攝）

臨時戒嚴，一箱一箱黃金，共 90 萬兩（重 32 公噸）悄悄被運上軍艦。天未亮前，該艦已駛出吳淞口，以最大速率駛向廈門。23 日中央銀行廈門分行先後電滬發行局，告以"船已安抵廈門""已卸畢入庫"；存放廈門黃金部份用於內戰，部份運往台灣，後者計黃金 55 萬兩（554,394 純金市兩）於 2 月 7 日運抵台灣，是時上海還留有 20 萬兩黃金。

國府密運 294.9 萬兩黃金至台灣

及後，國府自上海撤退前夕，蔣介石再派蔣經國於 4 月 15 日赴上海，密運中央銀行所留庫存黃金。5 月 18 日夜，上海南京路的外灘再度戒嚴，在京滬杭警備總司令部總司令湯伯恩的命令下，將 19 萬兩黃金和 120 萬銀元秘密運往台灣（據中央銀行運台保管黃金收付的記載，第三批由滬運台的 192,029 純金市兩黃金於 6 月 5 日運台，外加兩批由美運台的黃金，自 1948 年 12 月 4

舊上海（1945 年 12 月）
從國際飯店眺望上海（H.Allen Larsen 攝）

日至 1949 年 8 月 30 日，共約三百萬兩黃金/2,949,958 純金市兩運台）。

上海收復，解放軍第一次進入中國銀行的金庫，至少有 3 個籃球場大小的金庫裡面已空空如也。據上海 1950 年的地方誌資料記載，國民黨"政府"離去後，上海所有銀行金庫的黃金，僅剩 6,180 兩，是原來國庫黃金的百分之一。

各路蔣軍及其家眷約共 90 萬人撤退陸續抵達臺灣，而當年的臺灣生產落後，物資不足。人口一多，物價有如脫韁之馬節節攀高，直線上升。臺灣省"主席"陳誠等人焦頭爛額，於是緊急動用從上海搶運來的黃金，終於使得臺灣金融趨於穩定（台灣 1956 年戶口普查，當時全台外省人總計 923,279 人、其中上海人 16,179 人）。

國府乃將從上海密運台灣的 300 萬兩黃金中，提撥 80 萬兩黃金予台灣銀行，作為發行 2 億新台幣的十足準備，另並提供 1,000 萬美元外滙供進出口調度之用。1949 年 6 月 15 日，台灣省政府宣佈進行幣制改革，發行新台幣，5 元新台幣折合 1 美元，舊台幣 4 萬元折合新台幣 1 元。為鞏固百姓對新台幣的信心，台灣銀行實施以黃金購進新台幣的舉措，於同日（6 月 15 日）規定市民可持新台幣依公定價格換領黃金或美鈔（直至 1950 年 12 月停辦）。此外，1949、

解放軍某部行經上海國際大飯店前

50 年國府也變售黃金以支應政府開銷及以黃金折發軍餉(每兩黃金換新台幣 280 元充作國軍薪餉)。斯時台灣銀行向民間先後拋出 200 多萬兩黃金,收回約 6 億元新台幣,從而穩住了幣值,穩住了人心,使台灣在幣值穩定的條件下,得以從事經濟復原與發展。但那 300 萬兩黃金,是沾滿內地人民的斑斑血淚與苦難。

故蔣介石本人在日記中對此曾作過如下評述:"'政府'在搬遷來台的初期,如果說沒有這批黃金來彌補財政,經濟狀況早已不堪設想,哪裡還有今天這樣穩定的局面!"蔣經國私底下則稱這批黃金為"全國同胞血汗之結晶"和"國脈民命"。

接管上海擔重任

1949 年 5 月,中外矚目的上海戰役爆發。蔣介石對此戰的要求是至少堅守半年。為此,他雖早已"下野",仍親赴上海部署戰役。而他的愛將湯恩伯亦信心十足:"我們的大上海,要成為攻不破、摧不毀的斯大林格勒第二!"可沒有想到,僅僅 15 天蔣軍就潰敗了。

5 月 21 日,湯恩伯十萬火急向蔣介石秉告:"上海對外航空中斷,國際電臺停機,敵軍遠端炮火試圖封鎖海道。"百般無奈的蔣介石在火燒眉毛之際,終於被迫下令放棄淞滬。解放軍的最後總攻於 5 月 20 日發動,25日在市中心跑馬廳會師。蔣軍的淞滬大撤退則從 5 月 22 日開始。至此蔣介

1949 年 5 月 27 日解放軍戰士入城後,不擾上海市民,露宿街頭

李偉光、臺灣彰化人
原名李應章，中國共產黨
黨員，第一屆政協代表。
1954 被選爲上海市人民代
表大會代表〔1920 年代因
二林事件遭日本殖民
政府判刑入獄〕

陳毅、饒漱石、粟裕、宋時輪在上海解放慶祝大會上

石的淞滬決戰草草收場，20 萬官兵只有 4 萬人抵達臺灣。6 月 1 日，解放軍第二十五軍由吳淞起渡，登上崇明島，蔣介石軍隊 3,700 餘人投降。2 日，收復全島。

1949 年 5 月 27 日，中國人民解放軍上海市軍事管制委員會(簡稱上海市軍管會)宣佈成立。次日，上海市人民政府成立。陳毅任市軍管會主任兼上海市市長，粟裕任軍管會副主任，曾山、潘漢年等任副市長，開始接管工作。經過兩個月有條不紊的接管，1949 年 8 月 3 日，召開上海市第一屆第一次各界人民代表會議。1949 年 12 月 5 日，市第一屆第二次各界人民代表會議決議成立上海市各界人民代表會議協商委員會。1950 年 10 月 16 日，上海市各界人民代表會議第一次會議召開，正式選舉市人民政府委員會委員，選舉陳毅為市長，潘漢年、盛丕華為副市長。

陳毅初當市長之時，工作千頭萬緒。解放軍渡江後戰事進展太快，超過預定計劃，鐵路公路運輸跟不上；接管幹部不夠用；入城紀律不夠全面和深入，加上國民黨的幹擾、破壞，出現了許許多多的問題。面對道道難題及處處難關，陳毅常常手搖一把葵扇，出沒於機關、工廠、商店、銀行、學校、證券大樓、教會等處，與大家同甘共苦，共同渡過難關。陳毅深知，上海是工商業集中的城市，占全國貿易額一半，上海市場一亂就會波及全大陸。他將對產業人士的思想穩定工作列入重要內容，邀請胡厥文、榮毅仁、劉靖基、顏耀秋等百余名工商界人士座談，肯定他們建立民族工商業的奮鬥精神，表示上海市人民政府願與大家共同協商，實現並增加新的生產任務。陳毅的坦率和誠意，使參加會議者如釋重負，感動不已。陳毅還十分關注學者、專家，幫助他們解決生活、學習、工作方面的實際問題。儘管新生的上海百廢待興，各方面工作十分繁忙，陳毅還是擠出時間，登門拜訪知名人士。他的這種做法贏得大家的一致好評。

一家布店的領導向青年職工們進行教育，教導他們認清舊社會資本家種種剝削的罪惡，只有在中國共產黨領導下的新社會，人民才能免於被壓迫

上海市政府成立後，為建立新型的勞資關係，要求在全市工廠企業廢除原先盛行的“抄身制”，“拿摩溫(工頭)”等舊制度，並採取一系列措施，打擊擾亂金融、破壞經濟的行為。1950年3月起，上海市場物價趨於穩定。從當年5月起，市政府開始對工商業中的公私關係、勞資關係和產銷關係進行調整，使資本主義的工商業逐步得到恢復與發展。以1951年與1950年相比，全市的工業盈餘總額增加219.3%，商業盈餘增加85.4%。

郊區農村在土地改革後，逐步開展農業合作化運動。1951年至1953年，市郊農民從辦互助組，進而試辦初級、高級農業生產合作社，到1956年秋，基本實現了農業的社會主義改造。

肅清黑社會流氓幫派與妓女　　流氓幫會歷來是舊上海一大黑暗勢力，上海的各行各業都有“霸”。扛碼頭的有“碼頭霸”，偷錢包的有“扒竊霸”，還有“菜場霸”、“糞霸”⋯這些流氓集團以青幫、洪幫為主，成了上海底層社會的實際控制者。對此，中共華東局通過潘漢年與逃去香港的幫會頭子杜月笙談妥，接管後幫派不動，其上層不殺，但不得再胡作非為，效果不錯。入城後，陳毅又派幹部找到留在上海的黃金榮，要求他按政府法令辦事，管束門徒，不得再為非作歹。黃金榮從命，並將手下所有大小頭目的花名冊呈交軍管會。一批罪惡深重、民憤極大而又繼

1950年12月20日，市軍管會宣佈對美商上海力公司和美商上海電話公司實施軍事管制(1950年6月25日韓戰爆發)

續作惡的流氓惡霸被先後正法，群眾放鞭炮慶賀。不出兩年，盤踞上海半個世紀以上的黑社會勢力，便基本肅清。

1949 年上海接管後登記在冊的妓女近 2,000 人，未登記的暗娼不計其數。市公安局、市民政局、市民主婦聯會等單位派員突擊查封妓院，收容妓院老闆、妓女，清查馬路暗娼。對收容的妓女，逐個為她們全面體檢，及時治病，治好病介紹職業，用人單位還十分關心她們的婚姻問題。短短的一兩年內，上海街頭的妓女絕跡。這不能不使西方世界為之驚歎折服。

1951 年 11 月 26 日上海老閘區福裕里居民歡送該弄「夜都會」妓院的姊妹走上新生之路

工業技術十年跨越半個世紀

從 1957 年至 1965 年，上海開始十年全面社會主義建設。在這十年中，上海工農業生產總值從 138.16 億元（人民幣、下同）增加到 259.7 億元，增長 89%，平均每年遞增 9.8%。其中工業生產總值從 134.15 億元增至 252.04 億元，增長 88%，平均每年增長 9.9%；農業生產總值從 3.9 億元增加到 7.66 億元，增長 99%，平均每年增長 8%。運輸（貨運）業平均每年增長 10.3%。基本建設投資平均每年增長 11.2%（均以 1957 年不變價格計算）。

在全面建設的十年間，上海有的放矢，重點發展原材料工業和裝備工業，並注重科學管理，使上海初步成為綜合性的工業和科學技術基地。在此期間，大力推進冶金、化學、機電、儀錶電子、汽車與拖拉機、造船、航空航太、輕工業等建設與發展。

冶金領域　新建、改建、擴建了上海第五鋼鐵廠、第一鋼鐵廠、第三鋼鐵廠等大型工廠。在

上海市第一百貨商店新址營業
（1953 年 9 月 28 日）

化工領域，新建、擴建了高橋化工廠、吳淞化工廠
等企業。

機電領域　擴建、新建了一批骨幹企業，如上
海重型機器廠、上海汽輪機廠等，加工製造了一批
具有當時先進水準的重點設備，如1.2萬噸水壓機、
2.5萬千瓦汽輪機和發電機、11萬伏高壓開關、原
子能設備等。到第二個五年計劃末，全大陸154種
主要設備，上海已能生產130種。

儀錶電子領域　先後推出的十萬倍電子顯微
鏡、電子管黑白電視機、電子管電腦、半導體專用
設備和測試儀器等引人注目。

1956年公私合營

汽車拖拉機領域　所生產的交通4噸載重汽車、鳳凰中級轎車、30噸載
重汽車、上海50型拖拉機等一解燃眉所需。

造船領域　進入了能夠自行設計建造萬噸級以上遠洋船舶的階段。

航空航太領域　能自行設計製造小型水上飛機，以較快速度試製成功第一
代航太產品。

輕工業領域　圍繞發展手錶、照相機、感光材料、光學玻璃等，組織攻關、
試製、試產，產品不斷升級換代。

郊區農村　加強農田水利建設，興建了一批中小型水電站和水庫，農業機
械化程度有了提高，化肥農藥的供應量逐年提高。

江南造船廠生產的大型輪船舉行下水典禮

上海石油化工廠坐落在黃浦江江邊

1950 年代初，中國工業生產技術水平十分落後，許多領域的工業產品與西方列強資本主義國家相比，要落後一百年，有的甚至是空白。但是短短十年餘年間，上海及其周邊的工業技術跨越了半個世紀。

文化大革命

正當上海邁步向著既定目標大踏步前行時，突如其來的一場"文化大革命"，完全打亂了前進步伐。1965 年 11 月 10 日，上海《文匯報》發表姚文元文章《評新編歷史劇＜海瑞罷官＞》，成為"文化大革命"這場大動亂的導火線。這篇文章是江青於 1965 年 2 月秘密來到上海，找張春橋共同策劃，由姚文元撰寫，九易其稿後方才出籠。該文誣陷北京市副市長、著名歷史學家吳晗的劇本《海瑞罷官》是一株"大毒草"。

1966 年年初，江青再次來到上海，得到林彪的支援，炮製了《部隊文藝工作座談會紀要》，提出要"堅決進行一場文化戰線上的社會主義大革命"。5 月 10 日，姚文元又拋出《評"三家村"》長文。6 月 1 日中央人民廣播電臺播發北京大學聶元梓等七人的大字報。從這天起，上海紅衛兵沖向街頭，沖向社會，破所謂"四舊"（指舊思想、舊文化、舊風俗、舊習慣），四處串聯，到處衝擊黨政機關，各級黨政領導幹部受到批判，全社會陷入動亂。

1966 年文革爆發

革命小將向毛主席歡呼，全國上下沉浸在一片近乎癲狂的"革命"熱情中，大批黨和國家領導人遭到批判，社會失序（《人民畫報》2010 年、總第 745 期，p. 29.）

1966 年 11 月上旬，張春橋、姚文元煽動上海"造反派"團體，集中攻擊中共上海市委。11 月 9 日，上海第十七棉紡織廠王洪文等在文化廣場舉行大會，成立"上海工人革命造反總司令部"（簡稱"工總司"）。當要求市委書記處書記兼市長曹荻秋承認其非法組織"工總司"遭到拒絕後，次日上午，王洪文等少數頭頭製造了破壞鐵路交通的"安亭事件"。與此同時，"紅衛兵上海市大專院校革命委員會"（簡稱"紅革會"）也宣佈成立。11 月 29 日，"紅革會"要求將他們刊登有《＜解放日報＞是上海市委推行資產階級反動路線的忠

實工具》長文的第 9 期《紅衛戰報》，和《解放日報》一起發行，受到郵電部門抵制。於是 "紅革會" 頭頭帶領一幫人馬湧到《解放日報》社鬧事，製造了 "《解放日報》事件"。12 月 30 日，王洪文等又一手策劃了圍攻上海市委的 "康平路事件"。

1967 年 1 月，上海 "造反派" 奪取了各級黨政領導權。2 月 5 日，宣佈成立 "上海人民公社"，2 月 24 日改名為 "上海市革命委員會"。張春橋、姚文元、王洪文等利用手中權力，製造大批冤假錯案，使全市的經濟遭到嚴重破壞，文化遭到巨大摧殘。

王洪文、張春橋、江青、姚文元進入中央機構後，迅速結成 "四人幫"。1976 年 10 月 6 日，"四人幫" 被粉碎，其在上海的餘黨策劃武裝叛亂。中共中央及時採取有力措施，控制了上海局勢，武裝叛亂徹底破產。

重大制度敢創新

粉碎 "四人幫" 後，1978 年 12 月 18 日 -22 日，中共中央召開了黨的十一屆三中全會，撥亂反正，拉開了改革開放的序幕，開闢了一條建設中國特色社會主義道路。40 年的改革開放深刻改變了上海的經濟社會面貌。

針對上海改革開放初期所碰到的諸多重大問題，上海學者率先從土地絕對地租、級差地租的研究入手，釐清了 "土地所有權" 不等於 "土地私有權"。在社會主義國家土地公有的情況下，應該通過絕對地租來體現國家對土地的所有權。同時，土地的所有權與經營權可以分離，必須科學理解馬克思關於地租的論述，從理論源

1977 年 8 月 4 日，中共中央在人民大會堂召開全國科學和教育工作座談會，鄧小平、方毅（右四）和科技工作者、教育工作者在一起，暢所欲言、各抒己見

1978 年 12 月 23 日寶山鋼鐵總廠動工典禮在高爐工地隆重舉行

頭上厘清概念，並率先在國內將"兩權分離理論"引入土地經濟學領域，為土地使用制度改革掃除了理論和思想的障礙。

與此同時，上海法律界專業人士針對出租土地給外商從事經濟活動的法律依據進行研究，指出國家是唯一合法的權利主體，可有限期出租土地給外商。

1986 年 5 月，根據中共中央書記處要求上海學習香港、借鑒香港的指示，上海組織成立了滬港經濟比較研究課題組，對土地利用、自由港、外匯自由兌換、稅收、利用香港等 5 個課題進行對策性研究。8 月，上海市委、市政府派出由 11 人組成的房地產、港口考察團赴香港考察。

1986 年 11 月 23 日，市土地批租領導小組負責同志就上海試行出租土地使用權辦法向中央領導作了彙報，並向國務院提出：請求中央批准上海作為出租土地使用權的試點地區，允許土地承租者自由轉讓、出租。經中共中央和國務院同意後，上海市委、市政府開始緊鑼密鼓地推進改革試點工作。

1987 年 12 月 23 日，上海市人民政府正式向國內外公佈了《上海市土地使用權有償轉讓辦法》（以下簡稱《辦法》），並宣佈於 1988 年 1 月 1 日正式試行。這部花費了一年多時間、八易其稿完成的《辦法》，是在《憲法》尚未修改的情況下，由地方政府創制的大陸第一個允許國有土地使用權進入商品流通的政府規章。這一《辦法》和 6 個配套實

1985 年 9 月 15 日，寶山一號高爐點火儀式隆重舉行

上海寶山鋼鐵總廠

1978 年 12 月 23 日，自日本引進技術的寶鋼第一期工程開始動工興建，
1985 年 9 月建成投產。1991 年第二期工程建成投產，寶鋼已形成年產
生鐵 650 萬噸、鋼 671 萬噸、鋼材 544 萬噸的規模。

《共和國的第一次·建國 60 年珍貴圖錄》，北京：中國大百科全書出版社，2009 年 9 月，p. 120.

施細則同時被翻譯成英文，由上海市人民政府向海內外公開發佈，不僅向世界
表明了中國上海擴大開放的決心，更表明了上海願意接軌國際慣例和市場規則
的意願，引起了國際市場的高度關注和國際輿論的積極反響。

　　為使試點工作儘快起步，上海市批租辦七易其稿編制了《試點工作方案》。
《試點工作方案》是一份為實施改革試點而要求政府各主管部門協同配合的指
導性檔。同時，制定並向海內外公開發佈中英文版虹橋 26 號地塊《招標文件》，
這份五易其稿的招標檔表述準確、措辭嚴謹、明確無誤。《試點工作方案》和
《招標文件》，是上海土地批租改
革試點工作的"施工圖"和"說明
書"。

進城打工

1987 年的一個清晨，從安徽來上海打工的農民推著獨輪車
路過南京路[種楠攝二等獎]（《上海·我們的故事》p. 284）

吸引外資與台資

　　2018 年 11 月 10 日，首屆中國
國際進口博覽會閉幕，吸引了 172
個國家、地區和國際組織，3,600
多家企業參展，40 多萬名境內外
採購商到會洽談採購，成交額達到

1983 年 4 月，首輛桑塔納轎車〔Santana sedar〕
在上海落地〔周銘魯攝〕〔《上海，我們的故事》〕，p. 272)

578 億美元。它的成功舉辦是中國改革開放 40 年成就的重要組成部分，也是上海充分發揮開放優勢、不斷追求卓越的重要實踐。

跨國公司地區總部累計引進674家 40 年來，上海擴大開放，利用外資實現了跨越式發展。上海累計實到外資用了 18 年的時間突破 500 億美元，用了 6 年的時間突破 1,000 億美元，而 1,500 億美元和 2,000 億美元的突破分別僅用了 3 年。截止 2018 年 10 月底，上海累計引進外資項目 9.5 萬個，實到外資 2,376 億美元，占大陸比重從 1990 年的 6% 左右躍升到了 11% 左右。上海還於上世紀 90 年代起就率先提出發展總部經濟的設想並付諸實踐，支援管理、投資、研發、結算、物流等各類功能性機構加快集聚；截止 2019 年 1 月底，累計引進跨國公司地區總部 674 家，其中亞太區總部 90 家，投資性公司 362 家，外資研發中心 443 家，是中國大陸地區外資總部機構最為集中的城市。

外商投資准入負面清單的"零"突破 40 年來，上海銳意創新，利用外資開創了中國大陸諸多先河。從大陸第一部關於外商投資的地方性法規、第一批國家級經濟技術開發區等在滬誕生開始，上海取得一系列"零"的突破。

上海第一家中外合資企業—上海迅達電梯，是大陸機械工業第一家中外合資工廠；上海大眾汽車是大陸第一個中外合資整車製造廠。尤其在上海自貿試驗區，率先於全大陸試點准入前國民待遇加負面清單管理模式，制定了大陸第一張外商投資准入負面清單，設立了大陸首家外商獨資醫院、首家外商獨資金融類投資性公司、首家外資再保險經紀公司、首家外商獨資非學制類職業培訓機構等一批首

1987 年 1 月，上海燈泡廠的職工在購買股票。23 日一天內，這個廠的職工共認購股票 3,680 股，計人民幣 36.8 萬元〔新華社記者 張劉仁〕

創性項目,是中國大陸利用外資名副其實的風向標。2018年新落地的特斯拉專案總投資超過20億美元,是上海最大的外資製造業專案,也是中國大陸第一個外商獨資新能源汽車製造專案。

上海大眾汽車廠

外資企業成為上海經濟成長的重要引擎 40年來,上海以融通共贏的生態展示包容,利用外資成為上海經濟社會發展的重要組成部分。上海始終歡迎和鼓勵各類企業公平競爭,支援外資企業加速融入城市發展建設。通過自貿試驗區建設,加快與國際通行規則接軌,將特別管理措施由2013年版的190條縮減到2018年版的45條,大幅提升市場准入的透明度和可預期性;出臺了"擴大開放100條""外資33條""外資研發中心16條"等政策,支持外資企業更深入地參與上海"五個中心"建設。

2017年,外資企業貢獻了全市超過1/4的GDP,超過1/3的稅收,2/3左右的外貿進出口和規模以上工業總產值,以及50%左右的規模以上工業企業研發投入。外資企業已經成為上海促進經濟增長的重要引擎、調整產業結構的重要支撐、推動科技創新的重要主體、提升城市功能的重要力量。

1997年新落成的上海證券交易大廈交易大廳

2018年,上海外資項目數、合同金額、實到金額實現"三增長",新設外資項目5,597個,同比增長41.7%;合同外資469.37億美元,同比增長16.8%;實到外資173億美元,同比增長1.7%,高於

1991 年 6 月 20 日上海南浦大橋建成（中國大陸第一座大跨徑疊合梁斜拉橋）

"十二五"時期年均 162 億美元的水準。上海外資企業運營也保持平穩健康、增勢良好，營業收入同比增長 8.1%，利潤總額增長 7.2%。

跨國公司將上海視為進入大陸市場的首選地 投資的信心來源於跨國公司投資上海的意願沒有變。上海已成為跨國公司全球網路的重要節點和增長點，共有 1,477 家外資企業累計投資超過 1 億美元，其中大眾、諾基亞貝爾等 88 家企業投資超過 10 億美元；50% 以上在滬外資企業把大陸視為最重要的海外市場，並把上海視為進入大陸市場的首選地；10% 以上的在滬外資研發中心把上海作為全球研發創新的重要基地。10 月，上海又新簽約了 12 個外資大專案，總投資 234 億元，其中既有歐姆龍、迪卡儂等老朋友，也有世界上最大的商用車零部件製造商—賽夫華蘭德這樣的新朋友。信心來源於上海吸引外資的綜合優勢沒有變，而且更具競爭力。

根據世界銀行的最新報告，中國大陸營商環境排名比 2017 年提升 30 多位，成為營商環境改善幅度最大的經濟體之一，其中執行合同、獲取電力、登記產權、開辦企業等指標分別排名第 6 位、第 14 位、第 27 位和第 28 位，真切地反映了上海作為主要樣本城市，一年來紮實推進營商環境改革的成效。營商環境沒有最好，只有更好，上海將繼續對標國際先進水準，持續深化推進營商環境改革，全面打造國際一流的營商環境。這也是中國大陸改革開放的信念和決心：只有進行時，沒有完成時。

台商前進上海 上海在積極吸引外資的同時，大力吸引台資的腳步越走越快。截至 2018 年年底，上海累計批准台商投資企業 12,900 家；吸引合同台資超過 400 億美元，約占合同外資總額的 9.35%，台商投資項目一直是上海外資經濟的重要組成部分。所投資項目不斷轉型升級，品質進一步提升。增資的項目主要集中在廣電、積體電路等台資優勢

項目。截至 2018 年年底，上海合同台資超過 500 萬美元以上的項目 1,100 個。目前在滬台資企業中，地區型總部、投資性公司和研發中心為 71 個。各類台資金融機構達 43 家，涉及銀行、證券、保險、基金等諸多領域。

改革開放先行者

1980 年 10 月 3 日，上海《解放日報》在頭版發表文章《十個第一和五個倒數第一說明瞭什麼？》，列舉了上海經濟指標在全大陸的 10 個第一，但是城市建設卻有 5 個 "倒數第一"：城市人口密度之大，為大陸之 "最"；人均綠化面積僅 0.47 平方米〔像一張《解放日報》那麼大〕。建築之密，廠房之擠，道路之狹，綠化之少，均為大陸大城市之 "最"；上海市區按人口平均計算，每人居住面積為 4.3 平方米，為大陸之 "最"；上海平均每萬輛車一年死亡人數為 42.5 人，車輛事故為大陸大城市之 "最"…對上海來說，它急需開闢一個新的城市功能區，建設 "新上海"，減壓 "老上海"。

鄧小平–上海浦東面對太平洋 南方邊陲的深圳經過 10 年發展，以年均經濟增長 26.9% 的速度創造了深圳奇跡，但是中國的改革開放前景如何，世界依然充滿疑慮。中國大陸需要找到更強有力的支撐點，撬動改革開放在更高的起點上加快發展。這個支點在哪裡？鄧小平把目光投向了上海，投向了黃浦江之東。"深圳是面對香港的，珠海是面對澳門的，廈門是面對臺灣的，浦東就不一樣了，浦東面對的是太平洋，是歐美，是全世界。" 1990 年，改革開放總設

計師鄧小平這樣描繪他心目中的上海浦東新區。

1990 年 4 月 18 日，中共中央、國務院正式宣佈開發開放浦東，把浦東推向了大陸改革發展、對外開放的最前沿。對中國大陸來說，開發浦東"不只是浦東的問題，是關係上海發展的問題，是利用上海這個基地發展長江三角洲和長江流域的問題"。這意味著，進入 20 W 世紀 90 年代，中國大陸對外開放的區域開始由南向北轉移，這又是中國大陸改革開放史上一個具有戰略意義的大轉移。

1990 年 5 月 3 日，這個日子是新浦東的誕生日—當天，上海市人民政府浦東開發辦公室、上海市浦東開發規劃研究設計院在浦東大道 141 號掛牌。定下這個門牌號，就是因為"浦東開發一是一、二是二，一步一個腳印，要實事求是"。在一間只有 4 張木桌子的辦公室裡，浦東決定要對標國際最高標準設計制度，面向全世界打開大門。

上海浦東外高橋保稅區 1990 年 6 月，經國務院批准，全大陸規模最大、啟動最早的保稅區—上海浦東外高橋保稅區正式設立，擁有自由貿易、出口加工、物流倉儲及保稅商品展示交易等多種經濟功能。海運直通、外匯自由結算，適合高淨值的大型設備，再加上完善的上下游配套，讓外高橋保稅區吸引了來自 10 多個國家和地區的 140 餘家跨國機床企業入駐，區內 95% 以上是外資企業，成為全大陸進口機床廠商集聚度最高的區域。

上海浦東外高橋船廠

以外高橋保稅區為起點，浦東逐漸推出洋山保稅港區、上海浦東機場綜合保稅區、金橋出口加工區、張江高科技園區和陸家嘴金融貿易區等板塊，外資金融機構集聚度全大陸第一，海港空港口岸具備世界級樞紐保障能力，跨境資源配置功能持續提升。

上海自貿試驗區-市場准入接軌國際　2013 年 9 月 29 日，中國（上海）自由貿易試驗區正式成立，吸引了全球的關注，海外資本期待著能夠在浦東獲得更寬鬆的准入門檻。2013 年 9 月 30 日，上海自貿區公佈了 18 大類 190 項 "外商投資准入特別管理措施"，在全大陸首創了 "負面清單" 管理模式，形成與國際通行規則一致的市場准入方式。

五年來，這張負面清單不斷瘦身，2014 版減少到了 139 項，2015 版減少到了 122 項，2017 版減少到 95 項，2018 版

中國（上海）自由貿易試驗區

僅剩 45 項。配合負面清單，上海自貿試驗區 2013 年、2014 年先後出臺兩批 54 項擴大開放措施，前不久，又出臺擴大金融服務業對外開放 25 項新措施。

世界500強企業中有310家在浦東設立機構　國際化的貿易監管制度和投資管理制度，讓浦東成為了全大陸投資環境最具國際範兒的地區，也為浦東發展按下了快進鍵。"截至 2018 年 6 月底，累計有 2,620 個項目落地浦東，融資租賃、工程設計、旅行社等行業的擴大開放措施取得明顯成效。落地企業中湧現出一批首創性專案，包括大陸第一家專業再保險經紀公司、第一家外資職業技能培訓機構、第一家外商獨資遊艇設計公司、第一家外商獨資國際船舶管理公司、第一家外商獨資醫療機構等。" 上海市委常委、浦東新區區委書記、中國（上海）自由貿易試驗區管委會主任翁祖亮介紹，28 年來，浦東累計吸引實到外資 789.9 億美元，世界 500 強企業中有 310 家在浦東設立了機構。

浦東新區成立至今，新區經濟總量從 1990 年的 60 億元躍升到 2018 年的 10,000 多億元；財政總收入從開發之初 1993 年的 11 億元增加到 2018 年的 4,000 多億元，增長了 364 倍，創造了穩定增長、步步上揚的奇跡。

碩果累累驚全球

40 年的改革開放，上海各行各業碩果累累，業績喜人。

航太航天　我國長征二號丁運載火箭(簡稱"長二丁")，被譽為金牌火箭。截止2018年12月29日，該火箭已發射43次，成功42次，部分成功1次。它的出生地就在上海。

2018年，距離長二丁首飛已經過去26年。但它仍老當益壯。這幾年，悟空、墨子、慧眼等網紅衛星都是乘著長二丁座駕進入太空。2018年長二丁計畫有8次發射任務，刷新長二丁年度發射次數新記錄，更是實現了60天內五戰五捷、五天之內兩個基地連續2次成功發射，完成了中國航太高密度發射的新挑戰。

空間冷原子鐘　於2016年9月15日搭載"天宮二號"發射升空，成為國際首台在軌運行並開展科學實驗的冷原子鐘。在軌運行兩年，順利完成所有預定科學目標，在空間軌道上國際首次實現了鐳射冷卻原子，驗證了空間冷原子鐘天穩 10^{-16} 量級在軌運行的能力，是世界當今在軌運行的最高精度的原子鐘(3000萬年誤差1秒)，為空間超高精度時間頻率基準的重大需求以及未來空間基礎物理前沿研究，奠定了堅實的科學與技術基礎。

大飛機　2006年，中國新一代大飛機C919終於立項，國人被壓抑了20多年的"大飛機夢"再次被點燃。2008年黃浦江畔，中國商飛公司成立。C919的零部件有數百萬個，其中80%是中國第一次設計生產。2017年，C919大型客機在上海浦東機場沖上藍天，國產大飛機首飛振奮國人。如今，國產大飛機C919和國產噴氣式支線客機ARJ21在長空"比翼齊飛"，是我國民航飛機的巨大成功，也寓意我國進入民航市場與國際航空巨頭角力的希望。

大飛機 C-919 和 C-929

港口建設-洋山深水港　上世紀90年代，上海的港口貿易在迅速發展後陷入瓶頸。船舶越造越大，跳出黃浦江、越過長江口，到大海建深水港迫在眉睫。經過6年的選址論證，2002年，洋山深水港開工建設。2005年的12月10日，

洋山深水港四期自動化碼頭全貌

洋山深水港和洋山保稅區正式宣佈啟用。次年，洋山港就實現了微利，超乎所有人的預期。4年後，上海港超越新加坡，成為全球最繁忙的集裝箱港口。如今的上海集裝箱運價指數，已成航運市場的風向標，集裝箱輸送量連續8年位居世界第一。

醫療事業變化翻天覆地　改革開放 40 年來，上海的醫療事業發生翻天覆地的變化。如今，上海大型醫院的硬體條件與發達國家幾乎無異，CT、核磁共振等動輒幾百萬到幾千萬元的大型診斷設備已經成為大醫院的"標配"。面對高端醫療設備研發幾乎沒有產業基礎的窘境，上海的醫療設備研發企業從零起步，並於近5年開始嶄露頭角，形成了自己的競爭優勢。

地鐵運營里程全球之首　上世紀 80 年代，隨著上海經濟社會的快速發展，僅靠地上公共交通承載城市出行的方式已經落伍。如水的人潮、擁擠的街道，讓當時的老百姓叫苦不迭。

1988 年火車從房子間穿過(紀海鷹攝、一等獎)
淞滬鐵路上的列車從棚戶區簷房包圍中擦肩而過，不僅慢如蝸牛，還需要有人在前"清道"
（《上海，我們的故事》，p. 12）

"記得上世紀80年代，出門除了騎車就是坐公交。可人實在太多，尤其到市中心，不擠個半天別想坐上。"上海市民回憶起那時的場景，仍記憶猶新。"後來有了地鐵，出門就方便多了，從不堵車，更不擁擠"。

1993年5月28日，上海地鐵1號線南段(錦江樂園一徐家匯)通車。上海第一條地鐵正式運營，從此打開了連接城市各個角落的"大門"。隨著城市化進程的加快和科技水準的提高，上海投入運營的軌道交通線路已有17條，運營總里程(含磁浮)705公里，車站415座，運營里程躍居全球之首，路網規模位居世界第一，日均客流排名世界第二。到2020年，上海地鐵將形成20條線路，總里程約830公里的超大網路運營規模。

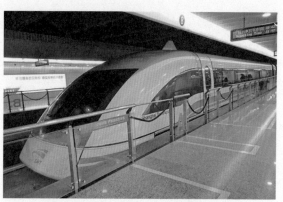

上海磁浮列車 Shanghai Maglev Train
往返浦東機場及龍陽路，時速可飆至 431km/h，
乘車時間只有8分鐘

除此之外，致力於長三角地區一體化發展的上海，早早將目光投向周邊省市。2013年，地鐵11號線將列車開向了江蘇昆山花橋。從此，"住在花橋，上班去上海"成為了常見的生活方式。隨著長三角一體化發展的不斷推進，上海地鐵還會向長三角地區的更多城市延伸，讓城與城之間聯繫更加緊密。

電信網路-千兆寬頻全覆蓋　1882年，上海灘出現第一部電話後，上海用了整整100年才發展到15萬門；而從15萬門擴容到100萬門，僅用了10年；而從100萬門到200萬門僅用了2年。作為國民經濟的神經系統，上海電話網經歷了步進制、旋轉制、縱橫制到程式控制交換機，實現了上海電話網數位化改造的目標，從而推動了上海電話的大發展。

伴隨著中國改革開放的步伐，從市內電話到長途通信，從移動通信到資料通訊，從CDMA制式到5G移動網路，上海通信行業一直走在市民對通信資訊需要的最前沿。隨處可見的移動支付到屢創新高的網路交易額；從高效便捷的電子政務到安全親和的智慧社區，網信事業快速健康發展，互聯網日益成為經濟

遠望 7 號
中國大陸第三代綜合性遠洋航天測量船（張宏偉攝影）

發展的重要驅動力。

現今互聯網不再僅僅是網上購物、共用單車，以大資料、雲計算、人工智慧為代表的數位技術，正日益滲透進市民生活的方方面面，用戶世界因互聯網而更多彩，百姓生活因互聯網而更豐富。根據規劃，2018 年，上海實現 "千兆寬頻" 全覆蓋一這是全球首個 "千兆寬頻" 全覆蓋的城市。由上海電信打造的百兆起步、千兆主流的 "城市新光寬" 標準，隨著上海電信全大陸首個 5G 示範商務區啟動建設， "雙千兆" 也將成為新時代國際化大都市的新標杆。

造船-追平與世界先進造船國家的50年差距
江南造船的前身是誕生於 1865 年的江南機器製造總局，歷經江南船塢、海軍江南造船所、江南造船廠、江南造船（集團）有限責任公司的變遷。2013 年 10 月，江南造船第七代 "中國江南型" 7.8 萬載重噸散貨船實現首船交付；2014 年 3 月，大陸自行研製的新一代導彈驅逐艦昆明艦交艦入列；2016 年 12 月，大陸新一代極地科考船正式開工建造；2017 年 6 月，新型萬噸

振華港機制造的世界首創 7500T 全回轉浮吊船 "藍鯨" 號在南海首吊成功

級驅逐艦首艦下水；2018 年 6 月 12 日，全球最大級別超大型集裝箱船正式交付⋯不少人形容江南造船廠交船速度之快，像"下餃子"一樣。

該公司用 30 年時間，追平了與世界先進造船國家 50 年的差距。經過改革開放 40 年，到現在已經全部實現國產化。在民品領域，江南造船開發建造了大型液化氣運輸船、超大型集裝箱船等享譽國內外的船型。在公務船領域，江南造船建造了"遠望 7 號"航太遠洋測量船、"東方紅 3 號"深海遠洋綜合調查實習船和新一代極地科考破冰船。

十年前，江南造船離開黃浦江畔，正式搬遷到長江口的長興島。江南造船廠不僅完成了從黃浦江畔到長興島地理位置上的跨越，更實現了造船技術質的飛躍。目前，長興基地包括 4 座大塢、17 座舾裝碼頭，規劃綱領為民用船舶年造船能力 450 萬噸，是目前大陸規模最大、設施最先進、生產品種最為廣泛的現代化造船基地。

汽車　2008 年 6 月，隨著定位為"數位智慧高性能中級轎車"的榮威 550 登場（2008款售價12.68-18.98萬元），它是中英聯合開發的結晶，在人機交互、資訊傳遞等全方位的數位科技詮釋著"數字智慧"，對於上汽擁有里程碑式的意義。2010 年 2 月 28 日，把售價區間拉低到 8.98 萬起步的榮威 350 正式上市。上市首年拿下了 4.2 萬輛的銷

上海大眾第 600 萬輛轎車下線

量。2013 年更是拿下了 11.3 萬輛，並在此基礎上於 2015 年延伸出改進款榮威 360。2012 年 4 月，上汽推出了大尺寸中級車榮威 950。這款跨二十的"首席行政座駕"向世人宣示了上汽在中高端轎車的存在。2016 年 7 月，定位為"互聯網 SUV"的榮威 RX5 推出，無論是從外飾、內飾的品質方面，還是整車動力經濟性、NVH 水準，榮威 RX5 都體現了上汽的最高水準，上汽人終於在跨十的征程裡寫下了濃墨重彩的一頁。

社會保障　改革開放以來，上海在財力物力有限的情況下，依然克服困難，從人民群眾最關心的實際問題入手，實現了從單位保障到全體城鄉居民社會保障體系的全覆蓋。

養老保險從"一城四制"到城鄉統籌。作為社會保險的最重要部分，上海的基本養老保險制度從無到有，先從最有條件的國有企業開始，實行單位保障形式的職工基本養老保險制度，再逐步擴大範圍，針對外來從業人員、郊區及失地農民、農村居民及城鎮仍未參保人員，建立了"綜保"、"鎮保"、"農保"、"城居保""一城四制"的極具特色的養老保險體系。然而，隨著改革的繼續深入，多種保險並存的問題逐漸顯現。上海開始按社會保險法提出的要求，貫徹制度並軌三大原

工博會"數控機床與金屬加工展"

則，使用"費率過渡"、"基數過渡"等辦法，在經過多次整合和調整後，上海現已形成了以城鎮職工基本養老保險和城鄉居民基本養老保險為兩大主體的基本養老保險體系，並且正與機關事業單位職業年金、企業年金以及商業養老保險等補充養老保險逐步形成多支柱的養老保障體系。

醫療保險由公費醫療到多層次保障體系。上海最早期的醫療保障是公費醫療和勞保醫療。2000 年後，醫療保險向社會保險模式逐漸轉型，這一時期新的醫療保險在制度上得以建立。目前，上海市醫療保障制度已經構建成多層次醫療保障體系，實現了制度轉換和機制轉換，實現由原來的公費醫療和勞保醫療到醫療社會保險的轉換。在新制度下，實施了社會統籌和個人帳戶相結合，費用分擔、醫療服務競爭（"兩定點"）、費用控制（結算方式、費用共擔）以及社會化管理等新的運行機制，逐漸形成了以基本醫療保險制度為主體（城鎮職工基本醫療保險，城鄉居民基本醫療保險）、各種形式的補充醫療保險（公務員補充醫療保險、大額醫療互助、商業醫療保險和社區醫療互助）及以醫療社會救助為底線（包括城市醫療救助和農村醫療救助）的多層次醫療保障體系的基本構架。

　　工傷保險從"小工傷"到"大工傷"的逐步提升。工傷保險制度是"五險"當中最年輕的制度。21世紀初，按照國家工傷保險制定規定，結合自身特點，制定了上海工傷保險政策條例，並逐步實施推行，取得良好成效。歷經數年的摸索，首創來滬工作的外來從業人員工傷保險，保障外來從業人員合法權益，擴大工傷保險覆蓋面，並初步形成了集工傷預防、工傷補償和工傷康復三位於一體的現代化工傷保險制度基本框架，從覆蓋範圍和保障內容上，逐步實現了由"小工傷"到"大工傷"的轉變。

　　生育保險由企業保險向社會保險的轉變。上海生育保險經歷了由早期企業職工生育保險轉化為企業生育保險，最終向社會生育保險轉變。2001年發佈了《上海市城鎮生育保險辦法》，標誌著上海在建立和完善生育保障體系又邁出了一步，從覆蓋範圍、繳費率、待遇水準、產假等方面進行完善，使生育保險更加滿足人們的需求。

　　失業保險從待業保險到高品質就業。上海的失業保障由改革開放初期的待業保險，到上世紀90年代上海市失業保險的正式確立，失業保險制度功能得以不斷完善。上海的失業保險由原來的保基本向促進就業方面的轉變、由傳統的技能培訓轉變為對高技能人才的培訓，以及建立高品質更充分的就業機制。

上海首推租賃住房用地 –2017年7月4日晚，上海市規劃和國土資源管理局公佈了位於浦東新區和嘉定區的兩幅地塊出讓信息

2013 年 1 月，上海出台《清潔空氣行動計劃》進行大氣污染治理，
經過多年奮戰，上海的空氣質量總體改善。圖爲上海的"水晶天"

　　住房保障從住房解困到"四位一體"的住房保障體系。上世紀 90 年代，住房改革全面推進，上海市推行的住房公積金制度及住房解困工作，獲得了聯合國人居獎。

　　上海住房制度改革大體經歷了四個階段。

　　一是探索起步階段（1978-1990年），一方面嘗試將政府"統建統配"體制改為政府和各部門各單位元共同負擔模式；另一方面進行住房商品化探索。

　　二是快速推進階段（1991-1997年），以《上海市住房制度改革實施方案》正式實施為標誌（1991 年 5 月），採用綜合、多元、配套的改革措施，以"推行公積金、提租發補貼、配房買債券、買房給優惠、建立房委會"為主要內容全面推進房改，住房由實物分配向商品化、市場化供應轉型，實施公積金制度在全大陸是首創。同時探索土地供應方式創新，實施住宅用地有償使用制度。在住房保障方面，進一步拓展住房保障的範圍。

　　三是全面推進階段（1998-2006年），這一階段顯著特徵是逐步實行住房分配貨幣化，大力培育房地產市場，以商品房為主體，兼顧保障性住房供應。"十五"期間，提出"重點發展普通商品住房，不斷適應市民梯度消費、逐步改善的住房需求，切實保障生活和居住困難家庭的基本居住條件"的目標，尤其加大了普通商品房和配套商品房的建設力度。

四是深化完善階段（2007年至今），不斷完善“多管道、分層次、成系統”的住房供應制度。按照國家對房地產市場調控方針和要求，上海陸續出臺了多項促進房地產市場平穩健康發展的政策性檔，採取住房限購、差別化信貸、提升中小套型比例、增加住宅自持比例用於出租、增加土地供應、強化市場監管、試點徵收房產稅等綜合措施，抑制投資投機性需求，調控取得積極成效。與此同時，積極推進保障性住房建設，基本形成了廉租住房、共有產權保障住房、公共租賃住房（含單位租賃房）、徵收安置住房“四位一體”、租售並舉的住房保障體系框架。上海已建立起以政府為主提供基本住房保障、以市場為主滿足多層次需求的住房供應體系。

社會福利由“補缺”到“適度普惠”的福利制度。改革開放初期，上海初步形成了由民政福利、職工福利以及公共福利組成的社會福利制度。21世紀初，為加快上海社會福利事業改革發展，將福利水準與經濟發展程度相匹配，上海市制定了相應的優惠政策，積極協調各方參與社會福利事業建設，社會福

遐邇的上海外灘金融街

利制度建設從補缺型逐步向適度普惠型轉變。

　　社會救助由“三條社會保障線”救助到“9＋1”的社會救助制度體系。改革開放之後，上海的社會救助工作開始由早期簡單的“輸血式”救助向扶持生產的“造血式”救助轉化。上海創建了城市最低生活保障制度，率先在全大陸制定城鎮居民最低生活保障線，並逐步形成由職工基本生活保障、失業保險制度和城鎮居民最低生活保障制度組成的“三條社會保障線”的福利體系。目前，上海正努力建構綜合性的現代社會救助體系，以最低生活保障、特困人員供養為基礎，支出型貧困家庭生活救助、受災人員救助和臨時救助為補充，醫療救助、教育救助、住房救助、就業救助等專項救助相配套，社會力量充分參與的現代社會救助體系，確保社會救助廣覆蓋、有梯度、相銜接，確保救助水準與本市經濟社會發展水準相適應，即建立“9＋1”的社會救助制度體系，不斷提升人民群眾獲得感和滿意度。

上海浦東

繼續前行再出發

40 年的改革開放將上海帶到了新的起點，伴隨著中國特色社會主義進入新時代，上海現代化事業也面臨著新格局、新使命，這集中體現為：

一是在國家戰略層面，進入新世紀之後，上海不僅需要提高金融等領域的全球配置能力，而且需要在大陸產業鏈延伸、價值鏈增強的基礎上，形成具有全球影響力的科創中心。

二是在自身轉型層面，考慮土地、勞動成本攀升及老齡化加劇，上海的營商成本漸趨提高，這導致其面臨著產業結構轉型、升級和調整的重大使命。

三是在區域競爭層面，不同區域和城市間的競爭格局正發生深刻變化，區域之間從單純的地理區位競爭轉向綜合的營商環境和經濟制度競爭。

四是在發展目標層面，大陸已從高速增長階段轉向高品質發展階段，上海的發展也不僅僅體現在經濟增速，而是體現在經濟、社會、政治、文化、生態等多個方面，並需要切實貫徹創新、協調、綠色、開放、共用等新發展理念。現階段上海則需要依靠改革開放再出發來探索高品質發展的新路。

上海騰飛，海闊天空；改革開放，永不止步。

說明：本文 1993 年之前資料引自 1993 年 3 月版《新編上海大觀》；1993 年之後資料引自上海統計局年報及上海市政府臺灣事務辦公室統計表

附錄：普通話中原為上海地區流行的俗語俚語
穿邦-隱私、秘密被揭穿。
篤定-踏實，有把握。
尷尬-處事進退兩難。
摜派頭-指愛虛榮、擺闊氣。
吃排頭-受批評指責。
三腳貓-喻所知面雖廣，卻都不精通。
洋涇浜-不標準的語言。
投五投六-做事粗糙。

坎坷復興路

Part IV
挫敗美帝圖謀

　　70 年前 1946 年 11 月 4 日，蔣介石的國民黨政府與美國在南京簽訂《中美友好通商航海條約》(Treaty of Friendship, Commerce and Navigation between the Republic of China and the United States of America)；同 (1946) 年 11 月 22 日，英國《新國家與民族》周刊稱中美商約的締結"這就是一個大而強的國家摧毀一個經濟上落後的國家的每道國防線"

展望全球兩大文明的世紀對決
-基督教文明vs.中華文明-

┃ 毛鑄倫（《中國時報》前大陸新聞中心主任 / 台灣）

在展開本文論述之前，或應先舉出兩項重點做為前言，以鎖定吾人討論的方向。

其一，美國國師級文明史及大戰略學者杭廷頓（Samuel R. Huntington），在其大著《文明衝突與世界秩序的重建》（The Clash of Civilizaions and the Remaking of World Order）中，直言 21 世紀後人類世界將面臨的是西方基督教文明/伊斯蘭文明/中華文明的衝突爭霸。杭氏的立論悲觀，認為此一結構性的衝突不可能妥協善罷，對西方而言它是一條歷史宿命（「修昔底德斯陷阱/你死我活」）的不歸路，因此，做為西方基督教文明現世代表/捍衛者的美國，必須維持自己可以同時打擊/制壓另外兩個文明的優勢強大武力，也要傾力防制/破壞另外兩個文明的聯盟合流。只有這樣，西方世界才是安全的，一切利益才是紮實的。

杭廷頓的大建議　吾人觀察上世紀 90 年代後期美國對外全球戰略的思考/制定/操作，主軸上應該是遵循杭廷頓“大建議”（the Grand Suggestion）的忠告。

吾人也能同意，美國在過去 30 多年的強勢“經營”下，伊斯蘭文明世界已經慘遭摧殘破敗裂解，陷於群龍無首六神無主苟延殘喘現況，對西方（美國霸權）看不出有什麼值得憂慮/重視的威脅。因此，跟中國的衝突較量終於逼近而呈現出箭在弦上圖窮匕現的局面，國人因此可以更嚴肅的面對/理解，為何川普上任以來不惜丑角般誇張表演平行的，與美國在現實上積極儲備/調動/部署針對中國的全方位敵對反制套路。這甚至已不是双方在近期的經貿利益衝突上瑣碎片面的妥協讓步，可以交換或轉移熱點的問題。

討伐中國的檄文　事實上，2018年10月4日間美國副總統潘斯(Mike Pence)在華盛頓智庫哈德遜研究所(Hudson Institute)發表有關中國政策的長篇演說，東西方媒體不乏視為是美國對中國發動新冷戰的"鐵幕演說"，或是《討伐中國(檄文)》的演講，因為該演說已經充分的表達了美國的既定對中國(長程)戰略及執行意志與手段。美國也毫不遮掩的"明言規定"，在大美霸權的強大壓力下，今後中國"好日子(美夢)結束"，只有委屈求全乖乖聽令行事"退返改革開放初階"一路可走。中國國家必須接受包括自己的一切自然資源/生產力/市場/建設發展方向等等，概皆附屬於與不得違害於美國利益的"天命"。在2018年，美國霸權主義單獨的向中國頒佈它的片面/威懾性的"the World New Order"。

2019年4月29日，美國國務院政策規劃事務主任斯金納(Kiron Skinner)在美國智庫"新美國(New American)"和亞利桑那州立大學(Arizona State University, ASU)共同舉辦的"美國未來安全論壇"中，聲稱美國與中國展開"美國前所未遇的真正不同文明和意識形態鬥爭(This is a fight with a really different civilization and a different ideology. And the United States hasn't had that before…)"

非裔哈佛博士斯金納(取自網路)

"這是我們第一次有非高加索人的強權競爭者(It's also striking that it's the first time we will have a great power competitor that is not Caucasian.)"。斯金納甚至說，昔日美蘇競爭，一定程度上都是"西方內部較量(it was a fight within the Western family)"。

吾人至此終於明白，美國上世紀70年代主動尋求的與中國「關係全面正常化」的內層根本盤算/目的，現在才由副總統潘斯、國務院政策規劃事務主任斯金納先後公開，故四十年來是美國被中國騙了，還是中國被美國騙了？

對中國來說，這是好事還是壞事？中國人明白美國在這個時間點上這樣

"撕破臉"表態的真正原因嗎？放棄"鬥而不破"底線，美國仗恃的勝算又是什麼？

中/美誰勝誰負？ 其二，没有人能預知這一由美國主動啓動的"文明衝突"誰會先倒下？但是可以確定的是，應該不致爆發兩造間直接的全面熱戰，使人類文明歸零退回洪荒。於是中/美正在進行的便是一場全面性的戰爭邊緣角力，在漫長的鬥爭過程中，端看誰必須先面對經濟衰頹、社會资源匮乏、物價失控、國內秩序潰亂/內戰、青年世代虛無迷惘仇視政府、鄙夷國家领導人等遭多層次軟殺所產生的"現狀問題"後，它便會轟然崩解猝死倒斃。真正的"一個國家/民族的悲劇"在此之後才進入絕望般的長夜。跟這個必然的後果相較，双方再艱苦複雜漫長挫折痛苦折騰的角力鬥爭，都是值得的與必要付出的代價。

美帝謀我一百年 基於以上闡述，人們或可更為清晰的看到，大致上始於1900 年的美/中關係的脈絡，以及它有意義的與大方向的發展。

當羅馬帝國出現在西方歷史後，這個本質上是軍國主義的文明，便承負著一個"天命"：不允許另一個大帝國可以分庭抗禮的存在；羅馬帝國〔本能的〕須將周邊世界征服拆散、奴役剝削、殖民地化；在羅馬帝國衰亡後，繼之崛起的歐洲強權在得以建立各大帝國後，概皆"自動"步武羅馬帝國的思維與行為模式。吾人乃可以清楚的看到在 18/19 世紀的拿破崙法國、維多利亞英國、納粹德國、法西斯義大利等各歐洲國家的軍事力量與指導思想中的"羅馬傳統/鬼魂"。此一基因般的傳承，在 20 世紀則由大美帝國當仁不讓的概括扛起，並矢言發揚光大。因此，自 18/19 世紀始，中國便宿命的要淪為來自歐洲的各個"羅馬帝國"征服、拆散、剝削、榨取、奴役〔enslave〕、同化的標的物。這當然是一種型式的"文明衝突"。敗方喪失話話權甚至發言能力，然後失去獨立思想能力，其現實的存在變得空洞貧血等待消亡。

民族振興百年過程 然而進入 20 世紀後，中國所湧現的民族自救運動，最終由"中國共產黨"總其成的完成自滿清覆亡後的中國實質再統一，續而以敢教日月換新天的雄圖壯志、刻骨銘心爭分奪秒的推動民族再復興，自我展現了無比無窮的生命力，展現了不完成任務不達到目的不會停止的偉大驅動力，自我設定的政府服從與服務這個"自救的民族解放歷史使命"。這也是吾人所共見甚至參與的 20 世紀波濤壯潤高潮峰起的中國歷史。它根本不是什麼追求普世價值的"西化民主革命"的假象廉價遊戲。否則瞭解與相信"文明衝突"的西方社會主流，不會千方百計卑鄙下流的以"顏色革命"破壞扭曲阻擾其"敵對文明"的奮鬥自救。

中/美狹路相逢勇者勝　　可以指出，經過 19／20 世紀粹煉了 200 年未改其志的中國民族，走到 21 世紀的此時此地，恰恰是鴉片戰爭(1840)後 180 年與西方強權再次的碰撞，也是跟西方基督教文明下百年修為"大美帝國"的狹路相逢。我們認為，這是人類歷史甚至是人類文明的宿命，不宜做善罷的幻想。

吾人懇切盼望兩岸與全世界的中國同胞正視與理解這個正在進行發展中的中/美關係"現況"，清醒深入的辨別放棄幻想，冷靜堅定的團結作好鬥爭準備，迎接一切軟硬挑戰。我們必須把今天川普和美國政府/社會看做整體，精準評估美帝對中國的想法/做法與要得到什麼，對中國的長/短期利弊，策劃反制之道。這是一個未來50到100年的長期纏鬥，需要更多中國菁英的獻身與付出。

西方帝國霸權對中國的 "軟侵略"

-現世投射抽象實在的西方天國(英美加)-

▌毛鑄倫(《中國時報》前大陸新聞中心主任 / 台灣)

　　回顧檢視 19 世紀中頁以降迄今的中國歷史,兩岸的國人會有怎樣的理解?
而站在包括已走在偉大復興軌道啟程階段的中國大陸,以及已面臨將為自己謀
求在 "中國共同體" 中一個怎樣位置的台灣,似乎極有必要在這個議題上建立
共識,兩岸同胞才可能擁有共同的歷史記憶與前途願景,國家的統一才會有水
到渠成紮實堅固的。

　　中華帝國高度文明　　中華帝國始自堯、舜、禹、湯以來,一直是一個獨立
自主生存與發展的高度文明社會與國家,在悠久的歷史進程中,經歷興衰榮枯
治亂分合,這樣漫長豐富的記憶與教訓,是我們民族每一分子心靈與人格構成
的基礎與自尊,它充實中國人的內在,也形塑中國人的外貌,是其他文明與民
族所欠缺或不具備的可貴條件,滋養與蘊育無窮歲月中的中國人。這應該是每
一代中國政府與中國人父兄師長,引為自己的責任,把它傳遞給下一代,不能
忘記,不能荒嬉,不能背離。做一個堂堂正正的中國人,是我們每一個民族成
員與自己的祖國、同胞與優美傳統合為一體,在現實人生中的必要修鍊。

　　"中國教" 裡無上帝　　中國獨特歷史所建構成就的巨大宏偉本體,使它具
有類似但超越任何人類世界宗教的本質與意義,可以在任何人世的境遇與條件
下,啟發、警悟、指導與保護生存於不同情境裡的中國人。我們的父祖、自己
與子孫,都蒙受這一恩典,不虞匱乏。請注意,這個 "中國教" 裡面並沒有 "上
帝"。

　　因此,有些(中外)人等乃大事宣傳,認為這是中國文明與族群落後甚至是
罪過的特徵,這種武斷傲慢的歧視污蔑性論述,為他們從 19 世紀以來對中國

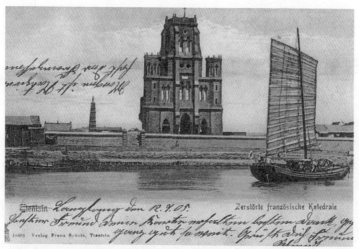

新建的法式教堂佇立在古老的中國寶塔前

其及人民犯下可怕的罪行，找到無恥的狡辯，竟以啟蒙者與救世者自居。在近二百年中國與西方霸權嚴重的國力落差情況下，這一由西方炮製出的"理論"，也逐漸侵蝕掉中國幾代的知識菁英階級，佔領了我們國家與社會的"意識形態"制高點，長期毒化與分裂著我們，危害我們淪陷在被外來乖謬論點操弄分化的對立衝突漩渦迷宮中，我們民族一直在支付血淚與屈辱的代價。在這樣歷史背景下的中國人，如果無知無感於對自己國族處境的悲憫與萌生憤發救贖的心願意志，那就說明他已困溺在"亡人之國，必先亡其史"的被異化精神狀態，中國人而以中國為敵。

外教與本土宗教平等互重　前面敘述可以搜尋到二百餘年來中外關係中的一個重要事實與其發展影響，那就是西方宗教及其傳教行為(mission)的進入中國。眾所周知，早在漢、唐時期，外教已傳入中土，主要由信奉的異族移民從事禮拜儀式，他們被接納在寬容的中國人社會中，平等友善的生存與傳承，逐漸成為中國的文化、政治、社會體制內的一部分，它最明顯的色彩是外教與本土宗教的信徒，從來是平等的，相互尊重，可以比鄰而居。壟斷與獨尊式的宗教，幾乎不曾出現在中國歷史上。邊疆民族的騷動叛亂每以其所奉宗教為標榜，歷朝皇帝雖偶有借宗教信仰而行政治鬥爭之事，但都在事件平息後風平浪靜，不留後遺症。

此一高度文明人道中國特色的宗教現象，尤其在與基督教、回教的歷史以及它們彼此的關係史比較後，心智理性與愛心的人，應能肯定甚或崇羨中國民族與文化對宗教的態度。簡言之，中國人很早就掌握了宗教跟人的關係與意義，務實與中庸防範了信仰的敵對與極端化傾向，這當然也影響和構成中國人的民族性格。

洋教菁英介入指導中國百年變革 19 世紀中頁的中、英鴉片戰爭，其重大影響與意義，應包括西方帝國主義霸權正式以船堅礮利搶灘在中國強勢經商與 "不平等權利" 傳教，同時在爾後的年月中，利用中國相對落後導致的貧窮衰弱、自信喪失，頗為有效向中國幾代人的知識菁英意見領袖，灌輸它們用暴力取得在中國貿易與傳教特權的合法合理，不容抗拒抵制，從而快速有效的在貧困惡化的中國社會製造出強大依附洋商洋教的階級，這些人再從中國社會的各個角落或階層，寅緣進入國家事務，甚至介入推動與指導國家的變革與發展。可以認為，近現代中國的驚天動地大變局，其促動因素中，西方以先進於中國的武器與科技，充當其經貿與宗教的後盾，破中國門牆排撻而入，展開此後近一百七、八十年中國與霸權帝國列強間的錯綜糾葛關係，掙扎圖存奮鬥求強。

現世投射既抽象又實在的西方天國〔英、美、加〕 西方〔主要是基督教〕宗教在中國的傳佈，及中外商貿事務給中國人留下的資本主義規則與想像，向廣大各階層中國人灌輸信教者的精神優越意識，在現世投射一種既抽象又實在的天國嚮往到西方〔譬如英、美、加〕國家，深入且普遍的模糊甚至抹消中國人對自己國族的認同與情感，這在中國對霸權國家的長期抵抗自衛過程中，不免導致力量渙散認識分歧而難竟全功之弊，其最惡劣的連鎖效應，則是中國政府因失去國民對它的信心/信任，被眾口爍金的責難為昏庸無能，甚或貪腐賣國的政府與當權階級，如此所帶來被亡國滅種瓜分的危機感，轉化成革命自救的國民運動，國家當然也陷入 "革命" 與 "再革命" 的泥沼。

西方軟實力隱蔽指引歧途 我們民族在付出巨大的血汗淚與時間，企圖爭回所失去的自立自主與安全無懼的固有生存狀態，仍然要面對和克服此起彼伏的 "內部" 障礙與麻煩，追根究柢，它源自中國最初敗於霸權列強船堅礮利後，在企圖因應危機的過程中，誤入"師夷長技以制夷"的思想陷穽，"西化"成為指導中國人改革應變革命維新的救命藥方，我們慷慨壯烈前仆後繼的去抵抗西洋東洋侵略圍堵中國的"硬實力"，但卻被它們安置在我們內部的"軟實力"隱蔽指引，它包括了近兩百年來西方以先進科技與富裕社會為說服力的對華文化輸出/入侵，這些已成為特別是進入 20 世紀後中國人的心靈組成部分，對我們在作主客觀事務理解與判斷時起到決定性的影響，使中國由近代到當代長期自救抵抗的民族運動，走上一個"積小勝為大敗"的道路，思之悚然。

在中國始自鴉片戰爭、英法聯軍入侵、甲午戰爭等抵抗海上霸權與列強資本殖民主義的侵略，而展開的民族自救運動，在 20 世紀特別是二次大戰之後，美國取得超強地位而有宰制世界之企圖後，它因襲此前帝國主義強權經營和搶奪到的第三世界所建立的經驗與心得 know－how，進行了方法論的總結而推陳出新。

以"富強正義"美好形象瓦解中國自我防衛意識(1945年) 舉例來說，在所謂對華政策或戰略方面，美國在抗日戰爭結束前夕，即同步的對其最重要與忠誠的盟友中國(中國國民黨政府與支持它的中國人)，廣泛深入運用"軟實力"的多方面入侵，但其效果因為它早已贏得的富強正義/先進民主人權/自由濟弱扶傾在中國的優越形象，美國大致上完全避免掉此前西方霸權對華"軟實力"侵略曾遭遇到的"文化衝突"抵制。

美國使用了更有效的方法，瓦解了相當數量中國菁英秉於國族本位觀念下的自衛意識(愛國主義、民族主義)，轉為精神異化的附傭或工具，為美式霸權帝國主義對華政策或戰略的利益服務。這裡面的關鍵在於這種人不能分辨美國與中國利益的不同或衝突是什麼？在哪裡？這個問題是一個累積與發展的後果，但人們不可以無視美國國家長期在這一點上的用心用力，這並非出於有愛中國或愛中國人民。我們應清醒的認知美帝國主義在今日世界掌握與運用的硬、軟實力與"巧實力"，有備無患防衛自己國家人民的近程、中程與遠程的安全福祉。

佛教、基督與民主 中國歷史邁入 20 世紀 50 年代前後，美國諸多對中國(兩岸)的做為中，即包含有針對"宗教反抗"力量的利用，例如組訓資助主導喇嘛教信眾的"藏獨"叛亂；接掌台灣"基督長老教會"的信仰內容，使"台獨"思想得以頑強的存活；在"白色恐怖"和緩後，向"台灣民主運動"輸送理論彈藥與精神力量，凸顯中國國民黨"中華民國"非本土外來政權實際（reality）的身份認定，樹立與確定"台獨"在台灣民主發展中的"正統性"。

以上案例，說明了本來是中國內政問題的"西藏問題"和"台灣問題"，被製造扭曲成主權或民族問題，複雜化與嚴重化其衝突，增加解決困難所耗的國安成本，引發中國（台灣和大陸）朝野社會的意見分歧混淆，抵消政府執政的效力與信度，為一切反政府/反國家/反人民利益的言輿論行動，佈置足以醞釀引爆社會動盪事件的時空條件，這就是"軟殺"的一種手段。從美帝或西方霸權主義的立場與自信角度看，兩岸的台北一端，已經在它的系統作業下被馴服，成為其小卒棋子，台灣與其住民的存在功能，僅為與服務於西太平洋國家及其美國戰略利益，這當然也包括美國對中國大陸的政策，是美帝宰制下台灣只得聽命的上旨。

因此可知，不論你是美國的盟友還是敵人，它對你使用"軟實力"進行殺害/操控的戰略與實踐，是不變的。這是人類歷史上帝國主義霸權在 20 世紀中葉後，由美國所研發升級並予實驗操作的特色或方程式。人類世界正面對與承受這一災難。

對中國而言，唯一的選擇是平衡與化解這個既為歷史的也是現實的，更關係到國族明天禍福的挑戰或危機，而非受制於人或與之同歸於盡。這是浩大工程，將耗費漫長歲月，必須持之以恆水滴石穿。當然，我們也要聯合團結全世界受害遭辱的國家與人民，共同奮鬥努力建立"非美（西方）體制"的國際新秩序，讓人類得以真正的能在地球家園安和樂利的永續生存。

恢復中華帝國的國族信心與氣魄　恢復中國國族本位與優秀傳統、立基於對本國歷史主體的理解與共識，應是中國國家民族此時崛起起步階段，必須開始的工作，任何中外有識之士都看得到，中國大陸近 40 的迅猛發展，其炫麗的成就之下，已蘊藏新的多樣的恐怖危機，這引發兩種對立的觀察與意見，其一是咀咒中國現政府與國家，在危機大規模爆發時，崩潰分裂，倒退到 19、20 世紀之交的悲慘狀態；另一則心懷憂懼誠惶誠恐，倘因過去未遠的"負面記憶"，在西方反華勢力的操控下，如噩夢般的不時發作，從而又需以"維穩"

為首務，如此又產生自亂清明的副作用。

因此，今天中國大陸除在國防、科技、工農、經貿、外交等方面"硬實力"的積極建設提振升級外，需加快加大力度恢復中國本位文化，孕育養成廣大的新世代中國人，全方位追求國族安全永續的重大工程。"中學為體，西學為用"差可形容這一目標。但是，重點在"中學"要能啟迪與堅固中國人的愛國意志與民族認同的人格，這是中國抵抗來自西方（美國超級霸權）險惡進攻/挑戰的必要選擇與治本之道。

70年前《中美友好通商航海條約》vs.70年后《13條霸王條款》

-毛澤東：美帝國主義亡我之心不死-

> 1946 年 11 月 22 日，英國《新國家與民族》周刊稱中美商約的締結 "這就是一個大而強的國家摧毀一個經濟上落後的國家的每道國防線"

▌戚嘉林 博士（中國統一聯盟前主席）

　　蔣介石的國民黨政府於 1946 年 11 月 4 日，代表中國與美國在南京簽訂《中華民國美利堅合眾國友好通商航海條約》(Treaty of Friendship, Commerce and Navigation between the Republic of China and the United States of America)，后於 1948 年 11 月 30 日在南京簽署＜互換批准議定書＞(Protocol of Exchange of Ratifications)。

　　70年前《中美友好通商航海條約》　草案是 1945 年由美國國務院擬訂的，在美國總統杜魯門特使馬歇爾將軍於 1945 年 12 月來華期間，向國府行政院院長宋子文正式提交；試問，當年 8 月 15 日日本才剛投降，美國要處理戰後德日戰犯審理、德日政治體制改造、歐洲戰後重建及其本土也要處理恢復非戰時體制等諸多急待解的問題。但方才併肩血戰日帝法西斯的同盟關係仍然熱絡之際，美國卻草擬出如此實質不平等的《中美友好通商航海條約》，全文 30 條 77 款，迫使國民黨政府簽下此一出賣全民族的條約。條約主要本文例如：

　　　第二條第三款、締約雙方關於本款所列舉之事項，既通常遵守國民待遇之原則，同意締約此方之法人及團體，在締約彼方領土全境內，應許其依照依法組成之官廳現在或將來所施行之有關法律規章《倘有此項法律規章時》，從事或經營商務、製造、加工、金融、科學、教育、宗教及慈善事業；為商務、製造、加工、金融、科學、教育、宗教及慈善之目的，而取得、保有、建造或租賃及占用適當之房屋，並租賃適當之土地；選用代理人或員工，而不問其國籍；從事為享受任何此項權利及優例所偶需或必需之任何事項；並不受干涉，行使上述一切權利

及優例,其待遇除締約彼方法律另有規定外,應與該締約彼方法人及團體之待遇相同[1]。

第七條,締約此方之國民、法人及團體,在締約彼方領土內之住宅、貨棧、工廠、商店及其他業務場所,以及一切附屬房地,概不得非法進入或侵擾。除遵照不遜於締約彼方領土內依法組成之官廳所施行之法律規章為該締約彼方之國民、法人及團體所規定之條件及程序外,任何此項住宅、建築物或房地,概不得進入察看或搜查,其中所有之任何書冊、文件或賬簿,亦不得查閱[2]。

第九條,締約此方之國民、法人及團體,在締約彼方領土內,其發明、商標及商號之專用權,依照依法組成之官廳現在或將來所施行關於登記及其他手續之有關法律規章(倘有此項法律規章時),應予以有效之保護;上項發明未經許可之製造、使用或銷售,及上項商標及商號之仿造或假冒,應予禁止,並以民事訴訟,予以有效救濟[3]。

第二十二條第一款,締約此方之船舶及載貨,在締約彼方之口岸、地方及領水內,不論船舶之出發口岸目的口岸為何?亦不論載貨之產地或目的地為何,在各方面,概應給予不低於該締約彼方所給予其船舶及載貨之待遇。

第四款、締約此方,在現在或將來對外國商務及航業開放之口岸、地方及領水內,應備有合格之引水人,引導締約彼方之船舶,進出上述口岸、地方及領水。

第五款、倘締約此方之船舶,由於氣候惡劣,或因任何其他危難,被迫避入締約彼方對外國商務或航業不開放之任何口岸、地方或領水時,此項船舶,應獲得友好之待遇及協助,以及必需與現有之供應品及修理器材[4]。

以上僅是條約本文例舉,整個條約簡要言之就是:

一、美國人在中國的"領土全境內",有居住、旅行、從事並經營商務、製造、加工、金融、科學、教育、宗教、慈善事業和採勘、開發礦產資源、租賃、保有土地以及從事各種職業的廣泛權利。在中國的美國人,可以在經濟權利上與中國人享受同樣待遇。

二、美國任何種植物、出產物或製造品的輸入中國以及由中國運往美國的任何物品,"不得加以任何禁止或限制"。美國商品在中國的征稅、銷售、分配或使用,與中國商品享有同等待遇。

三、美國船舶可以在中國開放的"一切口岸、地方及領水"內自由航行。美國船舶,包括軍艦在內,可以在遇到任何"危難"的借口下,開入中國任何不開放的口岸、地方或領水。美國人及其行李和物品有經由"最便捷之途徑"通過中國領土的自由。

四、凡在美國組織的法人及團體,在中國都應為合法,承認其法律地位。美國的法人及團體在中國從事、經營各種活動和事業,行使和享受相權利及優例,待遇與中國法人及團體相同。

《中美友好通商航海條約》形式是名為"通商航海"的一個商約,但實際上是政治、經濟、軍事、文化、無所不包。條約給予美國在華全境享有政治、經濟、軍事、文化、財政上的一切特權。條約表面上虛偽地規定中美雙方"平等互惠"，雙方享有對等的權利，但是由於當時中國生產落後，與美國的經濟實力相差懸殊，實際上條約只是保證美國單方面在中國享有特權。

同(1946)年12月20日，國民黨政府代表中國與美國在南京續簽另一個類似的實質不平等條約《中美空中運輸協定》(Air Transport Agreement between the Republic of China and the United States of America)，其要點為

一、美國航空器及燃料、配件輸入中國，其關稅享有國民待遇及最惠國待遇。

二、美國航空組織通過中國領土及在中國領土內作非營業性降落權，在上海、天津、廣州及其它航線隨時商定而增闢的地點降及沿線往來裝卸國際客、貨、郵件之權利。

三、以上特權適用於美國在國際航線上經營國際空運業務的航空組織。

同樣的，條約也是使用"締約雙方政府"看似雙方平等的用語，但是當時中國航空事業極其落後，無能力自製飛機，連飛機尾部也無法製造，根本不可能有多少飛機飛往美國，故實際上是對美國開放中國的領空。

1947年2月1日，中共中央聲明"國民黨政府在1946年1月10日以後單獨與外國訂立的條約、借款、協定與外交談判一概無效"。

摧毀我國的每道國防線　回望二戰結束，蔣介石頂著領導抗戰勝利的英雄光環與政治正當性，又擁有絕對優勢武力，大可英雄氣概地與中共一爭長短，怎可與美國簽訂《中美友好通商航海條約》，有論者或從今日台灣也加入世界貿易組織(World Trade Organization，WTO)的自由貿易及全球化等同美國化的角度，認為環顧當今世界許多中小規模國家都有類此條約，故《中美友好通商航海條約》並非不平等條約。然而當時我國落後無復以加，全國人口不但約80%是文盲，且全球處於極貧狀態。故依約美國人有能力在中國享有諸多特權，但我們中國人則是無能力在美國享有類此的特權。因此，是時(1946年11月22日)，英國《新國家與民族》周刊稱中美商約的締結"這就是一個大而強的國家摧毀一個經濟上落後的國家的每道國防線"。

再者，美國於與我同盟抗戰勝利才四個月就在我國處於內戰之際，提出如此全面詳細實質不平等的條約，乘人之危若此，情何以堪？又美國與其立國所標榜的偉大正義精神相違背，其目的為何？

誠然，如果以今日全球貿易自由化可使國際貿易利益極大化的論述，當今世界許多中小規模國家或經濟體，都有類此條約，即使因此受制於西方先進國家亦認命或不以為意。但我國是一個擁有五千年燦爛文明的大國，除非我國自干墮落永為第三世界之林，永不奢望民族振興，那又當別論。

天佑中國，如果是"中國國民黨"在內戰中勝利取得執政，那麼在《中華民國美利堅合眾國友好通商航海條約》這座新不平等條約大山的壓頂下，今日中國只能是三流國家，怎能走向復興之路？

70年后《13條霸王條款》　中美貿易談判先後進行了十二輪磋商，至 2019 年夏秋都沒有達成正式協議。不了解內情的人都會問：這究竟是什麼原因？其實，這其中的原因很簡單，因為美國向我們中國提出了一個天大的要價，不僅要我們中國的錢，還想要控制我們中國的主權。

2018 年 5 月 5 日《漫天要價：貿易談判美對華所提條件清單曝光》一文曝光了美國談判的"條件清單"。這份"條件清單"包括 8 個部分（具體內容附後）。從這份"條件清單"可以看出，美國對中國提出的要求主要有十三條：

一、中國要大大增加從美國進口的商品，總值達 2000 億美元。

也就是說，不管你中國想買還是不想買，買回去有用還是沒有用，你都得買夠 2000 億美元，而且還不含運輸等費用。美國想賣給中國什麼東西？主要是農產品和頁岩油。而中國本身就是農業大國，買了那麼多美國的農產品，中國的農民還怎麼活？美的頁岩油價格高，中國也不想要。而中國想要的是高新科技產品和技術，可美國又嚴格控制不賣給我們。這不是強人所難嗎？

二、中國政府不得再對"中國製造 2025"給予任何的政府支持，要消除技術轉讓的特定做法，取消對技術進出口管理條例的規定，撤回 WTO 磋商請求，並且在世貿組織關於解決爭端的規則和程序下，中國不會採取進一步的行動。

這實際上是要中國放棄"中國製造2025"計劃，而且不能向WTO提起磋商要求，不能以正常手段維護中國的利益。這是明目張膽侵犯中國主權的要求。

三、採取直接、可核查的措施，確保中國不侵入美國商業網絡竊取美國公司持有的智慧財產權、商業機密和機密商業信息。

也就是說，美國可以對它所懷疑有網絡竊密行為的中國的所有單位包括軍方的絕密單位進行核查。這更是嚴重侵犯中國主權的要求。你美國算什麼東西？你懷疑別人有網絡竊密行為就要求進行核查，那麼，我們懷疑你駐華使領館和五角大樓、中央情報局、聯邦調查局等單位有網絡竊密行為，我們能不能進行核查呢？

四、對於美國限制中國對敏感技術部門或者對關乎美國國家安全的部門的投資，中國政府不能反對和進行報復。

這完全是"只許州官放火，不許百姓點燈"！你美國同不同意在協議里也寫上"對於中國限制美國對敏感技術部門或者對關乎中國國家安全的部門的投資，美國政府不能反對和進行報復"呢？

五、對於美國在中國的投資，中國不應通過投資限制來扭曲貿易，中國施加的任何投資限制或條件都必須是有限、透明的，必須使美國在華投資者獲得公平、有效和非歧視性的市場准入和待遇，包括取消外國投資限制和外國所有權/持股要求。在收到美國審查後確定的中國還保留的投資限制的名單後，中國要迅速取消所有已確定的投資限制。

這實際上就是要求中國在美國以國家安全名義對來自中國的投資施加種種限制措施的時候不能反對和進行報復的同時，還要給予美國在華投資者公平、有效和非歧視性的市場准入和待遇，包括取消外國投資限制和外國所有權/持股要求，而且中國的哪些限制要取消，還要由美國說了算。這是什麼邏輯？完全是不平等的霸道行徑！

六、中國要把非關鍵部門所有產品的關稅降至不高於美國相應水平，要求中國取消特定的非關稅壁壘。

這實際上就是要取消中國作為發展中國家的待遇，與已開發國家採取同樣水平的關稅稅率，而中國加入 WTO 的核心要求之一就是要求已開發國家承認中國發展中國家的地位。

七、要取消特定的非關稅壁壘。

非關稅壁壘在世界上各個國家都有，美國也有不少，為什麼美國自己不取消卻要中國取消？

八、要承諾以特定的方式改善對美國服務貿易的市場准入，給予美國服務和服務供應商以公平待遇。

所謂"以特定的方式"實際上就是給美國以特別的優惠。目前中美在服務貿易方面，中國有很大的逆差，據中方統計，2016 年，中國對美國服務貿易逆差高達 557 億美元，占中國服務貿易逆差總額的 23%，占美國服務貿易順差總額的 22%。在這種情況下，美國還要中國給美國以特別的優惠，真是貪心太大了！

九、要承諾以特定的方式改善對美國農產品的市場准入，給予其公平待遇。

這實際上就是要中國對美國的農產品也給予特別的優惠。美國的農產品，我們中國本來就不想買，還要我們給美國農產品特別的優惠，真是豈有此理！

十、中國和美國要每季度召開一次會議，審議中國在以上的"改革"方面所取得的進展。如果美國認為中國未能遵守承諾，美國就會對中國產品徵收額外關稅或採取其他進口限制，而中國則不能反對和進行報復。

也就是說，只要美國認為中國沒有達到美國的"改革"要求，美國就可以隨時徵收額外關稅，而中國卻不能反對和進行報復。這豈不是把中國當成美國的一個州了嗎？太欺負人了！

十一、中國要撤迴向 WTO 提交的關於美國和歐盟將中國列為非市場經濟國家的申訴。

這實際上就是要中國承認自己是非市場經濟國家。完全是無理要求！

十二、中國每收到美國發出的一份被禁止的產品的書面通知後，在 15 天內要提供每批貨物的詳細信息。如果中國做不到這一點，或者信息顯示出轉運正在發生，美國將徵收與可疑轉船量相當的關稅。

完全是蠻橫無理的要求！

十三、中國如果未能遵守上述各方面的任何承諾，美國都會對來自中國的進口徵稅，沒收仿製品、盜版商品和徵稅，而中國不能採取任何報復行動。

這實際上就是要中國做到：美國想什麼時候整你都可以，而中國都得接受，不能反抗。簡直是太霸道了[5]！

從以上分析可以看出，美國的這"十三條"要求，都是非常自私和不平等的要求，嚴重損害了中國的經濟利益，一些要求還嚴重侵犯了中國的政治和經濟主權。對於這些喪權辱國的要求，我們中國怎能接受呢？

注釋：
1. "中華民國"外交部編印，《中華民國與美利堅合眾國間友好通商航海條約》，1953 年 5 月，p.3.
2. 同上，p.6. '
3. 同上，p.8.
4. 同上，pp.16-17.
5. 見網頁"琦琦看新聞" 2019 年 5 月 13 日，http://www.qiqi.world/show/193928.Access:16 May 2019.

坎坷復興路

西方上帝在中國的失敗？

-中共建國後來華傳教士的反思-

▌ 邢福增 博士（香港中文大學教授）

1951年，著名的宣教期刊《國際宣教評論》(International Review of Missions)刊登了一篇署名"一位中國傳教士"(A China Missionary)撰寫的文章，在西方宣教陣營內引起了極大的迴響。文章題為〈基督教在華傳教潰敗芻議〉(First Thoughts on the Débâcle of Christian Missions in China)，是作者被逼撤離中國工場後，總結他對西方在華傳教運動失敗的經驗。當時在華傳教士幾乎都已撤退，全球最大的宣教工場正式"失守"，為百多年的西方在華傳教運動劃上句號。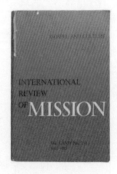

為何上帝容讓此事發生？ 對傳教士而言，撤離中國肯定是痛苦的經驗。撤除各差會在中國投入的大量資源不談，傳教士來到中國，都是帶著強烈的宣教熱誠及關愛中國人的召命。不少傳教士甚至把中國視作家園，把自己的生命也繫於對華宣教的異象上。即使新中國政府成立後，部分亦決定留守中國，沒有撤離的打算。但是，隨著韓戰爆發，中美關係急劇惡化，全國各地廣泛展開"抗美援朝"運動，在反帝愛國的狂飆下，傳教士已沒有選擇的餘地。

我們可以用甚麼言語來形容這群回國傳教士的心境呢？－沉痛、不捨、灰心、無奈、絕望、悲哀…在他們心底裡，縈繞著一個難以解答的疑問：為何上帝容讓此事發生？當他們陸續收到來自中國大陸的消息，獲悉不少中國同工竟然公開控訴傳教士為帝國主義侵華份子時，更難掩其內心的痛苦：為何會受到同工的控訴？即使他們把這一切都理解為政治壓力下不得已的妥協，但是，在情感上仍然是難以接受眼見發生的一切。他們畢生的努力，是否因此被全然否定與棄絕？

其實，"中國傳教士"的真正身份是英國聖
公會的裴大衛（David M. Paton），曾在重慶及福建
傳教，1951年1月離開福州返國。1953年，斐大
衛於倫敦出版了《基督教傳教運動和上帝的審判》
（Christian Missions and the Judgment of God）
一書，進一步闡釋其觀點。除裴大衛外，我們在
1950年代的傳教刊物上，可以看到不少回國傳教士
就中國傳教問題撰文，表達不同立場。同時，歐美
各差會也作出不同角度的反思，嘗試總結百多年在
華傳教運動的教訓（Lessons to be learned）。

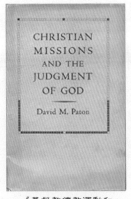

《基督教傳教運動和
上帝的審判》

共產主義的成功與基督教的責任

在傳教士眼中，傳教運動的終結，完全是共產政權的政策使然。那麼，他
們首要探討的問題自然是：共產運動為何在中國取得勝利？而基督教在這方面
又有何責任？傳教士大多從兩個層面來解釋中國共產黨的成功：

一、中國知識分子在意識形態上的需求與出路　魏士德（Charles C. West、美
北長老會）強調，中共的成功固然是國民黨內部潰敗的結果，然而這在本質上
是卻一場"靈性的崩潰"（spiritual collapse）。裴大衛指出，由於基督教無
法填補這塊"思想真空"（intellectual vacuum），促成了中國知識分子思想
的左傾。丁克生（S.H.Dixon、英國循道會）也有類似的觀點，他指儒家傳統崩
解後，中國經歷了社會、政治及思想上的劇變，舊有的價值被全面解構，共產
主義恰好提供了一套全面而簡捷的答題，填補了"真空"。

那麼，共產主義的吸引力何在？不少傳教士不約而同強調了共產主義的
宗教性，例如賴恩融（Leslie T. Lyall、內地會）也形容共產主義是"類宗教"
（pseudo-religion），擁有早期基督教具備卻在近代遺忘了的某些特質；傳教
士不可能全面同情革命，也有持鮮明反共立場者，認為共產主義只不過是藉著
宣傳的手段來吸引人，成為那些飢餓者及受壓迫者的"鴉片"而已。

二、中國人對革命追求　海維德（Victor E.W.Hayward、英國浸信會、曾任
中華全國基督教協進會副總幹事）認為，二十世紀中國歷史的發展，特別是半
個多世紀間面對內憂外患的衝擊，促使中國走上社會革命的道路。對知識分子

天津租界內的天主教堂（1905年天津寄往德國的名信片）

及青年學生而言，革命是其唯一的希望。除了中國共產黨能領導革命外，知識分子已別無他選。海氏直言，共產政權得以成立，不是由於中國人投向共產主義；而是中國需要革命，唯有中共能領導革命。貝德士（M.Searle Bates、基督會、金陵大學）也相信，由於國民黨政權無法回應人民對有效率政府及現代化的訴求，因而步向潰敗。

共產主義與中國民族主義的關係，成為不少傳教士關注的課題。裴大衛形容，共產主義者的"福音"，就是把民族主義向反帝的角度深化。何明華（Ronald O. Hall、英國聖公會、港澳教區主教）更指出，對政府的評價應著眼於其能否改善國人的國民生活（national life），而不是單憑那些複雜的政治及哲學理論。這肯定是中國共產黨優於中國國民黨之處。

共產主義的基督教理想實踐　那麼，基督教對共產主義在中國的成功，是否負有責任？對於那些較同情共產革命的傳教士而言，這確是無可迴避的問題－如果基督教同樣具有改造社會的使命，則中共的勝利，未嘗不是基督教在中國的失敗。例如甘施禮（Leonard Constantine、英國循道會、華中大學）強調共產主義與基督教間有許多共通之處，但基督教所宣講的理想由於距離現實太遠，反倒讓共產主義把真理實踐出來。

即或不同意基督教與共產主義相似的傳教士，也承認基督教神學在中國的失敗，有助共產主義的成功。魏士德認為，中國傳教問題的關鍵在於基督教對那些爭取人類需要（human need）的人，究竟提供了甚麼答案？他指出，中共的勝利，是因其直接回應中國的貧窮、貪污與不公義問題。

不過，對於另一些神學立場較保守的傳教士而言，自由主義神學的泛濫才是問題的關鍵與核心。賴恩融指出，部分傳教士所傳遞的是一個"稀釋"（diluted）的福音，這個"福音"高舉人改變社會的能力，忘記了被釘死在十字架的救贖主。敖遠橋（Leonard M.Outerbridge、美國公理會）認為，由於"社會福音"壟斷了"福音"的本質，忽略了救贖的福音。這種強調社會應用的基督教，無法給予中國人一種靈性的力量，結果給共產主義乘此機會佔領真空。

共產革命的實效性　海維德亦承認，把基督教詮釋成為重建新社會出路的神學，把永恆的真理淪為救國工具。中國知識分子一旦發現共產革命的實效性時，便把基督教揚棄。在中國共產黨拯救人民的偉大召喚下，基督教顯得軟弱無力，並且深深陷入無助與失敗的情緒之中。

總的來說，有傳教士將共產主義成功的原因歸咎於基督教忽略了中國社會的需要，但也有反過來指控"社會福音"淡化了"福音"的真義。這種相互批評的立場，基本上仍是延續了二十世紀自由主義與基要主義的爭論。裴大衛認為正是有關爭論把基督教局限在兩個對立的陣營內，才是基督教神學失敗的關鍵。

《彌撒祭禮》（1908年）
談論望彌撒的意義
與聖堂規矩

中國共產革命的成功，對傳教士無疑有很大的衝擊。那麼，基督教要為共產革命負責嗎？我們可見傳教士都不約而同地藉此機會檢討神學的成效。其實，中共成功的關鍵，不論是填補了文化真空，或是領導了民族主義革命，在傳教士眼中，都假設了基督教是共產主義的競爭對手。基督教的責任，就是要防止共產主義的傳播。於是，共產主義的成功，毫無疑問地等同了基督教的失敗 - 基督教"失去"了中國！

然而，海維德卻指出，在華傳教運動固然有其值得檢討（失敗）之處，但如果抱著基督教有能力阻擋共產主義，顯然是不切實際的。因為單靠全國人口不足 1% 的基督徒所提出的"基督教答案"（Christian Answer），真的能夠解決通貨膨漲與貪污的問題嗎？中國教會真的以為可以推行全面的土地改革及召喚團結全民的意識，並最終防止這場巨大的社會革命嗎？

傳教運動與帝國主義

傳教運動與帝國主義的關係，在五十年代成為中共控訴的重點。可以說，傳教士都是揹著帝國主義分子的"惡名"離開中國的。中共及國內教會同工對他們的控訴，逼使他們作出全面而深入的反思。

來華傳教士究竟作了甚麼（或犯了何種錯誤），以致跟帝國主義糾纏在一起？筆者從傳教士反思的許多教訓中，總結出三方面來作討論：

第一、傳教運動在政治上與殖民擴張的關係　針對共產主義對基督教所作的全面性批評，賴恩融認為，亞洲及非洲的傳教運動，確實與西方帝國主義及殖民擴張同步進行。　然而，他仍堅信基督的"福音"是美善的。傳教運動與帝國主義的偶然關係確是不幸，而許多針對基督教的批評，例如傳教士受帝國主義政府僱用協助侵華，或是傳教事業的目的是為了奴化國人等等，都是毫無根據的。儘管他否認了許多來自中共的指控，突顯了傳教運動的宗教性本質，但他也承認，其在近代的傳播背景，壓根就是殖民運動擴張的時代。

在西方擴張的時代中，不平等條約與基督教的關係，是眾多傳教士無可推諉的。貝德士強調，整段歷史清楚揭示，不平等條約及保護傳教條款使基督教無法擺脫所謂帝國主義分子的指控。裴大衛承認，在不平等條約的事實上，傳教士根本無法逃避帝國主義分子的指控。

第二、傳教士過於輕易地把西方文化等同基督教文明　美國基督教協進會海外佈道部（Division of Foreign Missions, The National Council of the Churches of Christ in the USA）在整理傳教士的檢討意見後，其中一點就是承認他們過多地拆毀中國文化及風俗，沒有給予本地文化足夠的尊重。魏士德不諱言，傳教士把基督教帶上西方文化的面具是錯誤的。裴大衛也不滿傳教事業在中國社會，訓練了許多認同西方文化的"買辦"（compradore）階層。

（台灣）高雄玫瑰聖母堂（建於昭和 6 年／1931 年）
西方在華傳教即使是日本佔領下，也有充足資金於 1931 年那樣物質貧乏
的年代，在日據殖民地的我國台灣高雄修建如此規模的教堂

　　傳教士的西方優越感，也反映在他們在華生活水平（living standard）的
問題上。不少傳教士承認，他們在中國的待遇與福利，遠高於中國同工。有傳
教士指出，他們並不能實踐在生活上接近中國人，並且與本地同工一致的承諾。

　　**第三、在教會事工方面，不少傳教士對未能幫助中國教會實現自治、自養
而耿耿於懷**　　裴大衛指摘差會的政策，妨礙了自治與自養。在所謂的"普世團
契"背後，充滿著來自倫敦及紐約的控制。除差會政策外，傳教士亦為其家長
式傳統（paternalistic tradition）而懺悔。海維德指出，傳教士如果不授權
"後進教會"（younger churches）探索如何作基督的門徒，並欲控制一切的話，
那麼，他們就真的是"宗教帝國主義分子"（religious imperialist）。

　　總的來說，傳教士在離開中國後，總結了不少在華傳教的教訓。這些教訓
所涉及的課題，部分又跟中共指控傳教士為帝國主義分子有關。不過，即使部
分傳教士在反思時提及"帝國主義"一詞，但他們的理解，並不完全等同中共
的界定。即使對在華傳教運動持較嚴厲批判的傳教士，所針對的，要不是個別
傳教士與政府的關係，就是整體傳教運動身處的殖民擴張時代，以及不平等條
約涉及的保護傳教問題；對於共產主義就傳教運動與殖民運動及帝國主義間所

作的同質性指控，大多仍是有所保留的。

不少傳教士從西方文化優越感的這個較廣泛的層面來理解文化侵略。他們承認自己對中國文化尊重不夠，對中國同工信任不足，不自覺地受到西方中心的心理影響。換言之，他們所承認的文化侵略(或帝國主義)錯誤，已經超越了原來的政治含意。魏士德承認，個別傳教士在道德上有錯失(moral failure of missionaries)之處，但若因此而以帝國主義分子的罪名全盤否定了他們在華傳教工作的意義，無疑是等同宣判了傳教工作的歷史失敗(historical failure of their work)。

上帝的審判？

在五十年代西方傳教士對中國傳教經驗的反思背後，尚有一個觸動他們心靈深處的問題，就是五十年代初傳教運動在中國以這樣的形式的終結，是否上帝對他們的工作/失敗的審判？怎樣解釋當前發生的"大災難"(catastrophe)？

裴大衛是最早提出中國共產主義的勝利乃上帝審判傳教士及傳教運動的人。他指出，差會時代的終結，是上帝對他們的審判，目的是要突顯其內在弱點。他確信上帝正藉著政治及社會革命來說話。雖然中共不承認甚至否認上帝的存在，但它以不可抗力(force majeure)促成了在華傳教時代的結束，這應被理解為上帝旨意的執行。

裴大衛的觀點，引發了傳教士圈子廣泛的討論。不少傳教士承認在華傳教運動有失敗之處，但卻反對將之與上帝的審判相提並論。例如，魏士德指出，即或差會政策有可供檢討的地方，但他們在中國建立的機構的消失、中國教會領袖在壓力下的屈服、普世合一團契及基督教社會見證的崩解等，壓根就是一場"悲劇"(tragedies)。不少"好的東西"在反帝國主義的名義下被攻擊，這又怎能被理解為上帝的審判？質言之，中共對傳教運動的指控完全是出於政治鬥爭的需要，傳教士根本無法改變的外在政治形勢。

海維德也堅決反對上帝藉著中共審判傳教士的失敗這種說法。他承認傳教運動有許多值得檢討之處，但問題的關鍵是，究竟傳教運動是否全盤失敗？中共又是否是上帝審判傳教士的工具？

從上文關於上帝是否藉中共審判傳教運動的討論可見，即或不同傳教士對此問題有分歧的立場，但他們對在華傳教運動，卻作出全面檢討。即使不同意全盤失敗及上帝利用中共的人，也承認在華傳教運動有不善之處，個別傳教士的態度及言行也不是完美。我們發現，許多傳教士都是帶著反思及懺悔的心情來參與討論，期望可以對在華傳教運動作出全面及客觀的評檢，從而總結可供學習及借鑑之處（lessons to be learned）。

宣教再思

1949 年中共建政後，許多從中國大陸撤離的傳教士及差會組織，對在華傳教運動的全面檢討，可說是一次大規模的"宣教再思"。毋庸置疑，這次"宣教再思"是在差會及傳教士先後撤離中國大陸的背景下進行的。

傳教時代的結束　1951 至 52 年間傳教士的全面撤離，正式標誌著近代基督新教來華傳教運動的終結。在這 140 多年的歷史中，1900 年義和團運動、1925 至 27 年的北伐，及 1936 至 45 年的抗日戰爭，是傳教運動面對三次最重大的衝擊。不過，即使在 1927 年大量傳教士從內地撤至上海，甚至離開中國，但在局勢穩定後，他們旋即回到中國。而在抗戰後期，差會亦已積極計劃戰後的重建工作。然而，五十年代的撤離，我們看不到傳教士有一絲重返中國的希望。　這不僅是"傳教時代的結束"（End of Missionary Era），也是一個時代的終結。

在這個時代的交替過程中，傳教士的撤離並不是在完成歷史使命下功成身退，而是在新政權及中國教會全面控訴的背景下進行。即使傳教士自信對中國有所貢獻的傳教事業（**特別是教育及慈善工作**），也受到"連根拔起"式的政治批判及指控。他們被宣判為"帝國主義分子"，並在無可抗辯的情況下離開中國，難怪"悲劇""大災難""潰敗""失敗""審判"等字眼會湧現在其討論之中。傳教士的反思或宣教再思可說是在這種充滿悲情的氛圍下展開。

懺悔與自省的深度　傳教士的再思是全面的，他們期望總結 140 多年在華傳教運動的經驗，這是對一個業已結束時代的整理與評檢。傳教士的再思也是痛苦的，因為他們不僅是要回應中共對傳教運動的控訴，更是要對自身作徹底的自我評檢與批判。雖然我們不知道如果沒有政治環境的變革，傳教士是否或何時才會作出如此深入及徹底的自省，但在討論與爭論的過程中，再再反映出傳教士的信仰熱誠、對中國的關愛以及其懺悔與自省的深度。

從上文可見，大多數傳教士拒絕接受在華傳教運動是全盤失敗的論斷。基督教神學如何擺脫新舊神學的二元對立，確是值得檢討的。但基督教真的可以阻擋中國革命的洪流嗎？差會政策以至傳教士言行背後的西方文化優越感確實傷害了中國教會，部分傳教士的政治立場也有商榷之處，但這些就等於傳教運動與帝國主義殖民擴張的勾結嗎？傳教士因此便須揹上帝國主義分子的罪名？沒有一個運動是毫無瑕疵的，也沒有一個人是完美的。但這些錯誤是否足以整體地否定傳教運動，並宣判其全盤失敗？

在中國，雖然傳教士被新中國全盤否定，他們也檢討了不少錯誤與問題。但他們深信，傳教運動並非全盤失敗，中國教會的建立就是其工作最大的成果。正如海維德所言，傳教運動的目的是傳揚"福音"並建立教會。從這個角度而言，即使人的努力有許多的失敗，但這個目標並沒有落空－"福音"及教會已在中國生根發展。更重要的，是上帝沒有失敗，也沒有"失去"中國；祂仍在中國，保守著中國教會及中國基督徒，面對著時代的洪流與挑戰。

坎坷復興路

美國全方位裂解中國-台灣、雲南、新疆、西藏

▌ 戚嘉林 博士（中國統一聯盟前主席）

　　十九世紀末，我國積弱，瀕臨列強瓜分。東鄰日本，參謀本部第二局局長小川又次於 1887 年撰＜清國征討案策＞，擬將我國華北、華東及台灣併入日本版圖，餘則支解成數國。例如東北立滿洲國、長江以南建明裔王國、西藏青海立達賴喇嘛、內外蒙古甘肅另選各部之長，均分其力，以確保日本獨立 。及至 1940 年，日本在華已成功建立東北的"滿洲國"、張家口的"蒙疆聯合自治政府"與南京的"中華民國國民政府"，實現五十年前小川又次裂解中國的狼子野心。1945 年 8 月 15 日，日本戰敗投降，"滿洲國"等傀儡政權，灰飛煙滅。但接著的卻是美國乘我發生內戰時，煽動策劃並支持各地的分離運動，以裂解中國。

　　美國謀我至極驚心機魄　日本欲裂解中國，因其燒殺擄掠，手段殘酷，國人深知警惕。但美國裂解中國，因為是打著民主、人權、民族自決等意識型態的旗幟，甚至披著宗教的外衣，故國人反應遲鈍茫茫然，甚至內化崇洋與之唱合。斯時（1946-52），美國在我國東南欲分離台灣，西北則顛覆內蒙、鼓動疆獨，西南則策劃藏獨、意欲雲南獨立，甚至自塞班島遠顛覆中國，此一全方位裂解中國的驚心動魄史實，就不易為國人所知，新生代甚至全然不知。

灌輸台灣分離意識

　　1945 年 10 月 24 日，陳儀抵達台北松山機場（葛智超是隨機同行），從機場到台北市中心，台人萬民爭先相迎，歡聲響徹雲霄。斯時，台灣人民仍沉醉於台灣回歸祖國的喜悅中，1946 年三四月時陳儀政府正在台舉辦台灣首次的完全

民主選舉，計選出 7,078 基層鄉鎮民代表、523 名縣市參議員和 30 名省參議員，全部是台籍（無一外省人）。然而日據時期日人的假民主，1945 年 4 月時，486 名州會議員（今縣市議員）等日人居然高達 296 名佔 60.9%，但當時在台日人僅佔全台人口的 6.0%。故完全民選的民主美夢成真，台灣精英衷心熱愛祖國，溢於言表，那時期的報紙大幅報導可為憑證。更何況，日據末期皇民化宣傳強力將美英妖魔化，及日人投降前美軍二百天大轟炸，致使台灣各處斷垣殘壁，這樣的情境下，理論上台灣人是作夢也不會想到要美國"託管"台灣？而且以當時的教育水準，台灣人又怎會懂得"託管"的意涵？

228事件出現台獨口號標語　在這樣的背景下，陳儀抵台灣僅一年四個月的 1947 年 2 月 28 日，台灣就發生 228 事件。就常識而言，當時在台外省人僅 1.2 萬人，僅及台灣 600 萬本省人的 0.002%，且不可能僅因 0.002% 中部份外省公務員的嚴重貪污腐敗因素，就爆發出現個別人主張台灣分離的 228 事件。例如，大溪檔案中保密局呈給蔣介石主席的報告稱，（事發前一個月的）1 月 12 日台灣省參議員郭國基在三青團高雄分團，舉行分團部成立典禮向八百餘名群眾演講時，就公開提及"台灣獨立"。事發時的 3 月 1 日下午 2 點，中央社發出參考密電，稱台北出現"台灣獨立"的標語，2 日反政府的示威群眾中也出現支持"台灣獨立"的標語。

換言之，從光復初時台灣社會渾然忘我的熱烈慶祝台灣光復，到台北市出現"台灣獨立"的標語，政治上國族認同的反差為何會如此之大？要知，台灣是日本發動侵華戰爭奪自中國，如今戰敗還給中國，是天經地義的政治常識。但那時台灣社會為何會有個別菁英出現"託管台灣"或"台灣獨立"的想法？當時，我們無法理解，60 年後相關文件解密，相關研究深入，我們赫然發現美國運作的強烈國際因素。

美國建構並向台籍菁英灌輸台獨論述　日本投降後最早抵台的盟軍人員，實際是美國"戰略情報處"（Office of Strategic Services, 簡稱OSS、1945 年 10 月遭解散改組為中央情報組、1947 年 9 月 18 日改為中央情報局CIA）派遣的黃鶯小組，他們要求成立專責機構收集情報。前台灣總督安藤利吉同意，故日本陸軍派出軍官，化裝成平民，隨同黃鶯小組前往各地偵察。當時，美國戰略情報處的台灣站站長摩根（William Morgan）是耶魯大學的心理學博士。

1945 年 12 月至次（1946）年 4 月間，全島仍沈醉於台灣回歸祖國的氛圍，但"戰略情報處"黃鶯小組居然逆勢操作，暗中在台灣進行具分離傾向的"民意調查"（a public opinion survey）。是時，摩根由日人通譯陪同，訪問蘇新、謝雪紅、許丙等三百多名各階層各政治派系代表人物的台灣人，問出生、問學歷、問經歷，問對中國政府及台灣將來的看法。

美國特務George H. Kerr與台北高等學校學生合影 日據末期Kerr曾潛伏台灣在台北高校（今台北建國中學）任教英語（有關葛智超者，引自《被出賣的台灣》）

美國駐台北副領事葛超智（George H. Kerr）在訪問戰前曾為日本貴族院議員的許丙時，就問道：

一、台灣應當以目前正在回歸的方式歸返中國嗎？

二、台灣應該獨立嗎？

三、假定獨立可能發生，台灣應否置於一個保護國－諸如美國－之下，具有與菲律賓相似的地位？

故這次"民意調查"的嚴重性，是美方官員在台灣對島內菁英暗中從事等同國族認同的政治調查、時間長達四五個月、人數多達三百餘人，規模之大，令人震驚。其次，它的談話內容等同是以誘導方式向 300 名台籍英提出或介紹"托管台灣"和"台灣獨立"的主權分離論述思維，挑撥離間受訪者對中國的國族認同。第三，它的結論，不但導向台灣人希望的統治者"第一選擇是日本，其次是美國"，甚至更主觀地"預期在短期幾年的中國佔領之後，福爾摩沙（台灣）人會要求自治"，此一結論證明這次"民意調查"的預設立場就是設法分離台灣。第四，它還有配套作業，就是以台灣人歡迎美國統治作為結論，於國際媒體上大肆宣傳，為美國"託管"台灣舖路。

美國新聞媒體蓄意歪曲宣傳　是時，美國《紐約時報》與上海美國人辦的《密勒氏評論報》(China Weekly Review)就刊出評論稱"假如台灣實行公民投票，台灣人首先選擇美國，其次選擇日本，絕沒有人選擇中國"。這句"絕沒有人選擇中國"的評論，可說太過份了。

遭美軍轟炸的基隆火車站
資料來源：USS Block Island Association

此外，在民意調查期間，美國報紙《The News》於3月21日刊登獨家內幕報導稱，中國人剝削台灣甚於日本人所為，《The Washington Daily News》接著於3月28日報導，中國拙劣統治導致台灣工廠停滯。兩媒體蓄意抹黑中國治理台灣，卻不報導僅是九個月前，台灣的城市、工廠、電力設施、鐵公路交通等遭美軍大肆轟炸兩百天，戰後滿目瘡痍，及美軍戰火摧殘對台灣社會經濟的影響，當然更不會報導當時中國正在台灣舉辦公開的選舉，台灣社會熱情投入，心向中國的一面。

當時，副領事葛超智也在暗中在台糾集台灣士紳從事"台灣獨立"的活動。例如1946年7月2日，葛超智就與戰前相識的七名台灣友人餐敘，席間談論解決台灣困境的唯一方法，就是由美國托管台灣十年或五十年；二二八事件之前一個月的1月15日，葛超智更唆使141名台灣人簽署(代表807人)向美方陳請的＜請願書＞，要求聯合國托管台灣，切斷與中國的政治經濟連帶關係，直至福爾摩沙(台灣)獨立(…cut the political and economical concern with China proper for years until Formosa becomes independent)。

1947年5月，葛超智離開台灣返回華府，仍不斷向遠東司司長范宣德(John C. Vincent)等官員呈文，建議趁和平條約尚未訂定，台灣法律地位未定前，將台灣交由聯合國

中國拙劣統治導致台灣工廠停滯(1946年3月28日)《The Washington Daily News》報紙醒目標題報導

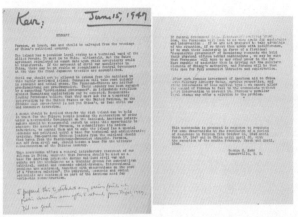

葛超智於1947年6月15日所提備忘錄主張為維持美國在台灣的利益
（American interests），建議盟邦成立“託管委員會”託管台灣

託管或成為美國控制下的軍事基地。1949 年初，國府在內戰中敗相畢露，葛
超智是年 1 月 7 日上書美國國務院遠東司司長白德華(W. W. Bulterworth)，
並附上長達九頁的詳細計劃備忘錄，建議美國政府控台灣的目的，是為了保護
美國的利益(Our purpose in seeking control of Formosa is to preserve
and enhance American intereste)。葛超智甚至為美國中央情報局(CIA)捉刀
綢繆稱，為了避免美國插手台灣，招來國際上“帝國主義”的批評，所以最好
的方法就是將美國治理菲律賓的經驗，應用於台灣，就是在一定期間內軍管台
灣，使台人高度自治，扶植親美的傀儡政權等。

　　炒作台灣脫離中國　　1947 年 7 月，美國派巡迴大使魏德邁(Albert C.
Wedemeyer)訪台，面晤黃朝琴等台灣精英。期間，魏德邁與廖文毅會面時。廖氏
向他提出主張暫由聯合國託管台灣的＜處理台灣問題意見書＞。10 月始，美國
媒體乃大肆炒作“台灣分離運動”。例如 10 月 14 日美聯社上海電稱“本社記
者今日獲悉：台灣分離運動的領袖們不久將正式要求出席日本和會，並將要求
舉行公民投票，以便決定仍屬中國抑或完全脫離中國，…”。31 日合眾社上海
電稱“台灣現正展開著秘密活動，企圖向將來舉行之日本和會請願，舉行台灣
全民投票，倘不獲接納，將引起台灣流血叛變，…”。
　　在美國媒體大肆宣染台灣分離運動的同時，1947 年 10 月 15 日，香港《華

商報》台北通訊稱，台灣某參政員曾與美國駐台新聞處處長卡度(Robert J. Catto)密晤兩個鐘頭。據當時在場的譯員透露，卡度當時稱台灣的歸屬尚未正式確定，台灣人如願意脫離中國的統治，美國可以幫忙，台灣人如願意接受美國託管，可以提出希望條件及託管期限等語。該參政員未表示任何意見，僅稱俟試探其他士紳意見後再論。事後，該參政員曾與一些士紳在北投、草山(今陽明山)等處，頻頻與美方人士會面，惟會見內容無從獲悉；面對美方"託管運動"的分離攻勢，斯時上海、南京、北平、香港的旅外台胞，均發出抨擊"託管運動"的聲明，旅滬台灣同鄉會會長還特為此廣播。國民黨在台灣的情報機關也調查此事的來龍去脈，並向國府呈報稱，此一分離運動的牽線人是美國新聞處處長卡度。

美國駐華大使司徒雷登鼓勵台獨 1947年9月底，黃紀男與廖文奎二人在南京拜會中文說得很流利的美國駐華大使司徒雷登(John Leighton Stuart)，請求支持台灣獨立。身為我國邦交國大使的司徒雷登居然鼓勵道"台灣獨立是一條漫長而艱辛的道路，但值得奮鬥"(The Formosan independence is a long and hard way, but worthwhile to struggle)。黃紀男旋遊南京舊城等名勝古蹟，但見南京一片衰頹景象，秦淮河畔的夜晚一片漆黑和破敗，明孝陵前

司徒雷登

則小乞丐成堆，衣衫襤褸，故印象深刻。返台後，因感風聲鶴唳，黃紀男乃決心離台；11月3日合眾社上海電稱"此間台灣人今日對本社記者稱：彼等將於明日或本星期四晉京叩謁司徒大使，請求予以援助，俾台灣能獲得自主之權"。

1947年12月23日清晨六點左右，美國駐台新聞處處長卡度不但協助黃紀男偷渡，還親自陪行至停泊在基隆港的美國台灣救濟分署漁船，將紹黃紀男介紹給該船的挪威籍船長，偷渡香港。

巔覆西北獨立

1943年，英、美兩國同時獲准在新疆省會迪化(今烏魯木齊)設立領事館，兩國駐中國重慶大使館的外交人員也獲准進出我國西部邊疆省份，從而開啟了英美特務與外交人員顛覆我國邊疆的大門；1947年夏，美國駐我國疆迪化副

領事馬克南(Douglas Mackiernan、通曉一些俄語、蒙古語及哈薩克語)就奉國務院之命,親自前往新疆蒙古邊界探察,並在北塔山面見哈薩克族頭目烏斯滿(Osman Batur)。

收買新疆少數民族 1948年春夏,以司徒雷登大使為首的美國駐南京大使館,強烈建議國務院要及早因應中國內部即將分裂的情勢,並提出有效對策,讓中國各地可能陸續出現的 "區域性政權" 有能力對抗中共勢力,以保持美國在中國的影響力。斯時美國駐華外交官員及軍方情報單位,並付諸具體行動。例如1948年3、4月間,美國駐我新疆迪化領事包懋勳(John Hall Paxon),奉美國國務院之命,偕隨譯及同仁,遍訪南、北疆各重要城市。期間除會晤漢族軍政首長與少數民族政教領袖外,居然還播放有維吾爾文翻譯的影片及展覽海報,向我國邊疆民族宣揚美國的強大、民主與友善,復於6月訪東疆與甘肅河西走廊,並將此行成果密報華府;同年上半年,美國中央情報局(**CIA、簡稱中情局**)曾秘密交付約300盎司的金條,給此時返美述職的副領事馬克南,用以收買中亞新疆地區的哈薩克族、白俄羅斯族與維吾爾族;當時中情局駐北京的另一名特派員貝賽克(**Frank B. Bessac又稱白智仁**),則負責直接與內蒙古德王秘密接觸。

美國駐華大使館則藉1948年五六月間國民政府在南京召開國民大會的機會,秘密接觸來自我國西北邊疆的政治人物。是時,司徒雷登就密邀寧夏省主席馬鴻逵(馬少雲)至其大使官邸私晤,除詳細探詢內蒙政情外,並明白告以華府願對寧夏當局提供包括軍事援助在內的任何可能協助;1948年10月,司徒雷登在其電呈國務院的電報裡,就具體指出美國現在可以對寧夏的馬鴻逵、青海的馬步芳、馬步青、河西走廊的馬繼援,

青海行憲國大代表馬鴻逵(少雲)在投票

以及當時駐新疆的騎五軍軍長馬呈祥等回族軍政首長,進行具體的秘密援助行動。

專款軍援中國 "非漢族" 1949年2、3月,美國軍方暗中出資,由總部

設於蘭州的"國際物資供應公司"(International Supply Corporation)出面，購買二千多隻卡賓槍，及三百多箱其他各式軍火，並以美國空軍陳納德將軍(Claire L. Chennault)所主持的"民航空運大隊"(Civil Air Transport)所屬機隊為掩護，從上海緊急將該批武器運往馬步芳的西北部隊。4月初，陳納德親自飛往青海省會西寧，與馬步芳等會晤，旋趕返華府，向美國國務院高層報告中國西北最新政情，並強調應迅予馬步芳等軍援，以確保內蒙古、寧夏、青海、甘肅、四川、雲南等中國西部省份之獨立性。國務院旋於4月22日就當時中國西北政情召開一次特別會議。緊接著，一項專用於支援"大中國地區"(general area of China)境內"非共"(non-Communist)非漢族(non-Chinese)的"軍事援助方案"(Military Assistance Program, MAP)，立即送往國會審查。方案獲國會通過後，參謀首長聯席會議向國會參眾兩院表明，大中國境內的哈薩克、內蒙古、回族與西藏的反共領導與團體，將是此軍事援助計畫的主要受益者。

巔覆雲南獨立

1949年8月底時，國府駐美大使顧維鈞知悉一筆總額高達7,500萬美元的"軍事援助方案"即將獲得美國國會通過。一時間，中國方面也聽聞此一新的美國軍經援助消息，從而某種程度地鼓舞了華南與西南地區尚未被中共解放的政治勢力。

是年初1月21日蔣介石在南京宣佈"引退"，國府在國共內中戰敗象已愈加明顯，雲南情勢也出現微妙變化。雲南省主席盧漢大胆在該省推動獨立自主的政策，美國國務卿艾奇遜(Dean Acheson)親自於3月下旬電令美

美國空軍陳納德將軍
(Claire L. Chennault)

駐中國昆明領事陸德瑾(LaRue R. Lutkins)查明盧漢政治動向。4月21日，解放軍渡過長江，40天內攻占南京、武漢與上海。面對此一國共勢力迅速消長局勢，美國國務院對雲南省意欲脫離國民黨控制增強其獨立自主性，基本上表示歡迎。陸德瑾乃於7月9日與盧漢長談兩小時，9月2日晚陸德瑾與盧漢再次深談，次日盧漢飛赴重慶見蔣介石。

　　雲南局勢不穩，華府高度關注。10月14日，美國國防部長詹森(Louis Johnson)致國務卿艾奇遜的備忘錄中稱，只要中國西南省份的反共勢力，能夠繼續有效抵擋解放軍進犯，並且該地區建立成為一個具有軍事訓練與軍事反擊行動能力的根據地，則他將考慮將"軍事援助方案"內的援華經費，立即撥交用於支持西南中國地區的反共政治勢力。艾奇遜立即於10月19日電令陸德瑾就此議題彙報；24日，國務院在其據以回覆美國防部之備忘錄中，明白表示鑒於中國西南地區省份與中南半島相接壤的地緣戰略價值，一個"適切地、被有技巧地引導的(modest, well-directed)"軍事援助方案，並將該地區的地方領導人物納入美國軍經援助考量下，將符合當前美國在東亞地區的安全與戰略利益；斯時(11月14日)，代理國務卿職務的國務次卿韋伯(James E. Webb)也曾提出一份報告，稱國務院決策高層當時瞭解，一旦雲貴高原為共黨勢力佔據，則接鄰的緬甸、泰國和中南半島也終將不保。台灣固然重要，但西南中國的戰略地位也同要重要，更何況比起資源極度貧乏的台灣，西南省份盛產稻米，經濟上可自給自足，故建議美國應努力確保西南省份在未來的一兩年內，有效抵禦解放軍的進犯，避免蘇聯力量進一步經由該地區滲透東南亞。

盧漢將軍與滇南美軍總司令加里格將軍

　　11月初，解放軍第四野戰軍於6日發起廣西戰役，兵分三路，連戰皆捷，白崇禧桂系主力潰不成軍。第二戰戰軍則在黔東和湘西亦勢如破竹。是時，國府之川、黔戰局禍在眉睫，桂林亦告失守。國府整個大西南防線頓時土崩瓦解，局勢變化之快令華府措手不及，國務院原先意欲軍經援助雲南獨立以抗共黨勢力進入的政策立即改變。11月21日，國務次卿韋伯電告陸德瑾，稱國務院雖然贊成有限度支持西南中國的反共活動，但關於雲南獨立一事，因該省地理位置過於遙遠、軍事補給線過長，無法提供任何軍事援助。在政治上，一旦華府支持雲南獨立，勢必引發中共嚴厲抨擊美帝國主義干涉中國內政，亦即美方不承諾支持雲南獨立。數天後(12月1日)，國府重慶失守。12月9日夜間10時，雲南省主席盧漢在省府昆明警備司令部，通電全國宣布雲南起義 。

自塞班島遠程顛覆中國

1950 年 6 月 25 日朝鮮戰爭爆發，美國陸軍戰略情報部為配合中情局組建一支部隊滲透中國大陸開展反共游擊戰併蒐集軍事情報，擬設立一個臨時性質的 "敵後工作委員會"。

美方在港招募自由中國運動成員　是時，美國駐香港的中情局遠東情報負責人蕭泰，在港物色正流亡香港的國府國防部前第三廳廳長蔡文治中將，由蔡君在港吸收人員，案經新任的國務卿艾奇遜批准，所需經費以 "敵後工作委員會" 名義簽署，美國國務院與國防部策稱此秘密機構為 "亞洲抵抗運動"，但蔡文治任事後，將其改名為 "自由中國運動"。

"自由中國運動" 機構於 1951 年成立，該機構所需費用造具向美方實報實銷，人員吸收最後決定權屬美方。美國代訓該機構的游擊幹部，完訓後由美國負責以飛機空投或以船舶海運送往中國大陸，其中東北籍軍人完訓後即劃歸東京盟軍總部指揮；斯時，國府兵敗遷台，另亦有其黨政軍特等大批政治難民似潮水般地湧入香港，僅調景嶺難民營棚戶區即達萬餘人。當時，身為前國府東北剿總司令長官衛立煌的乘龍快婿趙滋蕃（湖南大學數理系高才生）亦窮愁潦倒，在其所作膾炙人口的長篇小說《半下流社會》中，現身說法地敘述難民營中許多昔日縣長、少將之妻女在舞廳伴舞甚至出賣色相求生，及許多人在貧病

香港調景嶺（1949年前后流亡香港的內地難胞住所）

交迫中死去的悲慘情景。因此，當蔡文治等吹噓"自由中國運動"如何獲美國支持，其在沖繩島美軍基地並設有黨政軍機構等情，另並博補以美金銀彈攻勢，例如對曾在國府軍隊任過軍職者，依官階大小分別致送每月美金三百至六百不等。一時間，塞班島訓練營就自香港招募到千餘名參訓者，在香港報名等候受訓者更多達數千人。

美國空投遠程顛覆大陸 依美國的規劃，"自由中國運動"的總部、作戰學校、通訊學校都設在東京茅崎鎮，倉庫與軍人監獄設在沖繩島，軍政幹部學

"自由中國運動"在沖繩島的駐區

校設在太平洋馬雷安納群島中聯合國託管的塞班島，該島鄰近關島，面積比香港島略小，歷經戰火殘酷殺戮，島上只剩四千居民，且九成是女性。當時，軍政幹校設在島的南端，學員最多時達 500 多人，美軍教官傳授諸如爆破、射擊、空投傘訓、游擊戰術等軍事技術。美方所授的游擊戰術是以當年戴高樂領導的"自由法國"對付德軍的戰術為藍本。

在塞班幹校受訓一年兩個月後，學員們被送回日本基地，后依省籍將同鄉以四人（或數人）為一組，諸如湖南組、廣東組等，配備電台、衝鋒槍、彈藥、一百兩黃金、兩萬元美元、及可供一個月食用的口糧，空投中國大陸自己最熟悉的家鄉，發展組織，建立游擊基地，大力從事爆破、暗殺、綁架、縱火等破壞活動，美方希望顛覆的星星之火，可以燎原。1952-53 年間，美方先後空投

進入中國大陸的塞班訓畢成員約二百人，範圍遍及粵、贛、閩、湘、桂、甚至東北的長白山。據中方的解密檔案顯示，1952年9月"自由中國運動贛北縱隊"一組四人空降至江西餘干、10月"自由中國運動湘西反共游擊指揮部"一行六人空降湖南桃源，均甫一空降即遭圍斃或被俘。另香港媒體亦報導，廣東組四人空投廣東番禺，亦旋遭破獲。

至於空投長山事，則因中國派遣一名精幹的東北青年，在香港調景嶺難民營被招募滲入，歷經層層考核，通過完整訓練後，美國將其空投長白山。後續發展宛如諜報電影，該青年暗中與中國取得聯繫，裡應外合，以發展游擊隊伍順利急須空投補給為由，計誘美方派運輸機飛往長白山補給槍械彈藥美鈔和黃金，飛往長白山而於吉林遭一群米格機迫降，美國機師費陶與唐奈被俘（直至美國國家安全顧問季辛格密訪中國後才獲釋，故事經潤飾改編拍成電影＜寂靜的山林＞，轟動一時）。美國此次派員顛覆中國，人機俱獲，大為震驚，案經檢討，逐於1953年8月停止空投行動。同年7月，中美簽署韓戰停戰協定，9月駐台美軍顧問團團長蔡斯少將（MGEN William C. Chase）飛抵沖繩，宣佈結束"自由中國運動"，其成員歸併台灣（后少數人是送返香港）。

當時美方赴台談判將"自由中國運動"成員歸併台灣時，蔣介石才知道本案的存在，由此可見美方當時全方位顛覆中國時，對美國而言，蔣介石只是其中的一枚棋子。本案"自由中國運動"領導人蔡文治，後受聘担任美國國防部顧問，1980年退休後應葉劍英邀請，前往北京參與籌建黃埔軍校同學會，榮任理事（參自胡志偉，＜自由中國抵抗運動的開場與收場＞，傳記文學，93(6)）。

策動疆獨

此時，美國中情局駐廣州特派員梅茲（Raymond Meitz）與內蒙古德王（德穆楚克棟普魯、Demchugdongrob）秘密接觸，告以該"軍事援助方案"即將通過，德王所主導的西蒙自治政權可獲援助。德王一行於同年7月自廣州飛回寧夏定遠營後，在該地又獲貝賽克的類似保證，故信心滿滿，乃於8月10日宣布"蒙古自治政府"正式運作。

　　策畫在西北建立"大伊斯蘭共和國"　1949 年夏,我國西北有德王在寧夏阿拉善旗的"蒙古自治政府"、北疆哈薩克族烏斯滿所率該族的游擊隊,及蘭州西北的回族馬步芳的二股分離勢力,他們都急盼美國秘密援助的到來。據可靠情報,美方甚至企圖將馬步芳、馬鴻逵等撤到新疆,與當地勢力結合組織"大伊斯蘭共和國",中共中央遂決定提前加速進軍西北。

　　8 月中旬,美國軍方與國務院高層緊急決定,把掛名在"聯合國善後救濟總署"(United Nations Relief and Rehabilitation Administration, UNRRA)援華計畫名目下的軍事與民生物資,由陳納德負責全數交付當時聲勢最大的馬步芳與西北軍政長官公署,只是美國物資裝備的到來,並未扭轉馬步芳等的劣勢。是時,第一野戰軍(司令員彭德懷)遵照中共中央軍委命令,兵分兩路西進。右路軍於 8 月 26 日攻克蘭州,殲滅國民黨軍馬步芳部隊 2.7 萬人。

德王、德穆楚克棟魯普(1902-1966)
內蒙古錫林郭勒盟蘇尼特右旗人

綏遠百靈廟之德王府

1933 年 7 月 26 日在綏遠百靈廟德王府召開第一次"自治"會議。1935 年日帝策動華北自治運動,德王公開投靠日本。先後出任日本所扶植的"蒙古軍政府"總裁(1936 年 5 月)、"蒙古聯盟自治政府"副主席(1937 年 10 月)、"蒙疆聯政府"主席(1939 年 9 月)等職位;日本投降後的1945 年 9 月 29 日,德王與李守信等"偽蒙政權"人士秘密飛抵重慶,請求蔣介石寬恕。蔣同意保證這些人的地位與安全無虞,但要求其所屬蒙古軍立即編入國府部隊。1947 年夏,蔣介石更下令國民政府開始按月補助德王在北平(北京)生活費 400 萬元法幣,…1949 年秋逃往外蒙古。

左路軍則於五天後的 9 月 6 日佔領西寧，美援物資全為彭德懷部隊接收，馬步芳乘美國空軍運輸機倉皇逃離青海，飛往台灣。

　　為全面殲滅國府殘部，左路軍第一兵團（司令員王震）繼續北進直插張掖，右路軍第二兵團（司令員許光達）則沿蘭新公路（蘭州－新疆）向西北追擊，迫使國民黨軍第 191 師騎兵團起義和第 91 軍騎兵團及第 246 師騎兵團投降。9 月 21 日，第一、第二兵團在張掖地區會師，國民黨西北軍政長官公署及第 8 補給區、第 91 軍、第 120 軍殘部，共四萬餘人起義 。與此同時，德王所領導的定遠營政權，因美國承諾援助的物資未兌現，而人心潰散，於 9 月 20 日宣告解體。

策動新疆武裝叛亂獨立

關於新疆，中共中央為加速解放新疆，完成全國統一的進程，乃委派鄧力群以中共中央聯絡員的身份，經莫斯科轉赴新疆。1949 年 8 月 10 日鄧力群率隨員攜電台一部離開莫斯科，14 日抵達伊寧，次日建立“力群台”，旋於新疆境內三區（伊犁、塔城和阿山《今阿爾泰》）革命力量切取聯繫；9 月 8 日，毛澤東在北平中南海會見歸順的國民黨高層張治中，告以解放大軍已從蘭州、青海進軍新疆，希望他致電新疆軍政當局，敦促他們起義，事

歡迎西進人民解放軍

情可經由鄧力群聯繫。10 日，張治中起草兩份電報，一份致國民黨新疆省警備總司令陶峙岳、一份致國民黨新疆省主席鮑爾漢（Burhan Shahidi）。15 日，鄧力群攜該兩電文飛抵迪化，於次日與陶、鮑二人會談，並轉交了張治中致陶、鮑兩電原文。幾經聯繫，陶、鮑响應中共中央號召起義，陶並查獲解決國民黨主戰派葉成等的破壞陰謀，並於準備就緒後，9 月 25 日上午，陶峙岳率領新疆警備總司令部及所屬部隊與人員共 7 萬餘人，通電起義。

　　和平起義一經傳出，迪化全城一片歡騰，各種文字的歡慶標語到處可見，

絕大多數起義部隊都能駐防原地，維持秩序，但殘留在新疆的帝國主義分子、反動封建頭目、非起義部隊及隱蔽敵特分子等，在哈密、鄯善、吐魯番、焉耆、輪台、庫車、呼圖壁、七角井、綏來等地製造叛亂，中央軍委乃決定進疆部隊火速挺進新疆。自1949年10月始，解放軍以空運、車運和徒步多種方式、兵分數路進疆，齊頭並進，頂風冒雪，餐風宿露，翻過高山峽谷，徒步戈壁瀚海，展現大無畏的英雄氣魄。一路自阿克蘇徒步橫越渺無人煙的塔克拉瑪干大漠，急速行軍十五天，直抵和田平亂。一路自烏蘇徒步行軍420公里，爬冰臥雪，歷盡艱辛，進駐承化（今阿勒泰）。至1950年3月底，人民解放軍成功地完成了進軍新疆的任務，總兵力達6萬餘人，大軍先

1950年6月28日，毛澤東和包爾漢
在北京中南海親切交談

後旗插天山、阿爾泰山和帕米爾高原，並旋設立邊防哨卡，屯墾戍邊 。

自1949年8月中旬起，美、英先後關閉其駐迪化的領事館，開始著手撤離。此時，美國中情局幹員貝賽克和駐迪化副領事馬克南，決定在撤離新疆前，聯繫邊區分離主義勢力領導人，為美國在中亞地區的反中部署做最後努力。馬克南、貝賽克及數名美國駐迪化領事館在北疆所收買僱用的隨扈，攜帶無線電報機及中情局所提供的黃金，於1949年11月至1950年3月間，先後在北塔山區的巴里坤湖、新疆塔克拉馬干沙漠的綠洲地區、青海柴達木盆地格孜庫勒（Gez Kol）湖畔的鐵木里克（Timurlik）等地活動，並與烏斯滿、賈尼木汗、牙巴孜汗、哈力別克（Qali Beg）、胡賽因台吉（Hussein Taiji）等哈薩克族部族首領秘密接觸，煽動我國邊疆少數民族進行分離祖國的武裝叛亂。斯時，馬克南主導策劃由賈尼木汗負責昌吉和呼圖壁地區、烏斯滿負責吉木薩與奇台一帶、哈力別克負責迪化南山地區等的叛亂。1950年3月，烏斯滿與賈尼木汗在巴里坤湖宣布成立"自治政府"，領導15,000名哈薩克族人，進行長達一年的武裝叛亂。同年4月，牙巴孜汗率領約3,000名哈薩克族武裝勢力，結合哈力別克的勢力，從東疆哈密地區經南疆、青海進入西藏境內，一路上與解放軍進行游擊戰。

最後，烏斯滿與賈泥木汗於1951年2月遭解放軍俘獲處決。哈力別克與

胡賽因台吉則於 1951 年夏由南疆經喀什米爾出走，逃往土耳其，成為海外疆獨最活躍的成員之一。牙巴孜汗則經西藏逃亡台灣，並於 1950 年代初在台灣出任所謂的"新疆省政府主席"；至於馬克南與貝賽克等，則跨越崑崙山，向拉薩撤退。馬克南於 1950 年 4 月在藏北雪噶洪朗 (Shegar-Hunglung) 關卡遭藏兵誤殺。貝賽克旋被護送至拉薩，並於是年 8 月奉命向西藏"外交局"提議，拉薩當局應積極與新疆、青海境內的哈薩克族各部，進行軍事情報交流，以掌握解放軍動態。對此，拉薩官員曾表示高度配合的意願。

煽動藏獨

1946 年，美國總統杜魯門 (Harry S. Truman) 下令向西藏當局提供一批可供發報用的發電機。西藏當局在英國特務福特的協助下，利用這些設備成立"西藏廣播電台"，散播藏獨輿論。同年春，美國駐印度大使亨德森 (Loy Henderson) 就建議美方，如果毛澤東的軍隊在中國獲勝，美國就應準備將西藏視為一個獨立的國家。1951 年 3 月，亨德森大使與達賴喇嘛的私人教師哈里爾 (Heinrich Harrier) 會晤，討論達賴喇嘛出走事 (哈里爾是奧大利人，在藏七年，曾利用現代技術為美國繪製了拉薩及喜瑪拉雅地區的地圖，並經由中情局特務貝賽克攜出西藏，交給美國駐印度使館)。

煽動達賴流亡海外 (1951)　　1950 年 11 月，十四世達賴喇嘛出走亞東。1951 年 5 月，西藏代表在北京與中央簽署《十七條協議》。是時，美國駐印度新德里與加爾克答的外交官，卻努力說服當時人在亞東的達賴喇嘛，離開西藏，流亡海外。當時美國向達賴喇嘛開出包括重新同意支持西藏在聯合國的提案，在可能情況下設法提供軍事援助，派遣密使前往印藏邊界與達賴喇嘛的親信聯繫，承認十四世達賴喇嘛為一"尊貴的宗教領袖與西藏自主國的元首" (an eminent religious dignitary and head of the autonomous state of Tibet)，以及在印度與錫蘭 (今斯里蘭卡) 拒絕提供政治庇護時，收容達賴喇嘛及其流亡政府等西藏自我國分離的條件。

但因種種因素，當時達賴喇嘛仍決定返回拉薩。這並不意味著美國的全然失敗，因為於達賴喇嘛決定返回拉薩前夕，在美國的暗中支持與協助

1950年8月1日，新疆騎兵師進藏先遣連奉命自于田向藏北挺進，進軍阿里，經過
一年零三天的艱苦行軍，終於將五星紅旗插上岡底斯山（先遣連是由漢、回、藏、
蒙古、錫伯、維吾爾、哈薩克等七個民族的指戰員組成，少數民族佔40%，
全連138名戰士，先后有63人非戰鬥死亡犧牲）
（參見張小康，《雪域長歌》，四川人民出版社，2015年4月第二版，p. 153.）

下，達賴喇嘛的兄長土登諾布經印度前往美國，另一位兄長嘉樂頓珠（Gyalo
Thondup），斯時（1951）就與中情局簽訂協議，最初為該局收集情報，後來則策
劃游擊戰。

日後，嘉樂頓珠與土登諾布二人並經常往來於美國、印度與台灣之間。及
後，美國支援西藏武裝叛亂，1957-61 年的四年間美國中情局不但對西藏空投
武器、彈藥、糧秣、藥品等物資就超過 250 噸，甚至將西藏康巴族人（Khambas）
送往美國本土科羅拉州丹佛附近高山陸軍的海爾營（Camp Hale）受訓，再空投
西藏 。

撥款津貼達賴 1959 年 3 月，達賴喇嘛最終逃往西方。據美國國務院外
交文件 1964 年 1 月 9 日特別小組（Special Group）備忘錄的記載，該會計年度
還列有給達賴喇嘛作為津貼的 18 萬美元預算，可見美國涉入西藏事務之深。
時至今日，美國更是技巧地將達賴喇嘛塑造成民主人權宗教的鬥士，歷任美國
總統不乏予以接見者，西方頒予諾貝爾和平獎，安排重要場合演講，以強化其

從事分離運動的合法性。美國總統布希不但再會見達賴喇嘛，還親自出席並頒發給達賴國會金質獎章，遠在天邊的拉薩隨即發生僧侶慶祝達賴獲獎並與軍警衝突的事件 。美國利用達賴喇嘛顛覆中國，可說六十年不改其志。

蘇日分裂中國同心/南北分裂夢魘

國民黨政府敗遷台灣後，經由台灣海峽與大陸隔海相望，與祖國大陸分離。國共內戰，導致祖國大陸與台灣迄今未能統一，是近代中國的悲劇。

史大林要求中國南北分治　在那個關鍵的年代，蘇聯領導人斯大林強烈敦促毛澤東與蔣介石成立聯合政府，但被毛澤東拒絕。1948 年底，當中共形勢大好，準備拿下北京揮師南下時，斯大林派米高揚到中國，以口信方式傳達斯大林意見，要求毛澤東不要南下長江，以便讓蔣介石能夠生存。毛澤東不僅未接受，反而於 1949 年 1 月 1 日發表了一篇＜將革命進行到底＞的新年獻詞。

1951 年十八軍官兵翻越太昭雪山（艾炎攝）

1949 年 4 月 21 日，毛澤東下令解放軍渡過長江，並以 "宜將剩勇追窮寇，不可沽名學霸王" 的蓋世氣魄，數月間即一統祖國萬里江山（除台港澳之外），美蘇想分裂中國都來不及。對此，回首那個時代，當時任國民政府代理總統李宗仁不禁不寒而慄，李宗仁慶幸當時和他打交道的美方人物，在承平時代指導世界事務是幹練的，但處理國際危機則不行，如果美國當時全力支持國府，使國共沿長江劃江分治，則民族所受的創傷恐怕幾代人也無法治愈 。

岡村寧次策畫中國南北分裂　1949 年初在蔣介石的干預下，前日本駐中國派遣軍總司令岡村寧次被判無罪，旋在蔣的愛將湯伯恩護送下，搭船返日。2 月 4 日岡村寧次返抵日本橫濱美國海軍基地碼頭，麥克阿瑟元帥派副參謀長維洛比少將向他傳話稱 "可提出任何願望"。岡村寧次告以其願望是 "盼在長江之線，希望美國派遣二個師到華南，阻止共軍南下"，但此建議未被採納。侵華元兇岡村寧次的構想，居然與斯大林要求中國共產黨與中國國民黨以長江為界南北分治的意圖不謀而合。

如果歷史可以重演，假設當時毛澤東屈服於史大林的一再要求，假設內戰時日稍久，美國外交、情報、國防等各單位完成意見整合，美國總統頭腦清醒過來，加大力度積極分裂中國。例如傾全力軍援國府甚至派軍介入，抗阻中共攻勢，使國共兩黨以長江為界分治。那時，蘇聯支持北方的 "中國共產黨政府"，美國支持南方的 "中國國民黨政府"。如此一來，一個擁有數億人口的文明古國，將被分割成兩個人口與轄區相當的政權，相互敵視，相互顛覆，則中國人民所受的苦難將遠甚於今日台灣與內地大陸的分離。此外，由於以長江為界的北中國與南中國，二者綜合實力相當，任何一方都很難經由武力統一，外加美、蘇兩強蓄意分裂中國，則中國人想在 21 世紀完成統一，幾乎是不可能的事。

"打掃乾淨屋子再請客"　1949 年 2 月，毛澤東在其與米高楊的談話中，提出 "打掃乾淨屋子再請客" 的政策。換言之，就是徹底摧毀清除帝國主義在華的控制及其影響 ，亦即摧毀遏阻帝國主義的對華顛覆。事實檢驗真理，從事後許多時人回憶與解密檔案，我們才驚知當時美國的意圖是對中國從東南的台灣、到西北的內蒙、新疆、西藏與雲南，是進行全面的裂解。美國的這些滲透與顛覆當時是在極機密的情況下運作，相關情形最終彙總於華府的國務院與中情局等部門，但對其企圖顛覆的對象來說，當時是無法全盤盡悉的。

開啟民族復興崛起之路

如果 1950 年後中國仍與美國為友，以當時中國國勢的衰弱，民族自信心的不足，勢必受制於美國一手持民主、人權、民族自決的分離意識型態，收買菁英且分化我國邊疆少數民族，一手提供經費、武器彈藥且包庇分離份子等的顛覆手段。例如後來美國暗助達賴喇嘛出逃西方，就為中國大陸留下了一個迄今尚未解決的難題。毛澤東"打掃乾淨屋子再請客"的政策，徹底摧毀了美國的對華顛覆，捍衛自滿清覆亡後得來不易的中華民族大一統局面，並以時間凝聚中國人民的內部力量。因此，客觀而言，毛澤東此一決策，實是關係民族復興啟始的高瞻遠矚策略。

美國欲乘內戰結束，在一個統一的中央政府出現之前，策動並支援我國邊疆少數民族分離，從而在我國大西北地區建立親美的"區域性政權"，其利用達賴喇嘛使西藏脫離中國，"支解"我國的意圖，居然與日本的思維一致。但未料中國共產黨人在毛澤東的領導下，以千鈞雷霆之勢完成大一統。美國顛覆支解中國大西北之意圖，因措手不及而以失敗告終。但也未完全失敗，既然分裂西北不成，則分裂東南，1950 年 6 月 25 日朝鮮戰爭爆發，此戰爭本與台灣無關，但兩天後的 6 月 27 日，美國總統杜魯門(Harry S. Truman)親自下令其第七艦隊巡防台灣海峽，干涉中國統一的內政。同年 10 月 19 日，大陸以"中國人民志願軍"名義參戰，禦敵於國門之外。至此，除台港澳外，中國人完成了自大清覆亡分崩離析後的實質性統一，從而開啟了中國復興崛起之路(原文依戚嘉林《中國崛起與台灣》增修)。

美國秘密顛覆西藏二十年(1942-62)

▎謝劍 博士（前臺灣大學客座教授／台灣）

美國中央情報局(CIA)早在中共與達賴喇嘛公開決裂之前，就秘密訓練西藏的間諜策動暴亂，並誘騙達賴離開拉薩。抗戰期間，作為中國盟友的美國即避過重慶國府直接與西藏聯繫。戰後美國核發簽證給西藏貿易代表團，更無形中承認了西藏的獨立地位。國共纏鬥，予外人蠶食國土良機。覬覦西藏利益的國家涉及俄、英、日、德、義、印、美等國，其中又以英、美兩國涉入最深。美國隨著二次大戰國力的膨漲，由隱約試探，到公然大規模地介入，正因為中國內政不修，加上國、共長期纏鬥，美國在美麗口號之下的行動往往被外界忽視。

第十三世達賴喇嘛在印度加爾各達(Calcutta)與奧康納少校(Major O'Connor)合影

二戰前之滲透

抗戰之前，美國已對西藏表現出高度興趣。但因其本身的國力，加上地理位置相距較遠，不若英國侵佔印度後西藏近在咫尺，美國的活動也正如其他距離較遠的西方國家，只是在"傳教"和"探險"這類名義下進行。不過可別輕視這類人物，因為他們都是代表自己國家的利益，為爭奪資源和殖民地打先鋒。誠如著名漢學家費正清所言："美國海外傳教士就是美國歷史上看不到的人物"。

美國公使Rockhill專程赴山西五台山晉見十三世達賴喇嘛　在西藏事務上，美國早期人物首推 W. W. Rockhill。他於 1884 年到達北京，擔任美國駐華公使

1942 年美國羅斯福總統派上尉 Tolstoy
持其親筆函及禮品，不讓戰時盟友重慶政府知道，率團直接密訪西藏

館的二等秘書。三年後，他辭去外交官職務，假扮喇嘛，開始了他對西藏的"探險"生涯，1891 年並有第二次西藏之旅，前後經歷數年，調查蒐集資料，出版有專書數種。由於這類人物和官方關係異常密切，利害與共，難怪有學者認為二十世紀初他們之間的關係是"水乳交融"。

及至 1908 年，Rockhill 以其對中國國情的瞭解，被美國政府任命為駐華公使。同年 5 月，以他敏銳的感覺，以正式的美國官方身份，趕赴山西五臺山，晉見當時正在逃避英軍侵藏，前來五臺山的十三世達賴喇嘛。後者雖曾提出要求美國協助回藏，但事情並無結果。大致原因是西藏地位偏遠，加上當時美國的國力有限，很可能是有心無力，事情也就到此為止。

美國上尉Tolstoy率團直接與拉薩交往　抗戰時期，考慮到英國在西藏活動所引起的離心力，重慶國府似曾計劃過向西藏進軍，以收事權統一之實。但因美國徇英方之請，強烈反對重慶國府以美援武器用來對付西藏，事始作罷。這雖然是一件小事，但卻引起美國對西藏問題的興趣。

斯時(**二戰時期**)，和英國勢力相反，美國因為對東西兩大戰場的投入，影響也跟著進入這一地區。事緣 1942 年美軍駐華將領史迪威(J. Stilwell)，以空軍不便且異常危險，故倡議修一公路自印度穿越西藏直達中國內陸，以利軍需物質之運輸。西藏地方當局對此有所猶豫，英印當局介入，盼能取得協議。

1942 年夏，美國的戰略情報局(Office of Strategic Service、中央情報局的前身)採取了極不光彩的手段，派遣上尉 I. Tolstoy 及中尉 B. Dolan，得英國之助，背著戰時盟友重慶國府，帶著羅斯福總統的親筆函及禮品潛入拉薩。目的竟是蒐集情報，例如能否在拉薩建立機場及藏軍一般狀況之類。修路之事，早已置之腦後，連居於仲介的英國人都感到奇怪，認為美國一方侵犯了她的勢力範圍。事實上，入藏探詢築路支持國府只是一種煙幕，真正的目的是同時擺脫中、英雙方掣肘，為美國利益拉攏西藏當局，這在 Tolstoy 離藏前的言行中充分透露了此行玄機。一個小小上尉，除答應予以無線電設備等的物質支援之外，竟明言將建議其政府讓西藏當局派遣代表參加戰後的"和平會議"。

這一談話引起西藏地方當局極大的震動，等於是說美國將改變西藏地位，使成為一獨立國家，就連英國駐拉薩代表 F. Ludlow 也興奮不已，立即表現出"有志一同"。他們哪裡還想到正在浴血抗日的盟國重慶國府，他們要的就是要分裂中國。此事後來終因英國駐印總督的強烈反對而不了了之。但也可以看出，某些英、美人根本視中國對藏主權如無物。

二戰后之巔覆

抗戰勝利後，在英、美慫恿之下，西藏有所謂"西藏貿易代表團"(The Tibetan Trade Mission)的組織，持西藏地方當局所發的護照，欲藉貿易之名，以表達西藏欲獨立於中國之外。

南京國府抗議美國對西藏野心　"西藏貿易代表團"要出訪印、中、英、美，雖然表面上是為了貿易，是時西藏貿易主要是自內地輸入茶葉，自印度輸入肥皂和火柴等，惟該團"醉翁之意不在酒"。

在法理上，美、英均承認中國對西藏之宗主權或主權，西藏地方當局無發行護照的權利，英、美均充分明白這點，更不應給予簽證。因此，美國在西藏地方當局所發護照上的簽證，僅止於香港而已。該代表團以另一由中國駐印領館所發之文件，獲准於 1946 年 1 月到達南京。既抵南京，國府洞悉該團目的非在貿易，而是尋求從法理上分離，除委婉忠告美國，若予入美簽證必將使國府難堪，並形成外交部與立法院間的嚴重難局；國府另方面亦規勸該"西藏貿易代表團"放棄訪美計劃。然而在美、英等一再慫恿下，該團竟從香港的美國領事館獲得在其西藏地方所簽之護照上予以簽證，隨即於 1946 年 7 月初進入美國。

美國此舉，無形中承認西藏為一獨立政治實體，使南京國府異常震驚。因事態嚴重，除在南京由外交部召見美國駐華大使，提出抗議外，並由顧維鈞大使向美國國務院遞交備忘錄，嚴厲質問美國此舉之用意何在？是否已改變美國向來承認中國對西藏具有主權之立場？

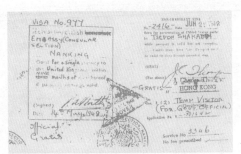

1948年英國駐南京大使館及美國駐港總領事館分別蓋在W西藏地方當局發行的"護照"上簽證(謝創提供)

在接著的 1947 年初，美國駐新德里大使官員 G. R. Merrell 就曾向華盛頓建議，由藏、美雙方組成友好訪問團互訪，以便建立關係。理由是"西藏從意識型態和地理上看，其地位具有無可估量的戰略重要性。…在一個火箭戰爭的年代，將證明在整個亞洲它是最重要的地區"，從而赤裸裸地表現了對我國領土西藏的狼子野心。衡量情勢，美國當時認為不必為此與蔣介石翻臉，國務院因此採取欺騙手法，向顧維鈞大使訛稱香港美國領事所發簽證，並未蓋在西藏地方政府所發的護照上（事實上蓋了），而是蓋在另一申請表。此事後來不了了之，但卻充分暴露美國政府的意圖。當時國、共內爭正劇，蔣介石有求於美國者極多，雖明知其意圖也無可如何。

美國投鼠忌器欲假手於印度　國府撤守大陸前夕，當局已是自顧不暇，在"反共"的名義下，美國更是大動手腳。1949 年初國務院官員 R. E. Bacon 建議暗遣代表前往拉薩，促使西藏地方當局公開宣布獨立。

美國駐印度大使韓德森 (Ley Henderson) 及駐華大使司徒雷登對此議均給予支持。等到中共正式建立政權並宣布"一邊倒"的外交政策之後，美國在反共的名義之下，自認為"師出有名"，更是無所顧忌。於是對西藏滲透特務，支持武器，在英國和印度的配合下，也不再是紙上談兵的計劃，而是付諸於行動。

國民黨撤出大陸之後，1950 年初美國即與英、印合作，希望能以武器提供西藏地方政府。因印度經已獨立自主，對以往扮演為人火中取栗的角色多所猶豫。是年三月，美國駐印度加爾各答(Calcutta)領事與西藏方上層人物沙卡巴首度接觸，由美方提供武器，計劃秘密儲存於錫金、尼泊爾及不丹近藏邊地區，以便藏方隨時可以取用。

因美方投鼠忌器，怕過份公開干涉會給中共以口實，故始終希望能假印度政府之手。此點可以從美國國務卿艾奇遜於是年 4 月 19 日發給其駐印大使的指令證實。幾經美國駐印大使和藏方人物密商，仍難在軍援細節上落實如何執行。6 月 18 日，美國大使上報國務院，大意是任何決策過程的考量應包括：

一、提供西藏的軍援必須具有成功抗禦中共的可能性；

二、運輸道路困難，這方面還得看印度政府的態度；及

三、此舉對中共的影響，會不會加速其入藏的行動，造成相反的後果。

但美國並未因此死心，韓戰爆發之後，國務院和中央情報局聯手，經由美使再次探詢印度政府改變態度的可能性，但仍是得不到要領而作罷。

英國間諜福特毒害格達活佛　是時，中共於 1950 年 7 月自西昌暗遣當時聲望極高，一向主張漢藏團結對外的藏傳佛學泰斗格達活佛前往拉薩，進行疏通。但格達一行到達昌都時，卻為英國派在藏軍的情報員福特(R. Ford)所阻。福特對外的名義是無線電顧問，因長期在藏工作，在西藏上層中頗具影響力，成為藏軍核心人物。8 月 21 日，福特在格達活佛飲食中以劇毒加以殺害，因毒性強烈，格達死後全身發黑，皮膚觸手即會脫落。

進藏人民解放軍俘獲的英國特務福特

福特一不作，二不休，乾脆將格達活佛焚屍滅跡，並將其隨行人員全部遣往拉薩扣押，套取情報。

當時，拉薩高層早已亂作一團，除極力備戰，向美、英、印爭取軍火，加強昌都防線外，早已被外力操縱的大札攝政，則帶同十四世達賴喇嘛前往中、印邊界的亞東，準備逃往國外。

就在這局面詭異緊繃之際，共軍動用優勢兵力，以泰山壓頂之勢先發制人，於 10 月 19 日向昌都發起突擊，一舉擊潰駐防該地的三千藏軍，並俘獲英籍特務福特，從而使格達活佛死亡真相得以大白於天下，也使外力有所顧忌。

中情局策劃達賴出走西藏（1959）

論者往往以為美國中央情報局的活動，只是在達賴出走西藏之後，殊不知在此之前，策動暴動的工作早已在進行。例如一位名叫旺堆的西藏人回憶說，他在 1956 年就離開西藏，由美國特務接往海外訓練，後來秘密空降回到西藏，參加軍事活動，前後十年，直到 1966 年才往尼泊爾定居。惟其過程神秘曲折，有如典型的間諜小說。

美國分裂中國西藏的不宣之戰　　第一批由中央情報局訓練的間諜小組是由嘉樂頓珠安排的，一共六人。先步行走印藏邊境的噶倫堡，換上印度服裝。晚上 9 點，嘉樂頓珠開車把他們送到西里古裏（Siligauri），再發給指南針，繼續徒步前往東巴基斯坦（今孟加拉）邊境，由美國特務接待。徹底改裝易服之後，再步行到達卡。之後乘坐美國軍用飛機，經過泰國曼谷到日本沖繩，後再乘 C-118 型飛機南飛至西太平洋美國托管的塞班島，開始接受特工訓練。四個月中所學包括地形識別、無線電使用，和武器操縱等。

1957 年秋他們這一組由美國軍機負責空投西藏，除配備武器、鈔票及無線電等之外，每人還有兩小瓶毒藥，以備被俘時自殺之用。為了不留痕跡，拿掉配備上的所有標幟，包括藥號上的標籤。他們此次的主要任務是去拉薩策反達賴喇嘛，使其與中共絕裂並公開請求美國援助。可惜這次任務並不成功。他們的首領確實見到了達賴喇嘛的秘書長帕拉・土登維登，但後者卻勸他們放棄計劃，並拒絕再次接見。

中央情報局在失望之餘，決定在 1958 年底大量空投武器給西藏境內好勇狠鬥的康巴族人，包括 100 支英製步槍（注意不是美製）、20 支手提機槍、兩門迫擊砲及手榴彈、子彈等。

《中國時報》1997年9月18日第9版（台灣地區）

特務訓練海爾營地 因為受訓藏人不適應低海地區,不少人生病。1958 年 5 月,案經五角大廈批准,美國將特務訓練營地從塞班島遷到塞班島,再遷到美國科羅拉多州大峽谷地帶的海爾營(Camp Hale),該地海拔 3,300 多米(公尺),其地理特徵與西藏高原環境近似,有利西藏人的適應,以便能在西藏大顯身手。1962 年海爾營地被關閉時,大約有 170 名藏人在這裡受訓。

美國空投特務滲透 美國事實上已發動了一場不宣而戰的戰爭,其行為早已逾越了國際法的準則,是一種戰爭罪行,對中國人帶來了莫大的傷害。

從 1957 年 8 月美國在山南地區空降特務開始,到 1961 年 4 月在芒康空降為止(包括青海、四川藏區在內),一共空降八批次 56 人,在戰鬥中被擊斃 34 人、俘虜 5 人、逃脫 17 人(Knaus,《冷戰孤兒(Orphans)》一書中稱自 1957 年開始,總共空投 49 人、只有 12 人生還、1 人被俘、1 人投降,數據不正確)(本刊記者,< 美國是如何支持上世紀五十年代西藏叛亂的(下)>《統一論壇》,總第 149 期,2014 年,p.13.)。

十四世達賴出逃 就在 1959 年 3 月中共與西藏地方當局暴發正面衝突之前,據曾經參與中央情報局這一機密的美國人派特遜(G. Patterson)回憶,該局已在執行誘騙達賴離開拉薩的計劃。隨身攝影師和無線電報務員早就佈置在他身邊,因此當達賴逃往印度的半途時,該局甚至已經準備好了為他們投擲所需物資的特種飛機,一種適合在西藏稀薄空氣中飛行的洛克希德 C130 型運輸機,並且該局在達卡的基地立即和達賴一行取得緊密聯繫。誠如參與此一計劃的工作人員比塞爾(R. Bisell)所說的,沒有中央情報局人員的策劃和陪同,達賴是不可能如此順利出走的。

1959 年 2 月 7 日,十四世達賴喇嘛主動向西藏軍區副司令員鄧少東等提出:"聽說西藏軍區文工團在內地學習回來後演出的節目很好,我想看一次,請你們給安排一下。" 3 月 8 日,達賴確定 3 月 10 日下午 3 時到西藏

達賴喇嘛回憶道: 我們隊伍中還有一名美國中央情報局特工,他會操作無線電,而且顯然一路都跟他的上級保持聯絡。他到底聯絡的是誰,我到現在都還不知道。我只知道他隨身攜帶一台摩斯發報機。

達賴喇嘛逃亡

軍區禮堂看演出。3月9日晚，拉薩墨本 卻煽動市民說：達賴喇嘛明天要去軍區赴宴、看戲，漢人準備了飛機，要把達賴喇嘛劫往北京，每家都要派人到達賴喇嘛駐地羅布林卡請願，請求他不要去軍區看戲。3月10日晨，叛亂分子散佈“軍區要毒死達賴喇嘛”的謠言，脅迫兩千余人到羅布林卡，呼喊“西藏獨立”、“趕走漢人”的口號。叛亂分子當場打傷卸任噶倫、時任西藏軍區副司令的景頗·才旺仁增，打死愛國進步人士、西藏自治區籌備委員會委員堪窮帕巴拉·所朗降措。隨後，噶倫索康和三大寺堪布、地方政府官員、叛亂武裝頭目召開所謂的“西藏人民代表會議”，決定“與中央決裂，為西藏獨立而戰鬥到底”，選出了“西藏獨立運動”的領導人，派代表前往印度駐拉薩總領館並通過該領館的電臺，宣佈“西藏獨立國”已經成立，要求印度政府和聯合國支持和保護。指揮叛亂武裝的總司令部同時成立，以“西藏獨立國人民會議”名義命令西藏各宗“所有18歲到60歲的人必須自帶武器、彈藥、食物等，立即趕來拉薩。”叛亂武裝不斷向解放軍駐地、地方機關單位進行射擊、挑釁。同時，上層反動分子加緊策劃劫持十四世達賴喇嘛出逃，他們從布達拉宮金庫中取出大量金銀、外幣，擬定了150人的隨行人員名單，準備了7名僧人作達賴喇嘛的替身，選定了出逃路線。1959年3月17日夜，噶倫索康、柳霞、夏蘇等叛亂頭目挾持達賴逃離拉薩，前往叛亂武裝的“根據地”山南。叛亂失敗後，又逃往印度。

《中國時報》1999年5月11日第14版（台灣地區）

平定拉薩市區叛亂　達賴離開拉薩後，叛亂分子調集約 7,000 人，於 3 月 20 日淩晨向黨政軍機關發動全面進攻。人民解放軍在忍無可忍、讓無可讓的情況下，於當日上午 10 時奉命進行反擊。在藏族愛國僧俗人民的支持下，僅用兩天時間，就徹底平息了拉薩市區的叛亂。以後又平息了叛亂分子長期盤踞的山南地區的叛亂。流竄於其他地區的叛亂武裝也相繼瓦解。

中情局局長親自指揮達賴喇嘛出逃　在這個過程中，美國扮演了極不光彩的角色。1959 年 3 月 18 日，達賴喇嘛率眾出逃計劃，是由中情局局長杜勒斯（Allen Dulles）親自指揮。當時達賴喇嘛逃亡的一行人中，就有一位 CIA 幹員，攜帶一台發報機，在連夜趕抵拉薩山谷與昌波山谷後，發出第一份有關達賴逃亡的秘密電訊。此一電訊被美國設在琉球的監聽站收到後，旋轉給華盛頓的杜勒斯。26 日，杜勒斯立即報告美國總統艾森豪，⋯3 月 31 日達賴跨過中印邊境（達賴隨後在國際上公開譴責大陸，美國雖不公開表示支持，但中情局仍助達賴在世界各地建立西藏人權組織）。

據 1999 年 4 月 19 日美國《新聞週刊》（Newsweek）的一篇相關文章披露，1951 西藏和平解放之後，華盛頓就向達賴承諾，他們準備向達賴提供經濟上的支援，並且對西藏地區的一切抵抗活動進行援助。1958 年至 1965 年期間在中情局負責西藏事務的諾斯（Ken Knaus）說：“這並不是中央情報局暗中實施的行動”“最初的計畫源自整個美國政府”（The Initiative was coming from…the entire U.S. government"。1959 年十四世達賴喇嘛從拉薩出逃，是美國中情局策劃已久的大戲，為此他們專門空投了攝影師和膠片，拍下一組組考究的畫面，在西方各國的媒體記者都在打聽達賴喇嘛的下落時，只有美國人知道他的行蹤，通過電臺，美國中情局為其安排好了逃亡路線，一路空投給養。經 16 天翻山越嶺，達賴喇嘛于 1959 年 3 月 31 日越過邊境進入印度。

1999 年中情局西藏事務負責人向國會書面作證時表示，中情局在 1958 年 7 月和 1959 年 2 月兩次向西藏空投武器，包括 403 支步槍、60 顆手榴彈、20 挺機槍以及 2.6 萬發子彈。到上世紀 60 年代末，中情局累計向反叛者空投了 70 萬磅補給，協助他們建立反共根據地，對西藏基層政府機關進行一系列軍事襲擾和破壞活動（此節引自毓琦，＜1959 年藏獨叛亂及其平定真相＞，

《Newsweek》 April 19. 1999.

祖國文摘，第 6 期，2011 年 8 月 10 日，pp.22-24.）。

中情局秘密支援西藏暴動　　在當時為支援西藏武裝叛亂的三年中，據 Knaus 所著《冷戰孤兒》稱，美國共空投了 30 多次，"從 1957 年到 1961 年，中情局總共向西藏空投了 50 萬磅（**250噸**）裝備，包括武器、軍火、無線電、醫療設備，還有手動打印機"（本刊記者，＜美國是如何支持上世紀五十年代西藏叛亂的（上）＞《統一論壇》，總第 148 期，2013 年 6 月，pp.22-23:25.）。

期間 1960 年初，美國中情局空前地加大空投武器數量，除步槍 1,680 支、子彈 36.8 萬發、輕機槍 150 挺、手榴彈 1,440 枚等武器外，還有 M-4 型高射機關槍 1 挺、無后坐力炮 3 門、無線電台 4 部、發電機以及食品、藥品、宣傳品、油印機等物資。特工於收這些空投下來的武器后，乃分發各叛亂武裝力量，且對各地叛亂骨幹進行了一個個多月的武器使用和游擊戰術的簡單訓練。當時，隨著有些地方 18 歲至 60 歲的男子被迫參加，叛亂隊伍也迅速擴大（同上，p.30. 原見拉莫次仁，《抗暴救國》，p.210.）

1961年10月25日亞格拉(Ragra Jetar)率領一隊人馬，成功襲擊了解放軍的運輸隊，殲滅了由一個副團長帶領的全體官兵，截獲逾1,600頁的機密文件〔當時日喀則分軍區第5團副團長盛永琛等11人乘坐一輛51型嘎斯車，從昆木加返回宗嘎(榮哈)途中，在牛庫附近遭到從木斯塘回竄的叛亂武裝40餘人伏擊，人員全部犧牲，汽車被燒燬，並丟失60餘份機密文件、總政治部印發的《工作通訊》和兩部影片〔同上，《統一論壇》，總第149期，2014年第1期，p.15.〕，中情局從文件中始了解中蘇分裂是真的，另外也認識了解放軍的兵力和戰備情況。主管遠東秘密行動的中情局資深特務Desmond Fitz Gerald高興極了，其屬下李潔明(James Lilley后曾任美國駐北京大使)稱"那批沾滿血跡的文件對Desmond來說，簡直是一輩子沒有見過的好東西"。

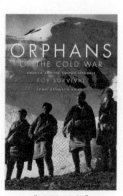

《冷戰孤兒》
作者為前美國中情局(CIA)
辦理西藏事務計畫執行官
柯諾斯(John K. Knaus)

事件尾聲　1960年代中期，西藏軍區邊防部隊加強了反回竄的軍事行動，在整個邊境實行封堵方針，建立據點、高堡(瞭望哨)、架設有線通信線路，修築邊境公路，有效地抑制了叛亂武裝的回竄行動；叛亂份子原來打算在西藏境內建立"遊擊戰爭的永久基地"的幻想，完全成了泡影。《冷戰孤兒》(Orphans)書中這樣描述，"到1967年，事實證明這些冒險活動得不償失，他們搜集到的情報都是些零散的、邊沿性的情報，他們組織抵抗能力非常有限。於是小分隊的使命被終止，人員被召回印度"。

隨著世局的演變，一架U2間諜機在前蘇聯境內被擊落、入侵古巴的失敗、乃至於印支半島戰局的惡化，令中央情報局疲於奔命，原擬繼續要在西藏及青海等地大搞的軍事計劃，不得不暫時延緩，但這並不表示美國放棄了對西藏的野心。今天雖美國和大陸早已建交，並且雙方一再肯定西藏是中國領土的一部分，然則實情又如何？別的不說，華盛頓就有一個公開要促進西藏獨立的"民間"團體，至於暗處活動就非筆者所知了〔原載謝劍，《民族學論文集》(上)，佛光人文社會學院，2004年1月31日，pp.405-434：435-440.〈從觀念到行動：美國對西藏的介入〉和〈美國密謀西藏的啟示〉及《歷史》月刊1999年10月號〈從共、藏"協議"看兩岸未來〉之三文重修〕。

坎坷復興路

美國援助金三角 "國軍" 反攻雲南失敗

▎覃怡輝 博士（中研院副研究員／台灣）

　　1950 年 2 月間，在雲南省被人民解放軍擊潰的 "國軍" 第 8 軍和第 26 軍各有一個殘團，先後分別撤退進入緬甸境內避難，並於次（3）月不約而同向南轉進至緬泰寮三國交界的大其力（Tachileik）附近暫駐。這支殘軍部隊進入緬甸境內避難之事，本來是一個可以經由外交途徑而解決的國際法事件，但因緬甸政府已於 1949 年 12 月 17 日承認了中國大陸，並於次年 6 月 8 日互設大使館，和已遷至台灣的 "中華民國政府"（以下簡稱國府）斷了邦交，無法直接交涉，不得不轉而求助於美國。當時，美國國務院也的確站在協助緬甸的立場，不斷勸說國府，將這支部隊撤退回台灣。按常理，這支殘餘部隊在兵員折損和補給斷絕的情況下，連基本的生存都成問題，更遑論對抗緬甸和進軍大陸。今天，事過境遷，機密檔案已經解密，學者赫然發現原來當年美國內部支持泰緬國府殘軍侵擾雲南邊境的最大人物，竟是美國總統杜魯門（Harry S. Truman）。

韓戰爆發遠東局勢蛻變

　　1950 年 6 月 16 日，正當緬甸興兵攻打暫駐於大其力的李彌部隊，引爆了 "大其力之戰" 的時候，韓戰（朝鮮戰爭）也於同（6）月 25 日爆發。

　　韓戰局部化　1951 年 3 月 19 日 "滇緬邊區游擊隊" 在雲南省境內成立 "雲南反共救國軍總指揮部"。同年 10 月 5 日 "雲南反共救國軍" 在緬境孟薩成立 "雲南反共大學"，李彌出任校長。

　　韓戰爆發之後，美國採取了兩個相對的政策：第一是將戰爭局部化，即將韓戰局限於朝鮮半島境內，並派遣第七艦隊巡防台灣海峽，其目的固是防止中共進攻台灣，也是防止台灣的國軍趁機挑釁或反攻大陸，以避免在朝鮮半島之外也發生戰爭;基於這個政策目標,美國對國府指控蘇俄為韓戰的幕後指使者,十分不悅,反而要求蘇俄從中斡旋南北韓之戰。

韓戰國際化　第二是將反攻北韓的部隊予以國際化,即以美軍為主而籌組一支聯合國部隊,除爭取西方民主國家的支持外,並努力爭取亞非第三世界國家的參與,以對抗北韓軍的南侵。

以國軍反攻雲南牽制共軍構想　當美國派遣梅爾比將軍(Gen. John Melby)率領"東南亞軍援顧問團"前往泰國,與泰方洽談軍援並請泰方出兵參與韓戰時,李彌趁機透過駐泰武官陳振熙與之聯絡,請求美方也給予援助,並向美方表示,可以進軍雲南,牽制中共軍力於大陸西南,以減輕美軍在韓戰的壓力。

9月8日,李彌與該顧問團的副團長爾斯金(Graves B. Erskine)少將首次在曼谷見面相談,雙方意見頗為投合,他們共會談了三次。美方代表原則上允諾給予武器、器材及經濟上的支援,但為避免違反國際法,美方代表強調,必須在部隊推入大陸國境之後,才方便在大陸地區進行空中補給。

杜魯門利用國府殘軍反攻雲南

1950年9月中,聯合國軍隊在仁川登陸成功,9月底收復漢城,10月19日攻陷平壤。由於聯軍勢如破竹,促使中共解放軍於11月5日公開以"志願軍"的名義,派出32萬人參與北韓軍,聯手對聯軍展開作戰。

白紙方案-支援國軍反攻雲南　這時,由於中共志願軍的介入,美國又不願將戰場擴大到韓國以外,以阻斷中共的援助,因此聯軍感到了沉重的壓力。就在這個關頭,美國中央情報局(Central Intelligence Agency,簡稱CIA)之下的"政策協調辦公室"(Office of Policy Co-ordination, OPC),根據"東南亞軍援顧問團"副團長爾斯金所提供的資訊,於同一日即向杜魯門總統提出一個"白紙方案"(Operation Paper)－建議支援李彌部隊進攻雲南，以牽制中共部隊，化解中共"志願軍"在朝鮮戰場的軍事壓力。討論這個方案時，當時的中情局局長史密斯(Walter Bedell Smith)將軍認為中共兵源充足，這種冒險行動不可能將共軍拉出朝鮮戰場，因此強烈反對這個方案。但是杜魯門認為此舉可以培植中國的第三勢力，因而認同並批准了這個方案。

李彌 50 歲生日與開學典禮合併舉行，
各界代表爲李彌祝壽

這個"白紙方案"是由中情局秘密進行，國務院完全不知情，直到 1951 年 9 月底，國務院因指示其外交官和英國外交官合作，共同勸阻泰國協助李彌部隊，經泰國總理披汶(Plaek Pibunsongkhram，其姓常簡稱爲 Pibun)向英國駐泰大使華林格(Geoffrey Wallinger)披露真相，國務院才從其駐外官員的通報而獲知真相，並由其遠東事務助理國務卿麥肯特(Livingston T. Merchant)於 11 月底作成備忘錄，記載該事件的本末。

美國支持白紙方案　杜魯門總統批准了"白紙方案"之後，中情局即秘密爭取泰國政府的支持和協助，首先是以泰國爲中繼站，以推動李彌部隊在緬甸境內的軍事活動；其次請泰國提供外交掩護，以便一旦事機敗露，泰國可以協助美國撇清與李部的關係。

泰國的披汶總理亦樂於提供協助，因爲：

㈠泰緬兩國雖然相鄰，但在歷史上則爲世仇，因爲泰國在阿瑜陀耶王朝時曾被緬甸迫降和滅亡各兩次，如今能與強國美國結盟，可以大幅度增進對抗緬甸的力量，何樂而不爲。

㈡在二次大戰時，披汶總理曾與日本結盟，不但讓日本軍隊過境泰國進攻緬甸、馬來亞和新加坡，並且從英法的殖民地中，取回不少當年被英法掠走的土地。他爲掩飾過去的"聯日"不良紀錄，並強化和美國的關係，以爭取美國的經援和軍援和對抗英法兩國的報復，不但答應參加韓戰的聯合國部隊，並且願意秘密協助美國中情局執行 "白紙方案"。

在一般的常理和邏輯上，泰國雖然願意幫助美國，並不一定表示泰國也願意幫助退居台灣的國府，因為在這次的 "白紙方案" 中，恰好是美國要支援國府的李彌路經緬甸而去進攻雲南，所以泰國要幫助美國，就要去幫助李彌；所以使得泰國連帶地也心甘情願的幫助李彌。但是從 1952 年 4 月以後，美國不再支援李彌繼續對中共用兵，也不再支持李彌部隊留在緬甸了，而泰國政府依然支持李彌，而且還繼續支持繼任的柳元麟。這就表示，泰國之所以會長期支持留緬的國民黨部隊，這乃是另有其獨特的理由，不在本文的討論範圍。

李彌(左)返台參加第一屆國民大會第二次會議

西方公司 美國中情局得到了泰國政府的協助之後，為執行 "白紙方案"，特別在曼谷設立了一家掩護其行動的公司，即 "東南亞國防用品公司" (Southeast Asia Defense Supplies Corporation)，簡稱為 SEA Supply Company，中方稱之為 "西方公司"；這家公司由中情局曼谷站站長喬斯特 (Sherman B. Joost) 為公司的負責人，重要的幹員有伯德 (Willis Bird)。

中情局、國府聯手運交武器 次 (1951) 年 2 月初，正式開始執行 "白紙方案"，雇用陳納德所創立的 "民航空運隊" (Civil Air Transport、簡稱 CAT)，由日本沖繩島的 CIA 倉庫，載運第一批武器，送交給曼谷的 SEA 公司；到了 3 月，再將另一批武器，計有美製輕機槍 200 挺、60 迫擊炮 12 座、卡柄槍 150 枝、無線電收發機 4 具、彈藥等一批，直接空運到清邁。這些武器都由泰國警察副總監乃炮 (Phao Sriyanond) 及美國情報官司徒上尉 (Stewart)、通信官麥克 (Mark) 中尉押運至泰緬邊界，送交李彌部隊。此外，在美國 CIA 的協助下，國府國防部亦於 2 月 28 日下午 5 時，僱用台灣航業公司之嘉義輪，由高雄港將另一批軍品，其中計有美製 90 衝鋒槍 100 枝、79 步槍彈 20 萬粒、60 迫擊炮彈 2,000 顆、82 迫擊炮彈 600 顆，以及少量通材、衛材等，啟運前往曼谷，運交曼谷的泰國國營機構(Government Purchasing Bureau)；該批軍品於 3 月 9 日運抵曼谷，並於 3 月 19 日由乃炮押運至泰緬邊界，送交李彌部隊。

美國軍援反攻雲南虎頭蛇尾

李彌獲得了美國和國府兩方面的武器，雖然數量不多，但是在精神上具有莫大的鼓舞，於是毅然親至猛撒總部，將其部隊(即 26 軍各只有一個團的 93 師和 193 師)分為南北兩路，分別於 1951 年 4 月 14 日和 16 日，向雲南省邊境推進，並於 5 月 21 日，下令進軍雲南。

李彌率國軍反攻雲南　就在部隊從猛撒總部行軍到緬北滇緬邊界的同時，李彌努力收容各路、各支新由雲南投奔出來的隊伍，因此部隊快速的成長。在編制上，除了原來綏靖公署時代的第 26 軍之外，其他新成立的部隊，一律採用游擊部隊的番號，如路(軍)、縱隊(師)、支隊(團)、大隊(營)、中隊(連)等，到正式揮軍進擊雲南時，李彌部隊除了原來一個軍的兩個師外，已另外新成立了六個縱隊、八個獨立支隊和一個特務團，人數是原來的五倍以上。當部隊推入雲南之後，美方也依諾於 6 月 9 日到 12 日之間，在滄源縣境進行了五次(6 架次)的武器空投，一共只投下步槍 875 枝、卡柄槍 1,993 枝、步槍彈 3,000 發、卡柄彈 19,200 發、上衣 409 件、褲 183 條、膠鞋 516 雙、夾克 50 件、擦槍油 6 小桶、汽油 4 桶。

美方所投下的武器，其數量實在不多，大失李彌之所望，即使如此，兩個月之間，李彌部隊

中、美、泰三國會議後簽署緬北游擊撤退計劃
(1953 年 10 月 14 日)

1956 年 "雲南人民反共志願軍" 幹部訓練團第一期學員攝於江拉

還是曾經攻佔了雲南邊境的鎮康、雙江、耿馬、孟定、滄源、瀾滄、寧江、南嶠等八個縣治。美國之所以支持李彌進攻雲南，其表面的目的是為了牽制中共部隊於大陸，以減輕美軍在韓國戰場的壓力，而國府之所以支持李彌進軍雲南，其目的則是為藉此時機爭取美援，由西南進軍大陸，以在大陸境內建立反攻的基地。

杜魯門反蔣支持李彌　然而，由於杜魯門和杜威於 1948 年競選美國總統時，國府官員曾明白支持杜威，所以杜魯門當選總統後，他固然反共反毛，但他更反蔣和反國府，所以他才會有支持許多中國人士成立第三勢力之舉，李彌乃是他想要支持的對象之一；他支持李彌的條件，就是要李彌和蔣及國府脫離關係，配合美國的政策而發展中國的第三勢力；但因為李彌當初向美方爭取援助之事，還沒獲得美國政府的批准，就被國府情報當局偵知，於是國府下令駐泰大使館將李彌以叛國罪解送回台，大使館不便執行，乃私下將電報讓李拂一過目，囑轉告李彌回台申訴轉寰。

美國援助銳減　後來該事經李彌於該 (1950) 年年底回台申述之後，事乃化解。因此之故，李彌不願再為美援之事而和蔣及國府脫離關係，於是杜魯門自然就會認為：幫助李彌攻占雲南，就等於幫助蔣攻占雲南，這是杜魯門所極不樂見到的事。因此，美國原來答應給予李彌的一萬人裝備，就變成只給予少量的象徵性援助，以表示並未失信而已。最後，由於美國支援的數量實在太少，因此無論對美國或國府，都不能達到當初支持李彌開戰的目的。

李彌兵敗退回緬境　李彌進攻雲南之日(5 月 21 日)，美國駐台北大使館秘書董遠峰(Robert W. Rinden)當天下午即來外交部告知：緬政府希望已撤離緬境的國軍，不得再進入緬境。但是到了 7 月 22 日，李彌部隊因槍械彈藥和補給不足，部隊又缺乏訓練，無法抵擋共軍的強大壓力，只得再度退回緬境。

美國國務院得知消息，唯恐會促使緬甸再度向聯合國提出控訴，再度十分關切李彌部隊在緬甸之活動，強烈要求國府督飭李部他移。

雖然如此，美國中情局還是繼續支持李彌部隊，自該(1951)年9 月起，每月給予 7.5 萬美元的援助。直到次(1952)年元月，因為緬甸代表在巴黎聯合國大會中提出口頭控訴，引起蘇俄及其附庸國群起攻擊，美國中情局的梅利爾(Frank

"雲南反共大學"學員在操場操練輕、重機槍段希文軍長（左一）與王畏天副軍長（左二）送別到訪台灣官員，重要幹部列隊歡送

Merrill)將軍，才藉詞個人婚姻關係(暗喻 CIA 和李部的關係如同婚姻，不合則離)和李彌未善用援款，而將援款於 4 月停止，而在最後一個月(即 4 月)則只援助 2.5 萬美元。這是美國對李彌部隊給予少量援助的一段始末。

1960年美方主動援助段希文

以後在柳元麟部隊時期，柳元麟和其屬下最大的第 5 軍軍長段希文不和，其不和的程度，居然到達了長期剋扣段的軍餉和武器的地步。柳段之間的衝突不但驚動了在台灣的國府上級，而且也傳到了美國的軍情單位。

CIA支持段希文 大約就在柳段關係最低潮的時期，美國中央情報局(CIA)於 1959 年 12 月派人找上了段的熟人去傳達訊息，明說"要給予軍援的計劃：準備支援段軍一個輕裝師(一萬人)的裝備"，徵詢段希文的意願，看他是否有意接受。段希文表示有意接受，並指派其參謀長雷雨田隨來人一同前往永珍的美國軍援團洽談此事。雙方談判順利，並約定了一個電台互相呼叫的代號，如果用這個代號可以互相連絡得上，就到時再約定空投武器的時間；如果連絡不上，就約定以 1960 年元月的最後一天來空投。

段希文不接收美援 雷雨田返回防地之後，把這個新編的電台訊號交給其軍部台長，請他依約定時間和美方的電台連絡，結果是一直連絡不上。

事後才聽說是美方可以聽到段方的電台，而段方則聽不到美方的電台，不知是怎麼回事。既然電台連絡不上，所以美方的飛機便依約定在元月底時飛來 5 軍的防地空投，一天飛來好幾次，在五軍的猛龍、猛林防地，到處低飛，準備空投。雷雨田說："那架銀白色的飛機，飛得很低，看得清清楚楚，沒有軍徽，但有編號，一定是美方要來空投的飛機，可能是段先生臨時又改變了主意，不要(或不敢)接受美援空投了，但是他又不

1961 年 1 月國安會副秘書長蔣經國（前排中）曾親抵江拉總部停留一週、左二為柳元麟將軍

跟我們講，我們也無權下令去舖設空投標誌，就這樣，美方飛機連續低空盤旋了三天。我們不舖標誌，他們也不敢把武器空投下來"。

美國停止軍援段希文 事後，美國一位海軍司令的代表來到了南邦，他說因為身份的關係，只能來到南邦，不能上去清萊，請段希文到南邦去和他見面，他想要問清楚：飛機來了，為什麼不舖設標誌，以致無法空投？但是段希文自己不下去，也不派人下去，所以這位代表在南邦停留了一段時間就回去了。雷雨田說：以後可能是由於下列兩個原因，一是因為事隔半年餘，寮國於 1960

年 8 月 9 日發生了傘兵營營長康列(Kong Lae)政變的事件，美國軍援團不能再停留在永珍，不方便再空投了；二是美國發現段希文每次下曼谷時，都去找國府的駐泰大使杭立武(1956.9.26 ～ 1964.5.7)，認為段希文無法斷絕與台灣的關係。可能是因為這些緣故，所以美國就停止了軍援段希文的計劃。

段希文拒絕接受美方空投的軍援 分析段希文於 1960 年元月底時，他之所以"暫時"不要(或不敢)接受美方的空投軍援，其另外的一個原因是因為在那個時候，蒙白了機場已經擴建完畢，台灣的飛機將於近期內即會開始降落，武器和人員會源源而來，更重要的是，台灣屬意的新總指揮人選王永樹，也將從 2 月 16 日開始巡視柳元麟部隊，這件事讓段希文心中充滿了期待，只是後來王永樹花了一個多月巡視完畢之後，他不敢接手指揮這個人事複雜的部隊，讓段希文錯過了接受美援的時機。

蔣下手令-接受外援以叛國論罪 另外一個更重要的原因是蔣介石總統兵敗退到台灣之後，他曾經下過一個手令：任何外國的援助都必須經由中央來統籌分配，私下接受外援即以叛國論罪。當(1950)年 9 月，李彌將軍和美國爾斯金(Graves B.Erskine)將軍在曼谷會談爭取美援時，即曾被人密告私受外援。段希文因有前車之鑑，故非最後關頭，他還是不敢輕易冒此叛國的大罪，而默默婉拒了美方的好意。

綜觀美國對金三角國軍的援助，無論是出於被動或主動，都是以實現當政者的企圖或是其國家的利益為依歸，絕無沒有條件的善行援助，一切都是以"互利"為前提，然後才可能有"互助"行為的出現。

(本文係作者覃怡輝摘自其所著《金三角國軍血淚史》一書。此外，本文感謝撒光漢先生惠允引用《異域照片集》書中圖片)

坎坷復興路

美國當代白色恐怖-政治壓迫千名留美華籍菁英

▌蕭竹

　　2018 年上半年以來，伴隨著中美貿易戰的開啟，美國在對中國中興公司打壓的同時，以其炮製的"中國間諜論"為藉口，也開始了對中國"千人計畫"的瘋狂絞殺。

什麼是中國"千人計畫"？

　　科技是第一生產力。為了引進尖端技術和理念，2008 年 12 月，中國開始實施"千人計畫"（全稱為國家海外高層次人才引進計畫），旨在從海外引回一些尖端技術人才，幫助國家進行重點項目建設。這一計畫主要是圍繞國家發展戰略目標，從 2008 年開始，用 5 到  10 年，在國家重點創新專案、重點學科和重點實驗室、中央企業和國有商業金融機構、以高新技術產業開發區為主的各類園區等，引進 2,000 名左右人才並有重點地支持一批能夠突破關鍵技術、發展高新產業、帶動新興學科的戰略科學家和領軍人才回國（來華）創新創業。同時，各省（區、市）也結合本地區經濟社會發展和產業結構調整的需要，有針對性地引進一批海外高層次人才，即地方"百人計畫"。

　　截止到 2018 年，中國已經引回了 14 批"千人計畫"學者，人數已達數千，遍佈國家的各大尖端行業。

美國在忌憚什麼？

中國政府對於回流人才提供有足夠的支持。參與這些人才引進計畫的學者，能夠獲得人均 100 萬 -200 萬的人民幣資助，而其回國後的薪資水準也比同行業平均水準高上 2-4 倍。只不過，參與"千人計畫"的學者要遵循一項前提，那就是必須保證每年要在國內有一定的任職時間。而這一點，也正是美國最為忌憚的。美國很怕這些"千人計畫"的學者將他們在美國的研究成果帶回中國，也擔心這些"千人計畫"的學者在美國從事間諜工作。

絞殺中國"千人計畫" 於是乎，將"千人計畫"視為眼中釘、肉中刺，興師動眾地開始對其展開全面絞殺。2018 年 5 月美國眾議院通過了一項國防授權法案，其中有一項修正案的內容是：允許國防部終止向參與中國、伊朗、朝鮮或者俄羅斯人才計畫的個人，提供資金和其他獎勵。此後，美國絞殺中國"千人計畫"的消息不斷傳來。6 月，負責研究和工程的美國國防部副部長邁克爾·格里芬 (Michael Griffin) 在一場國會聽證會上宣稱，五角大樓的技術和工業基礎面臨"前所未有的威脅"。8 月 7 日的一場晚宴上，美國總統川普竟然說，他認為在美國大學留學的"幾乎每一個 (中國) 學生"都是間諜 (美國大學目前共有大約 35 萬名中國學生)。有報導稱，美國國家情報委員會和川普懷有同樣的疑慮。該委員會稱，美國為"本國技術、智慧財產權和專業知識的合法或非法轉移提供了便利"。

以白色恐怖手段排查"千人計畫"華裔學者 於是乎也便就有了川普政府縮短就讀航空、工程、高技術製造業等專業的中國留學生的簽證有效期，美駐華使館頻頻拒簽中國專家學者赴美參會學術交流，留學美國千人學者被解雇、被 FBI 約談、甚至有的地方動用員警參與排查，如此之類的咄咄怪事接連發生。美國對中國"千人計畫"學者的高壓排查政策已經到了一種恐怖的地步，而這些學

華裔工程師鄭小清被警方從家中帶走（Spectrum News 電視台截圖）

據南京政府官網今年3月題為「市委1號文引發強烈反響」的報導,鄭小清今年被列入南京「科技頂尖專家」,享受500萬元(人民幣)項目資助。身在美國的他,語氣激動地告訴中國官媒記者,「作為在海外漂泊近30年的科研人員,他對此感到欣喜若狂,公司將直接受益於1號文獲得加速發展。」

者在美國的處境也將越來越困難。甚至更有傳言,美國國會兩黨正在審議立法,還將對參與中國千人計畫的美國教師實施制裁,並且德州理工大學已經取消了一名中國客座教授的訪問邀請。這些情況顯示,美國對於中國的封鎖已從企業上升到了人才這個層面,是否也意味著中美兩國的衝突競爭進一步的尖銳呢？！

美國究竟想要幹什麼？

美國絞殺"千人計畫"不是孤立的,是在中美貿易戰的背景下進行的,同打壓中興、華為等高新企業是連環動作,它們同中美貿易戰互為一體。美國之所以發起對華貿易戰、封殺中興、華為、"千人計畫",這一切的一切無非是想維持美國超然地位、打壓中國製造-2025,這一點就連旁觀者都看得一清二楚。

美國要維持其全球的霸主地位　最近,加拿大的卡畢諾蘭大學(Capilano University)經濟學教授默克(Ken Moax)發表一篇文章《不惜自傷也要針對中國,美國到底圖什麼？》。默克教授認為,美國這樣做的真實動機:一是維持美國超然地位。從在二戰後歷史來看,美國就一心要在全球經濟和地緣政治體系中佔據主導地位,並且也達到了目的。從現實來看,在美國看來,崛起的中國是個比當年的蘇聯更大的"威脅",因為這個亞洲巨人的經濟、軍事和科技發達程度幾乎快要與美國平起平坐。儘管中國的軍力沒有美國那麼先進、那麼強大,但仍然有能力對美國人的生命和財產造成巨大打擊。中國正在迅速縮短與美國的科技差距,並且在 5G、人工智慧等領域,甚至已經超過了美國。由於5G、人工智慧等技術的作用不僅限於經濟領域,也可以應用到軍事上,美國政治和安全機構對此高度警覺,並已下定決心阻攔中國的科技發展。

舉個例子,美國不僅阻止華為等中國通信企業進入美國市場,還對盟國和其他國家施壓要求它們與美國保持一致。美國甚至還向加拿大施加壓力,迫使後者在缺乏證據的情況下拘捕了過境的華為 CFO 孟晚舟。美國還重新使出地緣政治伎倆,在東亞製

造緊張局勢,操縱臺灣問題。美國通過立法解禁高級官員訪問臺灣,允許與臺灣開展軍事交流。最近,一些共和黨參議員甚至提出要邀請蔡英文到美國國會演講。同時,美國海軍加緊在南海進行"航行自由行動",並邀請盟國加入。總之,美國的政治和安全建制派不會允許中國在經濟、軍事、科技上挑戰美國的超然地位。

美國實際要求中國讓渡主權,科技永遠落後　　二是打壓中國製造 -2025。在這樣的背景下,什麼樣的貿易協定才能讓美國滿意呢?只能是中國放棄"中國製造 2025"。"中國製造 2025"是一個十年行動綱領,計畫通過政府扶持高科技產業,對通信、人工智慧、研發投入大量資金,促使中國經濟從勞動密集型向高附加值轉型。美國對中國的"強硬"反應,表明這個政策是行之有效的。中國政府幾乎不可能放棄這個計畫,因為這會導致中國永遠落後於美國。更關鍵的是,這還涉及到治外法權,美國實際上是在要求中國讓渡主權,這是中國不會答應也不應該答應的。

《中國時報》2019 年 7 月 8 日 A5 版

電氣工程師石怡馳（64 歲、音譯，Yi-Chi Shih）經過六週的審訊，於 2019 年 6 月 26 日被判違反《國際緊急經濟權力法》（International Emergency Economic Powers Act，簡稱 IEEPA、該法禁止某些未經授權的出口）多項聯邦刑事指控罪名成立，包括參與非法獲取軍用集成電路，並在沒有獲得出口許可的情況下將這些集成電路出口到中國。克朗斯塔特法官將安排一場量刑聽證會，石怡馳將面臨最高在聯邦監獄服刑 219 年的刑期（美國之音）

這次美國怕是又要搬起石頭砸了自己的腳！

　　無論是發起對華貿易戰也好，還是拚命封殺華為，打壓 "千人計畫"，美國都沒有也不會落下什麼好下場，無疑都是傷敵八百、自損一千的昏招而已。從貿易戰的情況來看，美國也並沒有也不會占到什麼便宜。關稅戰導致美國對中國的農產品和能源出口大幅下降。根據美國統計局報告，2018 年農場破產大幅增加，達到了自 1930 年代大蕭條以來的最高點。而根據美國全球交易夥伴諮詢公司的統計，如果川普對額外 2,500 億美元的中國對美國出口商品徵收 25% 關稅，將威脅到美國 200 萬個工作崗。這個統計還發現，中美關稅戰已經將美國 GDP 壓低了 0.37%，損失了 95 萬個工作崗位，將年均實際家庭收入壓低了 900 美元。從對華為的國際封鎖情況來看，構建的所謂西方聯盟也被一個個打破。形勢逼人，川普最近也不得不作出表示，美國要以正當競爭手段、而 "不是靠封殺當下更先進的技術" 獲取 5G、6G 等技術優勢。從絞殺 "千人計畫" 情況來看，美國真的如願把華裔人才封鎖在中國之外了嗎？答案自然也是否定的。從大禹那個時候，中國人就知道堵不如疏，這一點可能美國人到現在也不明白。

　　美國對中國人才封鎖最屬害的一次大概就是建國初期，如錢學森和鄧稼先等尖端人才被美國干擾回國的故事我們已經是耳熟能詳。但是，美國人的封鎖非但沒能阻止這些人才的回歸，反倒是讓那些離家的遊子更加思鄉。而這些被限制的專家學者們回到祖國之後，也大大地推動了中國科研事業的向前發展。

2019 年 7 月 5 日加拿大皇家騎警和加拿大情報機構強行將華裔邱香果博士／丈夫成克定及其他的中國學生帶離加拿國際微生物實驗室(National Microbiology Lab, NML)，並告知他們已經被除名，他們對該實驗室的訪問保權限已被撤銷。邱博士曾與同事 Kobinger 發明伊波拉病毒治療藥物 Zmapp。邱香果(左)、邱香果任職的加拿大曼尼托巴大學(University of Manitoba)(右)

小到指甲大的晶片，大到護國的原子彈氫彈，哪裡沒有這些人的貢獻？

　　使中國留美學生/人材認清美帝猙獰的面目　尤其是這一次，如果美國大規模地整肅那些"千人計畫"的學者，不僅不會讓他們老老實實的呆在美國，反而會適得其反，加快這些人回歸中國的速度。甚至一些本來沒想回國建設的華裔科學家，也因受到調查或者被辭退，而選擇回到中國，而那個時候，他們的所學必然也會為我們所用。

　　事實上，美國總統川普已開始感歎美國因為一些"荒謬"政策，而留不住在美國最好高校接受教育的頂尖留學生，使他們最終回到中國、日本等國。今年 1 月 4 日，在同國會民主黨領導人進行了兩個小時的會談後，川普表達了替美國大企業留下頂尖外國留學生的意願，"我聽到了一些大型科技公司的呼聲，他們說我們不允許美國最好高校的頂尖學生留下來。所以這些學生最後回了中國、日本和其他國家，我們沒留住他們。他們在美國最好的學校接受教育，然後，我們卻因為這樣那樣的原因，不允許他們留下。我們失去了這些優秀人才。我們不能這樣做。"川普好健忘啊，幾個月前不還說，中國留學生都是間諜呢吧！川普真讓人好無語。

美國-世界超級強權唆使鄰國逮捕"華為"女兒孟晚舟

▌楚鵬皋 博士

中國大陸的民營通信設備廠商華為(技術有限公司)財務長孟晚舟女士在加拿大當地時間 2018 年 12 月 1 日於溫哥華轉機的時候遭到加拿大當局關押。但是要等到美國東岸時間 12 月 3 日,《華爾街日報》(Wall Street Journal)公開報導後,外界才普遍知道孟女士被關押這件事,而且亞洲股市應聲大幅下跌。

孟晚舟被關押是政治事件

加拿大方面說是應美國司法機構提出的引渡要求,以"欺詐"(Fraud)罪名"逮捕"孟女士,若獲得加拿大法庭聽證同意,則將孟女士交給美方。這個所謂的"欺詐"指的是華為在香港的關係企業 Sky Com 涉嫌將 150 萬美元的惠普(Hewlett-Packard, HP)公司的產品賣給伊朗。據說孟女士對匯豐銀行(the Hongkong and Shanghai Banking Corporation ,HSBC Ltd)隱瞞了華為和 Sky Com 的關係,誤導匯豐進行交易,以至於匯豐有可能因為遭到美國制裁。

獲保釋的孟晚舟向加拿大當地派出所報到(美聯社)

美國精心安排的引渡控罪 美國和加拿大的引渡協議中有一個規定,那就是引渡的罪名必須在美、加都是罪,否則加拿大不能同意引渡。加拿大至今沒有法律禁止企業和伊朗做生意,所以如果以違反美國對伊朗制裁的罪名,勢必無法從加拿大引渡任何人。於是美國的檢察官以加拿大法律也有的"欺詐"罪名要求引渡孟女士。這裡面涉及的法律問題很多，最大的爭議是：美國無權管轄某一外國公民在外國的行為，何況還在第三方國家執行美國法律。中國大陸外交部副部長樂玉成分別在 12 月 8 日、9 日緊急召喚加拿大、美國駐北京大使，要求立即撤銷對中國公民的逮捕令。當地時間 12 月 11 日，加拿大法庭聽證後決定，以加拿大幣 1,000 萬元總值現金和財產、五名保人為擔保保釋孟女士，但有嚴苛的條件限制人身自由。到這個時候，中國大陸的絕大部分媒體還有很多西方媒體，都認為這更多是一個政治案件，而不是法律案件。

西方"五眼聯盟"　這個案件之所以引起多方面這麼大的關注，次要的是因為孟女士是華為創辦人任正非的女兒(隨母姓)，最重要的是因為華為在 5G 技術方面的成就足以和歐美電信設備製造商爭奪 5G 網路領導地位。12 月 8 日的《中時電子報》說，華為被"五眼"聯盟(Five Eyes，意指美國、英國、加拿大、澳洲、紐西蘭，這五個共享中國大陸對外活動機密情報的國家)盯上了，所以遭到某些市場封殺。有的外媒也認為這個事件是美國對中國大陸進行巨大的撩撥，或者認為此事將引發中國大陸和美國之間的技術冷戰對抗。

西方「五眼聯盟」

孟晚舟案是有預謀的政治行動　很湊巧的是，在孟女士獲得保釋的同一天，美國總統川普宣稱，如果有助於美國和中國大陸的貿易談判，他就會對扣人事件進行干預。這樣一來，此事看起來更像是一樁政治案件或者是一種高技術經濟戰的手段。中國大陸駐加拿大大使盧沙野 13 日在加拿大《環球郵報》發文，其中提到(孟的案件)是"有預謀的政治行動"。英國《衛報》(The Guardian)當地時間 12 月 15 日的一篇文章認為孟女士遭到關押其實是經濟競爭與地緣戰略的原因，而不是表面上的法律說辭。

澳洲的狠毒　最重磅的一篇報導是澳洲《雪梨先驅晨報》(Sydney Morning Herald)當地時間 12 月 13 日刊出的由 Chris Uhlmann 和 Angus Grigg

執筆的文章，敘述美、英、加、澳洲、紐西蘭五國的情報機構如何籌畫封殺華為公司。讀者可以看到，澳洲總理特恩布爾(Malcom Turnbull)在 2018 年 2 月 4 日提出 5G 網路禁止使用華為、中興的設備。加拿大總理杜魯道(Justin Trudeau)7 月份在新斯科夏(New Scotia)一處別墅和五眼的情報頭子聚會，期間談到禁止使用華為的 5G 設備。到 8 月間，澳洲特爾恩布爾的執政地位已經不穩但仍念念不忘封殺華為，8 月 19 日，特恩布爾電話告知美國總統川普，澳洲將會禁止華為的 5G 設備。8 月 23 日，特恩布爾下臺的前一天，澳洲宣佈

5G 網路禁止使用華為設備。11 月 27 日，美國白宮宣稱中國大陸實施越來越多的網路攻擊。11 月 27 日，紐西蘭以網路安全風險為由，禁止華為產品。12 月 7 日，英國最大的電信商英國電信(British Telecom, BT)宣佈將從 3G 和 4G 網路剝離華為的設備，而且在 5G 網路不使用華為設備。

華為是全球最大的通信設備廠商

5G 網路用誰的設備，看起來是美國帶頭要封殺華為的原因。華為並不是以手機為主業的公司，華為的主業是通信設備，而且是當今世界市場佔有率最大的通信設備廠商。就算有了手機，如果沒有通信設備-比如基站設備，手機也沒用。

西方不能容忍　依照 2018 年 12 月中旬為止的數據，華為手機銷量超過蘋果，居世界第二，僅次於南韓的三星。但是三星是下跌約 10%，華為卻是增長約 30%。三星的股權結構外資與南韓資金糾纏複雜，三星手機賺的錢實際上很多歸於外國投資者。華為不上市，其創辦人只有略多於 1% 的股份，其他股份全都在華為員工手中，華為手機賺的錢都在中國人手中。不僅如此，外國無法藉著投資而操控華為，這可能是佔據金融手段優勢的某些西方國家不能容忍的。

美國認為中國在科技上的成就是剽竊其專利　早在華為通信產品剛進入美國市場不久，美國的通信設備大廠思科(CISCO)2002年就盯上了產品性能優良的華為。思科先是向華為提出，華為某些產品侵犯了思科的專利。華為不承認侵犯思科專利，但願意停止在美國銷售那些產品。思科認為自己居於優勢，

認识到华为技术的强大

於是提出控告。同時，美國媒體也出現大量的刻板印象報導，認為中國人不可能在科技上有成就，產品性能好必定是剽竊專利。華為是一家很正規的企業，會計和審計都是世界四大會計事務所做的，企業活動都有記錄可查。最後由專家查看對比華為產品和思科產品的源代碼，確認兩者毫無關係。這一次專利官司打響了華為在世界的知名度，中國人用自己的源代碼也能造出性能很好的通信設備。

中國4G標準已具備全球競爭力　2G時代的電信網路標准被歐洲廠商取得，然後美國的高通公司(Qualcomm)在3G時代搶先推出標準，靠著收專利就賺到盆滿缽滿。有一句名言：做產品不如做品牌，做品牌不如制定標準。歐洲方面跟著推出歐洲的3G標準。在歐美相爭的時候，中國大陸推出中國3G標準，但是性能不如歐美。到了4G時代(手機能夠看視頻)，中國大陸的4G標準已經具備全球競爭力，成為全球通信產業遊戲規則制定者之一。中國大陸的華為、小米、Oppo等手機品牌也開始進入全球銷量前十之內。

中國掌握5G技術優勢　中國大陸廠商在5G方面掌握的專利技術占比高於4G時代，所以有可能在制定標準時發揮更大的影響力。再加上中國大陸的內部市場龐大，很容易攤薄成本，使得外國廠商在成本上不能與中國大陸的廠商競爭。以人類能夠接收資訊

分析称，美国的禁令为时已晚，中国已经获得该领域的尖端技术

的速度來說，4G 已經够用了。5G
的速度比 4G 高出一大截，這不是
給人類接收資訊，而是給智能化的
系統接受資訊，也就是萬物連接的
物聯網。比如現在熱門研究的無人
駕駛技術，路況資訊必須在千分之
一秒級的時間傳遞和接收，否則
就可能要出車禍。當然，5G 當然

这意味着中国在超级计算机领域的开发上将会逼近美国

也可以滿足不是那麼高速傳輸的應用。未來的智能製造、無人駕駛、強化現實
（Augmented Reality、AR、肉眼看到現實，疊加虛擬的東西）、虛擬現實（Virtual
Reality，VR 全部虛擬影像）、遠程醫療等都需要 5G 網路，這是一個巨大的經濟
增長點。

美國提出安全問題更多是藉口

　　美國高通公司執行長 Steve Mollenkopf 曾表示，5G 將會對人類經濟和社
會產生深遠的影響，不亞於人類能夠使用電力或者發明汽車。茲事體大，難怪
即使某些西方國家人士也在媒體發表意見，認為美國為了經濟和地緣戰略利益
而企圖封殺華為。

　　德國政界某些人的看法是，美國大面積竊聽盟友領導人，包括德國前總理
梅克爾，所以就算德國不用華為 5G，也不能依賴美國 5G。現在有些歐洲國家
官方不拒絕美國禁用華為的呼籲，但是地區性的電信經營商仍在與華為一起進
行 5G 測試。

　　葡萄牙最大的電信經營商 Altice 已經和華為簽約提升設備到 5G 標準。英
國 BT 宣佈 5G 核心部分不用華為設備，但稍後補充說，非核心部分仍可能使用
華為設備。英國的 O2 則是繼續推進 2019 年 1 月開始在倫敦測試華為 5G 設備。
O2 的競爭對手 EE、Vodafone 已在測試華為的 5G 設備。電信經營商 Three 已和
華為簽約 20 億英鎊測試華為 5G 設備。英國的電信專家估計，華為比任何其他
廠商的進度領先 9 個月到 1 年。當然，現在沒有人能保證歐洲最終能不能頂住
美國壓力讓歐洲電信經營商依照性能和低成本來自主選擇華為的設備。歐洲方

深圳 5G 領跑全大陸　積極建設基站推廣商用

面擔憂的是將來只能在中國大陸主導的科技圈和美國主導的科技圈之間做二選一，所以他們正在尋求規避過度依賴任一方的風險。在南亞次大陸，美國大力稱讚的＂最大的民主國家＂印度還沒有跟隨美國禁用華為 5G 設備，反而仍將華為 5G 列入印度未來 5G 的選擇名單中。

美國還沒適應中華民族復興？

美國依仗技術優勢，在二戰之後建立了心理優勢，把美國的制度、文化和價值觀等事情極度美化而成為心理戰的武器，在其他國家製造帶路黨，讓美國更便利干預世界事務。依照美國宣傳的說法，只有美國認可的制度能夠產生科技創新。如果美國失去 5G 的領導地位，那就是美國的大論述開始崩塌的起點。這是比失去大量市場份額和經濟利益更嚴重很多的事情。

中華民族的科技能力在很多領域正在逼近、拉平，甚至超過曾經居於優勢地位的一些西方國家。美國擔憂因為失去科技優勢進而失去任意獲取超額利益、失去頤指氣使支配世界事務的過當權力，它將會無所不用其極，企圖遲滯、破壞甚至逆轉中華民族繼續向上發展復興的步伐。類似於為了 5G 領導權之爭而打壓華為的事情還會發生，中華民族將會迎難而上、突破一切橫逆險阻。

美國鎮壓內部分離勢力 "黑獨╱印獨" 是毀滅性殲滅

▎戚嘉林 博士（中國統一聯盟前主席）

　　分離成功就是建立一個新國家，如果沒有人民與土地，則分離的標的不存在。因此，在實際的國際社會中，行政區劃也就非常重要。行政區劃上，無論是原始的設計或是歷史的演變，如果少數民族（種族、族群）分散各地，則其因非聚集一處，力量分散，故其對多數者很難形成強大的分離力量。

美國選舉黑白人口分佈得天獨厚

美國國內有黑白問題，它是膚色黑白分明的種族問題，其融合遠較一般民族困難。惟黑人僅佔美國總人口的 12.4%，但黑人是因黑奴買賣制度而人為地引進美國，故形成今日黑人散居美國各大城市，僅能在局部的市區形成人口優勢。

例如華盛頓哥倫比亞特區（Washington, District of Columbia）1976 年實施地方自治，黑人佔特區人口六成以上，首任市長為黑人 Walter E. Washington，此後市長職務幾乎成為黑人世襲。但就全美國而言，因黑人分散居住在全美各地，且多集中在大都會的市中心。再者，美國黑人祖先來自非洲大陸各地，其源相異，已經離開非洲幾代，何況當時絕大多數是不識字的底層奴役，故無法傳承其原鄉部落文化，凝聚堅強的認同，故美國黑人無法在美國大陸形成強有力的區域分離勢力。

　　我國少數民族雖僅佔全部中國人口的 8%，就整體而言，卻 "依族群聚" 地分佈於半壁江山，例如藏族、維吾爾族、哈薩克族等就 "依族群聚" 於西藏與新疆等地。此外，我國少數民族不但整體上是 "依族群聚"，且各有其千年歷史文化傳承，及各民族錯綜混居併存，…。因此，如果搞"美式民主"選舉，依台灣實施"美式民主"選舉的試點經驗，如果有梟雄型政治人物，藉挑撥民族歷史傷痕以凝聚個人選票為能事，以高度自治優惠少數民族為幌子，變相排除其他民族，勢必引發巨大的民族分裂。

美國言論控制細膩　關於所謂美國"美式民主"中最為華人知識份子所憧憬與誤導之一的就是意識型態上完全的言論自由，中國一極小撮所謂的"維權人士"，想像美國民主的言論自由無限。另一方面，隨著當今世界資訊交流的發達，中國人留學美國、赴美工作、移民美國、甚至在美從商者眾，中美兩國交往密切，中國知識份子對美國的瞭解也愈加深入。

就言論自由而言，無論是法律或禁忌，即使是"美式民主"，也嚴禁挑起其內部的黑白敏感問題，更禁絕美國分離主義意識，這是美國言論自由的禁區。至於控制手段，台灣知名作家南方朔就稱美國是個意識型態控制嚴格、體制十分緊密的社會，"它不會公然的壓迫，而是以一種組織、隱微、躲藏在複雜規則後面的方式，將不喜歡的人或主張加以驅逐"。例如"9‧11"後，許多學者出來指責美國的中東政策，就有數十人遭到解聘，換言之就是以學院內驅逐的方式整肅。在出版方面，奇特的是主流出版社永遠不會出版異議學者的書，主流書評雜誌與主流報紙也不評介，主流報紙也不會刊登其論點 。

美國強力監控美國人民通訊　此外，美國一方面在世界上極力兜售"言論自由"、"新聞自由"、"互聯網自由"，另一方面卻完全按照美國的利益需要，不擇手段地監控、限制美國公民的自由權利。尤其是"9‧11"事件後，美國政府打著反恐的旗號，授權情報系統侵入公民的郵件通訊，並通過技術手段全面監控和強制刪除網路中威脅美國國家利益的資訊。根據《愛國者法案》，美國員警機關有權搜索電話、電子郵件通訊、醫療、財務和其他種類的記錄。據統計，美國聯邦調查局在 2002-2006 年間，通過郵件、便條和電話等管道，竊取數千份美國公民的通話記錄。2008 年 7 月 9 日，美國參議院通過新版的竊聽法案，給參與竊聽專案的電信公司法律豁免權，同時允許美國政府以反恐為由，可以對通信一方在美國境外的國際間通訊進行竊聽。2009年4月，美國一位政府官員在接受《紐約時報》採訪時承認，美國國家安全局近月攔截和監聽美國公民電子郵件和電話的行為已超越美國國會上年設下的限制範圍 。

美國控制境內分離勢力狠勁　追求分離是一動態過程，故需要領袖，甚至是一個英雄式的領袖，以激勵與持續其分離動機，並將此動機形諸於論述，轉化為力量，擴大分離運動表達意見的空間(表意空間)，假言論自由傳播分離理念。

美國對其境內的分離組織，絕不可能容忍"黑人獨立(黑獨)""印地安人獨立(印獨)"的分離史觀萌芽出現，故其不但不可能給予言論自由的表意空間，而是披著法律的外衣，予以無情毀滅性的殲滅。

黑豹黨　例如對黑人分離組織的黑豹黨，1969年時美國當局以陰謀炸毀警察局、百貨公司和襲警等罪名，逮捕黑豹黨21名成員，審判持續二年。在此期間，大部份的黑豹黨成員因不能交保而被監禁，所有的21名成員在不到二小時內就被陪審團全部定罪。

美洲印地安人運動　至於印地安人於1968年組成向美國侵略者爭回土地的"美洲印地安人運動"（American Indian Movement, AIM），1973年3月

"美洲印第安人運動"

27日約二百名印地安人聚集於八十多年前族人被屠殺的"傷膝谷"，要求美國政府歸還土地。結果，美軍出動17輛裝甲車、戰機、直升機等對"傷膝谷"展開71天的包圍，共發射25萬發子彈，多名印地安人遭射殺。事後，美國大肆搜捕AIM的主要成員，並開始暗殺印地安人的活躍份子。1973年5月至1974年間，共有260名印地安青年死於非命。

恐怖份子　在古巴目前關押約460名囚犯的"關塔那摩"（Guantanamo Bay）美國海軍基地，美國前總統布希曾簽署命令，允許對非美國公民的恐怖攻擊嫌疑人，執行不需審判的無限期拘留，並且禁止這些被拘留者在美國、其他國家或國際法庭上尋求救濟。任何審判是由軍事委員會執行，而非獨立的法院。前國防部長 Donald Rumsfeld 則授權在"關塔那摩"可使用包括隔離、操控、睡眠剝奪等審訊方式。例如在"關塔那摩"監獄被關押達八年之久的索馬里人穆罕默德‧薩萊班‧巴雷說"那裡是人間地獄，我的獄友們有的眼睛

美國總統川普在國情咨文中稱，將維持美軍用於拘留和審訊恐怖份子的關塔那摩灣監獄（Guantanamo Bay）開放（美聯社）

看不見了，有的胳膊、腿沒有了，有的精神失常"。

美國投票反對"原住民權利宣言" 以上是"美式民主"控制狠勁的過去與現在，至於未來，美國更是千山我獨行地防患於未然。例如 2007 年 9 月

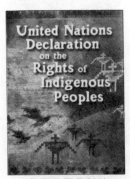

美國投票反對的
《聯合國原住民權利宣言》

13 日，聯合國大會以 143 票贊成、4 票反對、11 票棄權的方式，表決通過爭論二十多年的"原住民權利宣言"（Declaration on the Rights of Indigenous Peoples）。當時投票反對的居然是整天民主人權朗朗上口的美國，及其同文同種的貼心盟友加拿大、澳洲、紐西蘭。美國的解釋是，該宣言存在缺點，有很多矛盾及適用性問題，實施時難以成為國際共同標準，故美國投票反對（澳洲則是因不同意宣言中涉及原住民自決權而投票反對）。這就是"具有美國特色的民主"，敢於力抗 143 國贊成的普世價值，天下雖大，又奈我何？

泰國、日本和新加坡等特色的民主 事實上，當今世界各國也是各依其國情逐步完善其政治制度。例如亞洲日本、泰國不就保留皇室制度，其潛規則是媒體絕不許抨擊皇室，後者除選上首相要至泰皇前行跪拜之禮外，居然還有所

謂的"冒犯君主罪",泰國不乏媒體及個人就因為評論王室,被以"冒犯君主罪"治罪 。新加坡也搞民主,但以法律形式嚴禁政治人物於選舉時挑撥馬華民族矛盾,如有違法,立即以法律形式起訴,使分離主義者陷於冗長法律程序的困境,以變相遏制分離主義傳播。至於中東阿拉伯諸國,根本就是王室貴族治國。對日本、泰國、新加坡及中東阿拉伯諸國的不同民主形式,美國也未抨擊這些國家不民主嘛!當然,內地一極小撮所謂的"維權人士"也同樣地未抨擊這些國家不民主嘛!

具有中國特色的民主制度 關於"民主",新加坡內閣資政李光耀就曾發表公開聲明,指出"新加坡的政治制度會不斷演變,但是這些改變不是為了滿足人權組織、非政府組織和西方媒體的要求"。就中國而言,中國人應有上紀末摸索探討適合自己國情"具有中國特色的社會主義"經濟改革的雄心壯志,同樣摸索探討適合中國國情"具有中國特色的民主政治"的雄心壯志,建構"具有中國特色的民主政治"。

在建構"具有中國特色的民主政治"過程,可立足於我國自古是一多民族國家的國情,參酌我國古代(與現行)的"迴避本籍"制度,借鏡台灣實施"美式選舉治理"的反面經驗,參考新加坡與美國的相關法律及其執法方式與力度,以摸著石頭過河的方式,在現有的民主機制上不斷完善,豐富"具有中國特色的民主政治"的論述與制度。

坎坷復興路

種族主義與美國霸權

| 鎮遠夷 博士

　　當地時間 2019 年 8 月 3 日上午，美國德克薩斯州艾爾帕索市 (El Paso, Texas) 一處購物中心出現一名暴徒 Patrick Crusius 手持 AK-47 逢人就開槍，殺進沃爾瑪 (Walmart) 超市。暴徒最終被警方制服，這才結束了槍擊事件，總計 22 人喪生。8 月 4 日凌晨，美國俄亥俄州戴頓市 (Dayton, Ohio) 又發生大規模槍擊案件，暴徒 Connor Betts 被警方擊斃，但已有其他 9 人被暴徒殺死，還有 26 人受傷。不到 24 小時之內，兩樁槍擊案就造成 32 人死亡還有約 50 人受傷，很多美國民眾深感震撼。戴頓槍擊案的死者包括槍手的妹妹，所以作案動機難以確認。艾爾帕索的槍擊案就不同了，嫌犯 Patrick Crusius 曾經在社交媒體表示，要保護美國免於外國人的侵略，而且他後來向警方偵訊人員承認其作案動機就是要殺墨西哥人，所以此案明確是種族主義造成的慘劇。

德州槍擊凶嫌
Patrick Crusius
美聯社／達志影像

種族主義在西方仍是強大的存在

槍擊凶嫌
Connor Stephen Betts

　　美國有人認為美國民間的 (白人至上) 種族主義近兩年來因為美國總統川普的言論示範效應而逐漸升溫。最新的例子是川普抨擊民主黨的四位非白種人國會女議員：紐約州的 Alexandria Ocasio-Cortez、明尼蘇達州的 Ilhan Omar、麻薩諸塞州的 Ayanna Pressley、密歇根州的 Rashida Tlaib。川普要她們滾回她們所來自的「完全破爛、充滿犯罪的地方」。

問題是，這四位眾議員都是美國公民，而且除了 Ilhan Omar 是童年的時候從索馬利亞移民到美國，其他三位都是在美國出生的。所以這三人「所來自的地方」就是美國。話說回來，美國的現況有可能真的很糟糕，所以川普才會把「讓美國再度偉大」(Make America Great Again， MAGA)當

做他主政的總目標。無論如何，以美國總統的身份公然發出種族主義的言論抨擊政敵，可見種族主義在美國仍是強大的存在。

其實不只是在美國，白人優越論的種族主義在整個西方都是強大的存在。西方在大航海時代進行對外侵略和殖民，奪取大量的資源，這有助於他們過上物質條件優越的生活。有了優越的物質條件，西方就開始大力炮製白人優越論（人種、文明、制度各方面都優越），而且在 19 世紀後半成為「學術」。其中一種研究路線是測量不同人種身體各部分骨骼的形狀和相對於身高的比例，然後結論說白種人的體育能力是最優秀的，這表面上也符合那個時代的競技體育的成績「事實」。這裡面問題是，西方國家那時候的經濟條件高於非西方國家很多，於是能夠研究運動醫學、提供更好的營養和訓練設施，這些才是出成績的真正原因。等到物質條件拉平了，其他人種競技體育打敗白人的事情就很多了 - 某些西方國家的足球隊站出來都像是非洲某國的足球隊聘了幾個白人球員。前述那種偽「學術」一方面合理化了西方的對外侵略、提振各殖民帝國的民心支持侵略，同時還對被侵略者進行洗腦，讓西方的殖民統治更易於維持。

2019 年 8 月 3 日，24 小時內發生 2 起 "白人至上" 引發的白人槍手公眾場所大開殺戒

日本初期工業化之後模仿西方對外進行侵略和殖民，同時也模仿推出日本自己的優越論。

美國在 20 世紀初葉也是奉行白人優越論的。老羅斯福總統為了支持日本侵略朝鮮半島，甚至宣稱日本人是亞洲的「阿利安人」。後來為了對抗納粹德國，美國於是改了宣傳調門，以求一方面吸收歐洲

的猶太裔科學家，一方面增加美國黑人服兵役。但是即便在第二次世界大戰結束後，美國黑人仍然受到嚴重的歧視。到了 1960 年代後半，美國開始陷入越戰泥沼，再加上蘇聯在 1970 年代前半的經濟增長勢頭很旺，美國為了鞏固道德高地、團結內部，於是開始比較認真地進行黑白平權。這些改善之舉更多是出於霸權競爭的戰略需要而不是真正信仰什麼價值觀。美國是目前，或許也是有史以來，全世界最擅長抹黑外國，同時偽裝自己崇高的國家。

西方攻訐中國是因為西方擔憂失去優勢

　　種族主義的主要表現之一就是，論事的時候論人、論地域，但是不論理。比如，中國大陸的游泳健將孫揚明明通過了賽事主辦方的藥檢，但是澳洲的游泳選手霍頓在輸掉比賽之後誣賴說孫揚吃了禁藥，而且霍頓還故作「崇高」狀，拒絕和孫揚同台領獎。事件發生後第一時間，澳洲大批民眾在媒體發言支持霍頓。孰料不旋踵，澳洲游泳選手被檢出服用禁藥而以「個人原因」退出比賽的醜聞曝光。不僅如此，有藥檢制度以來，澳洲運動員被檢出陽性反應的比例在世界居於前列。

　　西方國家近幾年發出的「中國做的就是錯的」之類的論調越來越多。中國大陸去非洲投資，西方就說中國是去「掠奪資源」。事實上，西方表面上結束在非洲的殖民統治之後仍控制了非洲的資源擁有權或者開採權的例子多的是，中國反而是花更高的價錢購買非洲的資源。西方殖民非洲數百年積累的基本建設不如中國大陸在非洲幾年的建設，何況中國大陸還授人以漁，訓練非洲當地技術人才。西方對於中國大陸的攻訐雖然有時候在字面上規避了與種族主義有關的用詞，但是西方採取的論事方式卻是種族主義的論人、論地域但是不論理的論事方式。

　　西方在世界上藉著力量優勢而支配世界利益分配已經數百年之久。中國大陸的快速崛起讓某些西方人擔憂，即使中國大陸不尋求支配西方，但是西方將會失去對於世界其他地方的支配權。於是西方近幾年很多聲音鉚足了勁採取種族主義的論事方式來逢中必反、抹黑中國大陸。美國發動的對中國大陸貿易戰還有對華為公司的打壓，就採取了這樣的論事方式。

美國舉出的中國大陸對美國貿易順差數額只包括貨物貿易，不包括美國占順差的服務貿易，也不包括美國企業在大陸的銷售額。即便貨物貿易的部分，美國也罔顧世界產業鏈分工的現實，反而把中國大陸只有組裝附加價值的出口貨物依照出口價格全額計算順差，事實上那個出口價格通常

有九成左右是向美國、日本、南韓、新加坡等地購買零組件。更可笑的是，在大陸的美企輸送到美國的貨物也算大陸的對美貨物貿易順差。美國官方對於華為 5G 產品的「安全威脅」、技術剽竊等指控也全都沒有證據－仍然是論人、論地域但是不論理的論事方式。

因為包括制度和文明在內的西方優越論的傲慢自大，美國有人認為中國人沒有科研能力，於是他們覺得打壓理工科的中國大陸留學生、中國大陸學者和華裔學者，就能夠扼殺中國大陸的科技進步。其實和競技體育的發展類似，經濟條件突破某個臨界點之後，外力基本無法阻止中國大陸的科技領域出現內生的推動力。

美國為首的一些地方越是玩弄種族主義式的抹黑中國大陸，中國大陸的民眾覺醒認識美國真面目的人就會越多。這個道理類似於美國 1999 年炫耀武力「誤炸」中國大陸駐南聯大使館之後，中國大陸的軍事技術研發進展更快。

美國民主人權的虛幻與虛偽

▎潘飛（中國社會科學院臺灣研究所）

美國作為目前世界上綜合實力最強的國家，一直標榜其民主制度是普世價值和各國學習的典範。美國向包括臺灣在內的國家和地區輸出民主，意圖打造符合美國利益的民主價值同盟。但從美國民主的表像和實質來看，美式民主並非像其鼓吹的那樣完美，它以形式上的平等掩蓋了事實上的不平等，本質上仍是少數人對多數人統治，只是其欺騙性和虛偽性更趨隱蔽。

紐約勝利女神像

美國民主制度的虛幻　普選制是美國民主最自豪之處，但多數美國民眾卻無緣參與這項金錢色彩濃厚的政治遊戲。在美國，競選一個眾議員，至少需要幾百萬美元。競選總統所需的經費更是令普通人望而生畏。2000 年，小布希與戈爾競逐總統寶座，兩人分別花了 1.8 億美元和 1.2 億美元。2008 年奧巴馬競選美國總統，總計花費 7.5 億美元，其中與希拉蕊爭奪民主黨總統候選人提名，就花了 1.5 億美元。另外，美國的選舉常常與權錢交易分不開，政治人物當選後，往往會以制定特定政策或提供政府職位等方式回報其重要的捐助者。據稱，小布希當選後，就在政治捐助者中任命了一大批部長和大使。金錢對美國民主的滲透和腐蝕還表現在外部勢力也可以利用美國民主的可操控性達到自身目的。李登輝執政期間以 450 萬美元的代價，聘用美國凱西迪公關公司遊說行政部門和國會，推動克林頓政府同意其訪問康奈爾大學就是例證。

儘管美國政府一再吹捧其民主政治體制代表了多數人的意志，但事實上，美國民眾的政治參與度和熱情非常有限，民主體制運行的結果是少數人對多數人命運的掌控，甚至不惜將民眾拖向戰爭的深淵。小布希政府就以伊拉克藏有大規模殺傷性武器這個迄今仍未證實的理由發動戰爭，讓數千美國士兵葬身海外。2011 年 8 月，《華

盛頓郵報》報導稱，約 80% 的美國人不滿意現有政治系統的運作方式，其中 45% 的民眾非常不滿。

美國言論自由的侷限性　另外，美國政府對言論自由的保護並沒有其所宣揚的那樣美好。美國新聞媒體雖然號稱 "無冕之王"，但事實上仍為政治所左右。美國主流媒體在報導 "佔領華爾街" 運動過程中，就暴露了其在自由和民主問題上的虛偽性。運動第二周，關於該運動的報導僅占美國全國性媒體總報導量的 1.68%。美國政府總是污衊他國限制網路自由，但自己的互聯網政策卻充滿問題。美國《愛國者法》和《國土安全法》都授權政府或執法機構監控和遮罩任何 "危及國家安全" 的互聯網內容。2010 年美通過法律，規定政府在緊急狀況下，擁有絕對的權力關閉互聯網。美國政府還經常以反恐安全等為由，侵犯公民的隱私權。《華盛頓郵報》披露，美國政府可以在毫無根據的情況下調閱美國民眾有關經濟、通信和交往等方面的資訊，可以在沒有法院指令或者不受司法審查的情況下動用衛星定位系統監控調查物件。

美國的民主體制並沒有確保民眾充分享有政治、經濟和安全等基本權利。2011 年席捲美國的 "佔領華爾街" 運動，就是社會嚴重不公、經濟嚴重不平等、貧富嚴重不均和高失業率等問題所引起的。為鎮壓該運動，美國政府公然踐踏民眾集會示威的權利，粗暴地對待成千上萬的示威者，紐約警方出動防暴員警，對該運動的大本營祖科蒂公園強制清場，逮捕了 200 多人。

另外，美國社會長期充斥暴力犯罪，公民的生命、財產和人身安全得不到應有的保障，僅 2010 年美國就發生了 140 萬起嚴重暴力犯罪。美國槍支氾濫，每年 3 萬多人死於槍支暴力，20 萬人因槍支暴力受傷。部分美國員警還濫用職

權，粗暴執法。2011年第一季度就有18萬人被攔檢，其中88%是無辜民眾。美國政府還隨意剝奪法律對公民的保護。2011年12月簽署的《國防授權法》竟允許無限期地對公民實施拘押。

人人平等的虛幻性 美國民主強調人人平等，建立"民有、民享、民治的政府"，但現實的生活中，那是不存在的烏托邦世界，例如單單大家起跑100米(公尺)的賽跑，結果就不可能平等。因此，富甲天下的美國社會也是不可能是人人平等。現實的美國社會貧富差距還不斷擴大，民眾特別是少數族裔的經濟、社會和文化權益得不到有效保障。

2011年12月，《紐約時報》報導稱，美國失業人數達1,330萬人，其中570萬人失業超過半年，平均失業率為8.9%。美國有線電視新聞網報導稱，過去20年90%的美國人實際收入沒有增長，但占美國人口1%的富人收入卻增長了33%。福布斯美國富豪排行榜顯示，400位元美國富豪掌控了高達1.5萬億美元的財富，相當於1.5億底層美國民眾的財富總和。美國人口普查局發表的報告顯示，2010年美國約有4,620萬人生活在貧困線以下，是1959年以來的最高，貧困率為15.1%。據報導，美國每年有約230萬至350萬人無家可歸。

白人至上、歧視黑人 美國的少數族裔長期受到歧視，其政治、經濟、社會地位低下。紐約市亞裔人數占人口總數的1/8，但僅有1位亞裔紐約州議員，

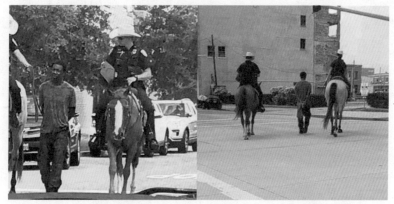

2019年8月美國德州兩名白人警察用繩索牽著一名男性黑人嫌犯在路上行走，極度歧視黑人。這就是美式人權(摘自網路)

兩名亞裔市議員，與其人口數明顯不成比例。據報導，2010 年美國黑人的貧困率是白人的兩倍。皮尤研究中心報告顯示，美國白人中等家庭的收入是非洲裔中等家庭收入的 20 倍、拉丁裔中等家庭的 18 倍。美國推崇宗教自由和平等，但少數族裔在此方面卻受到嚴重歧視。皮尤研究中心的報告稱，52% 的美國穆斯林認為受到政府監視，28% 的穆斯林認為曾有過被視為嫌疑犯的經歷。美國最新民意調查顯示，超過半數的美國穆斯林認為政府因反恐單獨針對他們增加監控和檢查。2011 年 8 月，美國進步中心的報告稱，過去 10 年，美國七個基金會共動用逾 4,260 萬美元在國內煽動反穆斯林的仇恨。

美國外交上的民主虛偽性　美國民主的虛偽不僅表現在內部治理等問題上，更體現在其從自身狹隘利益出發，強行在全世界推行美國式民主，並對與其利益不符的其他國家民主採取雙重標準。

2011 年以來，埃及、利比亞以及敘利亞等西亞北非國家出現的政治動盪，就與美國長期在該地區推動"民主改造計畫"有重大關係。2003 年美國提出"大中東改造計畫"，企圖利用基督教文明改造阿拉伯地區的伊斯蘭文明。如今美國打著民主旗號，提供武器、資金及外交聲援，支持埃及、利比亞、敘利亞等國的反對派以暴力手段推翻政府，並以經濟援助等手段誘導埃及等國走上美式民主的道路，意欲掃清敘利亞、伊朗等所謂反美勢力，削弱俄羅斯在此地區的影響力。美國以民主之名，利用聯合國決議，聯合西方盟友採用軍事手段推翻了利比亞的卡紮菲政權。

美在支持中東國家民主化的過程中採取了多重標準，支持敘利亞等國的反對派推翻政權，對葉門、沙烏地阿拉伯、巴林等反恐盟友鎮壓反對派的做法卻採取縱容態度。法國媒體曾諷刺稱，"當人們看到手捧美國憲法的鼓動者在世界各地遊說，推銷美國式民主的時候，人們就要開始為那個被推銷的國家擔心了，擔心它還能不能自由地選擇有利於本國經濟和社會發展的政治制度"。

民主定義！美國說了算　美國對他國民主選舉結果也採取選擇性承認的做法。2012 年 3 月，普京以 63.6% 的得票率再度當選俄羅斯總統，並得到多數國家的承認和祝賀，但美國對此回應時隻字不提普京，反而重點強調俄羅斯大選存在"違規問題"，必須進行"獨立、可信"的調查。事實上，在此之前，美國務院已多次公開指責俄羅斯的選舉，並煽動俄羅斯反對派舉行反對普京的示威遊行，並赤裸裸地宣佈撥款900萬美元資助俄羅斯反對派。同樣，美國也不接受今年2月敘利亞舉行的新憲法草案全民公投的結果。此次公投約有60%的敘利亞公民參加，近9成的選民投票贊成，但美白宮發言人卻稱此次公投"可笑"，美國務卿希拉蕊甚至公開呼籲處於絕對少數地位的反對派將武裝革命進行到底。

美國民主vs.台灣民主　美國是推動臺灣開啟民主化進程的重要外部因素，保護 "亞洲民主的燈塔"是美國對台做出軍事安全承諾的重要考慮之一，臺灣與美維持共同價值觀有助實現自身利益，但美國是否尊重臺灣民主始終以其國家利益為轉移，具有明顯的工具性。

為避免兩岸緊張升級，威脅美國亞太安全利益，美反對陳水扁當局打著民主旗號推動"制憲" "入聯公投"等"台獨"活動。為防止蔡英文上臺造成兩岸關係倒退，美表面維持"中立"立場，選前卻通過各種方式介入和影響臺灣"大選"。因此，吾人在探討美國民主制度時，應回首歷史，汲取各方經驗，摸索符合兩岸新時期關係下，具有我們中國特色的民主模式，宜慎防成為美國實施對華民主戰略的棋子。

坎坷復興路

Part V
展望和平統一之路

中國之痛：美國對台的軍援與軍售

▎戚嘉林 博士（中國統一聯盟前主席）

回顧往昔，美國對華政策是中國勢弱時藉勢支解，勢旺時則逆向遏制弱化，六十年不改其志。例如 1949 年國共內戰之際，一向標榜人權民主的美國國會，居然駭人聽聞地迅速通過專款用於支援我國非漢族(non-Chinese)如哈薩克、蒙族、回族、藏族等少數民族搞獨立的《軍事援助方案》(Military Assistance Program)，同時並從顛覆西北、策劃疆獨、鼓勵藏獨、分離台灣，全方位地支解我國，驚心動魄。然而，隨著"中國共產黨"迅雷不及掩耳地一統江山，美國所剩用以遏制中國的力量，只有西藏與台灣，其中又以台灣為最。

美國軍援台灣力度全球之最

1950 年 6 月 25 日，韓戰(朝鮮戰爭)爆發，三天後美國杜魯門總統(Harry S. Truman)就下令第七艦隊進駐我國內海台灣海峽巡邏，接著 8 月 4 日美國

(台灣)空軍總司令校閱第一大隊的F-86戰鬥機

1954年中共剛引進米格17製造技術研製殲-5戰鬥機，美國立即於同年軍援台灣先進的F-86戰鬥機

空軍第十三大隊進駐台灣，9月18日國務院批准向台灣提供大砲與彈藥等總值975萬美元武器的軍事項目，1951年在台北成立“軍事顧問團”（Military Assistance and Advisory Group, MAAG）（美軍駐台人數最高時曾達1.5萬人），並續於1954年12月2日與台灣當局簽訂《中美共同防禦條約》。

二十年間援台飛機1,500架艦船350艘　美國為利用台灣以遏制中國，乃對台灣提供大量實質援助，俾台灣成為美國威懾中國的前沿基地。斯時，自1950年6月至1965年6月的十五年間，美國對台灣經濟援助共14.8億美元。另外在軍援方面，1950-1979年間美國對台軍援更高達42.2億美元，其中無償軍援是在1974年結束。隨著無償軍援的結束，美國乃採取軍售武器的方式軍援，變相繼續武裝台灣。據統計，1953-73年的二十年間美國向台灣運交飛機1,549架、1952-78

殲-6戰鬥機（係1958年引進米格19製造技術研製）

年間美國向台灣提供各種艦船383艘。今日回首，美國對類此台灣島嶼，給予如此大規模的軍援，當係全球之最，且其遏制中國力度之強，令人不勝驚駭。

喋血邊竟人民離落　直至1960年代，在美國的大力軍援下，台灣常年派遣武裝人員，突擊中國大陸東沿岸，總計自1949年秋至1957年間，台灣突擊中國大陸東南沿海多達70餘次，每次百人或至萬人不等，其中1953年7月，台灣甚至出動飛機、坦克、軍艦、傘兵等約共一萬餘人，突擊福建東山島；1960年10月至1962年8月，台灣派人突擊廣東、福建、浙江、江蘇、山東等省沿海地區計28次。三百年前鄭亦鄒抨擊明鄭以台灣為反清復明的基地為“…，旌旗所指，關河響動，喋血邊竟，人民離落”，好似歷史的重演。是時，逐鹿中原的內戰已經塵埃落定，然而台灣卻仍如此打擊對岸，誠如古人鄭亦鄒所云“喋血邊竟，人民離落”。

美國堅持對台軍售

1970 年代，歷經七年艱苦談判，美國同意中方所提中美關係正常化的斷交、撤軍、廢約三原則（就是美國同意與台灣斷絕外交關係、從台灣撤軍、廢除其與台灣所簽的共同防禦條約），1979 年 1 月 1 日中美建交。此次美國同意台灣撤軍，可說是近代中國外交史上的重大成就。君不見，今天日本、韓國、法國、德國等國境內不都駐有美軍！惟美國就是不同意不再對台灣出售武器，國會並且緊接著於二個月後的 3 月通過《與台灣關係法》，該法對美國介入分離兩岸的定義範疇，居然遠大於美國剛同意廢除其與台灣早年所訂《中美共同防禦條約》的範疇。惟時值前蘇聯入侵阿富汗，美國為聯中制蘇，乃於對台軍售問題上有所讓步，幾經衝折，中美雙方於 1982 年 8 月 17 日發表聯合公報，即＜817 公報＞，美國承諾不尋求長期對台軍售，並且其售台武器規模與數量將逐漸減少。

美援台灣的首架F-100F雙座機
1958年中共剛引進米格19製造技術研製殲-6戰鬥機，美國立即於同年軍援台灣先進的F-100F超音速戰鬥機

自此以後，無可諱言，"軍售台灣"是美國持續遏制中國分裂中國的一張最佳王牌，自 1980 年代初始，雖歷經卡特（Jimmy Carter）、雷根（Ronald W. Reagan）、布希（George H. W. Bush）、克林頓（Bill Clinton）、小布希（George W. Bush），及迄今的歐巴馬（Barack Hussein Obama Ⅱ）總統，其對華政策，萬變不離其宗，就是以"軍售台灣"為工具，輔以政治與經濟等手段，變相增強台灣實質獨立的能力，其終極目標就是使兩岸分離永久化。

總是提供較母國更先進的武器

美國在軍援與軍售台灣的運作上，尤其令中國人痛心者，是美國以其超級國力，蓄意使台灣在武器科技含量上，保持較其母國對岸高一等級的優勢武力。

後期更是在技術上，通過軍用技術轉讓的方式，變相加大力度協助台灣發展先進武器，以對抗中國大陸。

提供較對岸優勢戰機　就以空軍為例，為不再讓列強侵略中國的歷史悲劇重演，建立保衛自己的基本武裝力量，中國共產黨執政之初，雖然在戰後"一窮二白"百廢待舉的艱困環境下，仍傾舉國之力發展國防重工業，全力建設中國的航空工業。在參加韓戰，取得前蘇聯的信任而願協助下，1954年中國自前蘇聯引進米格17的製造技術，經過兩年努力，殲5殲擊機首飛成功，中國躍進式地實現殲擊機噴氣化。是時，美國除將其先進的F-100超音速戰鬥機進駐台灣，且於1954年提供台灣空軍F-86戰鬥機，並旋配備導彈；1958年初，中國引進米格19製造技術，1959年批准定型生產殲6，美國立即於1958年為台灣空軍裝

1964 年 4 月 10 日，參謀總長彭孟緝上將代表接受美援"鷹式"防空飛彈

備 F-100F/A 超音速戰鬥機。此外，美國並續於 1959 與 1963 年協助台灣部署勝利女神(Nike Hercules)與鷹式(Hawk)防空飛彈。

1992 年初俄羅斯同意向中國出售先進的蘇凱 -27 型(Sukhoi-27)戰機，美國就迫不及待地於同(1992)年 9 月向台灣出售 150 加架先進的 F-16 戰機，公然違反《817 公報》，持續地執行其以台制中的大戰略。

技術轉移變相軍援　此外，美國藉技術轉移方式，協助台灣研發天弓防空飛彈與 IDF(Indigenous Defense Fighter)經國號戰機，改良 S-2E 反潛機和 M-48A1/A2 坦克的性能，使台灣在 1980-90 年代逐步建立二代武力，取得相對於大陸之質的優勢。至於美國變相透過技術轉讓增強台灣軍力，使有朝一日骨肉相殘，其最恐怖的手段莫過於提供核武技術。例如 2006 年初至 2008 年 3 月間，台灣總統陳水扁因陷於其超級貪瀆醜聞，乃前後掀起六次挑釁對岸的大

規模群眾集會〔其中包括 "入聯公投" 大遊行〕。如果一旦因而挑起台海武裝衝突，台灣進入戰爭狀態，則扁家世紀貪瀆勾當豈不合法化了嗎？

居然運送核彈頭錐　然而就在此兩岸關係進入驚險時分時，美國於 2006 年 8 月將內含引爆核彈頭電子引信的四個 "民兵 Ⅲ" 洲際彈道導彈核彈頭錐組件運至台灣，於歷經十八個月後台灣地區總統選舉前一天的 2008 年 3 月 21 日深夜，美國才突然以專機那四個核彈頭錐運離台灣。據報導，該頭錐是核彈頭的大腦心臟，這些頭錐很容易就可以移轉到平時時速達 800 公里的台灣 "雄風" 2E 巡航導彈上。如果真是這樣？太恐怖了，難道要製造機會讓兩岸骨肉以核武相殘嗎？

2019 年台灣空軍首次播放其飛官在美國路克空軍基地受訓的影片

中國首次制裁反制

關於美國對台軍，美國吾道一以貫之，一次次地對台軍售不斷。但中國因綜合國力不足，反制力道有限，也只有忍辱負重，一次次地發表聲明抗議，故美國歷任總統食髓知味。

近年更是離譜，新選任的奧巴馬總統，於其兩個多月前應邀訪華時，在北京與中國領導人簽署聯合聲明，稱中美 "雙方一致認為，尊重彼此核心利益"，旋於 2010 年 1 月 29 日，簽署包括黑鷹直昇機等總值高達 64 億美元〔近 2,050 億台幣〕的對台軍售；30 日，中國外交部、國防部、國台辦、全國人大外事委員會、全國政協外事委員會紛紛表態，強烈敦促美方充分認清售台武器的嚴重危害性，要求美方立即撤銷售台武器的錯誤決定，停止對台軍售。

斯時，有三萬多人次中國網友簽名，力挺中國政府對美國反制。2 月 2 日，中國外交部發言人馬朝旭在例行記者會上，強調 "中方將對參與售台武器的美國公司實施相關制裁，強烈敦促美國有關公司停止推動和參與售台武器"。這是中國首次公開明確具體地表示要制裁美國公司，此一舉措令在華擁有巨大經濟利益的美國航空業者焦慮。

然而，即使面對中國的如此反彈，但美國政府仍然堅持對台軍售。前美國國務院亞太副助卿柯慶生（Thomas Christensen）於5月28日表示"中國如果要美國停止軍售台灣，必須確保台灣不受武力威

台灣外事部門首長吳釗燮在訓練台軍飛官的美國路克空軍基地

脅，否則美國將繼續軍售""美國提供台灣武器的結果，並非如外界以為的升高台海緊張，反而有助於兩岸關係的發展，因為台灣自我防衛的力量增加之後，更有助於和中國坐下來對等協商"。前美國在台協會AIT主席卜睿哲（Richard Bush）續於6月10日指出"面對大陸持續擴張軍力，台灣也應該具備某種程度的赫阻力量"，雖然北京可能因此生氣，"但我們（美國）還是有自己的看法，也會堅持"。至於6月初正在出訪亞洲的美國國防部長蓋茲（Robert M. Gates），在參加新加坡舉行的"第九屆亞洲安全會議"時（6月5日）表示，美國不支持台獨，但維護和平的兩岸關係，軍售乃一要項，且美對台軍售已經數十年，即使美中軍事關係受阻，也不會改變。

殲-20vs.對台軍售

這些美國在野在朝學者與官員的談話，那有一絲誠信，全然無視美國政府黑字白紙承諾的＜817公報＞，背信若此，夫復何言！這也充分顯示，美國即使背棄國際間的"國家承諾"，也要堅持對台軍售，其藉台灣以遏制中國的司馬昭之心，完全暴露；蓋茲原計劃此一亞洲之行也將訪問中國，但遭拒絕。中國人民解放軍副參謀長馬曉天於是（2010）年6月5日在"亞洲安全會議"上答覆記者問題時表示，中美兩國關係發展存在三項障礙，第一是美國對台軍售，第二是美國軍艦飛機在中國南海和東海對中國進行高強度監視和偵察，第三是美國國會通過的＜2000會計年度國防授權法＞和＜迪萊修正案＞中，限制兩

軍在十二個領域的交流。

因此，從美國"對台軍售"一事可知，美國是一個只講實力不講誠信的國家。即使已經是研究員的卸任官員，居然赤裸裸地乾脆講明了"但我們〔美國〕還是有自己的看法，也會堅持"。無可諱言，就美國而言，連民間學者研究員也有這等霸氣，即布希總統的名言"我們說了算"（What We Say Goes）。這不禁令人想起大清開國之初，君臣一體，也是豪氣凌雲"收自古以來未收之地，臣自古以來未臣之民"。雖然中國自鴉片戰

殲-20

爭後歷經百年衰微，但一代中國共產黨人之興，其開國雄風宛若前清，謀臣武將如雲，六十年民族再興。惟美國"對台軍售"，是中國之痛，是民族之痛。

中國人只有潛心圖強，只要中國軍事實力與美國有了某種程度的接進，就可遏制美國如此肆無忌憚的對台軍售。為此，中國人民刻骨銘心鑄劍六十年，終於稍有眉目，2011 年 1 月 11 日，中國第四代匿蹤戰鬥機殲-20 在成都首飛成功，這是中國空軍劃時代的大事，中國成為繼美、俄之后第三個研發第四代匿蹤戰鬥機的國家（美國前國防部長蓋茲曾經預測中國第四代戰機暨2020年之前不可能出現）。它日殲-20 裝配部隊，美國總不能像以前一樣，售予台灣較殲-20 更先進的戰機吧！

附記：本文原刊於 2012 年 10 月 1 日出刊的第 13 期《祖國文摘（現已改名"祖國"）》，至今已事隔七年，全文未改一字。當下 2019 年川普當政，商人出身的美國總統，也爽朗直快，露出美國真實的對華猙獰面目，完全體現本文分析研判的準確性。值此中共建政 70 年之際，只要將全文第一段第二行"六十年不改其志"改為"七十年不改其志"，就是美國兩黨菁英聯手對華政策的真實面目；當然，令筆者鼓舞的是殲-20 已正式成軍服役，096 核潛艇及其射程 12,000 公里的巨浪Ⅲ洲際彈道導彈恐也應橫空出世，中華民族終於有抗拒美帝的基本武力。

坎坷復興路

《台灣關係法》為統一進程設下美國障礙

-《台灣關係法》主導40年來台灣的政治異化-

▎毛鑄倫(《中國時報》前大陸新聞中心主任／台灣)

今年-2019年4月，是1979年美利堅合眾國與中華人民共和國於同年元旦宣布建立全面正常化關係後，隨之通過其國會立法(2月)，由當時的美國總統卡特正式簽署頒布(4月)的《台灣關係法 Taiwan Relation Act／TRA》的40周年。

這套法案的性質是屬美國的"國內法"，當年是由美國參眾兩院聯席集會，以高度隱秘方式近全票通過，而突然戲劇性的公開推出，所舉出的立法理由則是，民主的美國，國會議員代表民意，對行政當局昧於顧及長年友好的"台灣人民"的安全，與"不民主"的中共政權建交，國會有責在今後強化對白宮／國務院的監督，主要項目為勒令之必須向國會負責的保持注意兩岸的"軍力平衡"，在出現失衡時，美國政府應主動"提供"／有權出售台灣必要的防衛武器，以遏制／抵銷中國肯定會伺機而動的武犯冒險。

大美帝國的深謀遠慮　此一法案的"無預警"推出，同時震撼台海兩岸。北京立刻提出嚴正抗議，並進行交涉；台北在被美國冷酷的"廢、斷、撤"後才兩個多月，魂飛魄散驚疑未定，此刻對新生事物TRA更是杯弓蛇影手足失措，不免孳生大禍將至的不祥下意識。有某方大員甚至揣測，這是美方準備將台灣綑綁包裝成回報北京答應建交聯手制蘇的禮物；但也有另類的聲音浮現，認為美國終於藉此擺脫"中華民國情結／包袱"，直接面對台灣現實，將有利於爾後台灣的與中國切割，進而追求獨立自主地位，朝"轉型建立一新的台灣人國家"發展。

台北(主要還是執政黨上層)在疑雲漫天惶恐不安之餘，迅速派出一小組"非官方但代表性足夠"的知名親美派人馬，飛往華府尋求答案。TRA的領銜

參議員愛德華 甘廼迪親率他的律師智囊團隊接待台北來客，在做完簡報及回答相關提問後，甘氏結論指出，TRA 的立法，非止充分注意到台灣想到的問題，也兼顧到台灣還沒有想到的問題。意思是，美國人（在台灣安全的問題上）比台灣人能想到的更為深遠/切實。這次及時的互動，無異是餵給當年的國民黨當局吃下大劑量的定心丸，而有了美國不會放棄台灣的強大信心，但也相對的促生他們在面對兩岸問題時，對美國產生更大的（托命）依賴感與一廂情願的（被保護）幻想。

《台灣關係法》是大美帝國將台灣從中國切割出去實際操作步驟之一的大戰略設計　它的立法思考已長生遠慮及兼具保護/抵制台灣在80-90年代"民主化/本土化"寧靜革命後的"新現況"，以及同期間迅速崛起的中國大陸形成的區域性對美國的"新威脅"的功能。台北的

Taiwan Relations Act

The Taiwan Relations Act (TRA; Pub.L. 96–8, 93 Stat. 14, enacted April 10, 1979; H.R. 2479) is an act of the United States Congress. Since the recognition of the People's Republic of China, the Act has defined the non-diplomatic relations between the United States and the governing authorities on Taiwan.

美國的台灣關係法（Taiwan Relations Act）

國民黨上層因此無寧是抱持著感恩與誠服之心看待 TRA 的。在影響/促成了國民黨這樣的心理背景下，美國反而順利的馴化了過去 30 年並不那麼聽話的（兩蔣時代）國民黨，双方結成更為一致的一種主從關係，台北完全服膺/遵循華盛頓的立場與利益　面對"中國問題"。TRA 終於開啓了美國真正的長期對台戰略/政策：台灣朝向最終的去中國化/非中國化，充當忠誠的大美西太平洋霸權遏制/威懾中國大陸的第一線基地走去。美國是在此刻完成其佔取與打造一個它在中國的關塔那摩的第一步。

在多年之後，兩岸的中國人或應察覺，美國是以"上海公報"與"建交公報"，狡猾的交換到北京在 TRA 問題上的低調隱忍，"坐視"了美國幾乎全面而深入的遂行其"改造"台灣的計劃，以確定當中國大陸具備足夠的條件，排除內外在障礙結束內戰遺留下的國土分裂問題時，台灣已經異化成中國的外國。

以上的敘述，是回溯/揭明 TRA 在這 40 年間，做為美國引為其“處理”台海兩岸與美國的三邊關係問題的“法理依據”或詭辯藉口的真實面。它恰是“三個公報”的否定版。因此，美國看待“三個公報”的真正態度，不過是一場糊弄中國人的遊戲或賭局罷了。

台灣正等待美國下令對中國發動致命一擊的機會　40 年過去了。人們至少應該得到的教訓是什麼？在美國從來就是介入與干涉兩岸的統一，近 40 年以來，竟然受到一個被大陸有意忽視，被台灣藍綠衷心服從配合聽命的，美國“國內專法”的強有力支配，而進行著有如鴨子划水、清水煮蛙的量變到質變異化，在台獨蔡英文政權近期近於瘋狂的叫戰噪音中，台灣正等待著可能的機會，聽令發動美國早已盤算蓄勢的對中國致命的一擊。

坎坷復興路

《告台灣同胞書》發表40周年-回顧與展望

▌毛鑄倫（《中國時報》前大陸新聞中心主任／台灣）

　　1972年2月28日華盛頓/北京同步發布《上海公報》，雙方在關於"台灣問題"上經長期分歧衝突之後，確定了"台灣是中國的一部分"，以及"海峽兩岸的中國人都認為中國只有一個，美國對此不持異議"，這兩大基礎性協議，並同時取得北京首肯"台灣問題和平解決"的承諾。

　　回顧　　從1972年到1979年元旦，歷時七年，華盛頓/北京始克同時宣佈正式建交，被稱之為雙方"關係全面正常化"。但任人皆知，這七年雙方經歷了怎樣的外交鬥爭，才走得到此一結果。

　　1979年元旦之日，北京同步啓動三項新政：⑴改革開放上馬、⑵中/美正式建交、⑶宣佈《告台灣同胞書》；提議展開三通四流，雙方以和談解決分歧對立，結束"解放台灣"政策。自1979年元旦至2019年元旦，40年的時間悄悄過去了，撫今追昔，大陸的現代化建設發展成就燦然，給人不無換了人間之嘆，但在中/美關係與"台灣問題"這兩方面，卻折騰不斷暗潮洶湧危機四伏，如今已可視之為中國莫大憂患，不容輕忽規避，亟待對症下藥矣。

　　習近平講話　　元月二日，北京盛大舉行"告台灣同胞書發布40周年紀念大會"，習近平總書記作了重要講話，總結了這40年的兩岸關係的曲折歷程，以及期間大陸方面所努力於對台工作上取得的進展，也指出不能盡如人意問題徵結所在，更宣示瞭解決問題的決心、誠意、善意與方針。揆諸通篇講話其核心仍在明言：台灣問題是（過去）國家弱亂的產物，將必隨民族（今後）的復興而終結。旨哉斯言也。

40年間異變後的現況　40 年的時光流水般過去了，吾人可以看到，美/中最近都在回顧檢討雙方正式建交後 40 年來這一期間自己的得失，也都各有個自切入的主題，做為闡述/宣告己方之總結認識，俾引為爾後互動的政策/戰略依據。為什麼如此？倒未必是時間問題，而是現實上美/中的利害衝突已呈現尖銳攤牌局面，雙方皆有沒有可供廻旋的退路之感。當然，美國方面的驚疑焦慮與挫折忿怒應為這種局面的啓動。

扼要以言，美方最近比較密集且具指控性的説詞，主要為譴責過去 30 年間，中國成功的欺騙了美國主事對中國政策制定與互動實務的各界"中國通"，誤導麻痺了美國對中國的防範，中國人以偽裝成學生、朋友、生意夥伴(**竊取尖端高科技**)，迅速有效的提升自己的高科技，甚至發展創新出更高於美國水準的新技術與所謂"中國製造"，已經或即將掌握足堪憂懼的將取代美國長期領先/獨步世界的地位與能力 - 中國製造 2025。

川普要美國再偉大，卻不容中國復興　對此美國不能接受/忍受，必須把中國視為對美首要威脅，全力反擊遏制，務要迫使中國俯首屈從，馴服於美國頒訂的"國際秩序"下，不敢造次。貴為川普國師的班農更直率強調，美國目前只剩下五年時間可用來做這件事，否則就會太遲而只得任由中國宰製了。可以想見，至少是今天美國政治主流的右翼民粹主流，他們在認識上流露的惶恐與焦慮，這些人已經不是理性的。徵諸班班史實，所有人類在歷史上所犯下戰爭罪惡的内因都是出於猜忌/恐懼。

在這一幕由美國總統川普本人赤膊上陣瘋狂演出的，看似荒謬實則兇險的搏奕大戲中，對手方是只能無奈奉陪到底的中國。可以發現，有不少各界的中國意見領袖/社會菁英，甚至把此一局面解讀為美國人感覺尊嚴受損在鬧小脾氣，中方何不小嚷稍忍即安？這是雙方認知理解的巨大落差，是導致可能的悲劇的要因。

打擊中國動搖中共中央vs.擁護鞏固黨中央　因此，中國面對美國全面(**暫不包括武犯**)的攻勢下，其利與弊都是處在盡可能的/盡其在我的不欲擴大/升高較量，由美國選擇攻擊目標，承受一定的損傷。當然，中國或能夠承受因此造成的"失血"，破財消災大局不破，但不免付出的代價卻是：内部與海外中國人的輿情洶湧，憤怒與疑慮交雜，不利北京政局與施政平穩無爭。

此外，更重要的是，美國全套攻勢的要害/核心，是動搖、耗蝕，甚至摧毀習近平中央，果爾，中國的現行諸政策將隨之停擺，甚至倒退，以製造/促成"拆散中國"的大戰略目標，美方一旦得逞即獲全勝。不必諱言的，今天川普對習近平"個人"的刻意友善親切，跟當年雷根對前蘇聯戈巴契夫演出的是同一齣戲，就更遑論艾森豪、尼克森曾用以對蔣氏父子的故技了，都是要背後下毒手的欲蓋彌彰。

故面對大美帝國欲"拆散中國"的瘋狂打擊，吾人應以百年前我國大清覆亡中央解體，中國遭拆散解體的近代悲劇為戒，應以 30 年前前蘇聯遭拆散解體為戒，吾人應團結擁護習近平中央，力抗美帝，絕不可讓美國"拆散中國"的我民族悲劇成為可能。

習近平《告台灣同胞書40周年紀念》講話的重大言外之音　美國以合理化其不惜出以流氓惡棍嘴臉的誣控厚責中國，譴責/死咬中國企圖取代大美帝國獨霸地位，同時正式啓動不排除武力進犯的全面對中國之戰(the all-out war with China)。

務實以言，21 世紀的新形式與內容的冷戰已然進行中，只是由川普與其團隊正式宣戰罷了。美國懊惱的只是機關用盡卻老是擺不平中國，但吾人必須看到美國的 WASP 政治/軍事/財金統治核心，在追求其鎖定的"戰略利益"目標後的鍥而不捨千方百計毅力。

可以認為，習近平必須回應美國狂妄粗暴擺在賭桌上的 cards，這是中華民族崛起復興逃避不了的挑戰或命運。從 1972 年《上海公報》到 1979 年元旦的中美《建交公報》，在國家仍處在文革的困難期間，中共仍能近於無聲同步完成對台灣的全新政策共識，並堅持其推動決心，推出這篇綱領性/全面性/合情合理的"和平統一"文件，更重要的是文件精神歷時 40 年仍未偏離，這說明瞭什麼？

習講話平穩周延涵蓋也說明白了"台灣問題"的成因與現況，更強調了無畏外力介入干預解決問題的決心與信心，這是公告中國的有備而來，操之在我。

我們希望川普、蔡英文等能認真聆取，不要孤行自誤貽害萬千。

坎坷復興路

習近平紀念《告台灣同胞書》發表四十年的講話

┃ 楊開煌 博士（銘傳大學兩岸研究中心主任兼教授／台灣）

習近平在去年年底"中共改革開放四十年紀念會"上說"（我們）牢牢掌握兩岸關係發展主導權和主動權。"從此一視野來理解習近平紀念"告台灣同胞書"的講話，可以發現習近平的講話思考解決"台灣問題"的脈絡上，已經大大不同於江、胡時代的思考：

習近平解決"台灣問題"的新思路　首先江、胡時代是從處理好兩岸關係去促進兩岸的完全統一；而習是從國家必須統一的高度，去思考兩岸關係必然的走勢。

其次江、胡時代是"寄希望於台灣當局"的共促兩岸和平統一的指導思想：習則是以"寄希望於台灣人民"的和平統一與解決台獨挑釁相結合的指導思想。

其三江、胡時代是從中國的法理與歷史、中共的責任和中華民族的大義闡明兩岸統一的中國意義義；而習除了闡釋中國統一的正當性之外，更近一步正告中國統一的"國際意義"。

國家統一宣言書　從以上的分析來看，習近平的在 2019 年開年第一天的"102 講話"應該是他的"國家統一宣言書"，証諸其他在紀念會上的發言也都是以統一開始，以統一結束，足見從"十九大"開始，中共推動"國家統一"工作，已經是在工作日程表上"進行式"的工作。

從習的講話內容來看，習的講話已經是習時代的"國家統一宣言"包含了六個特點：

　　兩岸統一急迫感躍然　第一個特點是"從兩岸分裂七十年開始談起"，從中國人對時間的看法，七十年被視為古稀之年，而習以此為念，可以視為一個國家人為地分離了七十年，也是古稀之事，反映了當今中國大陸社會對國家分裂的"不耐症"，這種對國家必須再統一的急迫感，已經躍然紙上。

　　訴諸台灣人民　習的講話的第二個特點是訴諸"台灣人民"，在"推進祖國和平統一進程。"的"習五點"中，最為顯眼的話是"廣大台灣同胞…認真思考台灣在民族復興中的地位和作用。""台灣同胞的社會制度和生活方式等將得到充分尊重，台灣同胞的私人財產、宗教信仰、合法權益將得到充分保障。兩岸同胞是一家人，兩岸的事是兩岸同胞的家裡事，當然也應該由家裡人商量著辦。""統一是歷史大勢，是正道。…廣大台灣同胞

中共國家主席習近平發表告《告台灣同胞書》40周年講話
（圖/翻攝自央視）

具有光榮的愛國主義傳統，是我們的骨肉天親。

　　我們堅持寄希望於台灣人民的方針，一如既往尊重台灣同胞、關愛台灣同胞、團結台灣同胞、依靠台灣同胞，全心全意為台灣同胞辦實事、做好事、解難事。""兩岸同胞血脈相連。親望親好，中國人要幫中國人。""不管遭遇多少干擾阻礙，兩岸同胞交流合作不能停、不能斷、不能少。…兩岸同胞要交流互鑒、對話包容，推己及人、將心比心，加深相互理解，增進互信認同。習的講話幾乎通篇以台灣人民為主，要台灣人民認真理解當今這個大時代中，什麼是"大趨勢，大潮流"，人民自己的需要是什麼，誰可以滿足自己的需要，從而理解台灣人民可以在民族復台灣人民的"地位和作用"。

　　訴諸"台灣社會"與大陸政治互動　習的講話第三個特點是訴諸"台灣社會"與大陸進行政治互動，他說"我們願意同台灣各黨派、團體和人士就兩岸政治問題和推進祖國和平統一進程的有關問題開展對話溝通，廣泛交換意見，尋求社會共識，推進政治談判。我們鄭重倡議，在堅持"九二共識"、反對"台

獨"的共同政治基礎上，兩岸各政黨、各界別推舉代表性人士，就兩岸關係和民族未來開展廣泛深入的民主協商，就推動兩岸關係和平發展達成制度性安排。"在這裡習很清楚區分與"台灣社會"的互動是"推動兩岸關係和平發展達成制度性安排"，而非兩岸統一的"政治談判"，然而有了這些政治互動，就能"尋求社會共識，推進政治談判"。習清清楚楚地強調"兩岸長期存在的政治分歧問題是影響兩岸關係行穩致遠的總根子，總不能一代一代傳下去。"這裡的雙方當然是包括了兩岸當局，不過肯定不是現在的民進當局，所以可以說對未來台灣當局的呼籲。

以正確歷史觀、民族觀、國家觀化育後人　習的講話第四個特點是要台灣"以正確的歷史觀、民族觀、國家觀化育後人，弘揚偉大民族精神"，習接著說"親人之間，沒有解不開的心結"，換言之，如果在台灣的人民被教育成，

不是中國人，不是中華民族，不認同中國，那就不是親人，則不但心結難解，事情就難辦了。所以"制度不同，不是統一的障礙，更不是分裂的藉口"，因為"一國兩制"原本就沒有要臺灣改變制度，但不認"中國人"則另一同事。所以習要聯合"港、澳、華僑"共促統一，讚賞和感謝"國

際社會廣泛理解和支持中國人民反對"台獨"分裂活動、爭取完成國家統一的正義事業。"在"台獨"的作為得不到全球華人的支持，又有了國際社會反對的情況下，"台獨"不可能成為台灣前途的選項，而台灣依然將台灣青年教育成"反中，仇中，不認同中國"的華人，應該是政治不道德與政治不負責的作為。

闡述統一後為各方帶來多贏　習的講話第五個特點是說明中國的"統一"是帶給合各方多贏的新局面，不僅僅是中國的"正義事業"，提供台灣青年"追夢、築夢、圓夢"的機會，對各國和國際形勢也"帶來更多發展機遇，只會給

亞太地區和世界繁榮穩定注入更多正能量，只會為構建人類命運共同體、為世界和平發展和人類進步事業作出更大貢獻。”這是中共第一次明確正告各方，兩岸統一之後的政治效應。

闡述兩岸融合發展　習的講話第六個特點是兩岸“融合發展”，而且金、馬有可能成為兩岸“再統一試點區”，習講“兩岸要應通盡通，提升經貿合作暢通、基礎設施聯通、能源資源互通、行業標準共通，可以率先實現金門、馬祖同福建沿海地區通水、通電、通氣、通橋。要推動兩岸文化教育、醫療衛生合作，社會保障和公共資源分享，支持兩岸鄰近或條件相當地區基本公共服務均等化、普惠化、便捷化。”看來中雖沒有明確的“統一時間表”，但是已明明白白表露了“統一的急迫感”。

延續鄧小平統一路徑、去完成毛遺留的台灣問題　總之，四十年是中國人所謂的不惑之年，“不惑”就是不被迷惑，不為所惑，何以如此，那是因為一個人，一件事，或一個政策經過四十年的風雨歷練，不斷考驗，大致定型，所以可以認清其變化，掌握其大勢，主導其走向，主控其變局，則自然思有定見，胸有主見，心有主規，可以主動而不被動，可以禦勢而不為勢動，不為外力所困，不為表象所迷、不為橫逆所擾；而習更將之延續，從七十年來看，直接訴諸國共內戰的遺留，足見習要完成的是毛的解決台灣問題的初衷，只是台灣人民的“愛國主義的傳統”和對“改革開放的貢獻”，所以習採用了鄧小平和平統一的途徑，去完成毛遺留的台灣問題。

中美戰略對抗vs.兩岸實力統一浮現

▍張明睿 博士（中華鄭和學會秘書長）

進入第 11 輪中美貿易談判前夕，美國總統川普拋出 2,000 億美元的商品關稅，由 10% 提高為 25%，作為談判進度緩慢的逞罰，但大陸副總理劉鶴仍於 5 月 9 日前往華盛頓與美方進行貿易談判，形成了 "談打兼籌" 的競爭模式，盡管最後劉鶴無功而返，但是中國抵抗美國一直打貿易戰的決心，看起來已經越來越堅定。

亞太戰略再平衡的對華初始戒心　中美貿易談判已經延續一年時間，但是美國把中國大陸視為戰略競爭對手，自冷戰結束後卻是一直存在。2010 年大陸取代日本，躍昇第二大經濟體，美國便開始警惕了，重返亞洲、亞太戰略再平衡是歐巴馬總統時期提出的回應。2017 年美國總統川普就職後，中美戰略競爭更是進入白熱化階段。

台灣居於第一島鏈的核心位置，是大陸進出太平洋的門戶，也是美國西太平洋預防安全前沿的焦點，命運注定將進入這次中美戰略競爭領域，其結果也決定了台灣未來前途與發展的道路。

權力競爭與支點操作

2017 年 12 月 18 日川普在雷根大廈公布了他上任以來的第一份《國家安全報告》，在新的國家安全戰略將 "中國與俄羅斯" 視為 "戰略競爭對手"，美國國家安全首重國家間競爭而非恐怖主義。並從軍事與經濟安全兩個途徑著手，創造 "富裕與實力"，達成 "讓美國再次偉大" 目的。

中國是唯一對美國霸權構成挑戰的國家 將中國視為戰略競爭對手,並非川普獨特的認知,在歐巴馬卸任前的"2015年國家安全戰略"中指明,對美國"領導世界"構成挑戰的就是中國(唯一)。歐巴馬的認知,明確展現"守成大國"與"崛起大國"在國際政治與經濟秩序間的競爭關係。

川普的戰略思維,既有繼承,亦有改變,他繼承了中美間的競爭關係,但在競爭戰略籌劃上卻有很大差異,歐巴馬鞏固世界"趨勢領導權",著重提升國際競爭規則的深化,TPP是最明顯的布局,川普則主張直接拋棄對美國不利的國際政經機制、規範與貿易規則,首重自身實力的強化。

美國力量鋪天蓋地的籠罩在東亞第一島鏈 不論是歐巴馬的"趨勢領導權之爭"或是川普的"戰略競爭對手",他們有一個共同的操作特質,從應對"恐怖主義"轉向"中國崛起"與大國政治競爭,其力量將是鋪天蓋地的籠罩在東亞第一島鏈上。

為何是在東亞的島鏈上,而不是在其它的地理位置,其主要因素有二,

一、第一島鏈的"歷史延續"尚未結束,如"美國冷戰時期視第一島鏈為美國西向戰略縱深前沿地位沒有改變","朝鮮半島、台海分治也沒改變";

二、中國向太平洋東向拓展戰略縱深新挑戰的出現,包括南海的控制,以及南太平洋島國的戰略競爭。也就是除了歷史因素,還新生了戰略地緣的挑戰。

對華發動東亞系列攻勢 歐巴馬時期,已經意識到美國在亞太地區"權力即將失衡",塑造"亞太權力再平衡",成了當務之急。2010年朝鮮半島發生天安艦事件,觸發半島危機;2012年日本發生釣魚台購島事件,形成東海對峙;2013年南海黃岩島事件,中菲衝突升高;2016年南海國際海牙仲裁公布,東協促中國遵守國際法爭端,這些都是敲動戰略變遷的重要支點槓桿,美國著力相當深,引發中國的反作用力,包括介入朝鮮半島危機、東海防空情報區設置、南海行為準則談判、以及設(三沙)市造島(南沙諸島)與軍事化建立。

美國啟動以華制華的台灣威懾 歐巴馬在西太平洋努力效果不彰,引起川普對其政策的批判。作為中國核心利益的"台灣",終在歐巴馬卸任前夕,批

准了"2017財年國防授權法"提出"美台應該展開高階軍事將領及資深國防官員交流",啟動了台灣這個終極的支點,此後不但在 2018、2019 的財年國防授權法,列出台灣條款,還在 5 月 8 日通過"台灣保證法"對台軍售常態化的決定,以"一個中國政策"的再詮釋,作為敲打中國戰略的槓桿。

美台戰略同步vs.中美賽局困境

台灣民進黨政府為了獨立目標需要,選擇進入"守成大國"與"崛起大國"的戰略競爭棋局,且一面倒向美國的戰略依賴。美國戰略需求襯托了台灣的戰略地位,與美國同登"戰略神壇",台灣政治自信似乎有了依持。

美台戰略結盟/同步 美國自"2017財年國防授權法案"中,支持"美台高層將領交流",2018 年則升高為美台軍艦相互停泊對方港口、邀請台灣軍隊參加"紅旗"軍演、美台聯合軍演強化美台防禦合作等,2019 年更提出了介入台灣,包括軍隊的招募、訓練及軍事項目;指揮、管控、通訊與情報;科技研發;防禦物資的採購與後勤;戰略規劃與資源管理;參加台灣的漢光演習,派遣美醫療船參與台灣人道救助演練等友台措施。

在法案上,2018 年 3 月 16 日川普簽署了國會所提的"台灣旅行法",以國內法形式,強化與台灣高階官方往來。此後陸續提出兩個法案,2018 年台灣防務評估委員會法案與台灣國際參與法案。

除此之外,傳出美國國務院要求五角大廈派出陸戰隊員,於 2019 年 9 月將入駐 AIT 新館,同時美國 CSIS 主任葛萊儀,宣稱台灣將參加美國在索羅門的軍事演習。進而開放了軍售紅線,加大對台軍售的質量,甚至於眾議員羅拉巴克(Dana Rohrabacher)提案與台灣恢復外交關係,去一中,迎一中一台政策。這兩年來的美台關係變化,真令台灣目不暇及,台灣與美國形成"戰略同步","戰略收益"確實有了擴張趨勢。

2018 年 5 月中旬,中國回應美國對台升高的戰略操作,展開新一輪的空中、海上巡航,除了傳統的 H6K 外,還派出殲 35 飛機的加入,押在台海中線繞島航行,甚至打破默契超越中線,船艦部分除了 054A 外,還增加了現代級驅逐艦,並且距離台灣海岸線僅 30 海浬。

美國的自由航行/自由飛行　為此，美國也開始對南海實施"自由航行與自由飛航"的動作，除了伯克級艦巡航進入西沙 12 海浬外，併派出 B52H，鑽入中國南沙空防盲區，從關島經過菲律賓北端進入東沙、南端進入南沙，2018年 6 月 30 日雷根號航母戰鬥群，運用環太平洋軍演機會，從菲律賓進入南海。7 月 7 日兩艘伯克級驅逐艦由南向北在台灣海峽中線以東自由航行，雷根號航母則在台東以東 200 公里位置監視支援，似乎與中國有針鋒相對，暗助台灣之意。2019 年更是頻繁的進入台灣海峽自由航行。

依據美國國際政治理論學者戴維斯(Robert Jervis)理論推敲，美國對中國的軍事賽局高估中國敵意，中美將陷入螺旋模式，安全困境將難以自拔，台灣執政者為脫中，孤注一擲入局中美攻防，不但引火入台，恐將在此次中美戰略攻防下，產生了歷史的決定性。

美國戰略社群觀念與工具化的台灣

美國對台灣，短短的兩年間，讓台灣方面獲得豐厚戰略收益。燦爛同時，台灣也要清醒的從"影視感覺"走向"現實檢驗"，理解美國與中國戰略對峙，為何僅從軍事與政治兩層面友台，極限戰略背後的根本底線又在哪裡。

川普身邊對台的三類群體　前在台協會主席卜睿哲(Richard Bush) 2018年 6 月 12 日接受 POP 廣播訪問的原文腳本，誠實分析了美對台的態度。他指出川普身邊對台三類群體，"安全/政治利益者；經濟代理者；消極對台者。"這三類者的態度，消極對台者是對中國的友善者；經濟代理者可視為對台經濟利益的訴求者；安全/政治利益者，則是美中台三方操作的主流者。

安全/政治利益者　在布里辛斯基(Brzezinski)《美國的抉擇》一書，描寫的相當清楚，安全/政治利益者事實上也是美國軍事霸權的根源，他是"白宮決策者、國會軍工利益集團、美國國防部"三位一體的系統建構，從"實踐中檢驗"也可以發現，前述對台友善政策，發起端都是來自於美國參眾兩院，政策的範疇，明顯的圍繞在"軍事戰略"的層次，相當符合布里辛斯基三位一體利益集團的描寫。

這些利益集團也是美國 "戰略社群" 的主要成員。桑多柔(David Santoro)指出美國戰略社群是要 "加強美國在當今國際秩序中的主導地位,特別是歐洲和亞洲。" 戰略社群在保羅克魯曼(Paul Krugman)的眼中,是屬於美國右翼(或新

《旺報》2019 年 5 月 25 日 A9 版

保守主義者)群體, "將積極投射國力到全球大部分的地區。" 進而追求美國統治下的和平。2019 年 5 月 3 日美國國家利益網,登出以〈堅持現實主義〉為題的社論,明白指出 "倡導一種外交政策,其基礎是外交,經濟和軍事力量的謹慎結合,以捍衛美國的國家利益。" 這也是戰略社群的信條。

現實主義下的悲慘案例歷歷可舉 戰略社群的哲學是 "實用主義" ,國際政治信奉的是 "現實主義" ,遠的不說,如阿富汗巴勒維、伊拉克海珊、利比亞格達費、恐怖分子賓拉登、ISIS 等與美國關係均非淺薄,但下場也令人鼻酸。美國不但用完即丟,並且透過政權轉移、發動戰爭、顏色革命、特種作戰方式進行清理,歷歷在目的歷史,不難理解戰略社群 "絕對理性化" 思維與 "戰略控制" 的性格。

台灣工具化 卜睿哲受訪同時也說出,台灣在美國戰略社群眼中是 "戰略資產" 的表達,卜睿哲的誠實分析,事實上也在警惕台灣,因為基於美國利益視台灣為美國資產,戰略行動時便可被轉換為戰略資源,資源也就是戰略工具,當台灣由 "擁有性資產" 轉變為 "戰略行動資源" 時,台灣便形成一件工具,台灣自動進入戰略棋局,便成為了一張牌或是籌碼。更重要的是,卜睿哲指出川普 "將台灣視為談判籌碼" , "我認為他不會消失" 。資產、資源、籌碼只是名稱差異,運用時只有一個單位,那就是台灣。

如果卜睿哲的說明還不夠清晰,AIT 另一位主席梅建華(Kin Moy),針對 "台灣有難,美國一定幫忙" ,解釋原意為 "美方希望確保台灣的需要被滿足,並非指在某些特定情況下,美國會幫助台灣。"

　　梅建華的說明毫無新鮮之處，美國 20 年前，白禮博（Richard Bernstein）在其《即將到來的美中衝突》一書中，便已經指出，"美國捲入中國與台灣的衝突，會造成極大的不良後果，要避免這種後果，…便是確保台灣有足以防衛中國的武力。" 這也是為何可以突破對台武器銷售紅線，協助或提供建造潛艇與武器系統給台灣，以滿足台灣自我防衛需要，而不是某些特定情況下，美國會幫助台灣的最佳 "底線" 說明。

　　換句話說，目前美國所能做的，是提供足夠自衛的武器系統給台灣，在政治戰略上，台灣則是美國的戰略資源，是一張制約中國的一張牌。

存在2020年風險跨度的事實

　　中國軍事能力的拓展，王雲飛指出，"2020 年將戰略防禦縱深，推進至第一島鏈海空域，制止 "台獨" 並維護南海主權"。換句話說，解放軍海（空）軍在 2020 年具備覆蓋台灣第一島鏈外沿與南海區域的能力。

　　美國國家利益中心國防研究主任卡齊亞尼斯（Harry J.Kazianis）稱 2020 年美海軍將失去對華作戰優勢，此論點也為美國海軍戰爭學院學者克拉斯卡（James Kraska）贊同。

　　卡齊亞尼斯的評估應是指在西太平洋地區而言，而不是從全球戰略眼光分析中國海軍的軍事力量，因為超級大國的軍事力量是從全球戰略的觀點來省思，但是中國海軍發展，是以本土防衛為優先，至今方達到 "近海作戰，遠海防衛" 的能力。

　　若以區域作戰兵力部署形勢分析，美國在第一島鏈的作戰能力，可動員三、四、七艦隊的兵力，以及嘉手納、日本基地、關島基地、迪高加西亞基地，四個區域的空軍力量，從海空軍的戰鬥力量來看，超過了 500 架先進戰機與B1、B2 等轟炸機，三周之內可以聚集 5 艘航母，連同日本海上力量，可達 160 噸量的海軍實力與中國大陸全海軍總兵力相當。

　　如此兵力能量，美軍為何自言 2020 年美國海軍還會失去對華的優勢？原來卡齊亞尼斯的分析，是基於中國陸基型反艦導彈 DF-21D 打擊能力而來，中國也進一步公開 DF-26 陸基反艦導彈旅的成軍，海上中、遠程反艦防護網已被建立。透過 DF-21D、DF-26 對航母攻擊，美軍一艘航母運載 5,000 名官兵，靠近中國邊域，風險與代價相當高。

美國新任太平洋司令戴維森(Philip Davidson)，在 2018 年 4 月表示，"中國現在完全能在與美國沒有戰爭衝突的情況下控制近海。"軍事觀點的近海是離岸 200 海浬的距離。代表著中共海軍已衝出了第一島鏈，台灣已在中國海空軍戰略力量覆蓋的範圍。

2025-2030 年是中美海權發展的關鍵期，這是從"美中"整體國家力量來比較，尤其是經濟實力，但是"國力投射"的影響，仍是以"國家中心"向外輻射能量去評估。離中心越近，其影響能力越強。

2018 年 5 月 30 日美國西太平洋司令部更名"印度太平洋司令部"，"2019 財年國防授權法案"列入"印度太平洋戰略"的預算，代表著戰略重心向南方調整。印太同盟戰略發展並不順遂，因印度領土與中國接壤，為了自身安全，將"印—太"視為地理名詞，避免有挑戰中國的聯想。

中國亦發出訊息， 2018 年 8 月首次舉行"中國—東盟"軍事演習，具有抵銷美國在南海軍事力量的作用。足見在中國周邊的地理，國家力量的輻射早已覆蓋，且能與美國分庭抗禮。

美國印太戰略實具有"縱向島鏈"調整為"橫向印太"的構思，這樣的調整具有"迪戈加西亞與關島"間通道維護與南太平洋島國競爭意謂，南海將成為美國與中國競爭的戰略重心，並且將向南太平洋島國移轉。2020 年美國在西太平洋海權競爭的焦慮，從美國軍事專家的分析中，已經透露無遺。

大陸武統的自我克制

中國大陸在"反分裂國家法"第八條指明台獨以任何方式將台灣分裂出去、或重大事變導致台灣分裂出去、或和統機會可能性喪失。"國家得採取非和平方式…。"這條文字過於抽象，很難理解具體分裂事態與動武時機，更何況"非和平方式"與"武力使用"仍有內涵上的差異，因此，討論"運用武力"的決定，仍然要回歸現實政治領域中來判斷。

從蔡英文執政之後，對外強調"正名外交 "，欲以 NGO 無政府組織路線達到獨立國家身分取得；主張區域安全角色加入(如印太戰略的體系)，呼籲民主自由國家，聯合對抗中國；透過戰略同步效應，遊說美國國會，趨向"一中一台"政策發展。

對中國大陸實施"鎖國政策",不承認"九二共識",以未定論地位再造台灣政治地位的未來:大陸學者認為兩年的蔡政府,有了政治獨、文化獨、歷史獨的走向,台灣內部的獨化,猶如離弦之箭,似無回頭之簇,然而大陸確沒有"使用武力"對付台灣。主要原因有兩個,蔡英文只架空"中華民國憲法",但未更改"一中的中華民國憲法",步上法理台獨之路;其次,蔡政府還未將中華民國政府管轄的領土,割讓或讓渡他國,主權依然完整。

至於美國方面,從美國動用極限戰略觀察,其"一中政策"的解釋與對台新政策的不斷出籠,甚至於對 AIT 派陸戰隊駐軍事宜,中國大陸也只嚴肅的請美方謹慎行事。但是針對"美國軍艦停靠高雄港"政策時,中國駐美公使李克新高分貝喊出,"美國軍艦抵達高雄港之日,就是武力解放台灣之時。"主要原因是美國已經明顯違背中美建交時,與台"毀約、斷交、撤軍"三條件。

以上的描述,便能精確的表達對台"使用武力"的三個條件,"憲法獨化變更、無法維護領土主權完整、外軍入駐台灣"。這三種事實存在,武力統一可能性便非常的高了。

第三道路-實力統一方式浮上檯面

林中斌在 2018 年 7 月 3 日接受傳媒的訪問,直接說出中國大陸不會"武力統一"台灣。或許他的依據來自於大陸"融合政策"效果,促發兩岸關係的質變。但這樣的質變,不會因為"惠台""交流"的融合政策自然形成,尤其台灣背後有美國因素,大陸想由"融合"走向"和統",干擾力量將是強大的。

大國政治的戰略運行,是一種綜合國力較量,針對台灣問題,就不可能少掉軍事力量的比較,不動用武裝力量,並不表示排除武裝力量介入競爭。中美為下一代"無人化、光電化、智能化、體系化"戰爭的軍備競賽進行的很激烈,所要爭取的便是戰略平衡下的"戰略覆蓋權",也就是戰略主動權的掌握。這也表示軍事作用不侷限"使用武力",強大軍事力量存在便是威脅,因此"軍事威懾"便成為軍事力量和平運用的重要手段。

2020 年中國大陸的戰略力量可以有效的覆蓋台灣本島,意謂著軍事力量對台統一上,有了支持保障。中國大陸對台的戰略力量覆蓋,有兩個重要作用,為和平統一塑造保障力量，以及將介入台灣的外軍力量，透過"海戰"來決定結果，讓台灣本島避免戰火因而埋下仇恨的種子。

中美台三方關係，這兩年發生巨變，美國視中國為"戰略競爭對手與經濟侵略者"，最終打出制約中國的台灣牌，並轉向南海同盟的操作，台灣執政黨選擇了"與陸對抗"，融入了美國戰略目標之中，隨著美國攤牌而攤牌，那台灣就必須先制防範被交易的準備與作為。

中國則強調"做好自己的事"，對於美國極限操作經濟牌與台灣牌，一方面堅持著經濟主權的底線，另一方面則是強化自身的綜合國力，讓和統、武統走上第三條道路，也讓實力統一的方式浮上檯面。

坎坷復興路

台灣地區從"兩制"宿命到"一國兩制"新命

-兵棋倘敗 天命有歸 和平統一-

▌戚嘉林 博士(中國統一聯盟前主席)

　　習近平總書記於今(2019)年元月2日在中共"告台灣同胞書40周年紀念大會"發表的重要講話,誠懇感人、高屋建瓴、氣勢非凡,對兩岸關係具有全方位的現實指導意義,是未來中共對台政策的綱領性文件。對台灣而言,是祖國大陸給予台灣的歷史機遇。

　　習近平"和統方案"昭告天下　　習總書記這次講話的時點,因為是處於"告台灣同胞書40周年紀念"和島內"九合一選舉"台灣人民支持"九二共識"最新最強民意出爐的兩個時點,所做的對台政策講話,從而尤具有時代性的歷史意義,宛如大清康熙的煌煌諭旨,昭告天下。

　　中共總書記習近平這次重要講話的主軸就是"和平統一",習總書記強調"我們願意以最大誠意、盡最大努力爭取和平統一的前景",故講話全文貫穿"和平統一"。習近平總書記並倡議"在堅持『九二共識』、反對『台獨』的共同政治基礎上,兩岸各政黨、各界別推舉代表性人士,就兩岸關係和民族未來開展廣泛深入的民主協商,就推動兩岸關係和平發展達成制度性安排。"習總書記誠懇的表示"中國人不打中國人",習總書記也以說清楚講明白的方式,指出"我們不承諾放棄使用武力,保留採取一切必要措施的選項項,針對的是外部勢力干涉和極少數"台獨"分裂分子及其分裂活動,絕非針對台灣同胞。"

　　統一的定義清晰、實力可行、時間緊迫　　但島內媒體關於習近平這次的重要講話,西方媒體不乏著墨是相當於"最後通牒"的強勢解析,美國《紐約時報》發表〈統一是目標,武力是選項〉文章、CNN則以"台獨是死路"為題呼籲台灣應擁抱和平統一、英國BBC稱習近平講話反映大陸統一台灣的決心日趨堅決、新加坡《海峽時報》標題稱兩岸"將會"及"一定"統一。

這次習近平主席的講話，能夠在島內掀起從未有過的強烈政治爭議，筆者認為其原因就是習近平主席將"統一藍圖"清晰化，將解決"台灣問題"的路徑清晰化，這個原因可分三個面向；

一、**"九二共識"定義清晰化**　習近平總書記明確指出"九二共識"是"海峽兩岸同屬一個中國，共同努力謀求國家統一"的"九二共識"，沒有模糊空間，以前"一中各表"的"九二共識"再也回不去了。

二、**"和平統一"以外途徑的可能性**　回首以往的 70 年間，台灣在美國軍援下，其武備科技含量曾經長期領先大陸一個世代，使台灣民眾知道"武統"不可能。故政治人物隔海反中以示勇武，使台灣社會產生維持現狀以托待變的誤判；但是內地歷經 70 年刻骨銘心的艱苦奮鬥，尤其是習近平主席的強化軍事建設，使台灣社會認識到"和平統一"的另類統一是可能發生的。

三、**"一國兩制"實踐的緊迫性**　昔日香港回歸，1997 年是英國交還香港的"最後時間"，以此倒推 1980 年代中期，中英就不得不談，還是英國人先提出，隨著時間逐漸接近 1997，"一國兩制"不但是不得不談，並且還要加速談判，使其具體可操作。但是兩岸統一因為沒有"最後時間"，所以"一國兩制"在台灣的實施沒有倒數計時的壓迫，使得獨派政治人物李、扁等可以有充分時間妖魔化"一國兩制"，以托待變/或將其永久化。但是，習主席是首次提出願與台灣各界民主協商達成制度性安排，從而將共議"一國兩制"排上議程，提升了"一國兩制"的緊迫性。

　　蔡英文悍然拒絕"一國兩制"　2 日當天，蔡英文立即親自舉行記者會回應，台灣絕不會接受"一國兩制"。蔡英文稱"我們始終未接受『九二共識』，根本的原因就是北京當局所定義的『九二共識』，其實就是『一國中國』、『一國兩制』。對岸領導人的談話，證實了我們的疑慮。"

　　蔡英文續於 5 日在"總統府"邀請美、歐、日、亞、各國 27 家國際媒體茶敘，表示習近平談話觸及台灣兩個基本的核心利益：首先提到"九二共識"

就是"一個中國""一國兩制",並強加"一國兩制台灣方案"在台灣身上。第二,就是繞過台灣的民主機制,繞過民選政府,要進行所謂的各黨派政治協商。蔡英文說,這是對台灣民主機制與政府體制的不尊重,也是對台灣內部的分化。蔡英文表示,期待台灣所有的政黨,都應該清楚說出"我們拒絕一國兩制",說出人民的心聲,不要打折扣,也不要再講"九二共識":為此,依學術規範命題切入,與讀者深入探討"一國兩制";

"兩制"是台灣的宿命 第一個命題:依以古推今原則,"兩制"是台灣的宿命。因為,如果從歷史的長河來看,台灣自進入有文字記載的"信史"後,直至今天,命運都與"兩制"分不開。首先,是荷蘭東印度公司在佔領台灣的38年間(1624-1662),其在台灣是實施與荷蘭本土不一樣的殖民制度;日據台灣50年,日本侵略者在台灣所實行的政治制度,是不同於日本本土"兩制"的殖民制度;至於大清治下,兩岸就是"一國兩制",因為在內地無論是在福建、廣東或江西,漢人是可以自由買賣土地,但在台灣的漢人是不准購買原住民土地,也就是與內地實施"兩制"的土地所有權制度。

"統一"是台灣的宿命 第二個命題:依地緣實力原則,"統一"是台的宿命 。因為台灣與中國大陸地理位置近在咫尺,當人類進入大航海時代后,澎湖不可能自立於台灣,同理可推,台灣也不可能自立於中土。此一地緣 / 實力原則,鄭成功率軍東渡台灣,在其致荷蘭東印度公司台灣大員長官揆一的招降信中,鄭成功就說:"澎湖諸島距離漳州諸島不遠,因此隸屬漳州。同樣,台灣鄰近澎湖諸島,因此,台灣也應隸屬中國。"對鄭成功這樣的論述,未見荷蘭人提出反駁,等同默認。

就實力原則而言,但當中國衰弱時,台灣自然躲不過外敵的入侵,誠如335年前施琅所言:"此地(台灣)原為紅毛住處,無時不在涎貪,亦必乘隙以圖…。若以此既得數千里之膏腴復付依泊,必合黨夥竊窺邊場,迫近門庭。"也就是說,在前清盛世,基於綜合國勢及安全的考量,絕不可能讓台灣獨立於中土之外。更何況,四百年來漢族的大量移民,今天台灣98.3%的人口來自中土,外加漢原通婚四百年的融合。

現行兩岸關係就是"一國"的法理實境　第三個命題：現行兩岸關係就是"一國"的法理實境。就法理或實際而言，自 1949 年國府兵敗東遷台灣後，台灣迄今從未宣佈獨立，北京政府也從未允許台灣獨立，國際上台灣迄今也不是需具國家資格的聯合國會員國。就歷史事實而言，"中華民國"與"中華人民共和國"的銜接，就是我國歷史改朝換代的常識，民進黨所謂的"中華民國台灣"政權就如同南明政權兵敗東遷台灣的明鄭東寧政權。故"兩岸現在尚未統一，但中國的主權和領土從未分割，兩岸同屬一個中國的歷史和法理事實從未改變"。

所以，兩岸一直是處於統一前的"一國"狀態。試問，1979 年 30 年，金門和廈門就實施隔日相互砲擊，就是兩岸仍處於"一國"的內戰狀態。1979 年后 40 年迄今兩岸接觸以來，台灣同胞出入大陸就是使用《台灣居民來往大陸通行證》(簡稱台胞證)，不是使用體現兩國關係的護照。大陸對台灣商人出枱諸多的經濟優惠政策、對台灣學生出枱諸多的入學優惠政策、以及 2018 年後的惠台政策，這些優惠政策事情本身就是典型的實質"一國"，而且那麼多台灣人都欣然接受。因此，台灣因為特殊的歷史原因，"一國"在現行的兩岸交流中，早就無所不在。

"統一"是千年的中華基因　第四個命題："統一"是千年的中華基因，再者，大一統的意志，是我們中華文化數千年來的全民族意識，無論是三國演義的吳、蜀、魏，或是魏晉南北朝，我們中國人都追求大一統，而且是不惜一切代價的完成統一。近世的元、明、清三朝，我們中國更歷經了六百年的大一統盛世，故完成大一統是我們中華民族的基因；再者，台灣"信史"才四百年，台灣 2,300 萬人都絕不會允許花蓮獨立，就如同中國大陸 14 億人絕不會允許台灣獨立。對此，習近平總書記就清楚的指出，"我們不承諾放棄使用武力，保留採取一切必要措施的選項，針對的是外部勢力干涉和極少數'台獨'分裂分子及其分裂活動，絕非針對台灣同胞。"所以，依邏輯推理，今天大陸崛起，兩岸終將統一，勢不可擋。

從邏輯推理論"一國兩制"　因此，無論是從歷史的高度來看，或依推理的邏輯來看，既然"兩制"和"一國"是不可避免的宿命，也就古人所說"天

2019 年 1 月 4 日上午，中共中央總書記、國家主席、中央軍委
主席習近平簽署中央軍委 2019 年一號命令，向全軍發布開訓動員令
〔文字記者：李宣良、梅世雄攝影記者：李剛〕

命不可違"，那我們就應該心無掛礙的支持並探討"一國兩制"。惟在思索"一
國兩制"時，我們回首台灣歷史上的三次"兩制"，其本質是不一樣的，荷據
時期"兩制"是以殺戮及經濟剝削為主的重商主義殖民制度。日據 50 年"兩
制"，是則在異民族侵略者屠殺／歧視統治下，殘酷至極的近代殖民制度；但
是在清朝，則是在國家大一統之下，乾隆皇帝說"朕思民番皆吾赤子"，亦即
漢人和原住民都是國家的子民，故從保障原住民生計的角度考量，祖國大清是
以法律保護原住民的土地所有權，規定漢人需以繳交租金的方式保障原住民生
計。這就是祖國"一國兩制"的善意與溫馨，體現祖國大清的"一國兩制"有
如日無私覆，從根本上全覆蓋的照顧到台灣不同族群的利益。

對此，大陸國家主席習近平今年 1 月 2 日出席內地《告台灣同胞書》發佈
40 週年紀念儀式上，發表重要講話。習近平就指出，"一國兩制"的提出，本
來就是為了照顧台灣現實情況，而"一國兩制"在台灣的具體實現形式也會充
分考慮台灣現實情況，吸收兩岸各界意見和建議，照顧台灣同胞利益和感情。

李、扁惡意抹黑，稱"統一"是被奴役是主人與佣人的關係　但是"和平
統一、一國兩制"在島內長期遭到獨派的污名化，例如李登輝就將"統一"污
名化成是被奴役，陳水扁則稱"平等就是平等，不應有某人是中央，而另一人

是地方；一位是主人，他人是佣人"。觀念影響所及，藍營學者甚至亦步亦趨的認為"一國兩制應是統一前的過渡，但因中共把它視為特別行政區的一個政治安排，這就突出了中央與地方的上下之分，台灣當然不會接受"。

台灣統派在向台灣社會推動宣傳台灣模式的"一國兩制"時，要勇於說清楚講明白，誠如習近平在香港所言，要始終準確把握"一國"與"兩制"的關係，正確處理特區與中央的關係。在論述"一國兩制"時，第一要務就是駁斥台獨謬論，我們反問獨派，難道台南是台北的奴役，台南要和台灣當局爭平等？難道台南是台灣當局的佣人？普天之下，任何國家內部都有中央和地方之分，台獨緊貼的美國、日本也不例外。所以，"一國兩制"統一后當然有中央與地方之分，故我們在論述"一國兩制"內涵時，要勇於提出"先一國，後兩制"的概念，絕不可讓獨派有可借機顛倒主從挑撥離間的機會。

澎湖一役，明鄭慘敗，東人由是各思歸順，台灣本島"和平統一" 未來在台灣實施的"一國兩制"，肯定是台灣版"一國兩制"，這是新生事物，鄧小平一切不變的說法是上世紀80年代針對國族認同正確的國府執政時的產物，今天大陸面對台獨勢力崛起甚至二度執政的嚴峻形勢，依邏輯推理，勢必與時俱進，再行探索、豐富和發展。習近平總書記就指出，要充分考慮和結合台灣現實情況，找到"『一國兩制』在台灣的具體實現形式。"

據此，為減少台灣社會因長期遭李、扁將"和平統一、一國兩制"惡意抹黑所形成的心理障礙，我們應結合台灣實情，從台灣本土的歷史經驗中汲取案例探討。例如1683年7月清鄭澎湖海戰之前，明鄭官兵誓死保衛東寧(台灣)，誰敢貳心。7月16日澎湖之役，明鄭沉船190餘艘，陣亡12,000人，降者計軍官165人、兵4,853人。消息傳回台灣，東人由是各思歸順，民心洶洶，"民心既散，誰與死守？"終以眾志瓦解，民心思變，官民願兩岸統一。康熙皇帝也在鄭克塽"納土輸誠"後，信守承諾，妥善安置明鄭官兵，台灣本島"和平統一"。

台獨教父彭明敏、台灣之子陳水扁都不願當兵，故理當共議"和平統一" 綠營獨派官方不但斷然拒絕"一國兩制"，並稱"一國兩制"意在消滅中華民國，"我們正告對岸放棄其徹底挫敗的政策，也絕對不要低估台灣自我捍衛的決心。"；對此，綠營獨派官方不應無限上綱，試問民進黨的台獨黨綱，寫得清清楚楚，"我們的基本主張、(一)建立主權獨立自主的台灣共和國。"不但是意在消滅"中華民國"，還是全黨一致以消滅"中華民國"為總目標呢？何況民進黨執政一把手蔡英文，不也曾宣示"沒有一個人必須為他們的認同道歉"。因此，民主進步黨應准許台灣人民有思索台灣未來的權利。關於所謂"絕對不要低估台灣自我捍衛的決心"的論述，試問獨派當局，身為台獨之父的彭明敏，在日據末期逃避日帝徵兵不當兵、台灣之子陳水扁則是設法避開"中華民國"兵役不當兵，但台獨卻要以"中華民國"為名要別人當兵上戰場捍衛台灣，實在是說不過去的殘忍嘛！

為此，台灣統派應前瞻性的探討統一後情境，例如兩岸各級政府如何對口？兩岸公務員職級如何對接？各種法令應如何銜接？《兩岸人民關係條例》是存是修是廢？對退俸遭砍過重致晚年生活困頓者，是否需酌編預算酌予貼補？軍隊如何安置，可否參考康熙的仁義思維，制定落日條款解甲/或落日條款改以民兵或警察組織，免我台人子弟服役之苦？解我兩岸一家兵戎相見之憂，永澄萬里海波，兩岸可在政治談判中逐一討論，共謀統一。

兵棋推演倘若必敗，應理性思維接受"和平統一"　今天科技高度發達，"武統"死傷規模恐遠勝昔日，經由兵棋推演，如果兩岸勝負已定，民進黨當局怎可藉"中華民國"政體/軍令裹脅台灣青年以保台為名上戰場，但他們命喪黃泉後，結果同樣是統一。

依邏輯推理，"武統"後的統一待遇肯定遠不如經由兩岸協商"和平統一"的優惠待遇，那為何現在不心無掛礙地接受"和平統一"，把握機會推舉代表性人士，與大陸開展民主協商，就推動兩岸關係和平發展達成制度性安排，爭取最大利益的台灣版"一國兩制"。

"和平統一"是最有尊嚴的統一方式　關於台灣人最關切的所謂"尊嚴"問題，其實就是統一方式的問題。對此，習近平總書記前述1月2日重要講話，全文貫穿"和平統一"，習總書記強調"我們願意以最大誠意、盡最大努力爭取和平統一的前景"。也誠如大陸全國政協主席汪洋6月16日在第11屆海峽論壇開幕大會上所言，"和平統一"對兩岸來講是成本最小，對同胞來講是福祉最大，當然也是最有尊嚴的統一方式。

回望歷史，330 年前清鄭談判，康熙皇帝答應只要鄭經歸順，"朕不惜封賞，即台灣之地，亦從彼意，允其居住"，對這樣寬大最有尊嚴的"一國兩制"，鄭經是斷然拒絕。最後，清鄭對決澎湖，大清水師兵臨城下，只有以"納土輸誠"的方式完成兩岸台灣本島的和平統一；今天，對大陸習近平總書記所提最大善意最有尊嚴的共謀和平統一方式，我們應以明鄭為戒，把握歷史機遇。

"兩制"的實踐與否是政治問題　　但是，蔡英文似乎不知道，歷史上台灣早就實行過"兩制"，因為日據台灣 50 年日本殖民政府在台灣實行的政治制度，就是不同於日本本土的"兩制"，但那是異民族侵略者屠殺／歧視統治下的"兩制"。對日據時期殘酷至極的"兩制"，台獨不但不批判／不清算，反而高度美化，甚至還反覆自認是日本人，但對祖國願平等協商共議統一的"一國兩制"，卻不分清紅皂白舖天蓋地抹黑祖國坦誠善意的"一國兩制"。

兩相對比，對台獨如此顛倒黑白反差的抹黑宣傳而言，"一國兩制"的實踐與否，顯然是政治問題，政治問題最終要用政治解決。但是在政治解決前，我們應對台灣社會訴諸以理，告知台獨操控"一國兩制"不義宣傳的真相，立足於理性"探索'兩制'台灣方案"的道德制高點。

不可絲毫退縮，堅持深化宣傳"一國兩制"　　台灣社會為何會對"一國兩制"有那麼多的疑慮，此一台灣社會對"一國兩制"的疑慮現象，也更加警惕我們，意識型態歷史認知的重要性有時是經濟利益所不能替代的；其次，也警惕我們統派的努力不夠。因為台灣社會不知道歷史上台灣有"兩制"的宿命、地緣實力原則下台灣有"兩岸統一"的宿命、及現行兩岸關係就是"一國"法理實境等的論述。

因此，在這樣嚴峻的情境下推動和平統一，我們在宣傳"一國兩制"上絕不可有絲毫退縮，我們不但要深化宣傳台灣四百年信史就是一部"兩制"史的史觀，深入分析現實"一國"的法理實境。在方法上，可透過對"一國兩制"的學術探討，學者相互交流，再透過媒體將交流成果與台灣社會分享，從而為兩岸進入統一政治談判中有關"一國兩制"具體內容，作思想上的前置宣導。據以消弭因妖魔化"一國兩制"對台灣社會所產生的恐懼感，使台灣社會不排斥"一國兩制"，為日后任何情況下共議台灣版的"一國兩制"內涵奠下基礎。

國家圖書館出版品預行編目(CIP)資料

坎坷復興路 / 戚嘉林作. --臺北市：戚嘉林
　出版；新北市：聯合發行經銷, 2019.08
　　面；　公分.--

ISBN 978-957-43-6928-7(平裝)

1. 中國史 2. 中華人民共和國

628.7　　　　　　　　　　　　108013846

坎坷復興路

作　　者 / 戚嘉林

出 版 者 / 戚嘉林

地　　址 / ⑴⒃ 台北市大安區敦化南路 1 段 200 號 9F-2

電　　話 / ⑴⑵ 2721-2121　（手機）0934-062-152

電子信箱 / chialinchi@hotmail.com

排版設計 / 廖曜琳

經　　銷 / 聯合發行股份有限公司
　　　　　 / 新北市新店區寶橋路 235 巷 6 弄 6 號 2 樓

印 刷 所 / 鴻霖印刷傳媒股份有限公司

地　　址 / 新北市中和區中山路二段 366 巷 10 號 6 樓

出版日期 / 2019 年 8 月

訂　　價 / 新台幣 480 元